A VERDADE
SOBRE AMORES E DUQUES

LAURA LEE GUHRKE

A VERDADE
SOBRE AMORES E DUQUES

TRADUÇÃO DE
Thalita Uba

Rio de Janeiro, 2018

Título original: The truth about love and dukes

A Harlequin é um selo da HarperCollins Brasil.

Contatos:
Rua da Quitanda, 86, sala 218 — Centro — 20091-005
Rio de Janeiro — RJ
Tel.: (21) 3175-1030

CIP-BRASIL. CATALOGAÇÃO NA PUBLICAÇÃO
SINDICATO NACIONAL DOS EDITORES DE LIVROS, RJ

G988v

Guhrke, Laura Lee
A verdade sobre amores e duques / Laura Lee Guhrke ; tradução Thalita Uba. - 1.ed. - Rio de Janeiro : Harlequin, 2018.
320 p. : il. ; 23 cm.

Tradução de: The truth about love and dukes
ISBN 978-85-398-2538-7

1. Romance histórico. I. Uba, Thalita. II. Título.

17-45605 CDD: 813
CDU: 821.111(73)-3

Para meu pai, cujo otimismo, coragem e resiliência me inspiram todos os dias. Eu amo você, papai.

Capítulo 1

Londres, julho de 1892

HENRY CAVANAUGH ANSIAVA POR UMA vida bem-organizada. Como duque de Torquil, ele tinha muitas responsabilidades que seriam mais fáceis de administrar com uma vida pessoal ordenada e previsível. Infelizmente para Henry, ele tinha duas irmãs solteiras, um irmão mais novo sem dinheiro e um cunhado irremediavelmente indolente. Uma vida bem-organizada nunca pareceu possível. Ele lastimava tal fato todos os dias.

Naquele momento não seria diferente.

— Jamie, francamente — disse ele, franzindo a testa para o marido de sua falecida irmã Patricia quando seus sobrinhos gêmeos entraram no recinto, berrando como selvagens. — Diga-me, por favor, se querer um pouco de paz e silêncio à mesa do café da manhã é pedir demais?

— Aparentemente sim, ainda mais nesta manhã em particular — intrometeu-se Sarah, sua irmã, tapando as orelhas com as mãos.

Jamie deu de ombros enquanto pegava a geleia, não parecendo disposto a controlar os filhos, que correram para trás de sua cadeira na extremidade da mesa de jantar.

— A babá Smith foi embora. Escapuliu com suas coisas antes do amanhecer, deixando apenas um bilhete. O que um pai viúvo há de fazer nessas circunstâncias?

— Com ou sem babá — respondeu Henry, erguendo o tom de voz para garantir que seria ouvido em meio ao alvoroço —, os filhos são sua responsabilidade. Uma tarefa, acredito, que não é particularmente difícil de resolver.

— Disse o homem que não tem filhos — retrucou Jamie, enquanto espalhava a geleia na torrada. — Espere até ter os seus — acrescentou, brandindo a faca na direção de Henry. — Seu discurso mudará.

— Duvido.

Do outro lado da mesa, o irmão de Henry, David, soltou uma risada e perguntou:

— E a sua duquesa? Quero dizer, caso a encontre? E se ela for difícil de lidar?

— Isso não será um problema. Quando eu me casar, pode ter certeza de que escolherei uma esposa cujas visões estejam em sintonia com as minhas. Em especial quando se tratar de educar nossos filhos.

— Ah, isso é o que você pensa. Mas, depois que a lua de mel passar, você descobrirá que suas noções de conformidade eram uma ilusão. Após seis anos de casamento, mal consigo arrancar uma única palavra de concordância de Carlotta.

Henry poderia ter argumentado que pouquíssimas pessoas conseguiam arrancar uma palavra de concordância de Carlotta, mas bem naquele instante Colin, um dos gêmeos, deu um grito, pegou duas torradas do aparador e jogou uma para seu irmão, Owen. Foi quando Henry decidiu que, se Jamie não iria conter os meninos, ele mesmo faria isso.

— Basta, cavalheiros — retrucou enquanto se levantava, a voz permeada por sua autoridade ducal se sobressaindo em meio à agitação dos gêmeos. — Colin, Owen, parem imediatamente com essa arruaça em torno da mesa.

Os meninos ficaram imóveis e um silêncio abençoado pairou sobre o recinto.

— Desçam até a cozinha — continuou Henry — e peçam à sra. Deal, com educação, não se esqueçam, que prepare um café da manhã adequado para vocês. Depois — acrescentou, lançando um olhar incisivo para Jamie —, o pai de vocês os levará para um passeio no Hyde Park, e eu darei início a uma busca por uma nova babá.

Os resmungos que os gêmeos soltaram com a perspectiva de terem uma nova babá foram reprimidos pelo braço que Henry estendeu na direção da porta.

— Fora — ordenou ele.

Os dois meninos obedeceram imediatamente. Até conseguiram manter um silêncio respeitoso durante todo o trajeto até a porta no fim do corredor, mas um grito abafado pouco antes de a porta bater mostrou a Henry que aquele silêncio agradável não seria compartilhado com as pessoas do andar debaixo, pobrezinhas.

— Muito bem, Henry! — exclamou sua irmã Angela, aprovando a atitude e erguendo o olhar enquanto virava a página de seu jornal matinal. — Algo precisa ser feito com relação a esses seus meninos, Jamie.

— Com certeza — concordaram Sarah e David em uníssono.

Diante da desaprovação ferrenha de seus parentes, Jamie teve a decência de ficar sem graça.

— Os dois se tornaram verdadeiros diabinhos, eu sei — aquiesceu ele, dando um suspiro e se recostando na cadeira, passando a mão pelo cabelo castanho. — Patricia era muito melhor em mantê-los na linha do que eu. Sozinho, não sei ao certo o que fazer.

— Faça o que a maioria dos viúvos faz — respondeu David de forma distraída. — Mande-os para a escola.

— Será que devo?

Jamie parecia em dúvida.

— Por que não? — David acenou para que o lacaio trouxesse mais comida. — A escola os endireitaria rapidamente. Manteve todos nós no bom caminho. Bem, dois de nós, de qualquer forma — acrescentou ele, dando uma olhada para Henry. — Torquil nasceu no bom caminho e duvido que alguma vez tenha se desviado dele.

Henry parou, pensando em seu único desvio em um caminho virtuoso, um do qual nem seus irmãos e nem o resto do mundo tinham conhecimento.

— E nunca me desviarei — garantiu ele após um instante. *Nunca mais.*

— De qualquer forma, não tenho certeza se a escola é uma boa ideia — murmurou Jamie, retomando o assunto em questão. — Os meninos têm apenas 8 anos.

Henry percebeu o olhar questionador que Jamie lançou em sua direção.

— Se você acha que está na hora de mandar os gêmeos para a escola — falou Henry —, vou bancar as despesas, é claro. Mas, na minha opinião, você tem razão em ainda considerá-los jovens demais. Eles deveriam esperar mais uns dois ou três anos. Enquanto isso...

— Meu senhor!

O sobressalto repentino de Angela interrompeu Henry antes que ele pudesse ressaltar a importância da disciplina e da rotina para um lar sereno. E quando se virou na direção da irmã, a expressão perplexa dela o lembrou de que o drama perpétuo, e não a paz, é que *era* a rotina, ao menos em sua casa.

Angela se inclinou para a frente na cadeira, uma careta unindo suas sobrancelhas escuras.

— Não pode ser — murmurou ela, ainda olhando fixamente para a página dobrada em sua mão. — Simplesmente não pode ser. Mamãe nunca iria...

A voz dela se dissipou, mas a mera menção da mãe foi o suficiente para uma onda de inquietação percorrer o corpo de Henry. Até onde conseguia se lembrar, a mãe sempre fora seu ideal de duquesa perfeita: uma anfitriã graciosa que trabalhava de modo incansável em prol da caridade, conversava com inteligência sobre qualquer assunto e desempenhava suas muitas atribuições de maneira exemplar. Ela era, na verdade, o único membro da família que nunca lhe dera motivos de preocupação. Ultimamente, contudo...

— Não nos deixe no escuro, Angela. — A voz de Sarah penetrou nos pensamentos inquietantes de Henry. — Qual novidade sobre nossa família o *Society Snippets* publicou esta semana?

David emitiu um ruído de desdém.

— Aquele jornaleco de maledicências? Por que você está lendo isso, pelos céus?

— Eu... — Angela fez uma pausa, voltando-se para Henry. Nos olhos dela, com o mesmo cinza pálido dos dele, Henry pôde ver o reflexo da própria apreensão crescendo. — Este jornal é da mamãe. Eu a vi lendo-o ontem à noite. Quando estava vindo tomar o café da manhã, o encontrei em meio aos jornais matinais, então o peguei. Achei que seria divertido ler umas difamações durante o desjejum. Divertido... — repetiu ela, sua voz engasgando com a palavra. — O que eu estava pensando?

— É melhor me contar o que quer que você tenha lido que está lhe causando tanta aflição — aconselhou Henry. — Então, e só então, poderei fazer algo a respeito.

— Tenho certeza de que estou imaginando coisas — disse Angela, mas sua voz não era convincente.

— Talvez. — Ele se preparou. — Mas conte de qualquer forma.

Ela concordou com a cabeça.

— "Cara *Lady* Truelove..."

Um grunhido de David a interrompeu.

— Pare, Angela. Toda vez que vou ao clube, parece que os rapazes estão lendo a coluna dessa mulher. Em voz alta, um para o outro, pasmem. Irritantemente distraindo...

— David, pare de divagar — repreendeu Jamie. — Receio que haja algo sério no ar. Continue lendo, Angela.

Angela pigarreou e recomeçou a leitura.

— "Cara *Lady* Truelove, sou uma *lady* de renome, de um estrato privilegiado de nossa sociedade. É por causa de minha posição que me encontro em um dilema insuportável, e estou lhe escrevendo na esperança de que a senhorita possa me ajudar a resolvê-lo. Quando eu era jovem, uma moça de apenas 17 anos, me casei com um homem vinte anos mais velho. Eu não amava esse homem..."

Angela parou, as bochechas vermelhas, claramente envergonhada por estar lendo um relato tão íntimo em voz alta. Na pausa que se seguiu, ela olhou novamente para Henry, e a inquietação dentro dele aumentou e se espalhou.

— Continue — pediu, sua voz penosa até para os próprios ouvidos. — Leia o restante.

Os olhos de Angela voltaram a se fixar no jornal em sua mão.

— "E nem" — continuou ela — "o achava particularmente agradável. Aceitei o pedido de casamento apenas por exigência da minha família, pois ele era considerado um pretendente excelente para mim. Após muitos anos nessa união sem amor e depois de ter dado à luz cinco filhos, fiquei viúva e, até recentemente, estava satisfeita com minha situação. Mas agora, no outono da minha vida, eu me apaixonei, verdadeira e completamente, pela primeira vez. O homem por quem tenho tanto afeto, contudo, não é da minha estirpe. Ele é pintor, um artista brilhante..."

— O quê? — arfou Sarah. — Então, os rumores sobre mamãe e Foscarelli são, afinal, *verdadeiros*?

Henry deu uma olhada em volta e ficou contente por perceber que o espanto da irmã caçula parecia ser compartilhado por todos à mesa. Mas ele próprio não estava tão surpreso assim. Por mais que relutasse em admitir, os sinais de que sua mãe estava envolvida em um relacionamento inadequado com aquele pintor italiano estavam lá havia meses, mas Henry tinha optado por acreditar que as aulas recentes de pintura a óleo de sua mãe nasceram de um desejo por se expressar artisticamente, em vez de um desejo de natureza mais primitiva. Suspeitas contrárias viviam revolvendo no fundo de sua mente, mas ele não queria reconhecê-las. Henry pensou em suas indiscrições passadas e imaginou como seu pai deveria ter se sentido com relação a ele uma década atrás.

Lentamente, largou os talheres.

— Continue — pediu novamente, e Angela obedeceu.

— "Por muitos meses, tentei renegar meus sentimentos por esse homem, mas acabei aceitando que são fortes demais para serem refutados. Ele propôs um casamento honrado, e tudo dentro de mim urge para aceitar."

Casamento honrado? Henry revirou os olhos. Não havia nada de honrado em relação a Foscarelli. Ele era um galanteador da pior espécie.

— Mas o que ela pretende fazer? — gritou Sarah. — Mamãe não pode estar pensando em se casar com ele. Ele é *italiano*.

Aquela última palavra fora proferida como um lamento desolado.

— "Não preciso nem dizer" — continuou Angela — "que minha família não aprovaria..."

— Ela está certa quanto a isso — resmungou David.

Angela fez outra pausa, dando um suspiro exasperado.

— Se vocês todos continuarem interrompendo, jamais chegarei ao fim da história. Fiquem quietos e ouçam. — Ela se inclinou para a frente na cadeira e prosseguiu: — "Então, minha cara *Lady* Truelove, o dilema em que me encontro é este: devo suprimir o que sinto e recusar esse homem, como a honra determina? Ou devo me render ao amor, aceitar o pedido dele e me permitir ser feliz?" Assinado, "Uma *lady* da sociedade".

Angela abaixou o jornal e, no silêncio que se seguiu, todos olharam para Henry, esperando que ele se pronunciasse, lembrando-o de seu dever como chefe da família.

— Não temos certeza se essa *lady* é mamãe, nem se o artista em questão é Foscarelli — ponderou ele, tentando parecer racional e lógico, mas a mera menção do nome daquele homem relacionado à sua mãe chispava sua raiva e ameaçava mandar a razão e a lógica pelos ares. E o pensamento de que um patife daqueles ousava se considerar digno de se casar com sua mãe fazia todos os instintos protetores de Henry aflorarem.

Mesmo assim, por mais tentador que fosse procurar o famoso pintor e surrá-lo até a beira da morte, Henry sabia que a prioridade era acalmar seus irmãos e depois apurar os fatos verdadeiros.

— Já ligaram aquele homem a várias mulheres da sociedade além de mamãe — continuou ele. — Por vezes, com razão. Em outras, sem, imagino. Quanto à carta a essa *Lady* Truelove, ouso dizer que é uma invenção, uma criação de algum jornalista com imaginação fértil e mentalidade obscena.

— Mas as semelhanças são espantosas — observou Sarah, com a voz fraca. — Se for mamãe e se um dia se casar com aquele homem... — Ela parou, claramente assolada pelo pavor de tal possibilidade para continuar.

— Sem dúvida, quaisquer semelhanças foram angariadas nas colunas de fofoca, Sarah — ponderou Henry. — As aulas de arte de mamãe têm servido de fomento para a mídia sensacionalista a temporada toda, e isso obviamente guarneceu essa *Lady* Truelove com a inspiração para suas últimas cartas fictícias.

Todos acenaram em concordância, mas Henry não sabia se qualquer um deles tinha se tranquilizado. Ele, com certeza, não tinha.

— Suponho que devamos ouvir o restante — concluiu David, dando um suspiro e apontando para o jornal na mão da irmã. — Prossiga, Angela.

Ela o fitou sem entender.

— Prosseguir com o quê?

— É uma coluna de aconselhamento, não é? Que conselho essa *Lady* Truelove tem a oferecer?

— Não importa. — Henry puxou o jornal da mão de Angela e o colocou ao lado de seu prato para que fosse levado pelo lacaio, que o colocaria no cesto de lixo, onde já devia estar. — Não vamos corroborar com essa suposta jornalista despendendo mais nem um minuto da nossa atenção.

A despeito do próprio discurso, Henry não conseguiu resistir a dar uma espiada no jornal quando foi pegar os talheres, e a resposta da colunista mais sensacionalista de Londres o fez se sentir ainda mais sisudo que antes.

Minha cara senhora, em situações como essa, o que mais se pode fazer a não ser se render à paixão e seguir o coração? A vida é uma experiência curta e frequentemente dolorosa, e devemos abraçar a felicidade onde conseguirmos encontrá-la...

Henry desviou o olhar, suprimindo um ruído de desprezo. Seguir o coração e se render à paixão parecia tremendamente excitante, extremamente tentador, mas, como ele bem sabia, a realidade de uma história assim tinha tons diferentes da imagem romântica pintada por escritores sensacionalistas como aquela.

O silêncio à mesa o arrancou de suas divagações. Henry ergueu os olhos e percebeu que ninguém tinha voltado a comer. Todos estavam, na verdade, olhando para ele.

— Mamãe é uma mulher sensata — afirmou, compelido a oferecer mais reconforto. — E discreta. Jamais permitiria que sua vida privada fosse exposta ao escrever uma carta desse tipo. E por mais semelhante que tal ficção possa ser com relação à nossa situação, ela nunca seguiria o conselho dessa mulher tola.

Aquelas palavras mal tinham saído de sua boca quando uma tossida incisiva interveio, e todos os cinco se viraram e viram a governanta, a sra. Jaspar, parada à porta.

Ela se voltou para Henry com um olhar culpado.

— Perdoe-me por interromper seu desjejum, Sua Graça — disse ela —, mas Sua Graça, a duquesa viúva, se foi.

— Se foi? — Henry franziu a testa para aquela escolha imprecisa de palavras. — O que quer dizer com isso? Foi para onde?

— Não sabemos, Sua Graça. Mas ela não está na casa.

— Ela deve ter saído. É um pouco cedo, mas...

Henry parou ao ver que a governanta meneava a cabeça, seu rosto assumindo uma expressão de desculpa, e ele soube que havia mais por trás daquilo do que uma saída para compras ou uma visita a uma amiga.

— A sra. Norton, a aia da senhora duquesa, nunca sobe até Sua Graça tocar o sino — explicou a governanta. — Mas, quando o relógio marcou dez e meia, a sra. Norton decidiu que seria melhor subir e verificar, pois talvez a senhora duquesa tivesse ficado doente, quem sabe? Quando a sra. Norton entrou no quarto, percebeu que Sua Graça não estava lá. Os lençóis estavam recolhidos, como sempre os deixamos para Sua Graça se deitar, mas ninguém dormiu na cama.

— Então, ela consumou o fato! — gritou Angela. — Oh, céus, eu soube no momento em que li...

Henry findou o falatório da irmã com a mão. Uma indiscrição, mesmo na frente de serventes de longa data, nunca era uma boa ideia.

— E você tem certeza absoluta, sra. Jaspar, de que nossa mãe não está na casa?

— Oh, sim, Sua Graça. Nunca pensaríamos em preocupá-lo com algo assim antes de ter feito uma busca exaustiva na propriedade. A sra. Norton disse que uma valise, uma caixa de chapéu e algumas das roupas da senhora duquesa sumiram. E também encontramos isto na lareira de Sua Graça.

Henry se levantou enquanto a governanta se aproximava e pegava uma folha de papel dobrada do bolso. Ela a colocou na mesa, e ele a pegou, rompendo o selo enquanto voltava a se sentar.

Enquanto lia as frases escritas com a letra de sua mãe, a raiva de Henry aumentou e abrangeu não apenas Foscarelli, mas também a mulher mexeriqueira que dera um conselho imprudente e radical apenas pelo propósito de criar alvoroço e vender jornais.

Ele sabia, contudo, que precisava conter sua ira para o bem de seus irmãos e dobrou o bilhete com um cuidado lento e deliberado. Depois de colocá-lo no bolso de seu casaco matinal, próximo ao peito, ele ergueu os olhos, passando pelo rosto pálido de Angela, até chegar na governanta, que tinha se afastado e estava novamente parada à porta.

— Obrigado, sra. Jaspar — disse ele. — Isso é tudo.

Depois que a governanta saiu da sala, Henry se voltou para os dois serventes remanescentes que ainda rondavam por ali.

— Boothby, mande trazer minha carruagem — ordenou ao mordomo. Voltou-se ao lacaio — Samuel, peça que meu valete busque meu chapéu e minha bengala. Sairei logo após o café da manhã. E fechem a porta ao saírem, por favor.

— Estou certa, não estou? — murmurou Angela depois que o mordomo e o lacaio se foram com suas devidas instruções. — Ela foi embora com aquele homem, não foi?

Henry pressionou a língua nos dentes, tentando encontrar uma resposta agradável, mas, naquele caso, não havia nenhuma.

— Receio que sim. Parece que eles fugiram para se casar.

Um soluço de Sarah exaltou a raiva que ele mal estava conseguindo conter, colocando a vida de Foscarelli decididamente em perigo.

— Vou cuidar disso — garantiu Henry. — Vou encontrar mamãe e trazê-la de volta antes que ela possa completar essa jornada estúpida na qual embarcou.

— Se você conseguir — comentou Angela, antes que Sarah pudesse responder. — Mas, se falhar, mamãe se tornará motivo de chacota na sociedade.

— Não apenas mamãe — lembrou David. — Ao fazer isso, ela sujeitará a família inteira à vergonha e ao ridículo.

Com aquilo, Sarah começou a chorar copiosamente.

— Esta é minha primeira temporada na sociedade — choramingou ela — e, antes mesmo de acabar, minha mãe fugiu com um homem que tem quase metade de sua idade, e que sequer é um cavalheiro. Nunca serei convidada para nenhum baile ou festa significativa de novo. Como vou me manter de cabeça erguida? E como vou me casar? Ela fala da própria felicidade, mas e a nossa? Se mamãe se casar com aquele homem, arriscará minha posição social e meu futuro matrimônio, e o de Angela também. Como ela pôde fazer isso conosco?

— Não fique tão perturbada, Sarah — aconselhou Henry. — Mesmo que mamãe seja tão desajuizada quanto você teme, nenhum de vocês sofrerá por isso. Prometo.

— Nem você conseguirá impedir que riam dela, e de todos nós junto — ponderou David. — A não ser que consiga impedir essa aventura de uma vez por todas, e parece ser tarde demais para isso. Você não pode caçar mamãe e o italiano dela até Gretna Green.

Henry lançou um olhar impaciente ao irmão.

— Mamãe tem cinquenta anos. Não precisa fugir para a Escócia para se casar. Foscarelli está em algum lugar em Londres, então eles devem se casar aqui, talvez no cartório, pois acredito que ele é católico. Vamos torcer para que seja isso mesmo.

— Torcer? — repetiu Sarah em meio a uma incredulidade chorosa. — Você fala como se pudesse haver alternativa pior.

Havia muitas outras, mas Sarah era inocente, e Henry se absteve de elencar as mais desagradáveis.

— Eles podem estar pensando em ir para outro país e se casar lá — comentou Henry. — O continente é muito mais complacente que a Inglaterra. Aqui, as leis exigem quinze dias de residência permanente antes que uma licença possa ser obtida, e não sei se Foscarelli tem um domicílio. O homem não tem parentes aqui e parece viver à custa de amigos, saltando de uma casa para outra a cada semana, ou algo assim. Ao menos se acreditarmos nos rumores...

— Talvez os boatos estejam desatualizados — ponderou Jamie. — Pode ser que ele tenha se estabelecido e obtido essa licença.

— Pode ser — concordou Henry —, mas eu duvido. Foscarelli jamais pagaria as taxas de uma licença ou assinaria um contrato de aluguel por uma moradia a não ser que tivesse certeza de que mamãe o aceitaria.

— E antes de concordar em se casar com ele — complementou Angela, apontando para o jornal ao lado do prato de Henry —, ela estava esperando para ver qual conselho essa *Lady* Truelove daria.

— Então, a mulher disse a mamãe para se casar com ele? — perguntou Jamie.

Ele esticou o braço para pegar o jornal e ler a resposta da colunista, mas Henry colocou a mão em cima antes que o cunhado pudesse alcançá-lo.

— Sim, ela disse, mas não vamos dignificar essa coluna ao lhe ceder nossa atenção.

Jamie consentiu, recostando-se novamente na cadeira.

— Mesmo assim, qualquer que tenha sido o conselho dessa mulher, parecemos estar assumindo que o casamento é a intenção de Foscarelli, mas não tenho certeza se aquele homem é sequer tão honrado a esse ponto. Ele pode estar enrolando nossa mãe em algum lugar...

— Basta, Jamie — interrompeu Henry, dando uma olhada para suas irmãs. — Há senhoritas presentes. E não há sentido em especular a essa altura. Agora — acrescentou, levantando-se quando as portas se abriram e Boothby entrou —, acho que minha carruagem está esperando.

Ele começou a se afastar da mesa, mas então fez uma pausa, analisando o jornal que estava provocando tanta ansiedade em todos. Pensou em pedir ao lacaio que o jogasse fora, mas, após refletir, achou que seria melhor levá-lo consigo, mantendo-o longe — ao menos momentaneamente — de seus irmãos aflitos. E talvez precisasse recorrer àquele conteúdo mais além. Henry pegou o jornal e seguiu na direção da porta.

— Mas, Torquil, o que você vai fazer? — perguntou David.

— Encontrar mamãe, é claro — respondeu Henry enquanto andava. — Isto é — acrescentou baixinho —, se já não for tarde demais.

Não importava qual fosse a situação, ele sabia que havia muitas medidas que podia tomar para resolver a questão ou minimizar os danos e ficou contemplando-as enquanto descia os degraus.

Se, apesar de Henry duvidar, Foscarelli já tivesse obtido a licença, talvez o casamento pudesse ser anulado. Fazendo uma nota mental para consultar seus advogados quanto àquilo, ele parou para pegar o chapéu e a bengala com o lacaio que esperava ao lado da porta. Se a anulação não fosse possível, então subornar o noivo para ir embora do país e permanecer longe era a única outra opção.

Por outro lado, Jamie podia muito bem estar certo em relação às reais motivações de Foscarelli. Não era difícil imaginar aquele salafrário enfurnando sua mãe em um apartamento desmazelado em alguma parte obscura de Londres, sem intenção alguma de desposá-la. Se fosse o caso, ele logo pediria por recursos financeiros para manter toda a situação em segredo.

De qualquer forma, a família teria que bancar um vira-latas inútil pelo resto da vida se Henry não conseguisse impedir.

Para tanto, seu primeiro passo era encontrar a mãe, o que exigiria o emprego de detetives particulares. Se ficasse comprovado que ela partira para o exterior, não havia mais nada que Henry pudesse fazer até seu retorno. Se sua mãe ainda estivesse na Inglaterra, contudo, detetives particulares a encontrariam, mesmo que levasse dias, ou até mesmo semanas. A não ser...

Henry parou ao lado da carruagem, assolado por uma ideia, e olhou novamente para o jornal em sua mão. Passou reto pela pergunta de sua mãe e pela resposta ridícula da colunista e se deteve no fim da página.

Está sofrendo a dor de um amor não correspondido? Está confuso com o comportamento inexplicável do sexo oposto? Vive ator-

mentado por questões do coração e sente que não há ninguém a quem possa recorrer em busca de compreensão e aconselhamento? Não tema. Lady *Truelove o ajudará. Escreva para ela por meio de sua editora, a Deverill Publishing, na Belford Row, nº 12, Holborn. Todas as cartas serão respondidas — e só serão publicadas se houver consenso mútuo.*

Enquanto lia aquelas palavras, Henry se perguntou se um método mais eficiente de encontrar sua mãe do que contratar até mesmo os melhores detetives de Londres não estava ali, bem debaixo de seu nariz.

Capítulo 2

Publicar um jornal de fofocas não era para fracos. Requeria uma mente astuta, um coração impassível e uma casca grossa. Felizmente para a família Deverill e para todos os leitores ávidos do *Society Snippets*, Irene Deverill detinha todas essas qualidades. Ela também possuía senso de humor, o que era uma bênção, e havia dias em que achava essa característica a mais necessária de todas. Hoje era um desses dias.

— Senhor Shaw — começou ela pela terceira vez, torcendo para conseguir dialogar em meio à onda raivosa de desaprovação daquele idoso colérico sentado do outro lado de sua mesa —, compreendo suas preocupações, mas...

— A *Weekly Gazette* — interrompeu ele, referindo-se à publicação por seu antigo nome — era um jornal, senhorita, e seu propósito era transmitir ao público acontecimentos sérios e importantes do dia no leste e no centro de Londres. Mas agora, graças a você, não passa de um... difusor de escândalos e frenesis.

Irene tentou não sorrir enquanto analisava a boca empertigada do homem à sua frente. Um pouco de frenesi, pensava ela, faria um bem muito maior a Ebenezer Shaw do que os laxantes que a empresa dele vendia, mas não adiantaria lhe falar aquilo.

— Entendo que as mudanças que fiz podem ser um tanto desconcertantes...

— Desconcertantes? — O sr. Shaw jogou seu exemplar da edição do dia anterior na mesa de Irene. — Colunas de fofoca, notícias sobre moda, aconselhamento amoroso... O que virá em seguida? Relatos a respeito das casas mal-assombradas de Londres e um relatório semanal sobre astrologia?

Imediatamente, a imaginação de Irene começou a visualizar uma série de artigos sobre os locais mais assombrados da Inglaterra — a hospedaria Jamaica talvez, o castelo Berry Pomeroy, a Torre de Londres...

Ela olhou para sua irmã, que estava sentada perto da porta com uma prancheta na mão. Clara, que trabalhava como sua secretária, compreendeu o significado daquele olhar e rabiscou uma anotação. Com aquilo, Irene foi forçada a abandonar sua contemplação de futuras matérias para o *Society Snippets* e voltar a atenção para um dos aspectos menos agradáveis de sua profissão: amainar anunciantes irados.

— O jornal pode não ser o mesmo tipo de publicação na qual o senhor começou a inserir seus anúncios vinte anos atrás — disse ela, com seu tom de voz mais apaziguador —, e o conteúdo pode não ser do seu agrado. Ou do meu — acrescentou rapidamente quando ele abriu a boca para dar sua opinião quanto àquele assunto. — Mas nenhum de nós pode contestar os resultados. A demanda aumentou em trezentos por cento desde que as mudanças no nosso conteúdo editorial foram implementadas dez meses atrás.

Clara tossiu de leve.

— Trezentos e vinte e sete por cento, para ser exata.

Irene ergueu as mãos em um gesto de obviedade.

— Aí está. Com certeza, a Shaw's Liver Pills deve se beneficiar desse aumento estrondoso em nosso número de leitores. Mais pessoas estão vendo seus anúncios do que em qualquer outro período anterior...

— Nós atendemos uma clientela distinta. — Ele se levantou, com a dignidade ferida. — As pessoas que leem a sua publicação não são do tipo que queremos como nossos clientes.

Irene não conseguia entender que diferença fazia para Shaw qual estirpe de clientela comprava suas pílulas, desde que os comprimidos fossem pagos em dinheiro vivo, mas sabia que não adiantaria fazer tal alegação. Antes que pudesse decidir a melhor maneira de proceder, o sr. Shaw voltou a falar:

— Nosso contrato anual de publicidade logo precisará ser renegociado e sinto que, antes que esse momento chegue, os problemas que percebo têm de ser solucionados.

— É claro — concordou Irene. — O que o senhor gostaria que eu fizesse?

— Que você fizesse? Fizesse? — Os olhos do sr. Shaw se arregalaram, como se ele não pudesse acreditar que ela tivesse feito uma pergunta tão absurda. — Não é óbvio?

— Para mim, não — respondeu ela com sinceridade. — Como posso tranquilizar suas preocupações?

— Faça com que o jornal volte a ser como era, é claro.

A mente de Irene voltou cinco anos no tempo, na época da morte de seu avô e das tentativas de seu pai de administrar a Deverill Publishing por conta própria. Tais tentativas foram desanimadoramente malsucedidas, pois seu pai tinha um apreço desmedido por conhaque e nenhum talento para os negócios. Como resultado, o próspero empreendimento construído pelas duas gerações anteriores de homens Deverill ruíra a uma velocidade vertiginosa. Em quatro anos, toda a sua renda tinha se esvaído, os escritórios na rua Fleet foram forçados a fechar as portas, e quase todas as prensas e os equipamentos acabaram sendo vendidos em leilões por uma fração de seu valor. Sua casa na Belford Row, a única propriedade que lhes restou, fora hipotecada para quitar as dívidas.

Foi naquele ponto que Irene, plenamente ciente de quão precária era sua situação financeira, por conta da administração da casa, decidiu que algo precisava ser feito. Insistindo que seu pai cuidasse da saúde e deixasse as preocupações do negócio de lado, ela assumiu a *Weekly Gazette*, o único vestígio remanescente do antes vasto império jornalístico de seu avô. Sob muita reclamação de seu pai, ela migrou a Deverill Publishing para a biblioteca da família, abriu uma porta para a rua e transformou a sala de estudos do pai em seu escritório. Então, mudou o nome do jornal de *Weekly Gazette* para *Society Snippets* e o transformou em um tabloide de fofocas. Em menos de um ano, graças a *Lady* Truelove e a algumas outras criações da imaginação de Irene, o jornal tinha se tornado um verdadeiro sucesso, o negócio da família fora salvo e os dias de comerciantes irados e credores exigentes e de racionar carvão e manteiga eram coisa do passado.

Talvez o sr. Shaw — por motivos que Irene não conseguia compreender — quisesse retornar a um tempo em que o pequeno jornal semanal discutia "acontecimentos sérios e importantes do dia no leste e no centro de Londres", mas ela preferia muito mais ter uma publicação lucrativa, uma casa que conseguisse bancar suas despesas e uma pequena reserva no banco. Irene pensou no aumento de trezentos e vinte e sete por cento na distribuição do jornal e lembrou a si mesma de que havia outros anunciantes além da Shaw's Liver Pills.

— Receio — disse ela, mostrando ao sr. Shaw seu mais belo sorriso — que o que o senhor está pedindo não é possível.

Os olhos arregalados dele se estreitaram.

— Talvez fosse melhor se eu conversasse com o sr. Deverill sobre isso.

O sorriso de Irene vacilou um pouquinho.

— Isso também não é possível. Meu pai está doente.

— Doente?

— Bastante doente — confirmou ela, lembrando a si mesma de que aquilo não era exatamente uma mentira.

Para Irene, se um homem passava a maior parte de seu tempo em uma condição inebriada, era porque estava sofrendo de uma doença.

— Seu irmão, então. Sem dúvida, Jonathan Deverill é quem está no comando agora, se seu pai está doente.

— Meu irmão está fora do país. Desde que terminou a universidade ele está... hum... conhecendo o mundo.

Essa era, supunha Irene, a melhor maneira de explicar. Não era preciso mencionar que Jonathan e o pai não se falavam já havia três anos.

Os olhos verdes acinzentados do sr. Shaw se estreitaram mais ainda.

— Então voltamos ao começo. Terei de falar com seu pai. Eu preciso insistir.

Irene congelou.

— Oh, não — murmurou Clara, percebendo o movimento revelador. — Foi a gota d'água.

Com esforço, Irene manteve o sorriso nos lábios.

— A Shaw's tem anunciado em nossos jornais há muitos anos com muito sucesso. Assim como meu avô e meu pai antes de mim, sempre considerei sua empresa nosso cliente mais valoroso e importante. — Ela fez uma pausa, esperando para ver o brilho de satisfação nos olhos do homem à sua frente antes de continuar, se levantando: — Contudo, acho que possa ser o momento de nós dois reavaliarmos a valia dessa relação.

— Como é que é? — O espanto dele teria sido engraçado, se não estivesse prestes a custar a maior fonte de receita do jornal. — Você sacrificaria nossa parceria sem fazer uma única tentativa de analisar nossa questão?

— Acho que já fiz essa tentativa, mas o senhor parece não concordar, então não consigo pensar em outra solução. A perda da sua empresa será um baque tremendo, é claro, mas não posso permitir que os anunciantes determinem o conteúdo editorial do jornal. Seria um precedente extremamente perigoso. — O sorriso de Irene ainda era amigável enquanto dava a volta na mesa e atravessava o escritório até a porta. — Tenho certeza de que o senhor compreende. — Ela abriu a porta, olhando para a irmã.

Clara entendeu o recado na hora. Largando a prancheta, se levantou.

— Eu o acompanho até a porta, sr. Shaw.

Irene articulou em silêncio um *obrigada* sincero para a irmã enquanto Clara guiava o gaguejante sr. Shaw com firmeza pelo braço, de forma muito semelhante a uma governanta de berçário, e o escoltou para fora do escritório.

Irene observou da porta enquanto Clara passava com o sr. Shaw pela prensa e pela longa mesa de máquinas de escrever. Aquelas máquinas estavam em silêncio, pois as três jornalistas de sua equipe estavam na rua atrás de informações para as matérias da edição da semana seguinte e não havia ninguém no escritório além dela e de sua irmã. Irene continuou observando até Clara conduzir o sr. Shaw à rua. Então, com um suspiro de alívio, se afastou e fechou a porta do escritório. Só depois de ter se sentado que as consequências de sua decisão a atingiram, e seu alívio foi substituído por uma palpitação repentina de pânico.

Irene se inclinou para a frente com um grunhido, apoiando os cotovelos na mesa, pensando em todo o rendimento que tinha jogado pela janela.

— Meu Deus — murmurou ela, esfregando as mãos no rosto —, o que foi que eu fiz?

Se a Shaw's não fosse substituída — e logo —, a perda para o jornal seria gigantesca. Eles estavam lucrando agora, mas Irene sabia da facilidade com que podiam recair na miséria se ela não fosse cuidadosa. E, apesar de a pobreza digna servir para compor histórias românticas na seção de ficção do jornal, era algo muito recente no passado de Irene para que a considerasse minimamente romântica. Na verdade, a possibilidade de que sua decisão talvez jogasse sua família de volta àquela situação a faz se sentir levemente enjoada.

De toda forma, não havia como voltar atrás. A questão era o que fazer agora. Com isso em mente, Irene ergueu a cabeça e pegou uma folha de papel e um lápis.

Em três minutos, ela já tinha escrito o nome de vinte empresas que poderiam ser substitutos adequados para a Shaw's Liver Pills, e seu otimismo inato começou a reacender. Havia mais de dez possibilidades em sua mente, mas antes que pudesse anotá-las, alguém bateu à porta e ela se interrompeu, erguendo os olhos quando Clara entrou novamente no recinto.

Os olhos castanhos e grandes da irmã estavam arregalados, e ela mordia o lábio inferior. Irene se sentiu compelida a oferecer consolo imediato.

— Ficará tudo bem. Já tracei um plano para compensar o rendimento perdido. Aquele velho rabugento e seus laxantes não nos farão falta alguma.

— Eu sei.

Apesar daquelas palavras, sua irmã não parecia convencida.

— Não deixarei que regressemos à pobreza novamente, eu prometo...

— Eu sei, eu sei.

Irene franziu a testa, desconcertada.

— Então, por que está com essa expressão, como se estivéssemos voltando à rua da amargura?

A jovem se apoiou na porta, olhando rapidamente por cima do ombro para a sala atrás, então voltou a olhar para Irene.

— Há um cavalheiro lá na frente — explicou Clara em um tom de voz baixo enquanto se aproximava da mesa da irmã, com um cartão de visitas na mão. — Ele quer ver *Lady* Truelove.

— E eu adoraria ter um unicórnio — sussurrou Irene em resposta, sorrindo, seu bom humor restaurado. — Receio que nós dois ficaremos desapontados.

— Isso é sério, Irene. — Clara mostrou o cartão. — Esse homem não é qualquer um.

Irene se levantou, colocando o lápis atrás da orelha, e pegou o cartão dos dedos esticados da irmã. Branco e simples, não havia adornos além de uma borda prateada fina e uma marca d'água na frente, um pequeno coronel. Ela não sabia diferenciar um coronel de outro, mas reconhecia a textura do papel caro e de qualidade.

— Duque de Torquil. — Ela leu em voz alta as palavras pretas cobreadas impressas sobre a marca d'água e, enquanto falava, a coluna do dia anterior de *Lady* Truelove passou por sua mente. Seus olhos consternados encontraram o olhar apreensivo da irmã. — Meu Deus.

Clara assentiu com a cabeça, confirmando que ambas estavam seguindo a mesma linha de raciocínio. Mesmo para quem não tinha um jornal de fofocas, era fácil deduzir a identidade da "*lady* da sociedade" que havia se apaixonado por um artista e, assim que recebera a carta, Irene soube imediatamente de quem se tratava. Boatos sobre a duquesa viúva de Torquil e o famoso pintor italiano Antonio Foscarelli já tinham estampado as páginas de vários tabloides, inclusive o dela.

— Mesmo assim... — Irene fez uma pausa e engoliu em seco, olhando novamente para o cartão. — Por que o duque de Torquil iria querer me ver?

— Por quê, afinal? — perguntou uma voz forte, e Irene olhou para além da irmã. Avistou o duque parado na entrada de seu escritório, um homem cuja figura alta e ombros largos pareciam preencher o vão da porta.

Seu rosto era marcado por traços belamente esculpidos e olhos azuis acinzentados, mas também era um rosto de feições rígidas e de uma determinação implacável. Naqueles olhos pálidos brilhantes havia a faísca inconfundível da raiva.

Irene podia imaginar uma provável causa e sentiu um calafrio repentino de apreensão. Como uma mulher ocupando o cargo de um homem, contudo, ela sabia que não podia se permitir ser intimidada por ninguém, então jogou o cartão de lado, ergueu a cabeça e encarou de forma inabalável o olhar rude dele.

O duque a encarava com aquele jeito característico dos nobres e arqueou uma das sobrancelhas escuras, demonstrando que aquela mulher não era exatamente quem esperava.

— Essa é uma excelente pergunta, senhorita, e bastante reveladora, também. — Ele tirou o chapéu e fez uma reverência, aquele olhar gélido defrontando-se com ela novamente. Enquanto o duque se erguia, um sorriso sombrio tocou seus lábios. — *Lady* Truelove, presumo?

Certa vez, Henry já tivera a questionável honra de conhecer uma romancista e, nos refúgios vagos de sua mente, tinha assumido que *Lady* Truelove seria farinha do mesmo saco — uma figura rechonchuda, embrulhada em veludo amarrotado e em muitas peças de azeviche, de meia-idade, com cabelo tingido de hena e um sorriso bobo nos lábios.

Dessa vez, no entanto, ao ver a infame colunista londrina em carne e osso, percebeu quanto aquela imagem mental estava incorreta.

Em primeiro lugar, *Lady* Truelove não estava na meia-idade. Devia ter por volta de 25 ou 26 anos, não mais que isso. Não estava usando veludo e azeviche, mas um prático *chemisier* branco, uma saia cinza simples e uma gravata azul-escura. Seu cabelo, preso no topo da cabeça em uma espécie de coque desalinhado, não era tingido com hena vermelha, mas de um belo e intenso tom louro que brilhava sob a luz fraca do escritório bolorento. Seu corpo, alto e bem torneado, era diferente da figura rotunda que ele havia imaginado. Em vez disso, essa mulher era como uma pintura de Thomas Gibson que ganhara vida.

Apesar de ela não o ter convidado, Henry entrou mesmo assim, pois não tinha tempo para civilidades ordinárias. Ao entrar, a garota morena que o recepcionara fez uma reverência, pediu licença e murmurou alguma coisa sobre ir buscar um chá. Abaixando-se para passar por ele, a moça saiu do escritório, fechando a porta ao passar.

Henry voltou sua atenção para a mulher atrás da mesa e, enquanto atravessava o escritório em sua direção, reparou em outro contraste expressivo entre ela e a romancista que havia conhecido.

Essa mulher era linda.

Olhos grandes em um rosto oval o fitaram de volta — eram cor de mel circundados por cílios grossos muito mais escuros que o cabelo dela. Nas profundezas douradas desse olhar, Henry podia ver uma ebulição de cores ricas que o fizeram pensar na mesma hora no bosque próximo à sua casa, em Hampshire, no sol colorindo o musgo, os troncos das árvores e o líquen.

Henry foi observando e, assimilando o máximo da figura de Irene que podia ver acima da mesa e, enquanto reparava em seu colo farto, na cintura fina e no quadril avantajado, foi impactado por outra surpresa. Uma figura tão sensual se devia mais a artifícios do que à natureza, no entanto, o traje dela não era do tipo que favorecia o uso de espartilhos apertados, peças que valorizassem o busto e outras frivolidades.

Dada a beleza do rosto e dos contornos deliciosamente femininos do corpo dela, o ambiente em que aquela mulher se encontrava, bem como sua vestimenta, parecia ainda mais incongruente. Aquele não era o tipo de mulher que deveria estar com um uniforme de vendedora de lojas e datilógrafas, trabalhando como escrava em um escritório. Um corpo esplêndido como o dela deveria estar em um *boudoir*, com suas curvas provocantemente visíveis sob uma camada de chiffon de seda pura. Seus cachos dourados deveriam estar soltos e esparramados sobre seus ombros, não amontoados em um coque desordenado. Ela não deveria estar atrás de uma mesa com os punhos sujos de tinta e um lápis atrás da orelha.

— O senhor está se baseando em um equívoco.

A voz dela, tranquila e altiva, arrancou Henry de seu devaneio um tanto erótico e o relembrou da questão a ser resolvida.

— Que equívoco seria esse? — perguntou ele.

— O senhor parece acreditar que sou *Lady* Truelove.

— Parece ser uma suposição racional, considerando o que acabei de ouvir. A senhorita nega?

— Não vejo motivos para confirmar ou negar qualquer coisa... a um bisbilhoteiro.

— Se a senhorita não gostaria que suas conversas fossem ouvidas, talvez devesse fechar a porta. Contudo — acrescentou antes que ela pudesse continuar se empenhando em mudar o rumo da conversa para o comportamento dele —, posso compreender por que não gostaria de assumir tal identidade. Se eu desse os mesmos conselhos absurdos ao público britânico, também detestaria admitir.

Apesar da tentativa de provocá-la a defender a si mesma e seu trabalho, exterminando quaisquer argumentos exaustivos sobre sua identidade antes mesmo que começassem, Irene não mordeu a isca.

— Tenho autoridade para falar em nome de *Lady* Truelove — respondeu ela. — Foi por isso que minha secretária o trouxe até mim.

Se ela queria negar que era a famosa colunista, que assim fosse.

— E a senhorita é...?

— Sou a editora do *Society Snippets*.

Aquela mulher era a editora? Ele tinha sido levado a imaginar que um homem ocuparia tal cargo e precisou conter o riso, considerando que, àquela altura do dia, já deveria esperar pelo inesperado.

Irene franziu a testa para aquele silêncio reprimido.

— Acha minha posição divertida?

— Não achei nada divertido, senhorita — garantiu ele apressadamente. — Mas há momentos em que nos lembramos de como a vida pode ser absurda.

— Então, o senhor considera a ideia de uma editora um absurdo? — questionou Irene, o tom de voz ácido indicando que se ofendera, e Henry percebeu que não estava apenas conversando com uma editora, mas também com uma sufragista.

— Confesso que sim. — O duque de Torquil voltou a analisar a srta. Deverill e pensou mais uma vez no tal chiffon de seda pura. — Bom, nesse caso, ao menos.

Irene se enraiveceu com aquilo, mas ele mal notou, pois seu corpo estava começando a responder em conformidade com seus pensamentos, e Henry estava ocupado demais tentando se recompor para prestar muita atenção nos melindres dela.

Se estava tendo pensamentos luxuriosos com sufragistas de gravata, pensou Henry com certo desgosto, era porque fazia muito tempo que havia estado com uma mulher. Se aquela linha de pensamento continuasse, talvez fosse forçado a arranjar uma amante ou a parar de procrastinar a busca por uma esposa adequada.

— Eu imaginava que os duques tivessem a decência de não ficar encarando as pessoas.

O comentário pungente com relação a seu comportamento o fez retornar de suas divagações com um sobressalto.

— Perdoe-me — disse Henry, esforçando-se para se lembrar dos bons modos e fornecer uma desculpa para sua preocupação à beleza insana da escritora mordaz. — Atribua minhas palavras imprudentes de um minuto atrás à minha... hum... confusão.

— Confusão?

— Sim. — Ele colocou o chapéu no canto da mesa, tirou a edição da noite anterior do *Society Snippets* do bolso do casaco e o redobrou para que a primeira página ficasse visível. — O expediente do seu jornal afirma que um tal Edwin Deverill é o dono e editor — explicou, apontando para o canto inferior esquerdo da página. — A senhorita é Edwin Deverill? — Ele percebeu que aquilo desestabilizou um pouco a sufragista. — Talvez eu seja antiquado — continuou antes que ela pudesse responder —, mas, para mim, Edwin parece ser um nome estranho para uma mulher, sra. Deverill.

— Senhorita Deverill — corrigiu ela imediatamente, seu queixo afunilado erguendo-se um pouquinho. — Sou a filha mais velha de Edwin Deverill.

Solteirona, além de sufragista? E ela dava conselhos amorosos? Aquela situação estava migrando do absurdo para a farsa.

— Meu pai — continuou Irene — deixou todas as tarefas deste jornal aos meus cuidados. O senhor pode compartilhar comigo todas as questões que dizem respeito a *Lady* Truelove e, se eu sentir que é necessário, levarei a questão até ela.

Apesar da dissimulação, ele sabia o que tinha ouvido. Aquela mulher era a infame colunista, e Henry não viu muito sentido em ficar de rodeios com ela.

— Nesse caso, irei direto ao ponto, srta. Deverill. Minha mãe está desaparecida. Ela saiu de casa no meio da noite, sozinha, declarando em um bilhete deixado para mim que sua intenção era fugir para se casar com um homem.

— Uma fuga, de fato.

Ela não disse nada mais, e Henry sentiu o rancor retornando.

— A família está preocupada.

— É claro. Em que *Lady* Truelove e a Deverill Publishing podem ajudá-lo?

— Minha mãe não deu nenhum indicativo de seu destino pretendido. Talvez a senhorita possa me dizer para onde ela foi.

A srta. Deverill passou o peso do corpo de uma perna para outra e desviou o olhar, ajeitando o mata-borrão em sua mesa e obviamente tentando ganhar tempo.

— Como eu saberia o paradeiro de sua mãe?

Henry abriu o jornal na distinta página e começou a ler.

— "*Lady* Truelove a ajudará. Escreva para ela por meio de sua editora, a Deverill Publishing, na Belford Row, nº 12, Holborn." — Ele ergueu os olhos. — Tenho esperanças de que, nas correspondências trocadas entre vocês, minha mãe tenha dado algum indicativo de suas intenções ou de seu paradeiro.

— Ela não deu, não à Deverill Publishing, de toda forma. — Irene ajeitou os papéis em cima da mesa e ergueu o olhar. — *Lady*

Truelove é funcionária do nosso jornal, mas suas correspondências são responsabilidade dela.

— Srta. Deverill, as palavras que a senhorita disse para sua secretária alguns minutos atrás só podem significar uma coisa, e não posso me dar ao luxo de fingir o contrário em prol das suas suscetibilidades ou para preservar seu pseudônimo. Em seu papel como *Lady* Truelove, a senhorita esteve se correspondendo com minha mãe, e preciso saber de qualquer informação que ela possa ter lhe dado. Estou ansioso para localizá-la e ter certeza de que está bem.

— Encontrar uma pessoa desaparecida me parece da alçada da polícia.

— Minha mãe é a duquesa de Torquil. Uma situação como essa não pode ser levada à polícia.

— Detetives particulares, então.

— Tenho total intenção de contratar os serviços de detetives particulares, mas tais investigações levam tempo. Quando os detetives descobrirem o paradeiro dela, pode ser tarde demais.

— Tarde demais? — Irene franziu a testa como se tivesse achado aquelas palavras surpreendentes. — Tarde demais para quê?

— Para impedir o casamento, é claro. Graças a você, minha mãe pretende cometer algo que só pode ser encarado como um erro grave, e pretendo persuadi-la a reconsiderar, se puder. Nas suas correspondências, os conselhos a ela incluíram alguma recomendação de local para o matrimônio? Ela lhe deu algum endereço de onde ficaria? Uma data na qual pretende se casar? Qualquer informação?

Irene inclinou a cabeça, estudando-o pensativamente.

— Por que o senhor considera o casamento de sua mãe um erro?

Henry se remexeu, ficando impaciente, pois não estava ali para responder a perguntas, mas para obter respostas.

— Suponho que não seja surpreendente o fato de que alguém de uma classe social baixa não entender por que tal casamento seria desastroso, mas nem por isso deixa de sê-lo.

Irene ficou rígida, parecendo afrontada por algo que era um fato óbvio.

— De todos os comentários esnobes, arrogantes e condescendentes que já ouvi...

A voz dela sumiu com um engasgo, sua mente esgotada de adjetivos depreciativos, e Henry se aproveitou do silêncio momentâneo.

— Diga-me o que a senhorita sabe.

Irene não respondeu. Em vez disso, comprimiu os lábios, encarando-o furiosamente.

Henry largou o jornal na mesa e se inclinou para a frente, esparramando as palmas das mãos no tampo, encarando o ressentimento no olhar dela.

— Eu não estava fazendo um pedido, srta. Deverill.

— É uma pena — retrucou Irene. — Pois não respondo bem a ordens.

— E eu não respondo bem à intransigência desnecessária.

— Não é uma questão de intransigência. Mesmo que a Deverill Publishing soubesse do paradeiro de sua mãe ou fosse cúmplice de seus planos, eu não teria a liberdade de revelar qualquer coisa ao senhor. O *Society Snippets* promete a seus leitores que as informações confidenciadas a *Lady* Truelove por aqueles que buscam seus conselhos serão mantidas em sigilo. Apesar de compreender que o senhor está preocupado com o bem-estar de sua mãe e que tem suas apreensões, embora equivocadas, com relação ao desejo dela de se casar...

— Equivocadas? — interrompeu Henry, dando uma risada incrédula com a escolha de palavras dela. — A senhorita faz ideia do que o casamento de minha mãe com Antonio Foscarelli faria com a vida dela? Com sua posição social? Com a posição de sua família? Já que estamos falando disso — continuou antes que Irene pudesse responder —, a senhorita por acaso leva em consideração as consequências desastrosas que podem resultar dos conselhos que dá com tanta imprudência?

— Não há nada de imprudente nos aconselhamentos de *Lady* Truelove e, em nome dela, sinto-me ofendida com sua acusação, senhor duque.

— Ofenda-se quanto quiser, mas é claro que a senhorita não tem consideração alguma pelas vidas que pode arruinar.

— Ou talvez eu não defina "ruína" da mesma maneira que o senhor.

A mente de Henry retornou ao passado, e a imagem da filha de olhos escuros de um comerciante passou por sua cabeça.

— Estar preso em um casamento que toda a sociedade veria como uma desgraça, uma união em que as duas pessoas não têm nada em comum a não ser sua paixão mútua, isso não é catastrófico para a senhorita?

As bochechas de Irene coraram de leve quando Henry falou em paixão, mas ela não se ateve àquele aspecto do argumento.

— Ao contrário de uns e outros, não enxergo as opiniões do senhor e da sua preciosa sociedade como algo com que se preocupar.

Henry mandou os pensamentos de Elena e do estúpido erro que cometera de volta para o passado, de onde não deveriam ter saído.

— A senhorita só diz isso porque não tem noção do poder que empunhamos. Não faz ideia de como seria estar no lugar de minha mãe, de como seria se sentir à margem da...

— Ah, mas eu sei, acredite em mim — garantiu ela. — Compreendo perfeitamente o que significa e qual a sensação de ser menosprezada pela sua gente, acredite. E não me importo nem um pouco.

Apesar da declaração desafiadora, havia uma pitada inequívoca de amargura na voz dela. Se a ocasião fosse outra, talvez Henry ficasse curioso o suficiente para explorar os motivos, mas, naquele momento, ele tinha coisas mais importantes a considerar.

— Mesmo que isso seja verdade, srta. Derevill, minha mãe não é a senhorita. A vida dela não é como a sua, e a senhorita não faz ideia do que seu conselho fez. E suspeito de que nem se importe.

— Isso não é verdade! Eu...

— É uma visão sensata, suponho — interrompeu ele, ignorando o protesto de Irene —, quando se é um mascate de jornais.

— Antes um mascate de jornais do que um lírio do campo, como o senhor — retrucou Irene, seus olhos dourados brilhando, demonstrando que a srta. Deverill não detinha apenas um lado contumaz, mas também um temperamento forte.

— Um lírio do campo? — Henry pensou nas obrigações que preenchiam seus dias e preocupavam suas noites e quase sentiu uma vontade de rir. — É isso que sou?

— Não trabalha e nem fia, mas acredita que tem o direito de exercer controle sobre a vida daqueles à sua volta.

— Eu acredito que tenha direito a exercer tal controle porque é inato ao meu título. Sou duque. Com uma posição alta vêm também grandes responsabilidades. É assim que o mundo funciona.

— Não o meu mundo.

— Estou certo disso, mas podemos deixar a discussão sobre isso e seu mundo para outro dia?

— Com certeza — concordou ela, apontando para a porta atrás dele. — Acredito que o senhor tem coisas importantes e ducais a fazer, como comparecer a bailes ou a corridas. Ao passo que eu, por outro lado, preciso cumprir a insignificante tarefa de ganhar o meu sustento. Então, por favor, pode se retirar, senhor duque.

— Bailes? Corridas? Esse é todo o seu conhecimento acerca das obrigações de um duque?

— Bem, essas coisas parecem ser as maiores preocupações da sua classe. E a adequabilidade de quem casa com quem, é claro.

A despeito do atrevimento daquele último comentário, o ressentimento de Irene era palpável, e Henry se perguntou se, além de ser mascate de jornais, sufragista e solteirona, ela também era marxista.

— A senhorita não faz a menor ideia do que significa ser um duque.

— E o senhor não faz a menor ideia de como é trabalhar para se sustentar.

— Nem gostaria de saber.

— Uma declaração que não me surpreende nem um pouco. Pela aparência de suas roupas, o trabalho não lhe cairia bem.

Ele abriu a boca para retrucar, porém, por mais que quisesse deixar bem claras as obrigações requeridas de um homem de sua posição, uma olhada para o relógio na parede o lembrou de suas prioridades. Infelizmente, ele ainda não descobrira nada a respeito dos planos de sua mãe além do que já sabia quando chegou ali.

— Está claro que a senhorita desconhece as muitas responsabilidades da nobreza, srta. Deverill, mas, para meu imenso pesar, não tenho tempo e nem disposição para instruí-la nesse tema. Encontrar minha mãe é a única coisa que me importa no momento.

— Quanto a isso, como já lhe disse, não posso ajudá-lo.

Ele estudou o rosto de Irene e soube que estava perdendo tempo. Se era porque ela não sabia do paradeiro de sua mãe, ou porque se recusava a compartilhar a informação por conta de seu preconceito equivocado contra sua posição, ou por causa de alguma noção absurda de integridade jornalística, Henry não podia ter certeza. Mas qualquer que fosse a compreensão ou os motivos, a srta. Deverill não o auxiliaria em nada.

— Nesse caso, desejo-lhe um bom dia. — Ele fez uma reverência, pegou o chapéu da mesa e se virou para ir embora. Ao chegar à porta, entretanto, parou, com uma das mãos na maçaneta, e se virou para olhá-la. — Mas, antes que eu vá, há algo que gostaria que a senhorita considerasse, se pudesse.

Irene o fitou como se preferisse tomar veneno ao considerar qualquer coisa que ele pudesse dizer, mas Henry se forçou a esperar e, após um instante, a curiosidade dela pareceu suplantar o rancor.

— O que seria?

— Gostaria que a senhorita levasse em consideração o impacto que suas decisões podem ter na vida de outras pessoas. Se minha mãe sofrer ridicularização e escárnio por causa da senhorita e de seu jornal, qual a sua cota de responsabilidade? Se a vida dela for arruinada, quais consequências a sua sofrerá? Dado o seu papel na decadência dela, qual castigo a senhorita merecerá?

Irene inspirou bruscamente.

— Isso é uma ameaça? — perguntou, seu queixo se erguendo desafiadoramente. — Não há nada que o senhor possa fazer contra mim.

— A senhorita acha que não? — Henry deu a ela um sorriso compassivo. — Oh, minha cara srta. Deverill...

As palavras, delicadas e perigosas, provocaram uma fagulha de preocupação naqueles olhos dourados, uma reação que ele achou bastante satisfatória, dadas as circunstâncias.

— Se minha mãe se corresponder com a senhorita no futuro — continuou enquanto colocava o chapéu —, duvido de que me informará, mas espero que tenha o civismo de avisá-la de que a família está preocupada com ela e gostaria de receber notícias. E, aliás, não é correto me chamar de "senhor duque". Uma cidadã comum, como a senhorita, deveria se dirigir a mim como "Sua Graça".

Com isso, Henry saiu e fechou a porta, sem dar a Irene chance para responder, o que ele só podia considerar algo muito bom. Ao lidar com uma mulher como a srta. Deverill, qualquer homem deveria ser astuto o suficiente para garantir que a última palavra sempre fosse sua. Caso contrário, ela devoraria o pobre coitado como café da manhã.

Capítulo 3

Em todos os seus 26 anos de existência, Irene nunca soubera que tinha gênio forte. Sempre se considerara uma pessoa equilibrada: calma, estável e razoavelmente afável. Mas, enquanto observava a porta pela qual o duque de Torquil saíra se fechar, ela não se sentia nem um pouco calma e estável e percebeu que estava bastante enganada em relação à própria personalidade.

Queria correr atrás de *Sua Graça* e dizer o que ele podia fazer com seus pronomes de tratamento inúteis e seu comportamento condescendente, mas não conseguia se mexer. Seus pés pareciam enraizados no chão, seu corpo queimava como se estivesse em chamas, e o sangue corria por suas veias como lava. No geral, Irene se sentia como um vulcão quase em erupção. Se começasse a sair fumaça de seus ouvidos, ela não se surpreenderia.

— Ah — bufou, um ofego que parecia desanimadoramente inadequado à situação, mas não havia outra expressão satisfatória para expressar seus sentimentos. Saber que sua ira era vã apenas servia para exacerbá-la. — Ah! — exclamou ela de novo, cerrando os punhos. — Que homem pavoroso!

Então, a porta se abriu e Clara entrou com uma bandeja de chá equilibrada no antebraço. Sua irmã parou à porta, dando uma olhada surpresa em volta enquanto segurava a bandeja com as duas mãos outra vez.

— Ele já foi?

— A menos que esteja enrolando na recepção como uma espécie de presságio da desgraça — resmungou Irene, fazendo uma careta —, então, sim, ele já foi. Ainda bem.

Sua gratidão pela partida do homem não pareceu ser compartilhada por Clara, que parecia inexplicavelmente decepcionada.

— E fui buscar chá na cozinha e tudo mais — lamentou ela, erguendo a bandeja um pouco mais enquanto entrava no escritório.

— Ele não valia o esforço.

— Irene, como pode dizer isso? Ele é um duque.

— Um duque. Ora, grande coisa. — Ela pressionou o dorso da mão na testa. — Precisarei de meus sais de amônia daqui a pouco. Estou cansada a esse ponto.

Antes que Clara pudesse responder, alguém bateu na porta aberta e Irene avistou Annie, sua criada, parada.

— Com sua licença, senhorita — disse ela, dobrando os joelhos em uma reverência breve —, trago os cumprimentos da sra. Brandt e devo avisá-la de que o chá logo estará pronto para a senhorita e para seu convidado na sala de visitas.

Irene e Clara trocaram olhares perplexos com aquela mensagem de sua governanta, mas foi Clara quem falou primeiro:

— Annie, eu já pedi à sra. Gibson que fizesse chá para nós. Como pode ver — apontou com a cabeça para a bandeja em suas mãos —, eu trouxe para cá.

— Mil perdões, srta. Clara, mas a sra. Brandt disse que era para eu levar isso embora e fazer as senhoritas conduzirem Sua Graça para a sala de visitas. Ela mandou a sra. Gibson preparar um chá decente para ele.

— Um chá decente? — repetiu Irene, sua raiva se transformando em uma espécie de irritação divertida. — Céus, isso significa que temos tomado chá indecente todos esses anos? Quem diria?

Clara riu, mas Annie, não. Piadas não surtiam efeito na criada, que levava a sério tudo o que lhe era dito.

— A sra. Brandt disse que quando um duque aparece, ele merece tomar um chá decente. Ela prometeu que vai trazer assim que as senhoritas levarem Sua Graça lá para cima, para a sala de visitas.

— O duque já foi embora, Annie — explicou Irene pacientemente, gesticulando para indicar que aquela presença não se encontrava mais em seu escritório.

— Oh, senhorita, a sra. Brandt ficará tão desapontada... Ela mandou a sra. Gibson colocar cobertura de açúcar nos bolos e me disse para não me preocupar em servir. Ela mesma atenderia o duque, falou.

— Queria vê-lo pessoalmente, sem dúvida — murmurou Clara.

Annie concordou com a cabeça, parecendo entristecida.

— Foi uma verdadeira decepção para mim, srta. Clara, não vou negar.

— Não há razão para ficar decepcionada, Annie — garantiu Irene enquanto dava a volta na mesa. — Você é mais afortunada do que pode imaginar. Por favor, volte à cozinha e diga à sra. Gibson que não precisa pôr cobertura nos bolos...

— Ora, Irene, não sejamos precipitadas — interrompeu Clara, colocando a bandeja nas mãos de Annie e enganchando o braço no da irmã. — Parece que a sra. Brandt e a sra. Gibson já se empenharam muito. Eu detestaria que seus esforços fossem desperdiçados.

Irene bufou, mas deixou que a irmã a levasse para fora do escritório e a guiasse pelo corredor até a escada.

— Em todo caso, acho que nem mesmo a cobertura de açúcar da sra. Gibson teria impressionado o lorde insuportável.

Clara riu.

— Minha nossa, ele parece ter tirado mesmo você do sério. Mas, Irene, não pode chamá-lo de "lorde insuportável". Não é um lorde. É um duque.

Irene fez um gesto com a mão, pois não precisava de outra lição sobre os pronomes de tratamento adequados.

— Trivialidades, Clara. "Lorde insuportável" é um título que cai como uma luva àquele homem.

— De qualquer forma, é uma pena para a pobre Annie — sussurrou Clara.

As duas irmãs olharam para trás, mas a criada já havia sumido pela porta que levava à cozinha.

— Eu não iria querer ser a mensageira que vai contar à nossa temperamental cozinheira e à explosiva governanta que seus esforços para impressionar o duque foram em vão — prosseguiu Clara enquanto ela e Irene subiam a escada e entravam na sala de visitas. — Agora, Irene, você precisa me contar tudo.

Irene olhou com pesar para a irmã enquanto se sentava em uma ponta do canapé de pelos de cavalo.

— Preciso mesmo?

— Ele era tão horrível assim? — indagou Clara, sentando-se ao seu lado.

— Pior.

— Ele veio por causa da mãe?

— Sim. Parece que ela fugiu para se casar com o italiano.

— Então, a duquesa seguiu o seu conselho? Você não tinha certeza se seguiria, se me lembro bem. Oh, isso não causará um bafafá para o jornal?

— Sim — confirmou Irene, mas a palavra mal tinha saído de sua boca e a pergunta do duque de Torquil já estava reverberando em seus ouvidos.

Se minha mãe sofrer ridicularização e escárnio por causa da senhorita e de seu jornal, qual a sua cota de responsabilidade?

Aquilo era uma besteira, é claro. Uma mulher madura como a duquesa analisaria todas as consequências possíveis da decisão que estava tomando. Irene não podia ser responsabilizada por tais escolhas.

— Mas por que o duque queria vê-la?

Irene não teve a chance de responder, pois a sra. Brandt entrou naquele momento com uma bandeja de chá carregada, e Irene afastou as palavras acusadoras do duque de sua cabeça.

— Chá, senhorita — anunciou a governanta ao entrar na sala. — A sra. Gibson fez uns bolos glaceados maravilhosos hoje. É uma pena que Sua Graça, o duque, não poderá apreciá-los. — Ela nem se preocupou em esconder sua decepção enquanto colocava a bandeja na mesinha ao lado do sofá de Irene.

— Uma pena, realmente — concordou Irene alegre, enquanto pegava o bule e o coador. — Mas, por favor, agradeça à sra. Gibson e garanta a ela que vamos apreciar os bolos.

A governanta não pareceu muito satisfeita ao ouvir aquilo. Ainda parecendo bastante desapontada, saiu da sala.

— E então? — perguntou Clara assim que a governanta tinha passado pela porta. — Por que o duque queria vê-la?

— De que importa? — retrucou Irene enquanto servia o chá coado em duas xícaras e acrescentava açúcar.

— Não acredito que você esteja dizendo isso! — exclamou Clara enquanto pegava a xícara e o pires que Irene lhe entregou. — É claro que importa! Ele é um duque.

— E?

— Irene! Você sabe que leio sobre as peripécias da aristocracia todos os dias no *Society Snippets*. Você também lê.

— Leio nosso jornal porque, como editora, essa é uma das minhas responsabilidades. É diferente para você. Seu trabalho como minha secretária não requer que você leia o que publicamos.

— Mas eu gosto de ler. Gosto de fofocas. — Clara ergueu o queixo arredondado de leve ao se recostar no canapé com sua xícara de chá. — Ainda mais quando se trata de duques bonitos e suas mães indecorosas.

Irene franziu o nariz em repúdio à descrição do duque feita pela irmã.

— A beleza é a soma das atitudes.

— Ah, pare! Você parece a prima de papai, Martha, falando.

Ela parecia mesmo — um fato que Irene achou muito desalentador. No entanto, ela apenas se virou, fingindo um interesse imenso pelos bolos que a sra. Gibson tanto se empenhara em decorar.

— De qualquer forma, não o achei bonito.

— Você só pode estar brincando! Sabe tanto quanto eu que ele é belo como o pecado.

Irene fez uma careta.

— Duvido de que aquele homem sequer saiba o que é pecado. É tão arrogante que deveria ser vigário, e não duque.

— Se fosse vigário, nenhuma mulher na paróquia iria faltar aos cultos. — Clara suspirou, abanando-se com a mão. — Tão alto, e com ombros tão largos.

Irene grunhiu.

— Ora, Clara, não seja melosa.

Clara não se abalou.

— Os olhos são lindos também. Você deve ter reparado ao menos nisso.

Lindos ou não, a única coisa que Irene tinha notado era a desaprovação com que a estudavam. Tudo em relação à sua aparência havia sido dissecado, julgado e, sem sombra de dúvidas, considerado inferior. A mera lembrança do olhar desdenhoso dele a fez se sentir quente, raivosa e exacerbada novamente.

— Quanto ao resto — continuava Clara, sua voz se intrometendo nos pensamentos de sua irmã mais velha —, você gosta de ouvir os boatos e aquela gente tanto quanto qualquer outra pessoa. Sei disso, não importa o que diga. Ora, mudar o jornal para um tabloide de escândalos foi ideia sua.

— Fico feliz que tantas pessoas gostem de ler sobre as peripécias dos duques, acredite — respondeu Irene, aliviada por sua irmã ter parado de falar dos olhos e ombros do duque de Torquil. — Mas não ligo a mínima. E por que deveria? — Ela se sentiu irritadiça de repente. — Não é como se eles se importassem conosco. Lírios do campo, todos eles, como eu disse.

— Irene, você não o chamou assim, chamou?

Ela se contorceu ao ver a expressão abismada da irmã.

— Talvez — murmurou, puxando uma das orelhas.

Clara ficou olhando-a, meneando a cabeça.

— O duque de Torquil só perdeu tempo com você. Se um duque rico e bonito um dia me procurasse, eu morreria de felicidade.

— Não, não morreria, pois você seria forçada a ouvir as coisas horrorosas que ele diria — retrucou Irene, pegando um bolinho da bandeja. — Deveria tê-lo ouvido hoje, falando de como o casamento da mãe com Foscarelli estava abaixo dela, e como seria um baque terrível para a família.

— Bem, esse tipo de coisa causaria mesmo um escândalo e teria um impacto em todas as relações da duquesa.

Se a vida dela for arruinada, quais consequências a sua sofrerá?

Céus, ela precisava impedir que as palavras daquele homem se repetissem em sua cabeça. Irene suprimiu uma blasfêmia e deu uma mordida em seu bolinho.

— De qualquer forma — disse ela após dedicar um momento a apreciar a cobertura de açúcar com limão da sra. Gibson, já que não conseguia gostar do motivo pelo qual ela fez tal cobertura —, a duquesa é capaz de decidir por conta própria com quem vai se casar, não é?

— Com certeza o duque está descontente com esse relacionamento. E está obviamente receoso de que Foscarelli tire proveito de sua mãe.

— Talvez, mas, quando respondi à duquesa, pesei isso tudo e a aconselhei a consultar seus advogados, elaborar um acordo nupcial e proteger seu dinheiro. Não sei se, no fim das contas, ela chegou a seguir meu conselho na íntegra, mas fui bastante clara na minha resposta. E pelo que a duquesa já havia me dito, era óbvio que tinha plena consciência do impacto que sua decisão causaria na família. Quanto ao filho, não sei por que a desaprovação dele seria da nossa conta.

— Não é, suponho, mas mesmo assim...

— Ela é uma mulher adulta e parece ser sã e ter muito bom senso. Parece que só o filho acha que ela é incapaz de escolher por conta própria um homem para se casar. Você realmente iria querer que um filho como ele lhe aconselhasse?

— Bem... — começou Clara, mas Irene não lhe deu chance de responder.

— É compreensível que o duque queira saber para onde a mãe foi, mas mesmo depois de eu ter explicado que nosso jornal precisa manter tais questões em sigilo, ele queria que eu contasse. Não, espere — corrigiu-se. — *Ordenou* que lhe contasse.

— É óbvio que o duque não a conhece — afirmou uma voz masculina martirizada perto da porta, e tanto Irene quanto sua irmã ergueram os olhos enquanto o valete entrava com seu pai na sala de visitas. — Eu mesmo — acrescentou, enquanto Sayers manobrava a cadeira de rodas para acomodá-la ao lado do canapé — desisti de lhe dar ordens muito tempo atrás. Reconheci a prática como um esforço inútil mais ou menos na época em que você aprendeu a andar.

— Muito sábio da sua parte, papai — garantiu Irene. — Não concorda, Sayers?

O criado, cujo semblante Irene sempre relacionara à Tartaruga Fingida de Lewis Carroll, abaixou-se para acionar o freio da cadeira antes de responder.

— Eu não ousaria julgar, srta. Deverill. — Ele empurrou uma banqueta para a frente e repousou o pé de seu patrão na superfície acolchoada de veludo, uma ação que incitou um rugido de dor do velho homem. — Sinto muito, senhor.

O sr. Deverill o desculpou com um aceno da mão.

— Apenas me traga o conhaque e você está dispensado.

Irene franziu a testa de leve, observando o criado se dirigir ao armário de bebidas.

— Papai, o senhor deveria tomar chá na hora do chá, e não conhaque. Além disso, o dr. Munro proibiu-o de tomar conhaque. Ele disse que piora a gota.

— Besteira. Munro é um bode velho azedo e abstêmio. É claro que tentaria me impedir de tomar conhaque. Mas então... — continuou antes que Irene pudesse argumentar — era o duque de Torquil que estava dando ordens a você?

— Ele mesmo — confirmou Clara. — Como o senhor sabe?

— Como fico sabendo de qualquer coisa nesta casa? — O sr. Deverill apontou para o valete que se aproximava com o conhaque. — Minhas filhas nunca me contam nada, isso é certo. Os criados, ainda bem, acham que o chefe da casa, mesmo que esteja caduco, deveria ser informado quando um duque aparece. Coloque ali, Sayers — instruiu, pegando o copo cheio e indicando que o valete colocasse a garrafa na mesa.

— Papai, francamente — começou Irene, tentando relembrar o pai das recomendações do médico, mas ele a conteve.

— Nada de lições, minha filha. Tenho 62 anos e tomarei meu conhaque se desejar. Assim como a tal duquesa, não preciso que meus filhos tomem decisões por mim.

— E ele ainda se pergunta de quem puxei a teimosia — comentou Irene, ganhando um olhar desaprovador do pai.

— Então, onde está Sua Graça, o duque? — perguntou o sr. Deverill, olhando em volta. — É óbvio que você o convidou para subir e tomar um chá?

— É óbvio que não — respondeu Irene descontraidamente enquanto se recostava no canapé com sua xícara de chá e seu bolinho.

— Francamente, Irene, o que aconteceu com suas boas maneiras?

— Minhas maneiras são perfeitamente aceitáveis — retrucou ela, ainda se sentindo um pouco irritadiça. — O duque não veio para fazer uma visita ou tomar chá.

— Dada a nossa posição social, além do fato de nunca termos conhecido esse homem, eu já havia chegado a essa conclusão — disse seu pai, virando o conteúdo do copo e pegando a garrafa para enchê-lo mais uma vez. — Então, por que ele veio?

Irene explicou, mas seu pai não pareceu muito esclarecido.

— Então, a mãe dele fugiu com um artista? O que o fez pensar que você saberia do paradeiro da duquesa?

— Porque ela é uma das pessoas que trocam correspondências com *Lady* Truelove, e sua carta foi publicada na edição da noite passada — explicou Clara. — Mas Irene o despachou daqui.

— Excelente. — O sr. Deverill colocou a garrafa de lado e tomou outro longo gole de conhaque. — Agora estamos insultando duques e os expulsando de casa. Isso não ajudará os meus esforços.

— De que esforços o senhor está falando? — quis saber Irene, endireitando-se no sofá. — Papai, o que o senhor está tramando?

Ele deu de ombros, tentando parecer indiferente.

— Ando me correspondendo com a sua avó, viscondessa, apenas isso, esperando que ela se interesse por você e pela sua irmã.

— Francamente, papai! — exclamou Irene. — O que o senhor espera conseguir?

— Talvez ela possa persuadir o marido a botar uma pedra em cima de tudo. Os dois estão com quase 80 anos, você sabe, e sua mãe era a única filha deles. Talvez consigamos um acordo de paz.

— Paz? Com o visconde Ellesmere? Pouco provável. Meu avô materno, ouso dizer, adoraria ver nossa família no fundo do mar.

— A viscondessa parece aberta à possibilidade de uma trégua e pensou que talvez pudesse exercer alguma influência sobre o marido. Se conseguir, isso significaria uma mudança enorme para vocês duas.

Vocês poderiam, quem sabe, participar da temporada, ir a bailes, encontrar maridos.

Aos 26 anos, Irene sabia que era muito provável que não se casasse. Clara, quatro anos mais nova, talvez ainda tivesse um tempinho, mas não importava muito. Sem dotes, nenhuma das duas arranjaria um marido respeitável, independentemente de a quantos bailes ou festas fossem, mas seu pai falou antes que ela pudesse argumentar.

— Um duque — disse ele, franzindo a testa enquanto girava o conhaque no copo e tomava outro gole generoso — poderia ser muito útil para a minha causa, se conseguíssemos cair nas graças dele.

Irene lançou um olhar torto para o pai.

— Sem querer acabar com as suas esperanças para o nosso futuro, papai, mas fazer com que eu caia nas graças do duque de Torquil é tão provável quanto porcos voarem.

— O que disse a ele? Foi impertinente?

— De forma alguma — respondeu Irene com dignidade, mas Clara arruinou a tentativa.

— Bem, você o chamou de lírio do campo — revelou, fazendo seu pai grunhir e servir outro copo de conhaque.

— Grandes chances de todo o meu trabalho duro ter sido desfeito — resmungou ele, meneando a cabeça. — De nada adiantará o fato de você ser neta de um visconde se insistir em fazer desfeitas para duques. Francamente, Irene, você precisa dar sua opinião em todas as oportunidades possíveis?

— Ah, não pude evitar, papai! O homem era terrivelmente arrogante. E, além disso, minha descrição dele foi adequada. Duvido de que *Sua Graça* trabalhe em alguma coisa.

— E nem deveria — repreendeu o pai. — Seria impensável para um cavalheiro, ainda mais um duque, trabalhar. Isso está abaixo dele.

— Sim, foi disso que esse duque em particular me relembrou enquanto me analisava com desdém e exalava desaprovação quanto a mim e à minha profissão.

— Você não pode culpá-lo por isso, visto que as mulheres não deveriam ter profissão nenhuma — observou o pai, recostando-se na cadeira com o copo. — Você deveria estar participando de festas e atraindo a atenção de jovens cavalheiros. Não trabalhando como uma escrava em um escritório bolorento que você criou no lugar que costumava ser nossa biblioteca.

Irene não respondeu. Afinal, o que poderia dizer? Seu pai nunca fora bom nem com dinheiro e nem com a falta dele, um fato que seu irmão Jonathan tentara, inúmeras vezes, remediar, sem sucesso. Uma discussão violenta sobre esse assunto três anos antes resultou no banimento de Jonathan de casa e na destruição de todas as cartas enviadas por ele ao pai posteriormente. Seu irmão tinha ido embora para a América, e o paradeiro atual era desconhecido. Seu pai, como que para provar que o filho estava errado com relação às suas habilidades, havia começado a especular enlouquecidamente com o dinheiro que ainda tinham. Se Irene não tivesse intervindo, estariam falidos.

Ela reparou em como a mão do pai tremia enquanto ele tornava a encher o copo e ficou contente — não pela primeira vez — ao pensar que se havia comida para pôr na mesa, se tinham comerciantes e criados a serem pagos, era ela quem provia os meios. Irene também sabia, por experiências passadas, que tentar fazer o pai aceitar a dura realidade de sua vida atual era uma perda de tempo tanto quanto dizer para ele não beber.

— Ainda assim — disse Irene —, a vida da duquesa é problema dela e, se o duque não gosta do homem que sua mãe escolheu para casar, será obrigado a engoli-lo.

— Minha nossa, Irene. — Seu pai a encarou, chocado. — Você não disse isso a ele, disse?

— Essencialmente, sim.

— O que Ellesmere pensará se ficar sabendo disso?

— Nada que já não pense, papai.

— Sim, mas, Irene... — entrepôs Clara antes que seu pai pudesse responder —, o duque parece se importar muito com a mãe. Você pode achar o comportamento dele arrogante, e até mesmo descortês, mas a preocupação sem dúvida influenciou nisso. E não significa que deva se comportar da mesma forma.

Irene sentiu uma pontada de culpa.

— Francamente, Clara — disse Irene, suspirando. — É muito pior quando você decide ser minha consciência.

— Alguém precisa ser — comentou o pai. — Caso contrário, só Deus sabe o que você decidiria fazer. Dar início a uma revolução, ou voltar a defender o voto feminino, ou alguma outra coisa pavorosa.

Ele deu de ombros e tomou mais um gole.

— Eu pretendo marchar nas ruas e lutar pelo voto feminino sempre que tiver a chance — respondeu Irene. — Mas, no momento, administrar o jornal toma todo o meu tempo.

— Esse é um ponto positivo, suponho — resmungou o sr. Deverill. — Mantém você longe da política.

Irene fez uma careta para ele enquanto se levantava e caminhava até a escrivaninha.

— Quanto ao resto, nenhum de vocês precisa me acusar de ser relapsa, pois pretendo avisar a duquesa da visita de seu filho.

Clara a fitou com olhos perplexos.

— Então, sabe onde ela está?

— Sei. Recebi uma carta da duquesa esta manhã de um hotel em Londres. Ainda não tive a oportunidade de ler, mas farei isso agora. Depois, responderei informando da visita de seu filho e de suas preocupações com relação a ela. Também recomendarei que entre em contato com a família o quanto antes.

— Francamente, Irene — disse seu pai. — Eu não a entendo. Se você tinha uma carta da mulher e sabe onde ela está, por que não repassou a informação ao duque?

— Porque *Lady* Truelove promete confidencialidade a todos os seus correspondentes, papai. O senhor sabe disso.

Foi a vez do sr. Deverill fazer careta, uma expressão que fazia parecer que acabara de comer algo estragado.

— Não fique bradando na minha presença sobre essa abominação que você criou.

— É o que põe a comida na mesa, papai — respondeu Irene com o máximo de delicadeza que conseguiu.

— Há outras maneiras de fazer isso.

Irene teria apreciado outras sugestões a esse respeito um ano atrás, quando os credores estavam ameaçando tomar a casa e todos os móveis. Quando o viu virar o restante do terceiro copo de conhaque e servir o quarto, ela lembrou a si mesma que nada adiantava revidar com palavras ácidas e ser exasperada.

— De qualquer forma — retomou Irene —, dei minha palavra aos leitores com relação à confidencialidade e não a quebrarei.

— Mas, Irene, ele é um duque.

Ela estava ficando bastante cansada desse bordão.

— Não me importa se é o príncipe da Boêmia.

Seu pai lhe lançou um olhar entristecido.

— Sua mãe ficaria triste ao vê-la falando com tanta irreverência da aristocracia.

— Ficaria? — retrucou Irene de forma áspera. — Acho que mamãe demonstrou uma irreverência admirável à sua família aristocrática quando teve a coragem de seguir seu coração e se casar com um homem da classe média. E visto que o visconde e toda a sua família viraram as costas para ela desde o dia do casamento, não vejo por que mereceriam reverência alguma por parte de mamãe. Com certeza, não merecem a minha. E nem a sua.

A dor perpassou o rosto de seu pai com aquele lembrete de que a família da falecida esposa o julgara tão indigno que Irene se arrependeu de suas palavras imediatamente.

— Eu não quis dizer...

— Eu sei o que você quis dizer, minha querida — disse o pai, cortando-a no meio da frase. — E sou grato por sua lealdade ao meu lado da árvore genealógica. Mas, minha linda criança, de nada adianta ter um desprezo tão gritante pela aristocracia. Eles são muito poderosos, e sua influência é pujante.

— Sim, Sua Graça se esforçou imensamente para me lembrar disso.

— Ah, sim? E o que foi que você respondeu?

Ela sorriu.

— O que o senhor acha?

Seu pai suspirou, meneando a cabeça.

— Um dia desses, Irene, a impertinência será o seu fim.

— Tenho certeza de que o senhor tem razão — respondeu ela, tentando parecer devidamente repreendida. — Mas, francamente, papai, duque ou não, o que aquele homem poderia fazer comigo?

Capítulo 4

Detetives particulares, como Henry logo descobriu, podiam ser surpreendentemente eficientes. Logo após sair do escritório da srta. Deverill, Henry contratara o serviço de um e, apenas dois dias depois, o sujeito entrou em contato, pois conseguira atender a todos os seus pedidos por informações.

Em primeiro lugar — e o mais importante de tudo —, descobriu que sua mãe ainda não havia se casado com Foscarelli, para imenso alívio de Henry.

Em segundo lugar, localizou o italiano, que estava em um apartamento em Camden Town. Uma suíte com serviço completo que fora alugada em seu nome na mesma manhã em que sua mãe partira de casa. A notícia de que Foscarelli tinha uma residência oficial para poder obter a licença para se casar não era grande surpresa, mas, em se tratando de encontrar sua mãe, acabou sendo irrelevante. A duquesa, dissera o detetive, não estava morando com o artista, mas acomodada em uma suíte no Thomas's Hotel, em Berkeley Square.

Assim que o homem foi embora, Henry pediu que providenciassem sua carruagem. Enquanto esperava, escreveu uma carta para seus advogados, informando a eles o endereço de Foscarelli e instruindo-os a iniciar imediatamente as negociações com o italiano. Subornar o amante de sua mãe seria uma medida custosa, Henry não tinha dúvida disso, mas ficaria feliz em assinar o cheque para evitar o desastre iminente.

Logo que entrou na carruagem, instruiu o cocheiro que o levasse até Berkely Square, e, durante o curto trajeto, leu o dossiê que a agência de detetives havia compilado sobre a srta. Irene Deverill, sua família e seu jornal. Aquele pedido em particular havia sido um impulso, pois a conversa acalorada com aquela mulher despertara não apenas sua ira, mas também sua curiosidade. Ela também havia evocado algumas outras emoções, aquelas de uma natureza mais sombria e erótica, entretanto Henry sabia que era melhor não explorar aqueles sentimentos específicos muito a fundo.

Eram apenas 10 horas quando a carruagem estacionou na Berkeley Square. O Thomas's era um hotel pequeno mas confortável, localizado na seção norte da praça. Era considerado um tanto antiquado, mas, para Henry, aquilo era um ponto positivo. Quando entrou, perguntou por sua mãe, entregando seu cartão de visitas ao recepcionista.

— Por favor, avise a duquesa de minha presença e pergunte se ela aceita me receber.

Um lacaio foi despachado para tal tarefa, apesar de Henry não ter certeza alguma de que a mãe o veria. Alguns minutos depois o lacaio retornou, dizendo que a duquesa o receberia, e apontou para o elevador discretamente escondido atrás de um trio de vasos de palmeiras.

— Pode me acompanhar, Sua Graça?

Henry foi levado até uma suíte no segundo andar e, mesmo sabendo que a mãe não levara criados consigo, nem sequer uma aia, pareceu-lhe estranho quando ela própria abriu a porta.

— Então você me encontrou.

Aquele cumprimento frio não era um bom presságio, nem o comportamento igualmente gélido de sua mãe. Ninguém nunca achou que eles partilhassem de muita semelhança familiar, pois a duquesa era pequenina, de rosto dócil e amigável, e Henry, como todos sabiam, não era nada disso. Naquele momento, contudo, havia um vinco de determinação no rosto de sua mãe e o semblante defensivo que exibia o lembrava demais sua própria personalidade, perturbando-o. Mesmo assim, dadas as circunstâncias, Henry não podia esperar que ela o recebesse de braços abertos.

— A senhora achou que eu não fosse encontrá-la?

Ela suspirou e abriu a porta.

— Não — admitiu enquanto Henry entrava. — Embora tenha achado que levaria um pouco mais de tempo.

— Sem dúvida, visto que o matrimônio ainda não se concretizou.

— Um fato que certamente o contenta.

— Nada com relação a isso tudo me contenta, mamãe. Estávamos preocupados com a senhora.

— Não há motivo para preocupação.

Ela apontou para um par de canapés verde-musgo se acomodando em um. Henry se sentou de frente para ela. A duquesa não deu a ele a chance, contudo, de começar o discurso eloquente que estava preparando desde que ela partira, na manhã de terça-feira.

— Henry, sei que sua intenção é me fazer mudar de ideia com relação ao casamento, então me permita poupá-lo do incômodo e resguardar nós dois do que seria uma discussão. Não mudarei de ideia, independentemente dos seus esforços.

— Não estou aqui apenas por esse motivo, mamãe. Também tenho esperança de persuadi-la a voltar para casa. Um hotel não é tão confortável quanto sua própria casa, ainda mais sem criados para atendê-la.

— Agora que você sabe que estou aqui, mandarei buscar minha aia. Ela é toda a ajuda de que preciso no momento, visto que esta situação não durará muito. Antonio assegurou o aluguel do próprio apartamento aqui em Londres ontem. Em quinze dias, ele poderá obter a licença matrimonial e iremos nos casar.

Apesar de confirmar sua previsão anterior e consolidar ainda mais sua baixa estima pelo caráter daquele homem, era, de toda forma, um alívio, pois isso significava que Henry teria duas semanas inteiras para fazer a mãe mudar de ideia. Apesar disso, ele sabia que precisava agir com cuidado e decidiu que fingir falta de conhecimento acerca daquele homem era sua melhor aposta.

— Suponho, então, que Foscarelli não tivesse uma residência fixa na cidade antes?

Sua mãe franziu o nariz com aquela implicação.

— Você fala como se ele fosse um indigente.

Indigente, não, era o que Henry queria dizer. *Apenas vil o suficiente para se aproveitar dos amigos pelo máximo de tempo possível.*

Sabiamente, não verbalizou aquela opinião.

— Claro que não — disse, apesar de não ter soado convincente.

— É a época do ano, Henry. Sabe como é difícil encontrar quartos nesta cidade. É apenas porque estamos quase em agosto que Antonio enfim conseguiu.

Henry não debateu aquela questão.

— É claro — respondeu ele gentilmente. — Mas, se a senhora não se importar, podemos discutir a sua moradia em vez da situação de seu... hum... — interrompeu-se, buscando uma definição para Foscarelli que não o fizesse se engasgar. — Das pessoas relacionadas à senhora? Não há necessidade de ficar em um hotel, mamãe. A senhora tem um lar.

— Onde eu estaria propensa aos argumentos contínuos de meus filhos sobre o caminho que escolhi? Prefiro permanecer aqui. O Thomas's é um estabelecimento perfeitamente respeitável.

— Quando se é um turista, sim. Mas não quando já se tem uma casa confortável a apenas cinco quadras daqui.

A duquesa se levantou, a luz matinal que penetrava pelas janelas brilhando em seu cabelo grisalho.

— Quando uma mulher decide fugir para se casar, não há volta.

Com aquela declaração um tanto melodramática, Henry teve que suprimir um suspiro.

— A senhora ainda não se casou.

— É por isso que estou aqui, e não vivendo com Antonio em nosso novo lar.

— Novo lar? — Henry a encarou, estupefato. — A senhora pretende morar com ele no apartamento de Camden Town?

— Por que não? É um apartamento com pensão completa. — Havia uma pitada de divertimento nos olhos azuis de sua mãe que revelaram a Henry que ela o estava provocando um pouquinho, mas a duquesa voltou a falar antes que ele pudesse responder:

— Pode ficar tranquilo, Henry. Antonio apenas alugou o apartamento para dar entrada na licença. Nós o sublocaremos. Mas não espero que o aceitem nas residências ducais após o casamento. Fiz uma oferta para comprar uma casa de campo muito confortável. Fica em Chiswick, perto do rio. Depois que o casamento for consumado, é lá que começaremos nossa vida juntos. Viajaremos para a Itália no outono, pois ele quer muito que eu conheça Florença, e eu nunca estive...

— Mamãe, por favor — interrompeu Henry, sem conseguir aguentar mais. — Está falando como se a senhora e Foscarelli fossem recém-casados em lua de mel. A senhora tem 50 anos, e não 19.

— Então, sou velha demais para ver o mundo?

— A senhora sabe o que quero dizer.

— Sei, sim. Quer dizer que, na minha idade, eu não deveria me sujeitar a tomar as atitudes imprudentes que todos tomamos durante a juventude.

Henry enrijeceu, todas as suas defesas se erguendo.

— Exatamente. Deus sabe que, quando eu tinha 19 anos, era inacreditavelmente tolo. Minha paixão me cegou às consequências de um casamento apressado com uma pessoa muito aquém da minha estirpe. Mas paguei por minha estupidez.

— Você se casou com aquela menina de forma honrosa.

— Honrosa? — repetiu Henry, sua voz ferindo os próprios ouvidos. — Casando-me de uma maneira tão errada que tive que esconder do mundo, até mesmo da minha família? Enfurnando minha esposa em um chalé no interior, escapulindo às escondidas de Cambridge para visitá-la... Sim — disse ele acidamente —, foi mesmo muito honroso.

— Você a amava?

— Se eu a amava? — Henry meneou a cabeça. — Não, fascínio não é amor. Paixão não é amor. Luxúria — enfatizou — não é amor. Não pinte uma imagem romântica de minhas ações, mamãe, nem atribua a mim uma honra que não tive. Casei-me com Elena porque a desejava e não podia tê-la de outra forma.

Culpa e arrependimento pesaram em seu peito, fazendo com que fosse ainda mais indispensável que ele impedisse que sua mãe cometesse o erro que estava prestes a fazer. Henry se inclinou para a frente no sofá, considerando suas palavras seguintes com cautela. Eles não tinham conversado abertamente sobre seu casamento clandestino uma década atrás, mas, apesar de odiar aquilo, era um mal necessário.

— Levou apenas oito semanas para que nossa paixão insana morresse. Oito semanas, e então nos encontrávamos naquela situação: duas almas desesperadamente infelizes com nada em comum além das cinzas de uma paixão morta, presos para sempre nas consequências do nosso, do meu, erro. Pois foi meu — apressou-se em dizer quando sua mãe tentou falar novamente. — O poder na situação era todo meu; ela não tinha nenhum. Papai disse que Elena era minha ruína, mas...

— Seu pai era um homem irredutível que não conseguia enxergar outra forma de lidar com as coisas a não ser a dele. E, nisso, seu pai estava errado.

— Eu sei disso. Elena não foi minha ruína. — Henry engoliu em seco e encarou a mãe. — Eu fui a dela. É de se admirar que éramos infelizes?

— Pare, Henry! — pediu ela, sua voz incisiva. — Por favor, pare com isso. Não posso suportar ouvir você se repreender desse jeito.

Ele podia ter continuado naquele caminho. Podia ter perguntado o que sua mãe e um homem tão diferente dela teriam a compartilhar, a trabalhar para obter juntos, a discutir depois que a paixão esfriasse e descobrissem que não havia fundação para sustentar aquilo tudo. Mas Henry recuou, pois já tinha exposto seu argumento, e martelá-lo até não poder mais não serviria de nada.

— Até que o casamento aconteça — disse —, a senhora ao menos consideraria voltar para casa? Temos amigos e conhecidos que moram aqui em Berkeley Square. Uma hora verão a senhora indo e vindo daqui para lá, se é que já não viram. O que imagina que nossos amigos pensarão quando a virem entrando e saindo de um hotel a cinco quadras de casa? Ou pior: e se virem aquele homem vindo aqui para visitá-la?

— Céus, Henry, você me faz parecer uma pessoa famigerada.

— E logo será, posso garantir, se seguir em frente com esse casamento.

A duquesa bufou.

— Isso refletiria mais a qualidade dessas pessoas do que de mim mesma. Meus verdadeiros amigos ficarão ao meu lado. O resto não importa.

Aquilo era muito parecido com os sentimentos sublimes que a srta. Irene Deverill tinha defendido dois dias atrás. Henry supôs que fosse lindo em teoria, mas insustentável na vida real.

Vendo a expressão resoluta da mãe, ele decidiu que era necessário mudar de tática.

— A senhora já pensou em como isso afetará as perspectivas matrimoniais de suas filhas? — perguntou Henry.

— É claro que sim.

— Então sabe que diminuirá consideravelmente as chances de elas conseguirem um bom casamento.

— Isso depende da definição de "bom casamento", não é? Eu diria que, por causa do meu matrimônio, minhas filhas logo poderão definir quais cavalheiros genuinamente se importam com elas e quais se preocupam apenas com sua posição na sociedade.

— Como se a posição não fosse importante.

— Henry, você acha que se preocupar com meu futuro matrimonial ou mesmo das suas irmãs é sua preocupação mais vital?

Aquilo o fez recuar.

— É claro que é uma preocupação vital. Vocês são minha família.

A duquesa se inclinou para a frente, ficando perto o suficiente para colocar a mão sobre a de Henry.

— Meu querido, talvez, em vez de se preocupar com o meu futuro matrimonial e o das suas irmãs, você devesse estar pensando no seu próprio. Elena faleceu há oito anos, deixando-o livre para se casar novamente. David é seu único herdeiro — apressou-se em dizer quando Henry abriu a boca para responder —, e ele está casado há seis anos agora, sem filhos. Você precisa se casar de novo. Sabe disso.

— Estou ciente do meu dever, mamãe. Não há necessidade de relembrar isso.

— Apaixonar-se não é um dever, Henry.

— Voltamos a falar de amor? — retrucou ele. — Perdoe-me, mas achei que estivéssemos falando de casamento.

Sua mãe o fitou com tristeza.

— Oh, meu querido — disse ela. — Receio que o romance que um dia você teve em sua alma tenha se esvaído irremediavelmente.

— Se for o caso, não consigo evitar que seja uma coisa boa. — Os olhos implacáveis foram de encontro ao olhar infeliz de sua mãe. — Nós dois sabemos que a tarefa de escolher um parceiro para o matrimônio é um negócio sério para pessoas como nós, mamãe. Não é uma frivolidade. Aquela história de "casamento apressado, arrependimento prolongado" pode ser o trajeto que a senhora está disposta a percorrer. Eu não escolherei o amor pela segunda vez na vida.

— Amamos quem amamos, Henry. O amor não pode se curvar à vontade pessoal.

— Pare — ordenou ele com afinco. — Pare de falar sobre meu casamento com Elena como se eu não tivesse escolha. Esqueci quem era e qual era o meu dever. Permiti que a paixão me distraísse de meu curso. O resultado foi trágico para todos os envolvidos. Não me isente ou invente desculpas em meu nome, pois eu não farei isso.

Ela o estudou por um instante, abriu a boca como que para argumentar, então voltou a fechá-la, para imenso alívio de Henry.

— Está bem — disse baixinho. — Mas quais jovens moças em meio às nossas conhecidas poderiam permitir que você cumprisse seu dever com louvor?

Henry ignorou o tom ácido na voz da mãe.

— Estou considerando algumas, mas meu futuro matrimonial precisará esperar até o seu estar resolvido, então pare de tentar mudar o rumo da conversa.

— Já está resolvido, meu filho, goste você ou não. Em quinze dias, Antonio e eu nos casaremos. Por mais que você tente, não conseguirá impedir.

Não, aquilo ainda não estava decidido.
— Suponho que Foscarelli tenha condições de sustentá-la?
— Por quê? Está ameaçando cortar meu sustento se eu me casar com ele? Agora quem está se comportando como se tivesse 19 anos?
Henry ficou chocado.
— Não tenho intenção nenhuma de cortar seu subsídio das propriedades, mamãe. Sei que a senhora não precisa, mas é seu por direito. Não consigo imaginar quaisquer circunstâncias em que um dia o negaria à senhora. Por outro lado, confesso que não fico contente ao saber que vai acabar nas mãos de um homem que parece não conseguir sustentar a si mesmo, quanto menos uma esposa.
— Mesmo? Isso será novidade para David e Jamie.
— Não é a mesma coisa, mamãe, a senhora sabe muito bem. Jamie e David são da família, e os subsídios deles da propriedade são de direito, como os da senhora. Antonio Foscarelli não é da família.
— Logo será. De qualquer forma, você não precisa se preocupar se meus subsídios serão necessários para sustentá-lo.
— Mas é claro, porque ele está contando com um acordo nupcial pomposo de minha parte.
— De forma alguma. Não há necessidade nenhuma de você dar dinheiro a ele.
— Não? Mamãe, se a senhora está dizendo que ele não receberá um centavo, endosso tal decisão com entusiasmo, mas tenho a perturbadora sensação de que não é isso o que está sugerindo.
— Não é. Separarei uma quantia de meus fundos privados para Antonio como dote.
Henry não ficou surpreso com aquela notícia, mas, mesmo assim, sentiu um nó de desgosto na barriga.
— Entendo. Então, a senhora já conversou com nossos advogados e já redigiu o acordo nupcial?
Ela deu de ombros.
— Disse a Antonio que você esperaria que um acordo fosse elaborado.
Aquilo não era a mesma coisa, mas Henry não citou a questão.

— E qual foi a resposta de Foscarelli? — perguntou Henry.

— Ele não gostou muito da ideia.

— Estou chocado.

A duquesa pareceu não perceber o sarcasmo.

— O povo italiano não acredita nesse tipo de coisa e, francamente, eu também não. A maioria das pessoas não acredita. É uma visão bem moderna, Henry. Documentos formais e discussões sobre dinheiro... Não consigo evitar achar tudo isso sórdido. Além disso, a lei protege meus bens o suficiente. Os Atos de Propriedade das Mulheres Casadas...

— Mamãe — cortou Henry —, a lei, da forma como é agora, é bastante adequada, mas, em termos práticos, é um embaraço, em especial se as pessoas se separarem depois. Um acordo pré-nupcial não faria mal a ninguém.

— Eu me recuso a dar início a meu casamento antecipando seu fracasso.

Henry respirou fundo, lembrando de que era melhor travar uma batalha por vez. Um acordo nupcial só se tornaria relevante se não conseguisse impedir o casamento.

— A senhora diz que pretende separar uma parte para ele. Quanto seria?

— Cinquenta mil libras.

A enormidade daquela quantia fez com que o esforço de Henry em tentar se manter calmo e racional fosse pelos ares. *Aquele porco*, pensou, a raiva se propagando enquanto pensava em quanto Foscarelli devia ter engabelado sua mãe para persuadi-la a lhe dar uma quantia tão exorbitante. *Aquele porco inútil, gigolô.*

— Céus, mamãe — disse Henry após um instante. — Isso é quase metade da sua fortuna.

— Estou ciente disso. Mas oferecer um dote é perfeitamente aceitável, como você sabe. Um homem não pode ficar implorando à esposa por uns trocados todo mês.

— Sim, sim, que Deus proíba que os gigolôs sejam mantidos sob controle com uma incômoda mesada.

— Francamente, Henry, precisa ser tão grosseiro?

— Sim, mamãe, parece que preciso, mesmo que apenas para impedir que a senhora seja tola. Sabe que precisará vender metade do seu capital pessoal para levantar essa quantia?

— É claro.

— Eu não a entendo, mamãe — murmurou ele, passando a mão pelo cabelo, tentando pensar. — Por que não dar a ele uma mesada trimestral? Por que ele precisa de um dote, ainda mais um tão alto? Cinquenta mil libras é uma quantia enorme. Por que a senhora iria...

Henry parou, percebendo, em um lampejo repentino e horroroso de claridade, o que a mãe estava fazendo.

— Meu Deus, a senhora está destruindo meus planos.

Ela desviou o olhar para as pontas dos dedos, que contornavam o bordado intricado de uma almofada.

— Não sei do que você está falando.

— Sabe, sim. Vim aqui achando que a senhora não estava ciente da natureza da intenção de Foscarelli, mas percebo que estava enganado. A senhora sabe com que tipo de homem vai se casar e não se importa. — Ele soltou uma risada de total incredulidade. — Seus motivos para ser tão tola provam exatamente o contrário. Percebe isso?

Henry se arrependeu imediatamente de suas palavras, mesmo antes de sua mãe falar.

— Se você me insultar mais uma vez — disse ela, estreitando os olhos —, esta discussão está encerrada.

Henry esfregou as mãos no rosto, amaldiçoando a si mesmo por ter sido tão cego a ponto de não dar um basta às maquinações do italiano meses atrás, amaldiçoando sua mãe geralmente tão sensata por estar sendo tão imprudente, e amaldiçoando *Lady* Truelove por ter ajudado e incentivado aquilo tudo. Passaram-se vários instantes até que conseguisse confiar em si mesmo para voltar a falar.

— Vamos deixar as discussões sobre dinheiro de lado por enquanto — ponderou ele, tentando pensar.

Convencer sua mãe a desistir do casamento não aconteceria em uma única conversa, era óbvio. Precisava de tempo e do máximo de informações que conseguisse angariar. Só então poderia descobrir como impedir que ela seguisse aquele rumo insensato que estava inclinada a tomar.

— Onde o matrimônio acontecerá, se é que posso perguntar? Nem a capela ducal ou nossa igreja paroquial serão apropriadas, dadas as circunstâncias, visto que ele é católico.

— Você diz isso como se fosse algo semelhante a sofrer de peste.

— Se ele fosse atingido pela peste, eu iria comemorar — murmurou Henry. — A senhora está preparada para se converter? Precisará, sabe disso. Ou ele.

— Não há necessidade de conversão. Não vamos nos casar em nenhuma igreja, e sim no cartório. Você é bem-vindo, apesar de eu achar que não gostaria de comparecer.

— Ah, estarei lá, pode ter certeza. Nem que seja para me opor quando o magistrado perguntar se alguém tem algo contra o casamento.

— Henry, já tomei minha decisão. Essas tentativas de me intimidar são inúteis.

— Intimidá-la? — Henry sentiu-se afrontado pela acusação. — Céus, mamãe, as visões sufragistas de *Lady* Truelove são contagiantes? Que discurso é esse sobre intimidação?

— Sofri muito com esse tipo de coisa com seu pai — continuou ela, como se Henry não tivesse falado, sua voz ficando decididamente mais gélida à menção do falecido marido. — Por vinte anos, para falar a verdade. Não preciso tolerar isso do meu filho.

— Isso não é justo, mamãe.

— Como você já observou, tenho 50 anos, então não consigo entender como minha decisão quanto a com quem vou me casar seja problema seu, Torquil.

O uso de seu título e o tom de voz enfraquecido dela eram demais para suportar.

— Porque eu a amo, oras! Isso faz com que seja problema meu, sim.

O olhar da duquesa suavizou imediatamente.

— Oh, meu querido.

Henry desviou o olhar, sentindo-se constrangido e vulnerável, as duas emoções que mais detestava no mundo, e foi compelido a buscar um terreno mais seguro.

— É meu dever, como chefe da família — disse em sua melhor voz ducal —, fazer tudo o que posso para garantir o bem-estar e a segurança de todos relacionados a mim. Isso inclui a senhora, mamãe. — Ele voltou a olhá-la. — A senhora poderia esperar menos de mim?

— Meu querido Henry — murmurou ela. — De todos os meus filhos, você é o que mais me preocupa.

— Eu? — Ele a encarou, abismado com aquela revelação. — Pelo amor de Deus, por quê?

— Porque você luta demais contra a sua própria natureza.

Henry enrijeceu. Que belo "terreno seguro" aquele.

— Não faço ideia do que a senhora está falando — mentiu.

— Sabe, sim. Desde que era menino, se esforçava para ser o filho que seu pai queria que fosse. Mas ele era um homem intransigente, com um senso inflexível de dever, um coração frio e uma bússola moral puritana. Seu pai fez o melhor que pôde para moldá-lo da mesma forma, e qualquer influência que eu poderia ter tido nos primeiros anos da sua vida foi aniquilada todas as vezes. Quando descobrimos seu segredo, que você tinha fugido e se casado com a filha de um vendedor de tabaco, foi o choque da vida do seu pai. Contudo, não fiquei tão surpresa assim. Há um pedacinho de mim dentro de você, sabe? — Ela deu um leve sorriso. — Sempre soube disso.

— E a senhora acha que esse elemento em particular que temos em comum é uma coisa boa? Mamãe, minha paixão por Elena foi um erro desastroso.

— Sei que você pensa assim. Mas não concordo. Você a amava, eu sei. Não importa o que diga, ou como queira definir o sentimento, você a amava e, para mim, o amor nunca é um erro, mesmo que traga dor ou que não dure.

Henry soltou um suspiro exasperado.

— Talvez, mamãe, mas casamento não é como amor. Casamento é permanente. Se acabar sendo um erro, não há escapatória, não para nós.

— Sim, mas é possível ter tanto o casamento quanto o amor, meu querido.

Henry deu uma risada desolada.

— Bem, sim, aí está o segredo, não é?

Ela estendeu o braço, sua mão se fechando em torno da dele.

— Elena se foi há oito anos. Seu pai, há quase tanto tempo. Sei que você está receoso de confiar em seu julgamento em relação a isso, mas será que não pode reabrir seu coração para as emoções mais afetuosas da vida? Pois receio que, se não fizer isso logo, pode ser que nunca mais consiga fazê-lo.

Henry percebeu que aquela conversa não estava levando a lugar algum.

— Parecemos estar andando em círculos. — Ele recolheu a mão e se levantou. — Portanto, irei embora.

— Oh, Henry, não fique todo irritadiço e rígido, agindo como se água gelada corresse por suas veias. Eu o conheço bem demais para ser iludida. Tudo o que estou tentando dizer é que, apesar de saber que você nunca será do tipo que reabrirá o coração totalmente, não o enterre fundo demais a ponto de sufocá-lo até a morte.

— Meu coração, já que estamos falando disso, está sofrendo nesse momento. Por sua causa, mamãe. Não, espere — pediu quando ela tentou falar. Ainda tinha uma carta na manga e precisava jogá-la enquanto podia. — Permita-me terminar. Como eu disse, se a senhora permanecer aqui nas próximas duas semanas, as pessoas que conhecemos vão percebê-la entrando e saindo do hotel. Elas virão aqui, vão questioná-la.

— Não direi nada.

— Então, tirarão as próprias conclusões e as espalharão como um fato. E a senhora pode ter certeza de que, independentemente do boato, não refletirá de forma positiva para você, para suas filhas, nem para qualquer um de seus parentes. Não seria melhor voltar para casa? Fique no seu lar até... — Henry fez uma pausa, esforçando-se para dizer aquelas palavras. — Até o casamento?

— E ficar ouvindo você difamar Antonio a cada oportunidade em uma tentativa de me fazer mudar de ideia?

— Não farei isso. Dou minha palavra de que não falarei mal dele na sua presença. E vou garantir que os outros membros da família se comportem da mesma maneira.

Sua mãe podia estar agindo com estupidez naquele momento, mas não era, como suas palavras seguintes comprovaram, uma tola.

— Você pode não difamar Antonio na minha presença, mas não tenho dúvida de que fará todas as tentativas possíveis de me fazer mudar de ideia e me desviar de meu objetivo.

Não havia motivo para negar.

— Farei isso, sim, mamãe, volte a senhora para casa ou permaneça aqui.

— Verdade. — Ela fez uma pausa, refletindo, e após um momento concordou com a cabeça, para imenso alívio de Henry. — Está bem, voltarei para casa.

— E me promete que será discreta em relação aos seus planos matrimoniais até o casamento acontecer?

— Provavelmente não há sentido nisso agora, visto que todos devem presumir pela coluna de *Lady* Truelove que sou a mulher que escreveu sobre isso.

— As pessoas podem presumir, mas, até o casamento, não terão certeza. E, nesse ínterim, eu gostaria que Sarah e Angela aproveitassem o restante do verão.

— Está bem. Pode contar com a minha discrição. Chegarei em casa esta noite, a tempo de tomar um xerez antes do jantar.

Aliviado, Henry fez uma reverência.

— Então, nos vemos esta noite.

Ele se virou para sair, mas mal tinha chegado na porta quando a voz de sua mãe o chamou.

— Henry?

Ele fez uma pausa para encará-la por cima do ombro.

— Sim?

— Não acho que fará diferença alguma no seu ponto de vista quanto a essa situação, ou na sua aversão por ele, mas Antonio me faz muito feliz.

— Se for assim, espero conseguir encontrar algum consolo nesse fato.

Com aquilo, Henry foi embora e, apesar de ter atingido um de seus objetivos ao ir até lá, o outro ainda pairava sobre o futuro como uma tempestade iminente, e ele não tinha intenção nenhuma de desistir.

Por outro lado, duvidava de que ressaltar os muitos defeitos do italiano, mostrando os relatórios dos detetives particulares e apresentando à sua mãe relatos das colunas de fofoca sobre as atividades passadas de Foscarelli, fosse servir de alguma coisa. Ela sabia que o sujeito era um salafrário, isso estava claro, e quanto mais Henry persistisse, mais sua mãe bateria o pé. Para dissuadi-la daquele casamento, que outras opções ele tinha?

— Sua Graça?

— Sim?

Com os pensamentos interrompidos, Henry ergueu os olhos e viu o cocheiro ao seu lado. Estava tão concentrado que sequer se lembrava de ter tomado o elevador até o saguão ou de ter saído do hotel, mas devia ter feito as duas coisas, pois estava parado na calçada, com a carruagem à sua frente e o cocheiro segurando a porta aberta.

— Desculpe, Treves — disse ele, entrando no veículo, sua mente ainda a mil para decidir o passo seguinte. Felizmente, mal tinha se acomodado no assento quando a inspiração o encontrou.

Henry provavelmente não teria muito sucesso em persuadir sua mãe a abrir mão do caminho que havia escolhido, mas ele não era a única pessoa que ela talvez ouvisse.

— Leve-me aos meus advogados, Treves — ordenou. — Asgarth e Hopwood, Norfolk Street, nº 17.

Capítulo 5

— Não, não, isto não serve. — Usando um lápis de grafite grosso, Irene cortou outro parágrafo da coluna datilografada entregue pouco tempo antes pela mulher sentada à sua frente. — Ninguém se importa com o periquito de estimação de *lady* Godfrey. Você é Delilah Dawlish, a colunista de fofocas mais sensacionalista de Londres. Deveria divertir os seus leitores, e não os entediar até a morte.

A jovem sentada do outro lado da mesa, cujo nome verdadeiro não era Delilah Dawlish, mas o muito mais prosaico Josie Blount, encolheu-se com aquela crítica.

— É uma porcaria, eu sei — concordou ela —, mas não há nem uma migalha de notícia interessante no momento. A estação está quase no fim. Até a abertura da temporada de caça ao tetraz, quando as festas particulares começarem... — A voz desvaneceu e Josie abriu as mãos em um gesto exasperado. — Simplesmente não há nada de novo para divulgar.

— Deve haver algo mais interessante que a morte de um periquito. — Irene batucou o lápis em cima das folhas de papel sobre a mesa, pensando com afinco. — E essas festas particulares, já estamos falando disso? Algo que valha a pena nesse sentido?

Antes que Josie pudesse responder, uma batida à porta a interrompeu, e Irene ergueu os olhos e viu Clara.

— O duque de Torquil está aqui para ver você.

— Pelo amor de Deus, o que ele quer dessa vez?

— Dessa vez? — Josie se endireitou imediatamente na cadeira, seus olhos atentos se estreitando em especulação enquanto estudava sua empregadora com seus excelentes instintos investigativos aguçados. — O duque de Torquil está aqui? E já esteve antes?

Irene deu de ombros, esperando minimizar a questão.

— Ele veio anteontem, por volta do horário do chá.

— O duque de Torquil veio ver a editora deste jornal... — comentou Josie, sua voz permeada por uma onda de entusiasmo que Irene percebeu de imediato.

— Ah, não — ralhou ela, meneando a cabeça. — A vinda do duque não vai entrar na sua coluna.

— Veja por esse lado: é mais excitante que o periquito morto de *lady* Godfrey.

— Nem uma palavra, Josie. Nem uma.

A jornalista suspirou.

— Ah, tudo bem, mas por que o segredo? — Ela deu uma olhada para trás, para a porta aberta atrás de Clara, e voltou a encarar Irene de forma especulativa. — É sobre a mãe dele, não é? Deve ser. O que mais poderia querer?

— Minha cabeça — respondeu Irene de pronto. — Em uma bandeja. — Antes que Josie pudesse fazer mais perguntas, ela se levantou, entregando os papéis de volta. — Por sorte ainda temos dois dias antes da impressão. Consiga algo que valha a pena publicar, Josie.

— Sim, srta. Deverill.

A jornalista foi embora, passando por Clara e saindo do escritório, e Irene se voltou para a irmã.

— Acho que preciso vê-lo — constatou sem entusiasmo. — Apesar de não conseguir imaginar por que ele voltou. Mande-o entrar, mas, pelo amor de Deus, deixe a porta aberta.

Aquela última instrução foi totalmente fracassada, pois, apesar de Clara ter obedecido, o duque fechou a porta depois que entrou no escritório.

Irene abriu a boca para exigir que o duque a abrisse, mas, quando começou a andar em sua direção, quaisquer pensamentos sobre a porta evaporaram e ela se lembrou do comentário de Clara de dois dias atrás.

Belo como o pecado.

Com essas palavras martelando em sua cabeça, Irene não pôde deixar de reparar na graciosidade atlética com que o duque se movia, na maneira perfeita como suas roupas elegantes se ajustavam às pernas longas, ao quadril esguio e à amplitude daqueles ombros que Clara tanto admirava. Quando Torquil parou em frente à sua mesa, ela reparou no cinza pálido e límpido de seus olhos e nos cílios pretos que os rodeavam, muito mais abundantes do que qualquer homem deveria ter. Irene percebeu, atônita, que ele poderia muito bem ser o homem mais bonito que já vira. Como pôde não ter reparado naquilo anteontem? Talvez estivesse trabalhando demais.

Ele tossiu de leve, lembrando Irene de que o estava encarando. Não que toda a sua análise tenha sido benéfica, pois, quando o duque ergueu uma pasta fina de couro preto e a colocou em cima da mesa, Irene percebeu que sequer tinha reparado, até aquele momento, que ele carregava tal objeto.

Irene se chacoalhou mentalmente para sair daquele estupor repentino e desagradável de admiração dos dotes masculinos do duque.

— Prefiro que a porta de meu escritório permaneça aberta.

— E eu prefiro que fique fechada.

Com aquilo, qualquer apreciação momentânea da beleza masculina sumiu, e Irene foi lembrada de que, apesar de ser o homem mais bonito que já vira, sua beleza ficava em segundo lugar ao concorrer com sua arrogância.

— Sou uma mulher solteira — ponderou. — Manter a porta fechada não é um tanto impróprio?

— De fato, mas, como a senhorita deixou claro em nossa conversa anterior que o que as outras pessoas pensam não a afeta, por que isso importaria? E — acrescentou Henry antes que ela pudesse responder —, além da sua irmã, há, neste momento, três jovens senhoritas sentadas do outro lado dessa porta, mulheres que, sem dúvida, são colunistas de fofocas.

— Jornalistas.

Ele deu de ombros, como se aquela fosse uma distinção sem significado algum.

— Eu prefiro que não nos ouçam.

— Entendo. Então, ouvir as conversas de outras pessoas às escondidas é aceitável apenas quando se trata do senhor?

— A posição social — disse Henry, dando um pequeno sorriso — tem seus privilégios.

— Se é a indiscrição que o preocupa, garanto que não tenho intenção alguma de informar aos leitores do meu jornal que o senhor veio me ver, muito menos os detalhes de nossa conversa.

— De toda forma, prefiro não arriscar.

Irene soltou um suspiro e desistiu.

— Por que o senhor veio?

— Tenho negócios que gostaria de discutir com a senhorita. — Ele apontou para a cadeira ao seu lado. — Sentemos?

Irene queria recusar, mas não conseguia evitar sentir certa curiosidade.

— Eu diria que não — confessou ela enquanto se acomodava —, mas duvido de que fosse importar.

— A senhorita está começando a compreender os duques, srta. Deverill.

Henry puxou a cadeira de frente para ela, sentou-se, pegou a pasta da mesa e a colocou no chão, ao seu lado.

— Qualquer que seja o motivo pelo qual o senhor está aqui — disse Irene, dando uma olhada para o relógio —, é melhor não demorar muito, pois tenho um compromisso no almoço, às catorze horas. O senhor tem vinte e cinco minutos para dizer do que se trata.

— Esse período de tempo será mais que suficiente. Contudo, primeiro, queria lhe contar que, desde a minha visita, dois dias atrás, tive notícias de minha mãe e achei que talvez a senhorita quisesse ouvir. — Fez uma pausa, uma das sobrancelhas castanhas se erguendo daquele jeito arrogante. — Ou talvez seu interesse por aqueles que lhe escrevem termine depois que as histórias são publicadas?

— É claro que não!

Irene podia sentir seu rosto e seu temperamento esquentando e perguntou-se, exasperada, como aquele homem conseguia tirá-la do sério com tanta facilidade. Qualquer que fosse a razão, preferia não deixar que o duque percebesse que tinha qualquer efeito sobre ela e optou pela serenidade.

— O senhor está confundindo desinteresse com conhecimento. Sou dona de um jornal, então já sei de quaisquer notícias que o senhor queira me contar.

— E, mesmo assim, a senhorita não podia transmitir a mim o que sabia dois dias atrás? — Henry não esperou por uma resposta, apenas continuou: — De qualquer forma, deve saber que minha mãe ainda não concretizou seu conselho e não se casou com Foscarelli.

— Estou, confesso, um pouco surpresa. Geralmente, quando alguém foge para se casar, o matrimônio é realizado logo em seguida. Esse atraso se deu por causa dos seus esforços?

— Temo não poder levar o crédito. Até anteontem, o sr. Foscarelli era um homem sem residência fixa. Agora que ele alugou um apartamento na cidade, precisa esperar quinze dias para obter a licença.

— Entendo. Mas não imagino que o senhor tenha vindo para me manter informada quanto à situação matrimonial de sua mãe. Talvez pudesse ir direto ao ponto da sua visita?

— Ficarei feliz em fazer isso, mas, primeiro, gostaria de lhe perguntar algo, à qual eu apreciaria uma resposta sincera.

Irene esperou por um instante para se preparar antes de responder.

— O que o senhor quer saber?

Ele colocou a mão dentro da pasta e puxou um exemplar do *Society Snippets*.

— Vejo que, em sua resposta à minha mãe, a senhorita a aconselhou a seguir seu coração e sua paixão e a não permitir que superficialidades como posição e classe barrassem o caminho para o verdadeiro amor e a felicidade.

Irene fez uma careta com o tom seco dele, pois o duque fez as palavras de sua coluna soarem como ficção sensacionalista barata.

— O senhor não acha que o amor é importante para o casamento?

Henry não respondeu de imediato, e o fato de que a pergunta pareceu tão difícil para ele — mesmo a resposta sendo bastante óbvia — quase a fez querer rir.

— Talvez seja — admitiu ele. — Mas há outras coisas que acho que importam mais para um casamento ser feliz. Coisas como compatibilidade, mentes semelhantes, posição similar, exatamente as coisas que a senhorita definiria como "superficialidades".

— O senhor disse que tinha uma pergunta para me fazer — lembrou Irene. — Isso não pareceu uma pergunta.

Ele jogou o jornal na mesa.

— Em todo esse pretenso aconselhamento que a senhorita ofereceu à minha mãe, não poderia ao menos ter sugerido que ela assegurasse seu dinheiro?

Irene ficou olhando-o, perplexa.

— Mas fiz isso. Eu a aconselhei a procurar seus advogados e elaborar um acordo nupcial.

— Essa parte do seu conselho não apareceu em sua coluna.

— Não, porque acordos pré-nupciais não são muito românticos, e os leitores buscam romance. Querem ser levados às nuvens por uma fantasia. Além disso, temos limitação de espaço. Uma parte dos conselhos que publico precisa invariavelmente ser cortada. Mas em nossa correspondência privada, fui muito clara.

— E todos aqueles que leem a sua coluna e enxergam uma similaridade na própria vida? E se agirem com base no que leram sem terem tido o benefício de trocarem correspondências pessoais com você?

— Não posso ser responsabilizada pelas decisões que adultos tomam em suas vidas privadas como resultado do que leram em meu jornal. Quanto ao resto — continuou Irene antes que ele pudesse debater aquele ponto —, aconselhei sua mãe a dar uma quantia ínfima a Foscarelli como dote, oferecer uma mesada trimestral e manter total controle sobre seus bens. Ressaltei meu conselho com os termos mais veementes possíveis.

— Mas, mesmo assim, esses termos não foram veementes o suficiente, srta. Deverill. Minha mãe decidiu não elaborar um acordo nupcial e dar a Foscarelli metade de seu capital pessoal.

Irene estava chocada, pois aquela era uma atitude muito imprudente, dada as circunstâncias.

— Sinto muito, pois assegurar o dinheiro foi um dos pontos que enfatizei com mais afinco em minha correspondência. — Ela pausou, assolada por um pensamento súbito. — Mas não consigo imaginar por que o senhor compartilharia tal informação comigo, dada a minha profissão. Não tem medo de que eu publique no jornal?

Henry deu um pequeno sorriso, um sorriso que só fez aumentar sua inquietação.

— Não.

Ele não deu mais explicações, e Irene engoliu em seco, afastando suas apreensões.

— Sua mãe tem o direito de tomar a própria decisão quanto a com quem se casar e quanto de seu dinheiro conceder ao noivo.

— Não, não tem, não totalmente. Ela é a duquesa de Torquil, e seu direito de fazer o que bem entender termina quando colide com seu dever para com a família, seu renome e sua posição. Por sua causa, minha mãe escolheu deixar essas obrigações de lado.

— Não consigo entender por que seguir o coração a impede de cumprir com as obrigações familiares.

— Então, por favor, permita-me esclarecer. A senhorita deve saber, dada a sua profissão, que Foscarelli é um larápio que já se envolveu em incontáveis casos amorosos, em especial com mulheres da alta classe. Minha mãe não é sua única conquista. Ele também é 17 anos mais novo. Não é, nem por nascimento e nem por título, um cavalheiro, e não tem recursos próprios.

— No entanto, sua mãe está plenamente ciente de todos esses fatos e o ama mesmo assim. Além disso, me garantiu que há muito mais pontos positivos na personalidade dele do que qualquer um sabe.

— Sim, sim, eu tenho certeza de que é um homem torturado e incompreendido.

Irene decidiu ignorar aquele sarcasmo mordaz.

— Não estamos, entretanto, falando de uma menininha desajuizada, sem conhecimento algum do mundo. Sua mãe é uma mulher madura, perfeitamente capaz de mensurar o caráter de Foscarelli por conta própria. Ele pode ser um aproveitador, mas a duquesa tem todo o direito de se casar com um aproveitador se assim quiser.

— Você tem noção de que, ao se casar com ele, minha mãe será repudiada por todos os seus amigos e conhecidos?

— Tenho, sim. E o mais importante é que ela também tem, mas parece se sentir como eu, que considero que perder amigos tão fúteis não é uma perda tão grande assim.

— As filhas dela, cujo futuro será decidido na obtenção de um bom casamento, indiretamente partilharão da desgraça da mãe, e suas opções de parceiros desejáveis para o casamento diminuirão. As perspectivas de minhas irmãs já estavam um tanto complicadas, dadas as herdeiras americanas que estão invadindo nosso território, ofertando dotes obscenos aos homens qualificados da nossa...

— Uma mera comprovação do caráter de tais jovens, que se permitem serem comprados com tamanha facilidade. Mas entendo seu ponto de vista. Não é o fato de Foscarelli ser um aproveitador que o perturba. É o fato de ser um aproveitador sem um título.

Aqueles olhos cinza que Clara julgava tão belos se estreitaram de leve.

— Não confunda a causa de minha raiva, srta. Deverill — disse Henry, sua voz grave e incisiva. — Qualquer que seja a posição de Foscarelli, ele optou por não conduzir seu cortejo abertamente e de forma honrosa. Em vez disso, fez uso do acobertamento e do subterfúgio, porque sabe que suas intenções são inescrupulosas e o casamento, inapropriado. Só por isso já deveria ser amarrado a um cavalo e arrastado de bruços até John o'Groats e de volta.

— Um castigo severo.

— Sim. E que qualquer homem, nobre ou não, deveria merecer em tais circunstâncias. Deus sabe que...

Henry parou, e uma expressão dolorosa e desoladora se manifestou em seu semblante rígido e belo, algo que deixou Irene perplexa. Aquele homem parecia a última pessoa do mundo capaz de emoções puras.

Contudo, a expressão sumiu em um instante, e ela pôde apenas concluir que o que vira fora arrependimento e autorrecriminação por ainda não ter levado a cabo o tal castigo para o pobre italiano.

— Basta dizer — continuou o duque — que se Foscarelli fosse um nobre, certos comedimentos advindos do bom berço seriam esperados, um dos quais seria prestar atenção em mulheres de idade mais próxima à sua.

— Ah, claro, porque os nobres sempre fazem isso. O conde de Plenderith, por exemplo. Ele tem 54 anos, se não estou enganada, e acabou de se casar com sua tutelada de 17 anos. Ele seguiu sua regra social de forma esplêndida, não é?

— Essa é uma situação completamente diferente.

— Por quê? Porque é o homem que é mais velho, e não a mulher?

— Sim, por mais injusto que possa parecer. Plenderith é um viúvo sem herdeiros, e não conseguiria um filho ao se casar com uma mulher da idade dele. Mas suspeito de que você compreenda os motivos dele — acrescentou o duque secamente — e esteja sendo dissimulada de propósito, embora eu não tenha certeza se é para defender os direitos das mulheres, justificar a atitude de Foscarelli, ou meramente para provar que estou errado.

— Todos os três, quem sabe? Mas devo confessar que o último motivo é o mais gratificante.

Os lábios dele se contraíram ao ouvir aquilo, mas, ao voltar a falar, sua voz continha a mesma frieza de costume.

— De toda forma, nós nos distanciamos do assunto em questão, que é o fato de minha mãe estar prestes a se casar com um homem com quem ela não tem nada em comum para sustentar um casamento feliz.

— A duquesa tem um amor profundo e apaixonado, ao que parece.

— De fato — concordou Henry, uma resposta pungente e bem-educada que demonstrava quão insignificante ele considerava aquele ponto. — O resultado desse amor será uma vida de desgraça e, muito provavelmente, de desilusão amorosa. Minhas irmãs podem nunca conseguir se casar, pois, independentemente do dote que eu ofereça, nenhum nobre desejará ter Foscarelli como sogro com tantas outras jovens moças adequadas para desposar.

— Há caminhos na vida que uma mulher pode escolher que não envolvem o casamento.

— Não para a filha de um nobre. Seu destino é determinado pelo sucesso de seu casamento.

— Um ponto que não favorece muito essa opção. Perdoe-me, mas, se Foscarelli é tão inadequado para sua mãe, e se o senhor está tão convencido de que o casamento não traria nada a ela a não ser desgraça, por que simplesmente não o suborna? Se Foscarelli é tão baixo como crê, seria algo fácil de executar.

A expressão do duque se tornou ainda mais sombria, se é que era possível.

— Dê-me algum crédito, srta. Deverill. Já experimentei essa tática dois dias atrás. Meus advogados disseram que o italiano recusou o dinheiro.

— Que bom para ele.

— A senhorita acha a recusa admirável? — Torquil soltou uma risada sem divertimento algum. — Não é, acredite em mim.

Irene sabia que qualquer argumentação com relação ao caráter de Foscarelli era inútil, pois estava claro que Torquil se determinava a pensar o pior dele.

— De qualquer forma, a essa altura, a questão pouco tem a ver comigo.

— Não? Sua interferência pode ter sido o catalisador, senão a causa, da desgraça da minha família. Estou aqui porque, antes que isso aconteça, espero que a senhorita repare a situação.

— Espera, é?

— Sim. — O duque colocou a mão dentro da pasta novamente e, de seu interior, sacou um maço de papéis. — Quando se semeia ventos, srta. Deverill, deve-se estar sempre preparado para colher as tempestades.

O divertimento de Irene se esvaiu imediatamente. As palavras ameaçadoras do duque provocando um arrepio que desceu por sua coluna.

— O quê... — Ela pausou, sua voz falhando. Engoliu em seco, olhando para os papéis que Torquil segurava. — O que quer dizer com isso?

Henry se inclinou para a frente e colocou os documentos na mesa dela.

— Isto — respondeu ele antes que Irene pudesse perguntar — é um contrato de compra assinado por mim e por seu pai.

A apreensão dela se transformou em pavor.

— Um contrato de compra do quê? — indagou Irene, começando a recear já saber a resposta ainda enquanto fazia a pergunta.

— Do *Society Snippets*.

Se já não estivesse sentada, talvez os joelhos dela tivessem cedido.

— O senhor está oferecendo comprar o jornal da minha família?

— A oferta já foi feita e os termos, aceitos. Assim que meu banco liberar o dinheiro, o acordo estará fechado.

Irene tentou reprimir o pânico e pensar, mas sua cabeça já estava girando.

— Não acredito — sussurrou ela. — Não é possível.

— Foi não apenas possível, srta. Deverill. Foi fácil.

— Seu miserável — murmurou, encarando-o furiosamente. — Por puro desejo de vingança por esse suposto lapso com a sua família, você tiraria a única fonte de renda da minha?

— De modo algum. — Torquil empurrou os papéis para mais perto dela e se recostou na cadeira, parecendo tranquilo, ao passo que Irene estava com o estômago todo revirado e zangada. — O valor da compra é generoso, o suficiente para providenciar uma quantia substancial para o seu casamento e o de sua irmã e permitir que seu pai pague a hipoteca deste imóvel. Além disso, ainda sobrará bastante para garantir ao sr. Deverill uma renda respeitável até o fim de sua vida.

— Então, só porque o senhor é um duque abastado, acha que pode comprar o que quiser?

— Infelizmente, a vida nunca é tão simples assim, mesmo para aqueles que são afortunados com a riqueza. Não posso comprar de volta a reputação de minha família se for maculada. Não posso pagar às pessoas para que não riam de minha mãe e a chamem de ridícula. Meu dinheiro não pode poupar minhas irmãs da vergonha e do tormento que sofrerão como resultado da derrocada social de minha mãe. Mas, com meu dinheiro, posso, se escolher, prevenir que este jornal arruíne a vida de qualquer outra pessoa por meio de suas fofocas, de suas insinuações e de seus conselhos malconcebidos.

— Então, o senhor pretende comprá-lo apenas para fechá-lo?

— Exatamente.

— Mas não pode fazer isso! O *Society Snippets* é o único traço remanescente do negócio jornalístico da minha família, que foi iniciado por meu bisavô. A família Deverill publica jornais há mais de cinquenta anos.

— Ao contrário da senhorita, seu pai não parece desolado com a perspectiva de vender a última parte do legado da família. Pelo contrário, ele agarrou rapidamente a chance de livrar as filhas de uma vida de estafa e ficou feliz pela oportunidade de poder novamente cuidar delas de modo adequado e provê-las com dotes como um pai responsável deveria. O sr. Deverill tinha apenas um pedido adicional à minha proposta.

— E qual foi?

— Ele pediu que a senhorita e sua irmã fossem introduzidas à sociedade. Eu concordei.

Torquil havia dito, pouco antes, que tal acordo havia sido fácil, e Irene agora percebia quão simples devia ter sido. Tudo o que seu pai queria para as filhas fora entregue em uma bandeja de prata, e tudo do que precisava abrir mão em troca disso era algo que nunca o interessara mesmo.

— As filhas de um mascate do jornalismo de classe média não são um pouco incultas para o seu estrato social?

— Alguns diriam que sim — reconheceu o duque, parecendo não perceber ou optando por ignorar o ressentimento na voz dela. — Mas as netas de um visconde não são.

Irene soltou uma risada sem humor, nada surpresa por Torquil ter descoberto sobre a família de sua mãe.

— Mesmo que a filha do visconde tenha se casado com alguém inferior?

— Visto que minha própria mãe pode fazer o mesmo em breve, acho que não estou em condições de torcer o nariz para o que sua mãe fez, não é mesmo?

Irene franziu a testa.

— O senhor parece saber muito sobre a minha família.

— Detetives particulares podem descobrir muito.

— Ah, entendi. Antes que um homem possa explorar as vulnerabilidades de outro, precisa descobrir quais são elas.

Se as palavras de Irene provocaram algum sentimento no duque, ele não demonstrou. Nem uma gota de culpa tocou aquele rosto que Clara declarara tão belo. Nenhuma desculpa ou arrependimento. Torquil sequer piscou.

— Meu Deus — disse Irene, engasgada —, seu coração bombeia sangue ou água gelada? Ou talvez o senhor não tenha coração.

Outra faísca de emoção passou por aquele semblante implacável, mas se foi em um instante, varrida para longe com sua resposta gélida.

— Meu coração, srta. Deverill, não é da sua conta.

— Graças a Deus — resmungou ela.

Se seu tiro acertara o alvo, contudo, Irene não sabia, pois desviou o olhar, assolada por um sentimento de desolação. Se aquele homem conseguisse o que queria, tudo voltaria a ser como era antes de seu avô morrer — próspero, confortável e entorpecentemente monótono. O *Society Snippets* era uma criação de Irene, sua visão. Ela havia dedicado horas àquilo, trabalhando duro para torná-lo lucrativo. Torcera para conseguir torná-lo bem-sucedido. Não esperava que fosse amá-lo.

Tudo seria extinto, e Irene seria relegada a voltar a administrar os afazeres domésticos e a bordar pelo resto da vida, ou — pior ainda — a se casar para ingressar no mundo que seu pai queria para ela, aquele em que sua mãe vivera e do qual fugira. Tudo o que conquistara até ali seria esquecido graças a um homem privilegiado que só precisava compor uma letra de câmbio e dar algumas instruções para conseguir o que queria. Irene não podia permitir que aquilo acontecesse, mas como impediria?

Ela voltou a encará-lo e, quando seus olhares se encontraram o dele era tão frio e impenetrável quanto o Mar do Norte. Ela se sentiu tão furiosa e impotente que não sabia se desandava a chorar ou pulava por cima da mesa direto no pescoço do duque.

— Pode ser que haja uma alternativa — disse Henry, observando-a.

Aquela delicadeza na voz masculina foi a gota d'água. Irene abriu a boca, mas, apesar de a frase "Vá para o inferno" pairar em seus lábios, sabia que não podia dizê-la.

— Estou ouvindo — foi o que falou.

O duque de Torquil estendeu a mão, passando o dedo pela ponta de um dos documentos que colocara sobre a mesa.

— Como eu disse, ainda não autorizei a liberação do dinheiro. O contrato estipula que tenho catorze dias para fazer isso. Se não autorizar, o acordo será revogado e precisarei pagar ao seu pai dez por cento do valor da compra por renegação.

— Sob quais circunstâncias o senhor renegaria a compra?

— Seu conselho provocou um caos na minha família e, ao meu ver, é sua responsabilidade reparar os danos causados. Minha mãe pretende se casar com o sr. Foscarelli em duas semanas, assim que ele obtiver a licença para o casamento. Isso lhe dá catorze dias.

— Para fazer o quê?

— Persuadir minha mãe a mudar de ideia e cancelar o casamento.

A mente de Irene batalhou ferozmente para buscar uma maneira de recusar, mas não conseguia encontrar uma saída sem perder tudo o que construíra.

— Se for bem-sucedida — continuou Torquil —, rasgarei este documento, pagarei a multa ao seu pai e tudo será esquecido. A senhorita poderá continuar a aconselhar os apaixonados de Londres a seguirem seus corações até o fim dos seus dias. Mas se falhar, se minha mãe se casar com aquele homem, é melhor desistir de suas aspirações jornalísticas e de seu desejo de interferir na vida das pessoas. Darei prosseguimento à compra do seu jornal e o fecharei, e a senhorita precisará começar a procurar por um esposo adequado a quem oferecer seu novo e parrudo dote.

— Mas o jornal é minha vida! Não tenho desejo nenhum de ser introduzida à sua classe, e menos ainda de me casar para fazer parte dela!

— Francamente, srta. Deverill, não me importo nem um pouco com seus desejos no momento.

Frustrada e encurralada, Irene tentou outra tática.

— Isso é absurdo! Como eu poderia persuadir sua mãe a contrariar o conselho que lhe dei?

— Isso eu deixo a encargo da sua engenhosidade. Minha mãe concordou em voltar para casa até o casamento, e tomei as providências para que a senhorita e sua irmã fiquem conosco durante esse tempo. Com minha mãe e minha cunhada por lá, a senhorita e sua irmã estarão devidamente assistidas. Também tenho duas irmãs solteiras, então não lhe faltarão companhia e divertimento.

— O senhor espera que eu me hospede na sua casa? — Irene ficou encarando o duque, abismada com aquela ideia. — Por duas semanas?

— Sim. Isso lhe conferirá muitas oportunidades para usar seus poderes de persuasão na minha mãe. Ninguém ficará sabendo do nosso pequeno acordo.

— Nem meu pai? Se eu conseguir dissuadir a sua mãe, as esperanças dele para mim e para Clara, esperanças que o senhor fomentou, serão aniquiladas, pois duvido de que qualquer reconciliação com a família de minha mãe progrida se eu continuar como editora de um tabloide de fofocas.

— A senhorita e o visconde Ellesmere terão de discutir isso. Quanto ao seu pai, ele será adequadamente compensado. A multa de dez por cento já está garantida caso a senhorita tenha êxito e mantenha o jornal.

— Com ou sem compensação, o senhor está oferecendo-lhe uma falsa esperança de reconciliação com a família de minha mãe. Meu pai não merece isso.

— Não? — Torquil se inclinou para a frente na cadeira, entrelaçando as mãos em cima dos documentos na mesa. — Srta. Deverill, sejamos francos. Seu pai bebe.

Os punhos de Irene se fecharam debaixo da mesa e seu rosto pegava fogo. Aquele homem não apenas a estava fazendo perceber que tinha temperamento forte, como também a estava ensinando quanto era possível odiar outra alma humana.

— Ora, ora — disse ela, afinal. — Seus detetives particulares andaram bem ocupados, não é mesmo?

— Não precisei de detetives para angariar essa informação, apenas de meus olhos. Durante a hora que passei discutindo negócios com seu pai essa tarde, ele consumiu uma garrafa inteira de conhaque e abriu uma segunda.

Raiva e vergonha revolveram dentro dela na mesma proporção.

— O... apreço do meu pai por conhaque não é a questão...

— Também é de conhecimento público que o negócio de jornais do seu avô, que um dia teve muito sucesso, foi forçado a declarar falência por causa da má administração do seu pai.

— Há razões para isso...

— É claro. Como eu disse, ele bebe. A questão é que seu pai falhou em seu dever primário como homem, que é proteger e cuidar de sua família. Como consequência, não consigo sentir muita compaixão por ele e não sentirei culpa alguma por destruir suas esperanças, como a senhorita colocou.

— O senhor também está ludibriando seus próprios parentes, inclusive sua mãe. Não sente culpa em relação a isso?

— É uma mentira, de fato, mas por omissão.

— Uma mentira por omissão continua sendo uma mentira!

Henry se mexeu inquieto na cadeira e desviou o olhar, indicando que talvez aquele tiro tivesse acertado o alvo. Mas, quando voltou a encará-la, a mínima ideia de que Irene havia cutucado a consciência dele poderia muito bem ter sido uma ilusão da sua própria imaginação.

— É lamentável, mas não vejo outra saída. Se minha mãe soubesse que fiz uma oferta para comprar o jornal de seu pai, nunca acreditaria que é pelo propósito de um investimento. Ficaria desconfiada na mesma hora e quaisquer tentativas suas para fazê-la mudar de ideia quanto a Foscarelli acabariam, no fim das contas, sendo inúteis. Não posso arcar com o escrúpulo da verdade categórica.

— Um dilema moral e tanto para o senhor.

Se o duque percebeu o sarcasmo, ignorou.

— Apenas a senhorita, seu pai e eu, e sua irmã, se optar por contar a ela, saberemos dessa oferta de compra. Se a senhorita contar a qualquer um o que discutimos ou revelar qualquer coisa sobre a situação de minha mãe e do italiano, executarei os termos deste acordo na mesma hora, e seu trabalho neste jornal será imediatamente suspenso. Espero que isso esteja claro.

— Perfeitamente. — O maxilar de Irene estava cerrado com tanta força que mal conseguia proferir as palavras. — O que o senhor dirá a seus parentes?

Ele deu de ombros.

— Que vim, imensamente ofendido, conversar com seu pai sobre a coluna de *Lady* Truelove e voltei chocado com a negligência de Ellesmere em relação às netas e ciente das tentativas de seu pai por uma reconciliação. Fiquei feliz em oferecer ajuda para restaurar a paz.

— Motivado pela bondade de seu coração?

— Seu pai odeia ter um tabloide de escândalos e ficaria feliz em fechá-lo se soubesse que suas filhas seriam benquistas por seus parentes. Livrar Londres de um jornal que publica fofocas sobre minha família é uma empreitada que fico bastante feliz em auxiliar, e uma circunstância que boa parte da minha família não lamentaria.

Aquela devia ser a verdade crua. Irene engoliu em seco.

— Parece que o senhor planejou tudo nos mínimos detalhes.

— Sim, mas a escolha de dar seguimento ou não ao plano cabe a você.

Aquela afirmação a provocou além do suportável.

— Escolha? — repetiu Irene, levantando-se em um salto. — É uma escolha de Hobson, o que significa que não é escolha coisa nenhuma. E como é que meu jornal vai funcionar pelas próximas duas semanas se eu estiver passeando por Londres, sendo apresentada aos seus conhecidos?

— Essa é outra questão que deixarei a encargo da sua engenhosidade. Se o *Society Snippets* deixar de ser publicado durante a sua ausência, não lamentarei o fato. — Torquil pegou aquele pavoroso contrato de compra e se levantou. — Duas semanas não são muito tempo — acrescentou enquanto recolocava os papéis na pasta. — Então, sugiro que a senhorita e sua irmã venham para nossa casa assim que tiverem tomado as providências necessárias aqui. Por volta do horário do chá, quem sabe?

— Hoje? — Irene soltou uma risada de incredulidade. — O senhor não pode estar esperando que nos mudemos hoje.

— Estou, sim. Se chegarem no horário do chá, as senhoritas poderão se limpar, se quiserem, e já estarão acomodadas em seus quartos antes do jantar. Não sei se minha mãe já terá retornado nesse horário, ou quais outros compromissos prioritários os outros membros da minha família têm marcados para esta tarde, mas vou me certificar de que minha cunhada esteja em casa para recebê-las de modo adequado, e também estarei lá para fazer as apresentações necessárias.

— Oh, minha nossa — murmurou Irene. — Que belo presente.

— Se não aparecerem — continuou Torquil como se ela não tivesse dito nada —, presentearei seu pai com uma letra de câmbio amanhã pela manhã e as senhoritas não precisam mais ir. Como eu disse, a escolha é sua. Minha casa fica em Park Lane, Upper Brook Street, nº 16. Tenha um bom dia, srta. Deverill.

Ao terminar de falar, o duque fez uma reverência e se virou, e Irene o fuzilou com o olhar. Catorze dias sob o teto dele podiam não parecer muito tempo, mas, para ela, correspondiam a uma eternidade no inferno.

Capítulo 6

O DUQUE MAL TINHA IDO embora quando Irene saiu da sala. Passou como um furacão pela mesa de Clara e algo em seu rosto devia ter refletido as emoções que revolviam dentro dela, pois sua irmã a seguiu, chamando-a enquanto atravessavam o saguão.

— Irene, qual o problema? O que aconteceu?

— Agora, não, Clara — gritou ela de volta enquanto subia a escada. — Agora, não, eu imploro.

Irene encontrou o pai na sala de visitas, bebericando seu conhaque e lendo um livro, o pé apoiado nas almofadas. Ele ergueu os olhos quando ela entrou, e a força da fúria de Irene devia estar refletida na sua expressão, pois, ao vê-la, até mesmo ele se encolheu de leve.

— É verdade? — quis saber Irene, parando ao lado da cadeira de rodas. — É?

O sr. Deverill franziu a testa, mas não olhou diretamente para a filha.

— Modere seu tom de voz, menina, e lembre-se de com quem você está falando.

— É verdade?

— Se está perguntando se concordei em vender o jornal para o duque de Torquil, a resposta é sim. Ele até concordou em auxiliar na reconciliação de nossa família. Conhece Ellesmere e prometeu fazer o que puder para ajudar. Não foi muito atencioso da parte dele?

— Oh, sim, muito atencioso. Como o senhor pôde fazer isso, papai? Como?

O sr. Deverill pegou o copo e ingeriu o conteúdo em um único gole. E só então a encarou.

— Francamente, Irene, não precisa agir como se eu a tivesse vendido como escrava, quando a realidade é exatamente o oposto. Agora, você não precisará mais trabalhar como uma vendedora.

Ela ignorou a tentativa do pai de fazer com que sua atitude parecesse louvável.

— Eu gosto do meu trabalho. Por que o senhor não consegue entender isso? — Irene viu o pai menear a cabeça, deixando claro que ainda se recusava a acreditar naquele fato, e se apressou em continuar antes que a conversa fosse desviada do problema em questão para um debate sobre os direitos das mulheres. — Reergui o negócio da família e o tornei novamente bem-sucedido. Criei o *Society Snippets* e fiz dele um sucesso. E agora, depois de tudo o que conquistei, o senhor o vendeu debaixo do meu nariz sem ao menos pedir permissão.

— Sou seu pai. Não preciso pedir sua permissão para fazer algo se julgar que é para o seu bem. — Por baixo da impertinência da voz do pai, Irene percebeu uma camada de culpa, mas ele não lhe deu chance de se aproveitar daquilo. — Quanto ao resto, o que diz é o que todo pai tem a obrigação de fazer.

— E que obrigação é essa?

— Garantir o futuro dos filhos, é claro. Garanti o seu e o de Clara, e só posso torcer para que isso compense o caos deplorável que causei no passado.

A raiva de Irene se esvaiu com aquelas palavras, pois soube que ele acreditava, de todo o coração, que o que fizera era para o seu bem.

— Oh, papai, quantas vezes precisamos discutir isso? O que o senhor garantiu é a sua visão do meu futuro, mas não é o tipo de vida que desejo para mim mesma.

— Somente porque você nunca teve um gostinho de como é. — Ele balançou a cabeça positivamente, assumindo um ar sábio e complacente. — Apenas espere. Quando estiver saracoteando para lá e para cá, aproveitando os eventos da temporada, jantando na casa do duque, indo a bailes e fazendo amigos, estará se divertindo tanto que não vai querer voltar mais para casa, muito menos retornar àquele seu jornal. Você verá.

Como sempre quando eles tinham aquela conversa, Irene se sentia como se estivesse batendo com a cabeça em um muro de tijolos, mas persistiu.

— Não quero bailes e festas. Não tenho interesse nenhum em participar da temporada e não quero sair para caçar um marido. Quero publicar jornais.

— E sua irmã? Ser sua secretária e viver como uma solteirona é o que ela quer para o futuro?

Pela segunda vez no dia, Irene sentiu como se tivesse levado um chute no estômago. Ela abriu os lábios para responder, porém nenhuma resposta saiu.

— Você gosta de escravizá-la naquele escritório lá embaixo, mas e ela? — perguntou seu pai. — Clara está feliz, sabendo que desperdiçará a vida recebendo suas correspondências, datilografando e marcando seus compromissos? — Irene não teve a chance de responder. — Clara quer aproveitar a vida agora, enquanto ainda é jovem. Anseia pelos divertimentos da temporada tanto quanto qualquer garota.

Irene passou o peso do corpo de uma perna para a outra, a culpa a acotovelando.

— Clara sabe que tem liberdade para participar de todas as festas que quiser. A prima Martha ficaria feliz em tomar as providências necessárias com nossos conhecidos e atuar como acompanhante.

— Sua irmã sentiria dificuldades na sociedade sem você para ajudá-la. Nós dois sabemos como ela é tímida e reservada. E minha prima, embora seja uma mulher digna, a deixaria ainda mais acuada.

— Ficarei feliz em acompanhar Clara a qualquer lugar aonde formos convidadas — garantiu Irene na mesma hora. — Mas nenhuma de nós está com pressa de se casar.

— Bem, você não está — retrucou o pai acidamente. — Tartarugas têm mais pressa que você. E por quê, me diga? Porque prefere administrar um jornal a encontrar um marido.

— Apenas porque a sociedade me força a fazer essa escolha, papai.

— Não apenas a sociedade. Minha filha querida, nenhum marido permitiria que a esposa tivesse uma carreira.

— Não estamos falando de mim. Estamos falando de Clara.

— Exatamente. Como sua irmã encontrará alguém se passa a maior parte do tempo trabalhando para você? Ela está com 22 anos, Irene, então não há muito tempo até que seja refugada. Fiz uns acertos com o duque para que ela possa se divertir um pouco. Clara poderá ir a bailes e ao teatro, poderá dançar, flertar e aproveitar a temporada como uma jovem deveria, antes que seja tarde demais.

— Duas semanas não são uma temporada...

— Mas, com a ajuda do duque, pode ser que o visconde se convença a oferecer a Clara, e a você, não que você queira, uma temporada inteira no ano que vem. Ele pode nos perdoar, e o rompimento em nossa família poderia ser retificado.

— E todos nós viveríamos felizes para sempre.

Seu pai não pareceu ouvir aquela réplica sarcástica.

— Clara terá a chance de encontrar jovens decentes e de se apaixonar. Pode ser que, então, ela consiga se casar, ter filhos e a própria casa. Você negaria todas essas oportunidades a ela por não as querer para si mesma? Sacrificaria a juventude da sua irmã em prol da sua ambição?

Os olhos de Irene ardiam, e o rosto de seu pai ficou embaçado diante dela.

— Isso não é justo — sussurrou.

— Não — concordou o sr. Deverill, pegando o decanter na mesa ao seu lado. — Mas a vida raramente é justa, minha querida.

Irene o observou encher o último copo com o conhaque do decanter e se perguntou se aquela seria a primeira garrafa que ele esvaziara hoje. Provavelmente não.

— O senhor tem razão, papai — disse ela, as palavras amargas em sua língua. — A vida raramente é justa.

Irene conversara com o pai na esperança de que ele pudesse ser convencido a cancelar o acordo que fizera com o duque, mas, repensando, viu que o ter confrontado no calor do momento talvez não tenha sido a abordagem mais eficiente. E, com aquele papo sobre o futuro de Clara, ele tinha aniquilado o último sopro de persistência de Irene, pois ela sabia o quanto a irmã ansiava por participar da sociedade e se divertir.

Conformada, desceu a escada, chamou Clara até seu escritório e explicou o que ocorrera. Esperava que a irmã recebesse a notícia de que seriam introduzidas à sociedade com uma mistura de expectativa contente e pavor absoluto, com talvez uma pitada de indignação pelas atitudes arbitrárias do duque e de seu pai. O gemido de desalento que ela deu, contudo, não se encaixava em nenhuma das reações que Irene estava esperando.

— Ah, não, não, não — murmurou Clara, inclinando-se para a frente para apoiar os cotovelos na mesa de Irene e esconder o rosto entre as mãos. — Não consigo acreditar que você tenha concordado com isso.

— Achei que você iria gostar da ideia de ser introduzida à sociedade.

Clara meneou a cabeça sem erguer os olhos. Irene deu a volta na mesa e colocou um braço acalentador sobre os ombros da irmã.

— Se é com meus sentimentos que está preocupada, não há necessidade. Não tenho intenção alguma de permitir que aquele homem compre meu jornal e o feche, prometo a você.

— Não é isso — respondeu Clara, sua voz abafada pelas mãos que cobriam seu rosto.

— Ah... — Sentindo-se um pouco depreciada por aquela aparente falta de preocupação para com seu amado jornal, Irene se endireitou, analisando a cabeça baixa da irmã enquanto tentava definir o que Clara achava tão desolador. — Ficaremos bem, sabe, independentemente do que aconteça. Com certeza, Torquil é do tipo de homem que acha que pode comprar o que quiser, mas até mesmo eu tenho que reconhecer que ele está disposto a pagar uma quantia generosa por esse privilégio. E você será bem cuidada, não importa o que...

Ela parou quando Clara voltou a balançar a cabeça e se ergueu.

— Não seja tola, Irene. Sei que você cuidará de mim, não importa o que aconteça. Não é isso que me perturba. E tenho certeza de que encontrará uma saída para essa confusão. Você sempre encontra.

— Mas, então, o que a deixa tão chateada? É a perspectiva de conhecer pessoas novas? Sei como isso pode ser assustador, minha querida, mas estarei lá ao seu lado.

— Também não é isso, Irene. Temos um problema muito mais imediato do que minha estúpida timidez. Daqui a algumas horas, estaremos hospedadas na casa de um duque, sendo introduzidas à sociedade, conhecendo nobres e *ladies*, e só Deus sabe quem mais.

— Sim, e...?

— Olhe para nós. — Aquelas palavras saíram em um lamento, enquanto Clara apontava para sua saia de lã marrom. — Teremos eventos sociais todos os dias, bailes e festas todas as noites, e não temos nada adequado para vestir em tais ocasiões.

Estarrecida, Irene piscou.

— Céus, nem sequer pensei nisso. Mas esse é um problema facilmente remediável — garantiu. — O jornal está obtendo lucro, então podemos nos dar ao luxo de gastar um pouquinho conosco. Vamos dar um pulo na Debenham and Freebody esta tarde e comprar alguns vestidos antes de irmos para Grosvenor Square.

— Usar vestidos que não foram feitos sob medida na casa de um duque? — Clara a fitou horrorizada. — O que pensarão de nós?

— Se basearem suas opiniões em nossas roupas, então serão opiniões que não valem a pena — respondeu Irene com vigor. — E eles todos poderão ir pastar.

Uma bela concepção, em teoria. Porém, algumas horas mais tarde, ao se encontrar parada na sala de visitas mais ricamente decorada que já vira, confrontada pelas roupas elegantes e pelo olhar incrédulo de *lady* David Cavanaugh, até mesmo Irene ficaria feliz em trocar seus princípios nobres por um único vestidinho personalizado. Quando a cunhada do duque viu o conjunto de saia e paletó cinza risca de giz que Irene comprara na Debenham and Freebody no caminho para lá, não disse uma palavra sequer, mas nem precisava. Seu sutil levantar de sobrancelhas castanhas expressou de forma eloquente o que se passava por sua cabeça. No mesmo momento, as bochechas de Irene começaram a queimar e ela lançou um olhar hostil ao homem alto e sombrio ao lado de *lady* David que acabara de fazer as apresentações. Aquilo tudo era culpa dele.

Se o duque percebeu seu ressentimento, não demonstrou.

— Boothby mandará levarem suas coisas para os quartos — disse Torquil, dando uma olhada para o senhor que as havia levado até a sala de visitas e anunciado sua chegada.

Boothby, o mordomo, compreendeu a ordem que haviam lhe dado e, sem dizer uma única palavra, fez uma reverência e se retirou da sala.

Irene o observou ir embora com uma pontada de inveja. Ela teria ficado contente em levar a própria mala para o andar de cima se significasse que escaparia da avaliação tão pretensamente superior de *lady* David.

— Gostariam de um chá?

A pergunta da mulher forçou o olhar desejoso de Irene a abandonar a porta e se voltar novamente para a ruiva magra e elegante que estava apontando para a bandeja de chá.

— Não, obrigada. Já tomamos nosso chá.

— Entendo.

Houve uma pausa tão constrangedora que Irene quase estremeceu.

O duque quebrou o silêncio, fazendo-o de tal forma que — ainda bem — Irene nem sentiu vontade de pular em seu pescoço.

— Talvez a senhorita e a sua irmã prefiram descansar antes do jantar?

— Sim — respondeu Irene, sem sequer se importar em olhar para Clara. Se ela não estava se sentindo à vontade, só podia imaginar como sua tímida irmã estava. — Um descanso seria muito bem-vindo.

Lady David pareceu tão aliviada quanto ela com aquela mudança de planos.

— É claro — disse *lady* David, esticando o braço para tocar o sino na parede ao seu lado.

Um lacaio de uniforme apareceu na porta com uma rapidez que Irene não pôde deixar de admirar.

— Ah, Edward, aí está você. Pode levar a srta. Deverill e sua irmã para seus quartos e pedir que suas aias sejam mandadas para lá a fim de auxiliá-las?

— Ah, não temos aias — intrometeu-se Irene com uma alegria deliberada. — Receio que teremos de nos virar sozinhas enquanto estivermos aqui.

— Vocês não trouxeram aias?

O rosto de *lady* David congelou, o sorriso gentil fixo em seus lábios.

Irene não respondeu, e coube ao duque preencher o vazio.

— A aia de minha mãe ficará feliz em atendê-las, é claro — disse.

Aquela oferta, Irene não pôde deixar de notar, não agradou *lady* David nem um pouco, um fato que quase a fez aceitar a sugestão.

— Nunca sonharíamos em privar Sua Graça da própria aia.

— Não será uma privação, srta. Deverill, garanto.

— Talvez não, mas ficaremos contentes em nos arrumarmos sozinhas.

— Sozinhas? — A pergunta de *lady* David denunciou que estava achando graça da falta de sofisticação das duas irmãs. Devia ter percebido, contudo, que havia demonstrado seu divertimento muito descaradamente, pois logo emendou: — Não, não, Torquil tem razão. É claro que precisam de uma aia para auxiliá-las. Jamais poderíamos permitir que nossos convidados fizessem tudo sozinhos.

Aquele gesto, um mero favor e nada mais, era demais para o orgulho de Irene.

— Clara e eu não somos apenas irmãs, mas amigas. Não nos importamos em auxiliar uma à outra. Por favor, não se incomodem. Se causarmos inconvenientes, nos sentiremos muito envergonhadas.

— Bem, isso não pode acontecer — resmungou o duque antes que *lady* David pudesse responder, e encerrou o assunto ao fazer uma reverência a Irene e sua irmã. — Vemos as senhoritas esta noite, então. O jantar é às oito, mas a família começa a se reunir mais ou menos meia hora antes, na biblioteca. — Ele apontou para uma série de portas abertas que levavam à sala ao lado. — Por favor, sintam-se livres para se juntarem a nós quando estiverem prontas. Edward, acompanhe nossas convidadas aos seus quartos, por favor.

Irene e Clara seguiram o lacaio para fora da luxuosa sala de visitas marfim e azul, retornando à escadaria ampla e extensa. Subiram até o segundo andar, onde foram levadas a quartos adjacentes.

O aposento de Irene não era tão ostentoso quanto a sala de visitas. Verde-claro e branco, era iluminado e arejado — e, apesar de odiar dar qualquer crédito ao duque ou à sua casa, precisava admitir que era bonito. As malas já haviam sido deixadas lá e agora repousavam sobre o chão ao pé da cama, abertas e claramente aguardando a aia que nunca aparecera para desfazê-las.

O som de uma porta se abrindo distraiu Irene de suas observações do recinto, e ela se virou quando Clara entrou por uma porta contígua.

— Oh, Irene, não é lindo? E temos um banheiro só para nós. Venha ver.

Ela permitiu que a irmã a puxasse pela porta até um banheiro que era grande o suficiente não apenas para ter duas portas, mas também dois lavatórios de mármore com torneiras, um sanitário e uma banheira esmaltada com canos de água quente e borda de mogno.

— Minha nossa! — exclamou Irene, rindo de incredulidade. — Estamos em um hotel?

— Se estamos, é no Savoy. — Clara olhou-a. — Não tivemos muita chance de conversar antes, mas sei que não está feliz com isso tudo e não a culpo. Você deve estar morrendo de preocupação com o jornal.

— Não estou pronta para me render ainda. Especialmente não àquele homem. Você não se importa que eu lute para mantê-lo, se importa? — perguntou Irene. — Se eu conseguir, isso significará um dote menor para você. E pode ser que Ellesmere não se convença a ajudar a amparar uma neta enquanto a outra administra um tabloide de fofocas.

— Nunca esperei nenhum tipo de dote, então ficarei feliz até mesmo se receber um pequeno. E sei que o jornal significa tudo para você. Eu jamais iria querer que o perdesse.

— Você é um amor. Mas receio que o perder é a consequência mais provável a esta altura, pois não vejo como fazer a duquesa mudar de ideia. E confesso que não estou muito animada com a perspectiva de tentar.

— Foi muito errado da parte do duque manipulá-la desse jeito, mas as ações parecem ser motivadas por sua preocupação com a felicidade futura da mãe. E mesmo que ela acabe se casando com o italiano no fim das contas, o duque não poderá culpá-la.

— Não? — Irene fez uma careta. — Receio não ter tantas esperanças quanto você sobre isso.

— Ele está chateado, é claro, mas, assim que reconhecer a intensidade dos sentimentos da mãe por aquele homem, com sorte passará a aceitar o casamento, ou você encontrará uma maneira de persuadi-la a ao menos parar e reconsiderar. De qualquer forma, espero que consiga encontrar uma maneira de se divertir um pouco enquanto estivermos aqui.

Irene pensou na prepotente *lady* David, no arrogante e sombrio duque de Torquil e na tarefa que lhe fora dada e duvidou de que fosse possível se divertir. Mas olhou no rosto da irmã e se absteve de expressar opinião tão tenebrosa.

— Tentarei — prometeu ela. — Nem que seja para agradar você.

Clara sorriu, já contente.

— Ótimo — disse, sinalizando o banheiro. — Importa-se se eu tomar banho primeiro?

— De forma alguma. Vou desfazer as malas. Afinal de contas — acrescentou Irene enquanto se virava e retornava ao quarto —, como somos tão desfavorecidas a ponto de não termos aias, precisamos dar conta da tarefa nós mesmas. Oh, que horror!

Deixando Clara aos risos, ela voltou ao quarto e guardou no armário os conjuntos, os vestidos vespertinos, os vestidos de baile e as roupas de baixo que Clara insistira que precisariam. Ela colocou as caixas com os sapatos e as chinelas na prateleira de baixo, e as que continham chapéus, em cima. Também utilizou o camiseiro para guardar suas camisas, saias e peças íntimas.

Colocou seu novo vestido noturno de seda azul na cama e atravessou o quarto até o banheiro, onde sua batida à porta não foi respondida. Ao espiar, percebeu que o cômodo estava vazio, mas ainda cheio de vapor, revelando que sua irmã fizera bom uso da água quente. Irene decidiu fazer o mesmo e, enquanto afundava nas profundezas de uma banheira quente pouco tempo depois, foi forçada a admitir que passar duas semanas na casa do duque tinha, afinal, um aspecto positivo.

— Ah... — gemeu de prazer, recostando-se e fechando os olhos, a tensão em seus ombros relaxando de leve. — Eu poderia me acostumar com isso.

De alguma forma, Irene adormeceu, fato que só percebeu quando Clara bateu à porta e a despertou de sua abençoada letargia.

— Irene?

Ela se ergueu de supetão na banheira, reparando que a água agora estava fria e as pontas de seus dedos, enrugadas. Quanto tempo tinha passado ali?

— O que aconteceu? — perguntou Clara e, mesmo com a porta fechada, Irene podia ouvir a irmã rindo. — Você adormeceu?

— É claro que não — mentiu. — Que horas são?

— Seis e meia.

Céus, ela ficara ali por quase três quartos de hora. Irene se secou, uma tarefa que não demorou muito, pois a toalha era feita do algodão mais macio e luxuoso que já sentira e enxugava a água de seu corpo com uma facilidade tremenda. Quando colocou o penhoar, a musselina sequer grudou em sua pele.

Apanhou as roupas sujas e retornou ao quarto. Vestiu as peças íntimas, usando o nódulo de bronze do pé da cama para ajudá-la a apertar o corselete o suficiente, então colocou a saia e o corpete de seu vestido noturno, prendeu o cabelo e atravessou o banheiro para bater à porta da irmã.

— Clara, preciso que você abotoe meu vestido.

Irene abriu a porta ao ouvir Clara convidando-a a entrar.

— Tenho certeza de que você também precisa de ajuda — continuou Irene enquanto entrava no quarto, mas as palavras mal tinham saído de sua boca quando percebeu que sua irmã não estava nem perto de precisar de seu auxílio.

Clara estava parada em frente ao espelho só com sua roupa de baixo, segurando à sua frente um dos três vestidos recém-comprados. Os outros dois estavam esparramados na cama, assim como uma variedade de combinações, corseletes e meias.

— O que é tudo isso?

— Opções demais! — Clara virou-se, abrindo a saia do vestido de brocado verde-pálido que estava segurando. — O que acha?

— Muito bonito.

— Foi exatamente o que você disse na Debenham and Freebody esta tarde.

— E continua sendo verdade. Todos os vestidos que você comprou são bonitos.

— Mas qual é o mais bonito? Na nossa primeira noite, quero causar a melhor impressão possível.

— O rosa, então. Essa cor sempre lhe caiu muito bem.

Clara largou o vestido de brocado verde, pegou o corpete e a saia de seda cor-de-rosa e os segurou em frente ao espelho. Após um instante, deu um aceno satisfeito com a cabeça e começou a se vestir. Quando terminou, abotoou o vestido de Irene e então se virou para que a irmã fizesse o mesmo por ela.

— Pronto — disse Irene enquanto fechava o último botão e alisava as pregas da parte de trás do vestido de Clara. — Quem é que precisa de aia, afinal? Vamos descer. Podemos ver quais livros o duque tem na biblioteca.

Clara se virou, meneando a cabeça.

— Desça você. Ainda preciso arrumar o cabelo.

Irene não tinha intenção alguma de deixar a irmã descer sozinha.

— Eu a espero.

— Pelo amor de Deus, Irene — disse Clara, parecendo exasperada. — Posso ser um pouco tímida, mas sou capaz de descer para o jantar por conta própria, mesmo na casa de um duque. Não preciso que fique me rodeando. Eu me juntarei a você na biblioteca em breve.

— Está bem, se é assim que quer — consentiu Irene, virando-se para voltar para seu quarto. — Só não demore demais. Só Deus sabe o que eles pensarão se você se atrasar para o jantar. Isso sim seria uma ofensa mortal.

Ela retornou ao próprio quarto, colocou as longas luvas brancas e se encaminhou para o corredor, mas, ao passar pelo espelho de corpo inteiro, se lembrou da expressão incrédula de *lady* David e parou, sentindo uma pontada repentina e atípica de insegurança. Ela deu um passo atrás, virou-se na direção do espelho e desejou não ter feito isso, pois as marcas de dobras em sua saia apenas salientavam os motivos para o semblante incrédulo de *lady* David.

Mesmo assim, apesar de o problema poder ser resolvido no dia seguinte, não havia nada que se pudesse fazer naquele momento. Então Irene deu de ombros, ajeitou o cabelo e saiu do quarto. A casa estava em silêncio, nenhum criado à vista, enquanto ela retornava para o primeiro andar e pegava o corredor que haviam atravessado mais cedo.

Ainda não eram sete e meia, e o sino para avisar que todos deveriam se vestir ainda não tinha soado, então Irene não esperava que qualquer outra pessoa já fosse estar lá embaixo. Porém, ao se aproximar da sala de visitas e da biblioteca adiante, vozes a informaram que alguns membros da família tinham chegado antes dela. As portas das duas salas de recepção estavam fechadas e as vozes eram baixas, mas como a tarde fora abafada as bandeiras das portas que ajudavam a ventilar a casa estavam escancaradas, e a voz de *lady* David chegou distintamente da biblioteca aos ouvidos de Irene.

— Minhas caras, deviam ter visto as roupas delas! Compradas em uma loja de departamentos, com toda a certeza.

Irene parou do lado de fora da porta, a mão congelada pouco acima da maçaneta que estava prestes a abrir.

— Não que alguém espere que moças da classe média se vistam bem — continuou *lady* David. — Mas é de se esperar que mesmo as filhas de um mascate do jornalismo mandassem ajustar e alterar as roupas que compram já prontas e remover os amassados antes de usá-las em público.

Irene sentiu suas bochechas queimarem. Abaixou a mão para alisar a saia, mas era uma tentativa inútil. Então, percebeu quanto sua irmã estava certa ao se preocupar com as roupas. Tendo vindo direto da Debenham and Freebody, elas não tiveram tempo de passar suas roupas novas, mas aquilo não ajudava a aliviar o desconforto da ridicularização.

Se minha mãe sofrer ridicularização e escárnio por causa da senhorita e de seu jornal, qual a sua cota de responsabilidade?

As palavras de seu primeiro encontro com o duque ecoaram novamente como que para zombar dela, e Irene percebeu que sequer tinha se permitido refletir sobre tal questão. E nem teve tempo para pensar nisso no momento, pois uma segunda voz feminina entrou na conversa que se desenrolava do outro lado da porta.

— Mesmo que os vestidos sejam de uma loja de departamentos, por que não pediram às aias que os ajustassem quando os compraram? Uma boa aia pode fazer até mesmo um vestido de loja ficar adequadamente ajustado. E pode passar os amassados, também.

— Minha cara Sarah, essa é a questão! Elas não têm aias, ou, se têm, não as trouxeram.

— E qual o problema? — perguntou uma voz masculina desconhecida. — Muitas pessoas se hospedam aqui sem trazer um criado pessoal.

— Mulheres não fazem isso, David — respondeu a moça chamada Sarah. — Não durante a *temporada*.

— Talvez David não entenda como é não ter uma aia — prosseguiu a esposa dele —, mas nós entendemos, não é, irmãs? Há de ser um tremendo inconveniente para nós, mas duvido de que aquelas garotas façam ideia do tamanho do estorvo que a falta de uma aia causará a todas nós.

Irene não conseguia entender por que recusar a ajuda de uma aia e se vestir por conta própria seria inconveniente para qualquer pessoa. Infelizmente, aquele pensamento só serviu para fazer com que outras palavras do duque ricocheteassem em sua mente: *Gostaria que a senhorita levasse em consideração o impacto que suas decisões podem ter na vida de outras pessoas.*

A voz daquele homem se repetindo em sua cabeça estava se tornando bastante exasperante. Ela a afastou novamente e voltou sua atenção à conversa que decorria.

— Não me importo com uma leve inconveniência — confessou Sarah, sua voz se intrometendo nos pensamentos de Irene. — Mas não entendo como elas podem conseguir se virar. Afinal, aqui na cidade, trocamos de roupa pelo menos três ou quatro vezes por dia. Que jovem sequer tentaria passar toda a temporada sem uma aia de verdade para auxiliá-la?

— Você respondeu a sua própria pergunta, minha querida — respondeu *lady* David. — Nenhuma *jovem* faria isso.

O comentário ácido de *lady* David aniquilou qualquer aflição na consciência de Irene. Ela não podia deixar de achar que um pouquinho de inconveniência faria um bem imenso àquelas pessoas. Queria escancarar a porta e informar àquela mulher detestável que a classe média não trocava de roupas ridículas quatro vezes por dia, e que tinha a habilidade de colocá-las e tirá-las sem a ajuda de um criado. A aia da duquesa não seria necessária e nenhuma inconveniência seria sofrida por qualquer um, muito obrigada. Mas uma terceira mulher se pronunciou e a curiosidade manteve Irene onde estava.

— Acho que você está sendo terrivelmente injusta. Torquil já explicou que elas não pretendiam participar da temporada. Foi tudo uma surpresa de última hora para o pai delas, e os homens nunca compreendem essas coisas. De qualquer forma, as lojas de departamentos vendem vários vestidos todos os dias, então as roupas das senhoritas Deverill não podem ser tão ruins assim.

— Você não estava lá, Angela — retrucou *lady* David. — Não as viu quando chegaram. Realmente não consigo pensar em palavras para descrever a aparência delas!

— Então, recomendo que você não tente — interrompeu a voz do duque e, pela primeira vez, Irene se sentiu grata por ouvir aquela cadência calma e incisiva.

O som agiu como um balde de água fria em Irene, extinguindo qualquer vergonha sobre suas roupas e revigorando seu espírito batalhador. Com um cuidado deliberado, ela escancarou a porta, com as bochechas ainda em chamas, mas com a cabeça erguida.

O duque estava sentado à escrivaninha que ficava de frente para a porta e, ao vê-la, largou a caneta e se levantou. Torquil começou a fazer uma reverência, mas então parou, franzindo a testa de leve ao encarar o rosto enrubescido de Irene. Seus olhos desviaram levemente para cima. Se a bandeira aberta da porta o fez perceber que ela ouvira a conversa, o duque não deu sinal algum. Quando voltou a olhá-la, seu semblante era inescrutável como sempre.

— Srta. Deverill — cumprimentou, prosseguindo com sua reverência. — Junte-se a nós, por favor.

Capítulo 7

SENDO UM CAVALHEIRO, O PAI de Henry lhe ensinou, quando ele era pequeno, a nunca permitir que seus pensamentos e sentimentos transparecessem em sua expressão externa.

E, mesmo que sua mãe julgasse que a influência do pai em sua criação fora rígida demais, quando Irene Deverill entrou na sala de visitas, Henry ficou contente pelo fato de ter sido disciplinado tão severamente.

Se não tivesse reparado na bandeira aberta da porta, o rubor no rosto da srta. Deverill e o orgulho de sua cabeça erguida deixariam claro que ela ouvira o que fora dito.

Aquela visão provocou nele uma miríade de emoções — raiva de Carlotta, por ser tão perversa; frustração consigo mesmo, por não conter a língua maliciosa dela antes; e, o pior de tudo, vergonha, uma sensação ardente e dolorosa que Henry raramente tivera motivos para experimentar.

Demonstrar tudo o que sentira era uma perspectiva impensável, e também só serviria para piorar a situação que já era constrangedora. Enquanto dava a volta na escrivaninha, Henry se sentiu grato pelo sangue-frio incutido nele durante a infância.

Carlotta deu um risinho envergonhado, um som que foi como combustível nas chamas, inflamando seus instintos protetores e o impelindo a se postar entre a mulher maldosa sentada no canapé e a mulher orgulhosa parada à porta.

— Srta. Deverill — cumprimentou Henry ao parar à frente dela. — É um prazer tê-la em minha casa. A senhorita é muito bem-vinda.

As sobrancelhas de Irene se ergueram, sua expressão compreensivelmente cética, mas se ela se sentiu tentada a argumentar, o destino a privou da oportunidade. A irmã apareceu à porta e, para imenso alívio de Henry, o rosto angelical da jovem não exibia nenhum traço do ressentimento vigoroso estampado no semblante de Irene. Clara, ao menos, parecia não saber o que acabara de acontecer.

— E sua irmã também — continuou Henry, fazendo uma reverência à moça. — Boa noite, srta. Clara.

— Senhor duque — respondeu ela, com uma reverência breve e nervosa que fez com que sua irmã se aproximasse dela. Henry percebeu que não era o único com instintos protetores. — Espero não estar atrasada.

— De forma alguma — garantiu. — Ainda falta muito para as oito. E minha mãe ainda não desceu, nem meu cunhado. Mas venham. — Ele se virou para oferecer o braço à mais velha das irmãs Deverill. — Permitam que eu apresente o restante da minha família.

Enquanto fazia as apresentações, Henry começou a se sentir novamente no controle da situação. Contudo, quando chegaram a Carlotta, foi lembrado de que qualquer controle que achava exercer sobre a srta. Deverill não passava de uma ilusão.

— Preciso agradecer por fazer nos sentirmos tão bem-vindas em nossa chegada esta tarde — disse ela à cunhada de Henry. — Acho que nunca antes ouvi tanta cordialidade e consideração pelos convidados.

O rosto de Carlotta ficou vermelho como pimentão e, apesar de Henry não conseguir evitar sentir que uma reprimenda daquelas não era nada além do que sua cunhada merecia, a insolência da srta. Deverill também o fez pensar que os catorze dias seguintes não seriam deleite algum, ainda mais com sua mãe ainda irredutível.

Henry a tinha chamado assim que ela retornara aquela tarde e explicado toda a situação, expondo as coisas exatamente como havia dito que faria à srta. Deverill, e, apesar de sua mãe ter expressado boa vontade em introduzir as duas jovens à sociedade nas semanas seguintes não deu qualquer indício de que percebera que ele tinha um interesse mais profundo na família Deverill. Henry se sentia transparente como vidro perto da mãe. O comportamento dela ainda era frio e um tanto receoso, e Henry sabia que não teria êxito em qualquer tentativa de dissuadi-la. Só poderia torcer para que a srta. Deverill se saísse melhor, mesmo sendo uma esperança débil. Ela parecia incapaz de fingir, e Henry sabia, por experiência própria, que a moça não tinha dificuldade alguma em expressar suas opiniões — a maioria em total controvérsia com relação às convenções sociais. A srta. Deverill também era a mulher mais determinada e independente que já conhecera, qualidades que não pareciam favoráveis ao seu propósito ali. O que resultaria daquilo tudo, Henry não conseguia nem começar a imaginar, e, não pela primeira vez, perguntou-se por que nunca parecia conseguir conquistar aquela vida bem-organizada que tanto desejava.

Contudo, teve pouco tempo para aquele tipo de pensamento, pois, naquele momento, sua mãe entrou na sala com o braço entrelaçado no de Jamie. Ela foi diretamente até eles. Apesar de o semblante exibir novamente o ar caloroso e afetuoso com o qual Henry estava acostumado, ele receava que aquela demonstração de afabilidade não se dava por sua causa.

— Mamãe — cumprimentou, acenando para as convidadas, que estavam paradas logo ao lado. — Srta. Irene Deverill, Srta. Clara Deverill, deixem-me apresentar minha mãe, a duquesa de Torquil, e meu cunhado, lorde James St. Clair.

— Duquesa — murmuraram as irmãs em uníssono enquanto faziam uma reverência. — Lorde James.

Jamie retribuiu a reverência, ofereceu-se para trazer xerez às convidadas e se retirou na direção do armário de bebidas enquanto a duquesa se voltava para as jovens Deverill.

— É um prazer conhecê-las — disse a duquesa —, em especial você, srta. Deverill. Eu adoro ler o seu jornal.

Aquilo, Henry ficou aliviado ao perceber, suavizou a expressão defensiva da srta. Irene imediatamente.

— Obrigada, duquesa. A senhora é muito gentil em dizer isso.

— Digo porque é verdade. Gosto, em particular, de ler a coluna de *Lady* Truelove. É o ponto alto da minha tarde, para imensa desaprovação de meu filho mais velho. Acredito que ele se sentiria mais à vontade se as mulheres da casa limitassem a leitura ao *Court Circular*.

Henry congelou.

— Francamente, mamãe...

— Torquil detesta ser provocado, srta. Deverill. — Ela o calou com um aceno distraído da mão em sua direção. — Mas faço isso de qualquer forma, pelo bem dele. Sem um pouquinho de provocação de vez em quando para colocá-lo em seu devido lugar, Henry pode ser tornar um tanto autocrático.

— Eu concordo, mas — a srta. Deverill fez uma pausa para lançar um olhar avaliador na direção do duque — receio que a senhora não o esteja provocando o suficiente, senhora.

Aquela resposta atrevida fez com que a mãe de Henry soltasse uma risada satisfeita.

— Pode estar certa, minha querida, e suspeito de que você seria de grande ajuda nesse quesito, se fosse de seu interesse. Agora, srta. Clara — continuou a duquesa antes que Henry pudesse lembrá-las de que ele estava na sala e não havia necessidade de falar como se não estivesse —, espero que se sinta à vontade durante sua estadia conosco e se divirta. Já tem algum evento marcado?

A garota, que dera a Henry, em suas visitas ao escritório do jornal, a impressão de ser um tanto calada, agora parecia totalmente emudecida, pois, apesar de ter aberto a boca para responder, nenhum som saiu.

Sua irmã mais velha se moveu como que para socorrê-la, mas a duquesa, uma excelente anfitriã, se antecipou a isso.

— Ah, vejo que meu genro foi interceptado por Sarah no caminho até o xerez. Srta. Clara, nós duas vamos lembrá-lo de suas responsabilidades como um cavalheiro. Venha, minha querida. Lorde James, como você deve saber, é o segundo filho do marquês de Rolleston, cujo avô...

A voz dela foi sumindo à medida que se afastava, arrastando a srta. Clara consigo e, apesar de a srta. Deverill ter a intenção de segui-las, Henry a impediu.

— Deixe-as — aconselhou. — Se sua irmã será introduzida à sociedade — acrescentou ao ver que ela iria protestar —, você não poderá ficar o tempo todo no encalço dela, mesmo que seja apenas por duas semanas.

Um pouco do ressentimento de antes voltou a marcar a expressão de Irene.

— O senhor pode me culpar se me sinto impelida a cuidar dela na presença dessas pessoas em particular, dado o que ouvi agora há pouco?

— Não — admitiu Henry. — Sua irmã não ouviu, acredito...

— Não, ainda bem. Para ela, esta visita é a coisa mais animadora, gloriosa e apavorante que aconteceu em anos, e se tivesse escutado o que ouvi teria ficado arrasada.

— A senhorita não precisa se preocupar quanto a isso, porque depois que eu falar com a minha família, qualquer conversa como a que a senhorita escutou não ocorrerá novamente nesta casa, prometo. Até lá — acrescentou Henry quando ela olhou novamente para a irmã —, minha mãe cuidará bem da sua irmã. Não precisa se preocupar.

Irene assentiu com a cabeça, parecendo satisfeita.

— A duquesa é muito gentil, mas eu já achava que seria mesmo. Sua aparência, contudo, é totalmente diferente do que imaginei.

— Suponho que fosse de se esperar. Quando se tem uma ideia preconcebida de alguém, a realidade raramente é equivalente. Eu, por exemplo, imaginava *Lady* Truelove como uma mulher corpulenta, ruiva e coberta de peças de azeviche.

O olhar do duque desceu pelo corpo dela, relembrando-o de como a imagem mental que Henry formara estava errada. A figura da srta. Deverill de vestido noturno era atraente e atiçou a imaginação masculina com ainda mais força do que as camisas e gravatas de sufragista. Quando observou a pele clara do colo feminino e contemplou a fenda obscura dentro do V profundo de seu decote, a fantasia dela vestida de chiffon surgiu mais vívida do que nunca em sua mente. O corpo de Henry reagiu de imediato, o desejo acendendo e enfatizando o fato de que, quando se tratava de Irene Deverill, o controle podia ser algo difícil de manter.

Henry se forçou a olhar novamente para o rosto dela.

— Não acho que a imagem que criei da senhorita na minha cabeça poderia estar mais equivocada.

Aquelas palavras eram bastante inofensivas, mas o duque achou que talvez sua voz tivesse deixado transparecer uma pitada do que estava sentindo, pois os olhos dela se arregalaram de leve.

— Mas me conte — apressou-se Henry em dizer, desesperado por um assunto mais seguro — como a senhorita imaginava que minha mãe seria?

— Corpulenta, ruiva e coberta de peças de azeviche.

Ele sorriu ao ouvir aquilo.

— Percebo que a senhorita levou as palavras de minha mãe a sério.

Aquilo a fez sorrir. Era um mero curvar de lábios, mas ele aceitaria o que conseguisse.

— Como a própria duquesa apontou, alguém precisa fazer isso. E se o objetivo é colocar o senhor em seu devido lugar, ficarei feliz em tentar.

— Não tenho dúvida.

— Mas, para responder à sua pergunta com sinceridade, imaginei sua mãe alta, lânguida e muito elegante, não como um dínamo alegre e pequenino. Então, como o senhor disse, as ideias preconcebidas em relação a uma pessoa podem, frequentemente, estar erradas. Fora a aparência, contudo, ela é bem parecida com o que eu imaginei. É por termos trocado cartas por um período.

— E nessas cartas... — Henry parou de falar, pasmo consigo mesmo. — Perdoe-me. Suas correspondências com minha mãe não são mais da minha conta. Seria muito indelicado da minha parte bisbilhotar.

— E o senhor nunca é indelicado — disse Irene, sua voz suspeitamente suave.

— Tento não ser. Entretanto — respondeu Torquil, tentando não sorrir, pois tal atitude apenas serviria para encorajá-la —, às vezes, não consigo evitar.

— A posição social tem seus privilégios?

Que mulher impertinente e petulante! Usou as palavras um tanto arrogantes que ele dissera contra o próprio duque.

— Exatamente. — Henry se recusava a cair na armadilha. — Mas minha posição tem responsabilidades tremendas, tanto quanto privilégios, srta. Deverill. A primordial é minha família, por quem eu daria minha vida para proteger. Isso — acrescentou ele, observando-a atentamente — confere a mim ao menos uma característica que a senhorita pode prezar, suponho?

Irene assumiu uma expressão pesarosa.

— Se alguém tivesse me dito esta manhã que nós temos algo em comum, eu recomendaria a essa pessoa uma estadia no hospital psiquiátrico de Bedlam.

— Acho que faria o mesmo.

A descoberta de que tinham uma migalha que fosse em comum era um fato que ambos precisavam de tempo para digerir, tendo em vista que, depois daquela conversa, nenhum dos dois parecia conseguir pensar em algo para dizer.

Levou alguns segundos para que Henry conseguisse quebrar o silêncio.

— Espero que a senhorita tenha achado o quarto confortável — comentou, decidindo que um pouco de amenidades seria a melhor opção para preservar o que parecia ser o início de uma trégua.

— Bastante confortável, obrigada. Mas o quarto não é páreo para aquele banheiro. Fiquei tão impressionada com a banheira, para falar a verdade, que tive que usá-la imediatamente.

Henry ficou tenso, pois aquelas palavras conjuraram mais imagens provocativas e extinguiram qualquer ideia de que talvez fosse seguro falar de amenidades. Banhos, lembrou a si mesmo, não eram um assunto adequado para discutir com uma jovem. Henry precisava mudar o rumo da conversa para algo mais apropriado — o tempo, talvez, ou a saúde de alguém.

— E foi bom, o banho? — perguntou no fim das contas, comprovando que as imagens eróticas de sua imaginação eram imunes às ordens das boas maneiras.

Se ela suspeitou de qualquer coisa, não deu sinal algum.

— Como não seria? — respondeu Irene, parecendo levar a sério a pergunta. — Afundar em uma banheira enorme, ensaboar-se com sabonete natural francês, secar-se com toalhas turcas do tamanho de pequenos cobertores... Isso é paradisíaco.

A srta. Deverill podia estar falando de uma versão terrena do paraíso, mas os pensamentos de Henry eram muito menos respeitosos. A excitação estava ficando mais intensa e se espalhando, apesar de seu imenso esforço em contê-la.

— Encanamento interno. — Ele conseguiu dizer — É extremamente conveniente.

— Ah, sem dúvida.

— Na verdade, nós temos — Henry fez uma pausa, respirando fundo e levando uns bons e abençoados segundos para contar — quatro banheiros nesta casa. E... sete, eu acho, em nossa propriedade em Dorset. Um em nossa cabana de caça na Escócia, e cinco em nossa casa de praia em Torquay. Mandei instalar encanamento interno em todos há quatro ou cinco anos.

— Dezessete banheiros? — Irene riu. — Que autoindulgência deliciosa. Parece, se me permite dizer, atípico. Eu o imaginava como um homem de gostos mais ascéticos.

Se ela soubesse o que Henry estava sentindo naquele momento, dificilmente o compararia a um puritano. De qualquer forma, apesar do caos em seu corpo, ele não pôde deixar de sentir uma leve satisfação com a reação feminina.

— Parece que finalmente consegui impressioná-la, srta. Deverill. Minha família, infelizmente, não teve a mesma reação favorável à instalação nos banheiros que a senhorita teve. Todos criaram o maior pandemônio.

— Mas por quê? Com nossos invernos frios e sombrios, quem se oporia a mergulhar...

— Somos uma família antiga. — Interromper era rude, mas Henry estava desesperado. — Famílias antigas não tendem a acolher ideias modernas. Ter água fria e quente simplesmente ao abrir a torneira é uma ideia muito moderna.

Inesperadamente, ela deu um largo sorriso.

— Estou começando a achar que estava errada e que o senhor, duque, no fundo, é um hedonista.

Irene não sabia nem da metade. O sorriso dela — o primeiro pleno e genuíno que ele vira — era uma visão deslumbrante que só fez com que os sentimentos de Henry se tornassem ainda mais difíceis de esconder. Frenético, ele deu uma olhada ao redor e, quando avistou Edward ali por perto com o xerez, ficou tão aliviado que sequer pediu licença antes de se virar para pegar duas taças da bandeja.

— Ah, xerez. Obrigado, Edward. Sua sincronia — acrescentou baixinho — é impecável.

Ignorando o olhar confuso do lacaio, o duque voltou sua atenção para a srta. Deverill e estendeu uma das taças a ela.

— Gostaria de um pouco de xerez?

— Obrigada.

Irene pegou a taça e a ergueu para bebericar, mas parou, encarando-o, pasma, ao ver que ele virara todo o conteúdo de sua taça em um único gole.

Àquela altura, Henry já tinha passado do ponto de se preocupar com civilidades mundanas. A bebida, contudo, cumpriu seu papel, permitindo que banisse de sua mente as imagens eróticas da srta. Deverill na banheira, coberta por apenas uma camada fina de espuma. Ele devolveu a taça à bandeja e acenou com a cabeça para que o lacaio se retirasse. Então, com o corpo novamente sob sua regulagem austera de costume, voltou a atenção para a convidada e decidiu que estava na hora de tocar em um assunto delicado, que sabia ser de sua obrigação como anfitrião.

— Já que estamos falando de família, srta. Deverill, há algo sobre a minha que eu gostaria de lhe contar antes de jantarmos.

— Sim?

Henry fez uma pausa, escolhendo as palavras com cautela.

— Gostaria de pedir que a senhorita perdoasse o que ouviu antes de entrar na sala esta noite. Minhas irmãs estavam fofocando a seu respeito, é verdade, mas não com a intenção de serem descorteses.

— Não? — Ela refletiu por um instante, então concordou com a cabeça. — Com relação às suas irmãs, confiarei na sua palavra.

— Veja, a senhorita é uma mulher alheia à experiência delas, e minhas irmãs não sabem direito o que pensar. Ambas são muito jovens, ainda não têm 20 anos e viveram uma vida reclusa. Este último fato é, sem sombra de dúvida, culpa minha, e espero que a senhorita perdoe qualquer desconsideração nos comentários delas, pois é fruto da ingenuidade, e não de maldade no coração.

— E *lady* David? Qual a explicação para o comportamento dela?

— O fato de que ela é *lady* David — respondeu de imediato, arrependendo-se de pronto.

— Não entendo.

Henry se reprimiu por sua resposta impulsiva e se perguntou o que havia naquela mulher que o incitava a considerações francas e pensamentos licenciosos. Ele era muito mais ponderado hoje em dia. Não tinha tempo para refletir sobre o próprio comportamento atípico naquele momento, pois a srta. Deverill o estava observando, esperando por uma explicação.

— Carlotta — começou Henry, com relutância — casou-se com o irmão do duque, porém, quem ela realmente queria era o duque.

Irene piscou, encarando-o, parecendo tão chocada que, se Henry tivesse um pingo de orgulho de si mesmo, teria se esvaído naquele momento.

— Ela queria se casar com o senhor?

— Por mais difícil que seja de imaginar, sim.

A aridez daquela resposta não passou despercebida pela srta. Deverill. Ela mordeu o lábio, parecendo arrependida.

— Não era isso que eu queria dizer... Eu não estava tentando insinuar nada de depreciativo em relação aos seus atrativos pessoais... Quero dizer... Eu não criticaria suas irmãs para depois fazer o mesmo com o senhor... Não era minha intenção... — Irene parou e respirou fundo em meio àquele emaranhado de frases desconexas. — Ela estava muito apaixonada pelo senhor?

— Apaixonada? — Henry soltou uma risada, mas não era uma risada de divertimento. Foi tão terrivelmente cínica que ambos fizeram uma careta. — Acho difícil.

Aquela resposta, contudo, não a satisfez.

— E o senhor? Estava apaixonado por ela?

— Por Carlotta? — O duque estremeceu só de pensar. — Céus, não. Mas aprendi, há muito tempo... — Henry parou de falar e olhou para a porta, em busca de algum tipo de distração. — Onde diabos está Boothby? Com certeza já passou das oito horas.

— O que o senhor aprendeu? — insistiu ela, demonstrando que não era do tipo que se distraía facilmente.

Obrigado a explicar, ele continuou:

— Há muitas mulheres que ficariam felizes em se casar comigo, srta. Deverill, mas eu sempre soube que, geralmente, é a ambição, e não o amor, o motivo para tal.

Se Henry esperava que ela fosse contestar aquela visão com um elogio diplomaticamente murmurado sobre seus atributos pessoais, Irene o decepcionou, e seu silêncio o lembrou de que aquela mulher não proferia mentiras banais apenas para ser gentil. Aquele fato, por si só, a tornava diferente de quase todas as outras pessoas que conhecia.

— Uma cínica controvérsia — disse ela. — E, mesmo assim, o senhor parece se lamentar.

— Eu, de fato, lamento. — Henry deu um pequeno sorriso. — Parece surpresa, srta. Deverill.

— Ora, estou mesmo. Não deveria? — Ela riu de leve, confusa. — Dadas as nossas conversas anteriores, sempre me pareceu óbvio que o amor romântico não significa nada para o senhor.

Significou, um dia, era o ele queria dizer. *Foi por isso que me casei com uma pobre menina, de uma família insignificante, e arruinei as vidas de nós dois. Significou tudo.*

Henry se sentiu repentina e terrivelmente vulnerável, quase como se tivesse feito aquela confissão em voz alta, e se apressou em voltar a falar.

— Não me entenda mal. Apesar de lamentar o fato de a maioria das mulheres que conheço estar disposta a se casar comigo sem amor, não as condeno por isso. Como poderia? O dever requer que eu me engaje em um casamento adequado, e não se pode permitir que o amor desempenhe qualquer papel na minha escolha de uma esposa. Um duque — acrescentou ele, citando seu pai — deve se casar com uma mulher digna de sua posição.

— E, mesmo assim... — Irene se interrompeu, inclinando a cabeça, seus olhos o estudando em uma especulação pensativa — ... às vezes o senhor deseja que não fosse assim?

Henry sentiu um choque de alerta.

— De forma alguma — negou de pronto. — Aceito o fato de que, para mim, o amor é, e precisa ser, uma consideração secundária. Desejar que fosse diferente seria perda de tempo.

— Entendo.

Henry tinha muito medo de que ela entendesse a verdade, que aqueles lindos e perspicazes olhos cor de mel tivessem acabado de espiar por debaixo de sua fachada tranquila, cultivada com esmero, e o visto por quem ele era: um homem que um dia quisera uma mulher tão desesperadamente e com tanta paixão que jogara para o alto todo o resto de seu mundo apenas para tê-la, com resultados catastróficos. Henry receava ter revelado a própria essência: alguém cujo comportamento controlado, vida disciplinada e rigorosas regras de conduta eram muito mais do que requerimentos à sua posição. Eram as amarras de uma corda de segurança, à qual ele se agarrava para tentar nunca mais se deixar levar pelos próprios apetites.

O silêncio pareceu ensurdecedor, impelindo-o a quebrá-lo.

— Então é isso, srta. Deverill — disse Henry, forçando um tom suave em sua voz. — A verdade sobre amores e duques. Nem um pouco romântica, de fato, mas aí está.

— Há uma coisa que ainda não entendo.

— E o que é?

— O senhor disse que, para as pessoas do seu estrato, o amor é, no máximo, uma consideração secundária para o matrimônio.

— E?

Irene ergueu uma das mãos em um gesto amplo que englobava muito mais que a sala ao redor.

— Como o senhor, ou meu pai, aliás, poderia pensar que este mundo, em que roupas são mais importantes que a bondade e a conveniência é mais valorizada que o amor, é um mundo no qual eu um dia iria querer viver?

Ele não fazia ideia de como responder àquela pergunta, pois mulheres como a srta. Deverill, jovens para as quais o seu mundo não detinha atrativo algum, eram tão raras quanto galinhas com dentes. Henry nunca encontrara uma antes. Por sorte, a voz grave de Boothby interveio antes que ele fosse forçado a elaborar uma resposta.

— Suas Graças, senhoras e senhores — anunciou o mordomo da porta com seu esplendor de costume —, o jantar está servido.

Capítulo 8

O DUQUE DE TORQUIL PODIA ter surpreendido Irene com seus banheiros modernos, mas ela logo descobriu que, quando se tratava da sala de jantar, ele não fizera concessão alguma à modernidade, e o resultado era mais que surpreendente. Era deslumbrante.

A prata antiga brilhava, o cristal reluzia em uma mesa coberta com linho branco imaculado, lacaios elegantes uniformizados esperavam para começar a servir, e dezenas de velas tinham sido colocadas nas *epergnes* sobre a mesa e nos candelabros no teto, iluminando a sala com um brilho suave e etéreo.

Ela já havia jantado em locais suntuosos antes, é claro. Quando atingira a idade necessária para jantar com os pais, o império jornalístico de seu avô permitia que desfrutassem de certos luxos, incluindo um ótimo *chef* e uma mesa bem-arrumada. Contudo, nem mesmo nos tempos mais prósperos, sua mesa de jantar conhecera o ambiente elegante que existia ali. A prataria brilhante e o cristal irlandês reluzente na mesa, as pinturas de Reynolds e Gainsborough nas paredes, o carpete Axminster grosso, porém desbotado sob seus pés — itens tão raros, caros e elegantes como aqueles poderiam ser comprados por qualquer novo milionário, mas, de alguma forma, a sala não teria a mesma cara. A diferença era indefinível, mas incontestável. Qualquer um que entrasse naquele recinto saberia que, um dia, aqueles tesouros haviam sido repassados por muitas gerações e não comprados em um leilão.

Quando se acomodou ao lado do anfitrião na longa mesa de jantar oval, Irene se viu diante de uma série de pratos, taças e utensílios bem mais elaborados que qualquer coisa de que sua família poderia dispor.

Ela tirou as luvas e as colocou sobre o colo, pegou o guardanapo, dando uma olhada para o outro lado da mesa para ver como sua irmã estava se saindo diante daquela exibição desconcertante de vidro lapidado e talheres.

Sentada entre lorde David e a duquesa, Clara já retirara as luvas e agora estava olhando para Irene com olhos suplicantes, buscando por orientação. Lembrando-se das palavras de sua antiga governanta sobre começar de fora para dentro, Irene tocou discretamente com o indicador no talher mais afastado de seu prato do lado direito, uma colher pequenina e delicada feita de madrepérola, cujo propósito sequer imaginava.

Mas logo descobriu que se tratava de uma colher para caviar. Vários outros utensílios igualmente desconhecidos também se encontravam na mesa. No entanto, ao observar o duque e *lady* Angela com cuidado e conversando um pouco, Irene conseguiu não apenas manejar a colher de caviar, mas também o garfo e a pinça de escargô, e a faca de patê. Não obstante, quando as entradas deram lugar à sopa, não pôde deixar de se sentir aliviada. Clara, ela não tinha dúvida, sentia o mesmo.

Depois que a sopa fora servida, Irene se sentiu confortável o suficiente com os acessórios de seu prato para poder devotar sua atenção à conversa que se desenrolava à mesa e exprimir mais do que os monossílabos que murmurara durante as entradas.

— O que faremos amanhã? — perguntou *lady* Sarah. — Não temos um evento fixo, então aonde podemos levar nossas convidadas? Às compras?

— Acredito que você já tenha diversos compromissos, Sarah — disse a duquesa. — Carlotta preencheu toda a sua agenda desta semana, pelo que me lembro.

— Nós cancelamos tudo. Não sabíamos se... — *Lady* Sarah parou de falar, lançando um olhar inquieto a *lady* David. — Nós pensamos... Isto é, dissemos a todos que a senhora estava adoecida. Receávamos, a senhora sabe... — Sua voz baixou, as explicações ineficazes sumindo em um silêncio constrangido.

Torquil o quebrou imediatamente.

— Em vista dos acontecimentos recentes, acredito que as meninas tenham achado melhor permanecer perto de casa.

— Oh, minhas queridas — falou a duquesa, olhando de uma filha para a outra, e então para a nora —, não havia necessidade alguma de vocês cancelarem seus planos.

— Provavelmente não — concordou Torquil e, apesar de aquela concordância resmungada ter sido débil, capturou a atenção da duquesa de imediato. — Mas acho que nenhum de nós sabia o que fazer, mamãe. Todos nós ficamos meio perdidos esta semana.

Por trás daquele comentário, havia um toque inequívoco de repreensão. A duquesa desviou o olhar, parecendo culpada, e Irene se mexeu, sentindo-se desconfortável por ela.

— A questão é — retomou *lady* Angela, intervindo ao perceber que outro silêncio constrangedor ameaçava se instaurar — que temos um dia todo livre, nada planejado, e convidadas para entreter. Então, o que podemos fazer?

— Que tal uma excursão para fora da cidade? — sugeriu lorde David. — Poderíamos fazer um piquenique, passar o dia todo nisso.

Seus anfitriões, Irene percebeu, não estavam cientes de sua agenda, e soube que não podia permitir que continuassem a traçar planos dos quais não poderia participar, mas lorde James se pronunciou antes que tivesse a chance de falar.

— Tenho uma ideia. O *Mary Louisa* está atracado no cais de Queen's. Se o dia estiver bonito amanhã, podemos levá-lo para uma volta, velejar até Kew e fazer nosso piquenique lá.

— Mas não deveríamos passear com as senhoritas Deverill aqui pela cidade? — perguntou Sarah. — Como poderemos apresentá-las a nossos conhecidos se passarmos o dia todo no iate?

— O senhor tem um iate? — Distraída, Irene se virou para seu anfitrião e no mesmo instante foi relembrada, pelo paletó de jantar impecável e pela gravata branca perfeitamente no lugar, de que sua pergunta era um tanto absurda. — O que estou dizendo? — murmurou. — É claro que tem.

— Fico um tanto surpresa pela senhorita já não saber disso, srta. Deverill — disse Carlotta antes que o duque pudesse responder. — Afinal de contas, o *Society Snippets* parece ter achado nossa família e nossos amigos bastante fascinantes no último ano. Fico surpresa por esse detalhe ter lhe escapado.

Irene ficou tentada a responder que se *lady* David continuasse sendo tão odiosamente irritante, talvez o jornal começasse a achar que *ela* era a pessoa mais fascinante da sociedade, mas, pelo bem de Clara, se absteve, e Torquil falou antes que pudesse pensar em uma resposta mais cortês.

— Tenho certeza de que a srta. Deverill tem plena consciência do que é publicado em seu próprio jornal, Carlotta — disse ele, defendendo-a de forma tão inesperada que Irene não conseguiu deixar de olhá-lo, perplexa. — E a maioria dos jornais de Londres acredita que somos um assunto para os noticiários. Faz parte da nossa vida sermos comentados. Achei que você estaria acostumada com isso a esta altura.

— É claro — murmurou Carlotta, voltando a atenção para seu *consommé*.

— Quanto ao *Mary Louisa*, srta. Deverill — continuou Torquil, virando-se para Irene —, é um iate bastante pequeno, de apenas 108 pés, mas muito bem-equipado. Tem uma cozinha completa e uma sala de jantar, uma sala de estar e quatro quartos. Tem até — ele se interrompeu para tomar um gole de vinho — uma banheira.

— Então, o senhor contou errado, duque — destacou ela. — O senhor tem dezoito banheiros.

— Minha nossa, Torquil — disse Sarah, rindo. — O que inspirou você e a srta. Deverill a contar o número de banheiros que temos?

— Eu queria saber — explicou Irene antes que o duque pudesse responder. — E fiquei tão impressionada com o número que o considerei um hedonista.

O absurdo daquela descrição foi reiterado por uma rodada de risadas alegres na mesa, e então Angela falou:

— Mas o número ainda está errado. São vinte banheiros, se você incluir os dois iates.

— Dois iates? — indagou Irene. — Dois iates e o senhor ainda não se considera um hedonista?

Henry sorriu quando uma nova rodada de risadas estourou na mesa.

— Cada barco tem os próprios banheiros — explicou ele. — O *Mary Louisa* é, como eu disse, bastante pequeno, com um mastro baixo o suficiente para passar por debaixo de todas as pontes de Londres. Nós o usamos basicamente para navegar no Tâmisa e nos canais. O *Endeavour* é uma embarcação bem maior, feita para o mar. E Angela tem razão com relação ao número de banheiros, pois o *Endeavour* tem dois.

Irene pegou a taça de vinho, começando a se sentir desconcertada com tanta opulência. Ao criar um tabloide de fofocas, ela sabia, instintivamente, que esse mundo cintilante apetecia uma larga faixa da população, e o sucesso da publicação provara que estava certa, mas nunca havia compartilhado da fascinação do público pelos aristocratas e sua *sociedade*. Chegara ali certa de que nada sobre aquelas pessoas, sua riqueza, ou seu estilo de vida, poderia impressioná-la, mas, em meio àqueles arredores elegantes, começou a achar que talvez não fosse tão distinta quanto pensava. Ter dois iates, tinha de admitir, parecia ser extremamente divertido. Em relação ao homem ao seu lado, ela continuava não gostando dele nem um pouco. O conde não havia lhe dado motivos para gostar. Mas mesmo assim...

Irene olhou para o lado e descobriu, para seu espanto, que Torquil a estava observando, e, apesar de a expressão dele ser impassível como sempre, havia algo em seu olhar constante e ilegível que a impeliu a tomar outro gole de vinho. Irene decidiu que uma das características dele que achava mais irritantes era sua habilidade de esconder tão bem o que estava pensando. Talvez não houvesse nada a esconder. Talvez ele fosse tão frio quanto achara a princípio, tão desalmado quanto sempre parecera.

Compelida a quebrar o silêncio, Irene teve dificuldades em se lembrar do que estavam conversando.

— Se o senhor tem dois iates, deve adorar velejar — sugeriu ela, um comentário tão estúpido que quis se dar um chute assim que acabou de falar.

— Somos uma família de velejadores — concordou Torquil, e, apesar de sua voz ser serena como sempre, era claro que a estava provocando.

Irene fez uma careta, mas antes que pudesse retrucar com uma resposta à altura outra voz interveio.

— Há dois tipos de família na sociedade, srta. Deverill — explicou Carlotta, obviamente sentindo a necessidade de orientá-la quanto a tais questões. — Famílias de caçadores e famílias de velejadores.

— Bem, nós, definitivamente, nos encaixamos na última categoria — disse Angela, rindo. — Então, Torquil, podemos levar as senhoritas Deverill para passear no *Mary Louisa*?

— Depende — respondeu ele. — Pode ser que nossas convidadas não gostem de velejar.

Angela se voltou para Irene.

— A senhorita é uma boa velejadora, srta. Deverill?

— Não sei. Nunca estive em um barco além de um bote no lago Serpentine. Isso conta?

— Se perguntar ao meu irmão, não. Para ele, se não tiver uma vela, está aquém de seu interesse.

— Não é verdade — protestou o duque. — Eu praticava remo em Cambridge, sabia? E já ganhei uma ou duas apostas contra você no Serpentine, querida irmã. Mas confesso que prefiro barcos a vela. Por que fazer todo o trabalho se você pode deixar que o vento o faça por você?

— Como se velejar não desse trabalho! — exclamou Angela. — Se formos passear de barco, srta. Deverill, meu irmão testará as habilidades de cada um de nós. O *Mary Louisa* passou a temporada inteira na doca seca para reparos e só foi colocado na água alguns dias atrás, o que significa que ainda não tivemos tempo de prepará-lo. Se formos velejar amanhã, todos teremos de ajudar a colocá-lo nos eixos... com exceção de mamãe, é claro. Duvido de que o fato de ser nossa convidada a poupará. Imagino que Torquil botará as duas para trabalhar no momento em que pisarem na prancha de embarque. Talvez até coloque um pano e uma lata de polidor de metal na sua mão, dizendo para começar de uma vez.

— Não farei nada do tipo com nossas convidadas — respondeu Torquil. — Pode ficar tranquila, srta. Deverill, srta. Clara, pois nenhum trabalho por parte das senhoritas será requerido. Minha irmã abusada, contudo, é outra questão.

— Está vendo? — disse Angela, fazendo uma careta para ele. — Eu não disse?

— Você fala como se tivesse muito trabalho a ser feito — comentou lorde James espirituosamente. — Torquil só a fará ajudar até o barco estar navegando, Angie. Depois disso, não pedirá nada de você ou de uma das damas além de que se sentem no convés, abram os guarda-sóis e bebam champanhe. São os cavalheiros que ajustam as velas e assumem o timão.

— Mas e se as damas também quiserem ajustar as velas? — Irene não pôde deixar de perguntar. Ela olhou para o duque. — E se quiserem pilotar o barco?

Sabia que o estava desafiando, mas se Torquil pretendia morder a isca que lançara, não teve chance.

— Uma mulher no comando? — exclamou Carlotta, vigorosamente perplexa. — Que absurdo. Torquil jamais permitiria.

Irene se virou para a cunhada do duque.

— Não vejo por que não.

— Não — disse ela, a pena visível em seu sorriso. — Imagino que não mesmo.

— Ouso dizer que Irene adoraria velejar — intrometeu-se Clara, sua voz um pouco mais aguda que o normal. — E eu também. Como é? — Ela se virou para o homem ao seu lado. — Lorde David? O que há de tão interessante nesse esporte que faz da sua família uma família de velejadores?

Irene ficou olhando-a, pasma por sua tímida irmã ter elaborado uma pergunta tão longa entre pessoas que mal conhecia. Porém, antes que pudesse se recuperar do choque, Torquil estava falando novamente.

— Posso ver, srta. Deverill — murmurou ele, aproximando-se —, que o calo de Carlotta não é o único no qual a senhorita pretende pisar esta noite.

Irene se virou, assumindo uma expressão inocente.

— Não sei do que o senhor está falando.

— Acho que sabe, sim. Quanto a pilotar meu barco — acrescentou ele, recostando-se na cadeira e adotando um tom de voz mais casual —, duvido de que a senhorita iria querer.

— E por quê?

— Isso significaria que seria parte da minha tripulação e, se esse fosse o caso, seria obrigada a obedecer minhas ordens. — Henry parou, seu olhar fitando a boca de Irene. — Sem questionar.

O coração dela bateu repentinamente com força em seu peito. Irene se sentiu atingida por aquele olhar e não conseguiu se mover mesmo depois que os olhos dele se ergueram de encontro aos seus. As palavras de Torquil teriam instigado em qualquer sufragista que se preze um desejo de esmagar um castiçal em sua cabeça, mas Irene não conseguiu sentir a ira necessária para tal ação. Seus lábios formigaram de calor e seu coração acelerou, não de raiva, mas de... excitação. Era uma sensação tão inesperada que ela levou vários instantes para recuperar o juízo o suficiente para responder:

— Uma cadeira no convés para mim, então — disse por fim —, se receber ordens suas for a outra alternativa.

— Muito sábio da sua parte, srta. Deverill — observou Angela, rindo. — Meu irmão é um capataz severo.

— Muito — concordou Torquil, seus olhos ainda fixos em Irene. A expressão séria e a fala lenta e educada eram um contraste agudo em relação ao tumulto que revolvia dentro dela.

O mais estranho naquilo tudo era que Irene não fazia ideia do que havia motivado aquela onda de sentimento. Ela odiava ser comandada sob quaisquer circunstâncias e já sabia que, vindo da parte do duque, aquilo era irritante. Mas, naquele exato momento, não era irritação o que sentia. Na verdade, se sentia eufórica.

Após um instante, Torquil desviou sua atenção, permitindo que Irene se recompusesse.

— E se Angela continuar reclamando do que lhe é solicitado — prosseguiu ele, inclinando-se para fitar a irmã —, não ganhará um lugar no convés e uma taça de champanhe. Em vez disso, pedirei a Andrew, Fitz e ao restante da tripulação que saiam de folga e ela vai acabar tendo que esfregar os conveses.

— Oh — suspirou Clara, extasiada —, tudo parece tão adorável. Não a parte de esfregar os conveses — esclareceu de pronto, fazendo todos rirem. — Mas todo o resto seria maravilhoso.

— Vamos seguir o plano de Jamie para amanhã, então? — perguntou Angela enquanto o lacaio começava a levar a sopa embora e a servir o peixe.

— Não podemos — disse *lady* David. — Apesar de termos cancelado nossos compromissos de amanhã, se formos vistos navegando à toa, isso criaria uma impressão extremamente desfavorável.

— Ah, mas nossos planos para amanhã já eram mesmo informais — ponderou Angela. — Apenas um almoço no Savoy com *lady* Billingsley e chá com *lady* Stokesbury. As duas são como parte da família. Certamente entenderiam se nós...

— Carlotta tem razão — interrompeu Torquil. — Essas coisas precisam ser manejadas da maneira correta, independentemente de quão próximo é o laço. A senhora concorda, não é, mamãe?

— Sim, receio que sim. Eu gostaria que nossas regras sociais não fossem tão escrupulosas, mas Henry e Carlotta estão certos em nos lembrar de nosso dever. Vamos nos organizar para velejar outro dia. Enquanto isso, meninas, vocês podem cumprir com seus compromissos sociais. Escreverei para *lady* Billingsley e para *lady* Stokesbury amanhã cedo, explicando que minha doença era apenas uma dor de cabeça e pedindo desculpas pelos planos cancelados.

Ela parou de falar quando o lacaio lhe apresentou uma travessa com linguado ao molho. Depois de a duquesa ter pegado um filé, o serviçal seguiu adiante e ela continuou:

— Penso que também mencionarei por acaso que as netas de lorde Ellesmere são nossas convidadas pelas próximas duas semanas e enviarei meu cartão junto para demonstrar nossa intenção de encontrá-las à tarde. Levaremos, então, as senhoritas Deverill para almoçar e fazer compras na Bond Street para que sejam vistas conosco em público. Depois, visitaremos qualquer um que tenha sido prejudicado pela minha ausência.

Irene sabia que precisava deixar suas obrigações claras antes que quaisquer outros planos fossem feitos em seu nome.

— Tudo parece maravilhoso, duquesa — disse ela, sentindo uma pontada de culpa enquanto falava —, mas receio não poder participar de alguns desses compromissos.

Todos pararam de comer e, de repente, Torquil não era o único a prestar atenção inteiramente nela.

— Tenho minhas obrigações no jornal — explicou Irene, dando uma olhada para todos com um sorriso de desculpas. — Obrigações que me mantêm indisponível até as 13 horas.

Houve outro silêncio, tão longo que até mesmo Irene começou a se sentir desconfortável. Era pouquíssimo convencional que uma mulher tivesse uma carreira, mas era inevitável. Ela tinha um trabalho que não podia simplesmente assumir ou deixar de lado sempre que quisesse.

Carlotta, é claro, foi a primeira a falar.

— Minha cara srta. Deverill — ela largou a faca e o garfo com um ruído delicado —, a senhorita entende que o propósito dos planos que a duquesa propôs é introduzir a senhorita e sua irmã em nosso círculo social?

— É claro — respondeu Irene, piscando inocentemente para a mulher do outro lado da mesa, fingindo não perceber a tensão repentina que tomara a sala. — Mas também preciso pensar nos meus leitores. Tenho uma obrigação para com eles e meu jornal.

— Mas o que nossos amigos vão pensar? — perguntou Sarah. — Com certeza não aprovarão... — Ela parou de falar quando olhou para seu irmão mais velho, que deve ter lhe lançado um olhar de reprimenda, pois Sarah mordeu o lábio e voltou sua atenção para o prato de comida.

Carlotta, contudo, não foi tão reticente.

— Sarah tem razão. Isso não acabará bem. Deus sabe que Ellesmere não aprovará.

Aquilo era demais para Irene.

— *Lady* David, tenho o mesmo avô e a mesma profissão já há algum tempo, e acho estranho que, apesar de sua desaprovação, lorde Ellesmere nunca tenha optado por expressar por mim ou por minha família qualquer preocupação quanto a como passamos nosso tempo. Nem demonstrado preocupação alguma quanto a como sobrevivemos. Com certeza, ele nunca nos ofereceu uma alternativa viável além de trabalharmos para nos sustentar. Então, me perdoe se não considero que a opinião dele sobre a minha profissão seja de muita importância.

Lady David ficou encarando Irene, sem saber o que dizer diante daquela explosão.

— É claro — murmurou Carlotta após um instante. — Com certeza.

— Bem, acho muito errado da parte de Ellesmere — comentou Angela. — Talvez, quando Torquil entrar em contato com ele, possa relembrá-lo de suas obrigações para com as netas.

— É claro — concordou o duque. — Essa era a minha intenção.

Irene congelou na cadeira, seu orgulho sendo ferido.

— Não precisamos do auxílio dele, nem... — Ela parou quando o pé de Clara cutucou o seu por debaixo da mesa, alertando-a de que estava prestes a ir longe demais. — Quero dizer — corrigiu —, não queremos causar transtorno algum. O duque não precisa se preocupar com nossa pequena querela familiar.

— Não se trata de causar transtorno, srta. Deverill — respondeu Torquil. — Garanti a seu pai que tentaria ajudá-lo a remediar o rompimento com o sogro e fico feliz em fazer isso. Mas se a senhorita acha que minha assistência direta não é adequada, basta falar.

Se não fosse por Clara, cujos grandes olhos castanhos a fitavam suplicantemente do outro lado da mesa, talvez ela tivesse feito aquilo.

— Aprecio o esforço de meu pai em tentar uma trégua — confessou —, pois deve ser o melhor para todos os envolvidos. Mas se essa trégua significa que o visconde espera que eu abandone minhas obrigações para com os leitores e os anunciantes de meu jornal, lamento dizer que não posso satisfazê-lo.

— A profissão da neta pode ser algo difícil para Ellesmere aceitar — ponderou a duquesa —, mas ele é parcialmente culpado pela situação. E se quer que a neta abra mão de seus interesses jornalísticos, tudo o que precisa fazer é introduzir as duas à sociedade.

Irene queria dizer que não tinha intenção alguma de abrir mão do jornal, mas não pretendia envergonhar Clara, então ficou de boca fechada.

— Tenho certeza — continuou a duquesa — de que assim que Torquil informar ao visconde o desejo sincero de seu genro em fazer as pazes, ele consertará as coisas. Até lá, Ellesmere não pode se opor se a srta. Deverill não estiver disposta a arriscar o sustento de sua família por ele ficar ofendido.

— Mas e a sociedade? — perguntou Sarah. — O que pensarão a respeito disso?

— Ficarão chocados — disse Carlotta. — Como mais poderiam ficar?

— Mesmo que fiquem — retrucou a duquesa —, foi a intransigência do visconde que forçou a srta. Deverill a trabalhar, visto que seu pai está doente e não tem condições de cuidar dos negócios por conta própria. A srta. Deverill não pode ser condenada por ter assumido o papel do pai. Fico tremendamente farta de ver como alguns membros de nossa classe não percebem a realidade financeira que várias pessoas enfrentam. — Ela parou de falar, olhando para o filho do outro lado da mesa. — De que outra forma, além do trabalho ou de um casamento, um homem sem uma riqueza herdada ganhará seu sustento?

O olhar de Irene se desviou para o homem ao seu lado, mas Torquil estava encarando a mãe impassivelmente e não respondeu.

— Ah, que maravilha — resmungou lorde David. — Primeiro, trabalho para mulheres. Depois, as querelas privadas de outra família, e, agora, dinheiro. Que tópicos agradáveis para uma conversa durante o jantar.

— Bem, não vejo por que seria importante — confessou Angela. — Acho que deveria haver uma gama muito maior de coisas para as mulheres fazerem. Ora, por que não? — acrescentou quando seus irmãos grunhiram em discordância. — Os cavalheiros têm muito mais ocupações e distrações disponíveis do que as damas.

— Entretanto, trabalhar para se sustentar não é uma delas — respondeu lorde James. — Não em nossa classe, para nenhum gênero.

— Não, mas, Jamie, você há de concordar que os homens têm mais atividades disponíveis do que nós, jovens moças. Fazer visitas, comprar roupas e participar da temporada é muito agradável, mas também pode ser entediante e, às vezes, inútil. Sequer podemos votar.

David grunhiu.

— Seria ótimo — continuou ela, ignorando-o — ter algo significativo para passar o tempo.

— Sim — intrometeu-se *lady* David com um risinho nervoso —, porque publicar um tabloide de fofocas sem dúvida é extremamente significativo.

Irene congelou, suas mãos apertando com força os talheres, mas, quando olhou para a mulher à sua frente, se certificou de ter um sorriso largo no rosto.

— Nem de longe tão significativo quanto fazer avaliações minuciosas do que as pessoas estão vestindo, ouso dizer.

Dessa vez, o silêncio não foi apenas constrangedor, mas doloroso, e pareceu se estender por uma eternidade enquanto olhares eram trocados à mesa — alguns constrangidos, e outros, como o de Clara, compreensivelmente pasmos.

Enquanto sua irmã a encarava, parecendo não apenas confusa, mas também magoada, a consciência de Irene a açoitou, e qualquer satisfação que sentira ao bater de frente com Carlotta desapareceu.

— Bem, é claro — disse Clara após um instante, quebrando o silêncio. — Moda é um assunto fascinante para todas as mulheres.

— E não é? — emendou Sarah de pronto. — Já viram as novas mangas bufantes? São enormes.

Com um alívio palpável, a conversa migrou para uma discussão a respeito da moda atual, sobre a qual quase todos comentaram algo, com exceção de Irene, que decidiu que talvez fosse melhor fingir um interesse imenso por seu peixe e falar o mínimo possível.

Torquil pareceu compartilhar do desinteresse dela pelas mangas femininas.

— Conte-me, srta. Deverill — murmurou ele após um instante, sua voz baixa o suficiente para que só Irene pudesse ouvir —, a senhorita causa tumulto em todos os lugares aonde vai ou é só com a minha família?

— Eu... — Ela tomou um gole de vinho. — Eu não sei do que o senhor está falando.

— Não sabe?

Henry parou, esperando, e, após um momento, Irene se forçou a olhá-lo.

— Acho que o senhor acredita que eu deveria ter ficado de boca fechada — disse Irene.

— Acredito que geralmente é mais sábio adotar essa tática. Carlotta é fastidiosa e pode frequentemente ser maliciosa, mas a senhorita não facilita as coisas para si mesma ao provocá-la.

— Estranho, achei que era ela quem estava me provocando.

— Estava e, como eu lhe prometi antes do jantar, darei um basta nisso assim que conseguir conversar com ela a sós. Minha preocupação no momento não é Carlotta, mas a senhorita. Será introduzida à alta sociedade, srta. Deverill, um âmbito que nem sempre aceita opiniões controversas de bom grado. Pode ser que seja uma falha, não sei, mas, de sua parte, eu sugeriria cautela. Quanto à sua intenção de cumprir com suas obrigações no jornal durante a próxima quinzena, não há sentido em discutir isso agora, mas teremos que chegar a um consenso antes que termine a noite.

O tom dele não deixou dúvidas quanto ao que aquele consenso deveria ser.

— Não acho que haja muito o que discutir.

— Até lá — continuou Torquil, recusando-se a cair na dela —, talvez fosse melhor tomar cuidado com o que diz. Uma mulher nascida nesse mundo pode ocasionalmente expressar uma opinião ultrajante... veja o comentário de Angela sobre o voto... mas até que Ellesmere seja convencido, a senhorita estará vulnerável a críticas em todos os cantos, bem como sua irmã. Se ficar na defensiva, as pessoas sentirão que há algo que precisa ser defendido. Por outro lado, se não morder a isca que Carlotta jogar, é ela quem ficará inferiorizada aos olhos dos outros, não a senhorita.

— O fato de o senhor pensar que o voto para mulheres é algo ultrajante não me surpreende, mas por que se preocuparia com a forma como sou vista pelos outros? Isso não importa ao senhor, sem dúvida.

— Por que não importaria?

A pergunta foi inesperadamente suave, quase distraída em sua enunciação, mas os olhos do duque pareceram escurecer, mudando de um cinza claro e pálido para a tonalidade tenebrosa e turbulenta das nuvens de tempestade. A transformação foi tão repentina e intensa que o coração de Irene deu outro sobressalto em seu peito.

Tudo o que vira naquele homem indicava uma personalidade intransigente, até mesmo impiedosa. Ele era severo, antiquado e obstinado em excesso. Mas, de repente, Irene sentiu como se tivesse capturado um relance de algo diferente espreitando por debaixo daquilo tudo, algo contrário a tudo o que sabia sobre o duque.

Torquil havia entrado em seu escritório e em sua vida dois dias atrás como uma tempestade ártica, parecendo o homem mais frio que ela conhecera, mas, apesar disso, um calor estranho começou a se espalhar pelo seu corpo, fazendo a pele formigar e seus dedos se dobrarem dentro do sapato. Ele estava perto o suficiente para que, ao inspirar, Irene pudesse sentir o aroma de sabonete de azeite de oliva e da colônia pós-barba. Quase conseguia ouvir sua respiração. O tempo pareceu ficar suspenso enquanto o duque preenchia os sentidos dela com uma percepção nova e diferente. A percepção dele como um homem.

Irene não tinha muita experiência com aquele tipo de coisa e foi tomada de surpresa. Nunca fora o tipo de pessoa que se deixa levar por emoções violentas — não até conhecê-lo, de toda forma. E com relação a ele, aquelas emoções estavam longe de serem agradáveis, consistindo, em sua maioria, em raiva, frustração e ressentimento. Irene tinha certeza de que não gostava de Torquil, mas o que era aquela nova sensação que a deixara imobilizada e a queimava como fogo?

Ele voltou a falar antes que Irene pudesse se recompor, sua voz permeada por aquela cadência serena e desinteressada de costume, deixando-a exacerbada novamente.

— Importa porque a senhorita está na minha casa e, portanto, sob meus cuidados. Eu ficaria aborrecido de ver a senhorita ou sua irmã desconcertada ou embaraçada, srta. Deverill.

Com aquilo, ele desviou o olhar, retomando a conversa que se desenrolava ao redor como se estivesse ouvindo tudo o tempo todo, ao passo que ela não ouvira uma única palavra.

— Os meninos precisam vir conosco, Jamie, ou nos perturbarão pelo resto da vida. Os gêmeos adoram velejar.

— O que seria ótimo, se não fosse o fato de eles não terem uma babá no momento. Pelo que me lembro, certa pessoa nesta mesa prometeu ir à agência de empregos Merrick's e encontrar uma nova, que consiga lidar com eles, mas já se passaram dois dias e não vi sinal algum dessa augusta figura.

Torquil emitiu um ruído atormentado.

— Droga, me esqueci completamente da babá. Irei amanhã.

— Por que você mesmo não vai, Jamie? — indagou Sarah. — São os seus filhos, afinal de contas.

— Sim, mas meu fracasso em escolher babás fala por si próprio.

— Isso só se dá porque você sempre escolhe as bonitas, mas ineficientes — observou Angela. — Mamãe e eu iremos, pois eu adoraria ter algo para fazer. Encontrar uma babá qualificada para Jamie me seria muito recompensador. Meus sobrinhos — explicou ela a Irene — são verdadeiras pestes.

— Não, Angela — sobrepôs-se Torquil. — Eu irei, pois prometi que iria. Se anseia por coisas gratificantes para fazer, contudo, há dezenas de instituições de caridade que posso recomendar e que precisam de ajuda. Abrir a própria instituição de caridade para os menos afortunados seria gratificante o suficiente para você?

— Talvez sim — concordou Angela avidamente. — Eu poderia ter minha própria instituição de caridade, em vez de apenas ajudar mamãe com as dela?

— Por que não, se mamãe não se importar?

A duquesa acenou com a mão, distraída.

— De forma alguma. Acho uma ideia excelente.

— Mas você não poderá voltar atrás — alertou o duque — depois de assumir o compromisso. Talvez — acrescentou, dando uma olhada para Irene —, você possa pedir à srta. Clara que a auxilie?

Irene olhou para a irmã, observando o rosto de Clara se iluminar com aquela ideia.

— Oh, eu poderia? — perguntou ela. — A não ser que você precise de mim no jornal, Irene?

— Posso me virar sozinha. Pode ser que eu precise estar lá quase todos os dias, mas você não.

— Minha nossa, srta. Deverill — disse *lady* David —, a senhorita realmente trabalha como um cavalo.

Irene supôs que aquele fosse um insulto à sua feminilidade, mas, ao olhar para Clara, permaneceu em silêncio. Como Torquil tinha dito, não havia muito sentido em discutir naquele momento.

— Sou perseverante, *lady* David — respondeu ela, obrigando-se a sorrir.

— É muito corajoso da sua parta, srta. Deverill — opinou Sarah, em uma aprovação talvez um pouco forçada. — Eu não conseguiria.

— Ainda bem — murmurou Torquil.

Sarah não pareceu ouvi-lo. Continuou conversando:

— Deve ser exaustivo, imagino, srta. Deverill, trabalhar no jornal e também participar da temporada. Apesar de estarmos chegando ao fim, ainda há muitos eventos a participar. Não consigo pensar como a senhorita vai fazer.

— Tenho certeza de que encontrarei tempo necessário para dormir.

— Eu duvido — disse Carlotta, reprimindo a tentativa de sua jovem cunhada de remediar as coisas. — Nós ficamos fora até o alvorecer muitas vezes. Como a senhorita poderia participar? Irá direto do salão de baile para a redação, e de lá para um almoço no Rules? — Soltou uma risada e se voltou para o duque antes que Irene pudesse responder. — É absurdo. Ninguém poderia manter uma agenda dessas. Você concorda comigo, Torquil?

Carlotta estava sorrindo para o cunhado, parecendo muito satisfeita consigo mesma — e quem poderia culpá-la? Irene se preparou para a desaprovação inevitável do duque.

— Quaisquer que sejam as obrigações da srta. Deverill, programá-las não cabe à minha competência — retrucou ele, deixando Irene tão chocada que quase caiu da cadeira. — De qualquer forma — ele encarou a cunhada com um olhar mordaz com o qual Irene estava começando a se acostumar —, como você passa boa parte do seu tempo antes do almoço na cama, Carlotta, não vejo como isso possa ser da sua conta.

Aquelas palavras foram como uma porta sendo batida. Carlotta, devidamente reprimida, voltou sua atenção para o prato de comida, e Irene, ainda um pouco perplexa com aquela demonstração inesperada de apoio, aproximou-se de seu anfitrião.

— Em casos como esse — murmurou ela —, achei que fosse melhor ficar de boca fechada...

— Há limites, srta. Deverill — respondeu Torquil, sua voz também baixa. — Até mesmo para mim.

Ela fez uma careta.

— Se existe alguém que testa os seus limites, provavelmente sou eu.

— Sim — reconheceu ele, desviando o olhar e pegando a taça de vinho. — De maneiras que a senhorita sequer pode imaginar.

Capítulo 9

Quando o jantar acabou, os homens permaneceram na sala para tomar um vinho do porto, enquanto as mulheres foram para a sala de visitas para um café, e Irene teve sua primeira chance de começar a missão que lhe havia sido incumbida à força.

Após se acomodar em um dos canapés de brocado marfim, a duquesa sorriu para Irene e passou a mão no lugar ao seu lado.

— Minha cara srta. Deverill, sirva-se e se sente ao meu lado.

Irene obedeceu, mas, ao mesmo tempo, repensou como sua tarefa seria difícil. Desde que o duque a encurralara naquela situação, ela estava quebrando a cabeça para determinar a melhor forma de salvar seu amado jornal sem comprometer seus princípios e suas crenças. Também não queria atrapalhar a felicidade de outra mulher.

Irene tinha concebido uma afeição sincera pela duquesa durante seu breve período de correspondência e, agora que a conhecera, gostara ainda mais dela. Havia uma amabilidade calorosa e genuína na duquesa que era impossível resistir. Além disso, conhecê-la reforçara a impressão de Irene de que se tratava de uma mulher inteligente e sofisticada, que podia muito bem tomar uma decisão em relação a com quem se casar e a como lidar com as consequências.

Então, ela se perguntava: como é que iria fazê-la mudar de opinião? E será que era sequer ético tentar?

A duquesa voltou a falar antes que Irene pudesse começar a contemplar um plano de ação.

— Estou tão feliz por você e sua irmã estarem conosco. Como falei antes, a coluna de *Lady* Truelove é um dos pontos altos do meu dia.

Ao lado de Irene, *lady* Angela se remexeu, como que incomodada com aquele assunto. Sua mãe percebeu de imediato.

— Angela, querida, acho que precisamos de um pouco de música. Que tal tocar para nós? Você toca lindamente.

— Ah, mas eu... — A menina se interrompeu, parecendo perceber que sua mãe não estava fazendo um pedido. — É claro, mamãe.

Ela se levantou e foi até o piano, onde sua irmã e sua cunhada estavam analisando várias partituras, deixando Irene sozinha com a duquesa no canapé. A velha senhora observou a filha se afastar, dando um sorrisinho.

— Ela é um amor. Angela.

Irene se lembrou de ter ouvido a jovem defendendo-a e a Clara antes do jantar e ficou feliz em concordar.

— Parece ser adorável.

— Ela é. Tanto por dentro quanto por fora. Eu espero... — A duquesa parou de falar, seu sorriso desaparecendo, uma expressão pensativa, de testa franzida, assumindo seu lugar. — Angela está receosa em relação ao futuro, dados os últimos acontecimentos. Todas estão. — A duquesa se virou para olhar para Irene, fitando-a atentamente. — Você sabe, tenho certeza, do porquê.

Não havia motivo para fingir que não.

— Acredito que todos estejam cientes da sua situação, duquesa. Eu, é claro...

Irene se interrompeu, sentindo-se como se estivesse apalpando a escuridão, mas depois de refletir por um instante achou que seria melhor ser tão franca e transparente quanto possível.

— Tenho uma confissão a fazer, duquesa. *Lady* Truelove... hum... compartilhou as cartas trocadas com a senhora comigo. Ela mostra todas as correspondências para que eu possa desempenhar meu papel de editora da melhor forma. Sabendo disso, espero que a senhora não sinta que ela traiu sua confiança.

— Se eu quisesse que minha situação fosse mantida em segredo, srta. Deverill, não teria escrito para uma colunista de jornal, nem mesmo para alguém que alega manter sigilo.

— Por que a senhora escreveu? Desculpe — acrescentou Irene logo em seguida. — Minha intenção não é bisbilhotar, mas confesso que estou curiosa. A maioria das pessoas que escrevem para *Lady* Truelove dificilmente seria identificada pelos leitores. Nem mesmo seus entes mais chegados e queridos as reconheceriam. A senhora é diferente. Seu nome anda ligado ao do sr. Foscarelli há algum tempo. A duquesa devia saber que, ao ler sua carta e os detalhes que forneceu, muitas pessoas saberiam que a "*lady* da sociedade" é a senhora.

— Sim. Mas meu motivo para escrever para *Lady* Truelove foi o mesmo que o da maioria das pessoas, creio. Eu estava aflita e sentia que não havia ninguém em quem pudesse confiar, ao menos não que fosse ouvir sem julgar e que pudesse oferecer conselhos imparciais.

— Nenhuma amiga próxima, ou parente?

— A vida da aristocracia, srta. Deverill, pode ser superficial e solitária, apesar de estarmos sempre rodeados de pessoas. Minha família, compreensivelmente, queria enfiar a cabeça na areia e fingir que sua mãe não tinha um jovem amante italiano! Discutir a questão com qualquer um teria sido angustiante para eles e constrangedor para todos nós. Quanto às minhas amigas, tenho plena consciência do que diriam se eu pedisse sua opinião: "Não seja tola, Harriet. Tenha seu romance, se for mesmo necessário, mas seja discreta."

— Entendo.

— Ao considerar me casar com Antonio, estou ciente do impacto que tal atitude teria na minha vida e na de meus filhos. Por outro lado, percebi que, para continuar com ele, o casamento é o único caminho possível. — A duquesa deu um sorrisinho. — Sempre me considerei uma mulher do mundo, srta. Deverill, mas acho que ter um caso amoroso ilícito, embora excitante, não me apetece muito.

Irene retribuiu o sorriso.

— Minha pergunta não era tanto sobre por que a senhora escreveu para *Lady* Truelove para pedir aconselhamento, mas por que a senhora concordou em ter sua carta publicada. *Lady* Truelove dá a todos os seus correspondentes a opção de recusar a publicação. Ela a aconselharia da melhor forma possível de qualquer maneira.

— No início, pensei em não ter minha carta publicada, mas, à medida que *Lady* Truelove e eu trocamos correspondências, senti cada vez mais que seria melhor para todos os envolvidos se a notícia do meu casamento fosse divulgada antes do fato, em vez de depois. Caso contrário, podia ser que os membros da minha família sentissem que os traí e ficassem amargurados. Ao ter a notícia publicada de antemão, eles podem se preparar com antecedência para o que está por vir e, talvez, me perdoar com mais facilidade. E quando o dia chegar, a sociedade terá, espero, superado o choque inicial e encarará meu casamento como uma infeliz fatalidade, em vez de um escândalo terrível.

— Deixando todos sem munição, por assim dizer? — Quando a duquesa concordou, Irene continuou: — Mas a senhora não queria comunicar sua decisão à família pessoalmente?

— Não. Será difícil para eles, mas há momentos na vida de uma mulher em que ela precisa considerar as próprias necessidades, bem como as de seus filhos. São todos muito importantes para mim, mas eles não fazem ideia de como minha vida tem sido solitária.

— Entendo.

— Visto que sua mãe tomou uma decisão similar, acredito que talvez você entenda de verdade, srta. Deverill. De toda forma, se eu confessasse tal sentimento à minha família, eles ficariam tremendamente aflitos e tal angústia seria um indício de preocupação comigo. Torquil, em especial, enxergaria dessa forma.

— Seu filho parece ter um grande interesse pelos seus assuntos pessoais. A senhora não se irrita, por vezes, com tamanho controle?

A duquesa riu.

— Eu deveria dizer a ele para cuidar da própria vida, é o que você está sugerindo?

— Bem, sim, acho que é isso que quero dizer, sim.

A duquesa meneou a cabeça.

— Não importaria se eu dissesse. Henry leva seu papel de chefe da família muito a sério e ficaria extremamente chateado se não tivesse a chance de me persuadir a não prosseguir com o que considera ser um casamento desastroso.

Irene se remexeu no sofá, odiando o fato de ser o meio com o qual ele pretendia atingir tal fim. Era uma posição extremamente desconfortável.

— Mas depois que o fato estiver concretizado — continuou a duquesa serenamente —, Henry terá o alívio de saber que fez de tudo o que podia para me impedir. Assim como todos os meus filhos, pois espero que cada um faça várias tentativas de me dissuadir ao longo das próximas duas semanas.

Irene afastou temporariamente de sua mente a parte em que devia desempenhar naquela missão.

— Então, a demora no casamento foi deliberada? Foi-me dito... Isto é — corrigiu-se imediatamente —, achei que a razão pela qual a senhora ainda não se casou fosse o fato de o sr. Foscarelli ainda não ter cumprido as duas semanas de residência que a licença requer.

— Oh, não. Ouso dizer que é isso que Torquil pensa, pois acusa Antonio de ser um patife inútil, cuja única intenção é tirar proveito de mim.

— Essa pode ser uma possível interpretação dos acontecimentos, a senhora não acha?

A duquesa pareceu meramente entretida.

— Oh, céus, até mesmo você está enxergando meu pobre Antonio com olhos preconceituosos. O que será que *Lady* Truelove pensa disso?

Irene resistiu ao impulso de se encolher novamente.

— Ao contrário de *Lady* Truelove, consigo compreender... ao menos em parte, o ponto de vista de seu filho.

— O ponto de vista de Torquil foi moldado pela vida que teve e pelas responsabilidades de sua posição, srta. Deverill, e ele sente a necessidade de cultivar uma fachada severa e polida. Por baixo, é óbvio, meu filho é um romântico irremediável.

Para Irene, no entanto, não havia nada de óbvio naquilo. Parte de sua incredulidade transpareceu em seu rosto, pois a duquesa riu.

— É difícil para alguém de fora da família acreditar, mas é verdade, no entanto. De toda forma, você não pode contar que revelei o segredo dele, pois vai na contramão de todos os seus esforços para ser um cínico severo e cansado do mundo.

— Não direi uma palavra — prometeu Irene. *Visto que, obviamente, a duquesa não conhece seu filho.* — Mas, com relação ao sr. Foscarelli, a senhora nunca se perguntou se Torquil pode estar certo? Se esse homem não é apenas um aproveitador?

Irene fez uma careta, sabendo que acabara de ser imperdoavelmente impertinente, mas a duquesa riu mais uma vez.

— Ora, mas é claro que ele é um aproveitador, minha cara! O que mais seria?

Irene piscou, um tanto chocada. Não que as palavras da duquesa a surpreendessem. Pelo contrário, confirmavam o que suspeitara desde o princípio — de que Foscarelli era motivado, ao menos em parte, por questões financeiras. Apesar de não ter enxergado naquela questão em si um motivo para abominar o cortejo, era a razão pela qual tinha se esforçado tanto para apontar para a duquesa os riscos e enfatizar a preservação do dinheiro.

— Seu silêncio me diz que eu a choquei, srta. Deverill. Mas estou ciente de que Antonio é um aproveitador. Posso ser qualquer coisa, mas não tola.

Irene ficou abismada.

— Perdoe-me — disse, apavorada por talvez ter feito uma ofensa. — Nunca quis dar a entender...

Seu pedido de desculpas foi interrompido por um afago da duquesa em seu joelho.

— Sei o que quis dizer, e você é uma menina encantadora por ficar preocupada. Eu amo muito o sr. Foscarelli, como já sabe pelas minhas correspondências com *Lady* Truelove, mas não tenho ilusões em relação à situação dele. Se eu não tivesse dinheiro, não poderíamos nos casar. É simples assim.

— Não estou chocada, duquesa. É só que a maioria das pessoas não seria tão franca com alguém que acabou de conhecer.

— Eu não costumo ser. Mas, quando converso com você, é quase como se estivesse conversando com a própria *Lady* Truelove.

Irene se sentiu sufocada, constrangida e tremendamente desconfortável. Era difícil dizer as palavras, mas só conseguia enxergar um caminho possível e se obrigou a continuar:

— Sei que *Lady* Truelove estava preocupada com a falta de renda do sr. Foscarelli.

— Sim, ela estava.

Aquilo não dava a Irene pista alguma.

— Assumo, então, que a senhora elaborou um...

Ela parou, sem conseguir continuar, a pergunta presa em sua garganta, o rosto ficando quente. Irene amaldiçoou Torquil por colocá-la naquela situação impossível. Fazia menos de três horas que conhecera a duquesa. Quem era ela para fazer perguntas impertinentes e escarafunchar as motivações e razões daquela mulher? Que direito tinha de criar problemas entre a duquesa e o homem que ela amava?

— Perdoe-me — disse Irene, tomando um gole de café. — Não quero me intrometer.

A duquesa, ainda bem, não percebeu seu desconforto.

— De forma alguma. Você tem sido uma observadora atenta da minha situação por intermédio de sua colunista. É compreensível que esteja curiosa.

A duquesa optou, contudo, por não satisfazer tal curiosidade com quaisquer detalhes sobre o grande acordo nupcial ou a falta de um, e Irene não conseguiu se forçar a continuar xeretando. Quando a duquesa mudou de assunto, perguntando de quais eventos sociais ela e sua irmã gostariam de participar, Irene ficou aliviada, apesar de também estar ciente de que havia retornado à estaca zero. E, quando a duquesa pediu licença alguns minutos depois e se juntou às filhas no piano, ela não a seguiu. Em vez disso, ficou olhando mal-humorada para a xícara de café, refletindo sobre o que descobrira.

Nada chocante — bem, a não ser o fato de a duquesa, com seu pobre coração de mãe, achar que Torquil era um romântico. Era tão absurdo que chegava a ser risível. Quanto ao restante, ela ainda achava que tinha lhe dado o conselho certo.

Então, o que deveria fazer agora?

— Alguma sorte?

Irene ergueu os olhos quando Clara se sentou ao seu lado no canapé.

— Receio que não.

— Bem, acho que não se pode esperar o sucesso imediato em uma situação como essas. Você... — Clara deu uma olhada em volta para se certificar de que nenhuma das outras mulheres estava por perto. Elas estavam do outro lado da sala, em torno do piano, e a música que Angela tocava se sobressaía com facilidade à conversa murmurada das duas. — Você reforçou que o artista pode ser um aproveitador?

— Sim. Mas a duquesa não parece se importar. E é tão difícil falar abertamente sobre essas coisas pessoalmente... Era muito mais fácil me comunicar com ela por carta, quando eu ainda não a tinha conhecido. Isso faz sentido?

Clara confirmou com a cabeça, parecendo empática.

— Em especial porque, antes de vir aqui, você não entendia os efeitos que o casamento dela causaria na família. Já agora...

— Agora estou encurralada. Logo que dei minha opinião à duquesa, não pensei, é verdade, no impacto que sua decisão teria sobre seus parentes — confessou lentamente. — Mas, mesmo assim, continua sendo decisão dela.

— Mas algo a perturba, Irene. Eu a conheço bem demais para não perceber.

— A duquesa não protegeu o dinheiro como sugeri. Eu me pergunto por quê.

— Talvez Foscarelli não quisesse.

Irene comprimiu os lábios, lançando um olhar pesaroso para a sua irmã.

— Isso me deixa ainda mais preocupada. Se Foscarelli fosse um homem de bom caráter, por que não concordaria com um acordo pré-nupcial?

— Talvez a duquesa não tenha perguntado a ele. Qualquer que seja o motivo, deve estar muito apaixonada.

— Eu diria que sim. Definitivamente. — Irene se recostou no canapé com um suspiro. — Como posso dissuadi-la do caminho que a aconselhei a tomar? Essa tarefa me obriga a xeretar em questões que não são da minha conta.

— Você poderia escrever para ela outra vez como *Lady* Truelove?

— E dizer o quê? Que revi minha opinião e que ela não deveria se casar no fim das contas? Que desculpa poderia dar para essa mudança de pensamento? E a duquesa já tomou sua decisão, então duvido que se importaria. Além disso, ainda acredito que ela está fazendo o que acha melhor para a própria felicidade. — Irene soltou um ruído de total desespero. — Toda essa situação é impossível. Aquele homem — acrescentou, fazendo uma careta quando a porta se abriu e Torquil entrou na sala de visitas com os outros cavalheiros — quer o impossível!

— Minha nossa, Irene, ele a tira do sério, não é mesmo?

— Para dizer o mínimo. Ah, céus... — Ela se endireitou quando o assunto da conversa começou a caminhar em sua direção. — Receio estar prestes a ser convocada para um relato do meu progresso.

Irene estampou um sorriso no rosto quando Torquil parou à frente delas com uma reverência.

— Srta. Deverill, já viu minha biblioteca?

— Ainda não — respondeu ela, sentindo que estava prestes a ter a oportunidade de conhecer, quisesse ou não.

— Tenho vários livros ótimos. Permite-me mostrá-los?

— Com certeza.

Mantendo o sorriso estampado no rosto, Irene largou a xícara e se levantou. Quando o duque ofereceu o braço, ela aceitou, mas nenhum dos dois falou enquanto caminhavam lado a lado, passando pelo grupo reunido em torno do piano e pela enorme porta que dava para a biblioteca.

— Tenho certeza de que o senhor deseja um relato de meu progresso — supôs ela enquanto Torquil a guiava pela sala. — Contudo, até o momento, há pouco a ser relatado.

— Não esperaria que a senhorita tivesse feito qualquer progresso em apenas uma noite — respondeu ele, parando em um canto distante. — Queria conversar sobre outra coisa, e imagino que a senhorita possa supor do que se trata...

Ela fazia uma boa ideia. Irene removeu a mão no braço do duque, virando-se para encará-lo.

— Se é sobre meu trabalho, o senhor deve entender que não se pode parar de publicar um jornal quando bem entender, não é?

— Entendo, sim. O que significa que a senhorita precisará determinar qual membro da equipe será o mais adequado para assumir as responsabilidades até o seu retorno.

Irene quase riu.

— Justo quando eu estava pensando que talvez o duque tivesse algumas qualidades que respeito e admiro, o senhor dá uma demonstração tamanha de arrogância que percebo que devo estar errada. É impressionante.

— A senhorita será introduzida à sociedade, srta. Deverill, um contexto impiedoso para com as profissões, em especial para mulheres. Carlotta pode ter agido mal em destacar o fato à mesa de jantar, entretanto, sua preocupação era válida. Ellesmere não verá sua carreira com bons olhos, e nem os outros que foram tópicos das fofocas impressas no seu jornal.

— Como o senhor disse, sua estirpe deveria estar acostumada a ser tema de fofocas.

— Mas as pessoas não gostam, sobretudo em um jornal, e não por alguém que espera que a aceitem em seu círculo.

— Ser aceita no seu círculo não me importa.

— Mas importa à sua irmã, e o que a senhorita faz se reflete nela.

Irene pressionou os lábios, recusando-se a ser manipulada pela culpa.

— Não posso evitar isso. E minha irmã entende do negócio também. Clara compreende a demanda de tempo que o jornal exige de mim e sabe que ninguém poderia gerenciá-lo tão bem quanto eu mesma, ainda mais agora, visto que perdemos, recentemente, nossa fonte mais importante de renda publicitária. Ela também sabe que não posso e não vou arriscar nossa subsistência em prol das sensibilidades de outras pessoas, principalmente porque não recebi indicação alguma de apoio do meu avô. Eu ficaria feliz em vê-lo fazer alguma coisa por Clara, oferecendo um dote, quem sabe, mas, se eu tiver êxito no que o senhor exigiu, tanto eu quanto minha irmã retornaremos a Belford Row, onde continuarei a administrar meu jornal da melhor maneira que puder, pois não tenho intenção alguma de depender de Ellesmere para nossa sobrevivência.

— Ele é seu avô e, embora talvez seja dolorido aceitar ajuda...

— Dolorido? O visconde rejeitou minha mãe, deserdou-a, recusou-se a lhe dar um dote e nunca mais dirigiu a palavra a ela até o fim de sua vida.

— Uma atitude da qual talvez se arrependa amargamente hoje em dia.

— Não me importa se ele se arrepende. O senhor acha que eu, um dia na vida, permitiria que aquele homem sustentasse a mim e minha família?

— Seu orgulho é significativo, posso entender isso, e seu desejo de fazer a coisa certa pelos seus entes queridos é louvável. Não estou pedindo que a senhorita abra mão de seu jornal, srta. Deverill. Se abrisse, não teria motivo algum para me ajudar. Mas não acredito que seu negócio ou sua família serão prejudicados se a senhorita repassar as operações diárias para outra pessoa pelas próximas duas semanas.

— Para quê?

— Não sei do que a senhorita está falando.

Mas o olhar dele se desviou, passando a fingir um interesse repentino pelos azulejos que rodeavam a estante mais próxima, traindo suas palavras.

— O senhor sabe do que estou falando. Foi o senhor, duque, que me colocou na posição de ficar observando minha amada irmã admirando a vida cintilante da sociedade como um sonho, algo que talvez ela nunca terá.

— Clara poderia ter esse estilo de vida se quisesse, com os contatos certos e o apoio do avô.

— Ah, poderia? — Irene cruzou os braços. — Mesmo que a irmã tenha um tabloide de escândalos?

Os lábios de Henry se cerraram, confirmando que ela tocara em um ponto válido.

— Mesmo então, poderia ser possível, se a senhorita fizesse o que estou sugerindo e fosse discreta quanto à propriedade do jornal.

— Então eu deveria contratar pessoas para gerenciar o jornal para mim, embolsar os lucros, discretamente, é claro, e fingir para o mundo que não tenho nada a ver? Eu deveria varrer minha carreira para debaixo do tapete, relaxar e aproveitar a diversão que seus contatos e os contatos de meu avô me proverão? É isso que o senhor quer dizer?

Henry voltou a encará-la.

— Sim, acho que é isso que estou querendo dizer.

Irene meneou a cabeça, incrédula, antes mesmo que ele tivesse acabado de falar.

— Nunca. Eu criei o *Society Snippets*. É minha criação, meu trabalho, minha força vital. É parte de mim tanto quanto as propriedades são para o senhor.

— Isso é um pouco de exagero, não acha?

Com aquela pergunta, qualquer afeição que ela sentira por ele durante o jantar desmoronou por inteiro. Seu temperamento forte, algo que ela jamais soubera ter até conhecer aquele homem, começou a aflorar.

— Por quê? — perguntou irritada. — Porque sou mulher?

— Não... Isto é, não totalmente. Deixando de lado a causa sufragista, srta. Deverill, não se pode questionar que minhas propriedades são uma responsabilidade muito maior do que um jornal de dezesseis páginas.

— Maior em tamanho, talvez, mas não em relevância. Não em importância. Não tenho dúvida — continuou Irene antes que o duque pudesse responder — de que o senhor agora demonstrará o mesmo desdém pelo meu jornal que sua cunhada exibiu durante o jantar e que, como ela, julgará minha criação como nada significativo.

— Se julgasse, poderia ser culpado? — retrucou Henry, a raiva repentina em sua voz se equiparando à dela. — Não tenho o direito de sentir certo desdém por uma publicação que veicula fofocas e insinuações sobre minha família e meus amigos e as chama de "notícias"? Sou injusto por pedir que a senhorita não se vanglorie daquele jornal ou do fato de que o sustenta com seu próprio trabalho na minha casa? Sobretudo durante o jantar com minha família, que, como a senhorita bem sabe, está sendo profundamente impactada pelo que foi escrito nas suas páginas?

— Não estou me vangloriando de nada — respondeu Irene incisivamente. — Sua mãe estava fazendo planos para mim e minha irmã, e precisei informá-la de quais planos não seriam possíveis para mim. Quanto ao meu jornal, me recuso a sentir culpa ou vergonha por ter criado algo que salvou minha família da miséria e provê nosso sustento. Além disso — acrescentou antes que ele pudesse interromper —, amo meu trabalho. Nada neste mundo me dá mais prazer do que produzir meu jornal e tocar o negócio que está no sangue da minha família há cinquenta anos. Tenho orgulho, sim, do que faço e do que criei e sei que meu outro avô, aquele que se importava comigo e com meu bem-estar, também teria. Não esconderei a minha situação como se tivesse vergonha para forçar uma relação com alguém que nunca demonstrou uma gota de consideração comigo. Não farei isso nem para elevar minha amada irmã a um novo patamar de vida. E não o farei porque o senhor está exigindo.

Irene parou de falar, respirando pesadamente. As notas suaves e belas de uma sonata penetraram no recinto enquanto ela e Torquil olhavam fixamente um para o outro, a raiva que se instalou entre eles trovejando. Quando a música enfim terminou, nenhum dos dois se mexeu ou falou.

— Muito bem, Angela — elogiou Sarah em meio aos poucos aplausos. — Deixe-me tocar. Quero fazer aquele dueto com Torquil. Onde ele está, afinal? Torquil?

O duque olhou para a porta, voltou a encarar Irene, se afastou e fez uma reverência. Quando se endireitou, não havia sinal algum de raiva, ou de qualquer outra coisa, em sua expressão. Era como se estivesse vendo um quadro recém-limpo.

— Srta. Deverill — disse Henry com tanta delicadeza que ninguém imaginaria que uma única palavra raivosa havia sido trocada entre eles. — Pode me dar licença?

O duque se virou e saiu, deixando Irene sozinha com sua raiva, o que era o melhor. Se tivesse ficado, talvez ela tivesse arremessado um livro nele.

Capítulo 10

Enquanto Henry se afastava de Irene Deverill e deixava a biblioteca, com o desejo e a raiva reverberando em seu corpo na mesma intensidade, viu que havia uma faceta de sua personalidade que nunca percebera antes. Ao passar pelos membros de sua família reunidos ao redor do piano e sair da sala de visitas, alheio às vozes chamando seu nome, viu tal aspecto perverso da própria natureza com uma clareza que nunca tivera antes.

Estava irresistivelmente atraído por uma mulher impossível.

Aquilo era algo desagradável de admitir. Até então, ele conseguira considerar sua paixão por Elena um incidente trágico e único, uma insensatez embalada pela juventude luxuriosa e por ideais românticos que jamais se repetiriam. Henry achava que tinha aprendido a lição, que se tornara um homem mais maduro e mais sábio, que estava fora do alcance das tentações de mulheres para quem sua vida não apresentava atrativo algum.

Irene Deverill o estava forçando a admitir que estivera mentindo para si mesmo durante uma década inteira. Por mais que ela tivesse desdenhado das civilidades e discrições demandadas na sociedade, mesmo que sua raiva e suas defesas tivessem se erguido em resposta, o desejo dele também aumentara. Saber que podia querer novamente uma mulher que não tinha desejo algum por ele ou pelo mundo que habitava era uma percepção devastadora, que servia de lição.

Henry atravessou o corredor com pressa, desceu a escada e saiu da casa lutando contra aquela verdade sobre si mesmo. O que o fazia, perguntou-se exasperado ao sair na bela noite de verão, desejar mulheres que não eram para ele?

Às favas com tudo aquilo, ele conhecia centenas de garotas apropriadas, mulheres que ficariam felizes em tê-lo, que entendiam sua vida e podiam partilhar dela. Por que não podia desejar uma delas? Por que aquela atração por mulheres tão abaixo de sua casta, tão fora de seu círculo, tão erradas para ele?

Talvez, pensou com uma pontada de desespero, fosse apenas físico. Se fosse o caso, ele deveria procurar uma amante. Aquela ideia não o agradou. Tivera duas desde a morte de Elena, mas ambas duraram pouco tempo, casos vazios, motivados pela necessidade de alívio e nada mais. Aquele parecia um desejo mais profundo, daqueles que espreitavam nos cantos mais sombrios de sua alma. Um desejo por algo... mais.

Henry parou na calçada, amaldiçoando a própria cobiça. Deus do céu, já havia sido abençoado com mais presentes do que a maioria dos homens poderia sonhar. Sentir-se insatisfeito demonstrava uma desconsideração cruel para com os muitos que não eram tão afortunados quanto ele. Mas, mesmo enquanto olhava fixamente para as profundezas escuras do Hyde Park, situado além dos postes da rua, e relembrava a si mesmo de ser grato por tudo o que tinha, sentiu o impulso dentro de si de algo que queria e nunca poderia ter. E ele sequer sabia direito do que se tratava.

Qualquer que fosse o motivo, a srta. Deverill acendia paixões que Henry receava que levariam os dois a um caminho que ele já percorrera antes, um que não traria nada além de miséria para ambos, e que ele não tinha intenção alguma de percorrer novamente.

Henry esfregou a mão no rosto e se esforçou para colocar as coisas em perspectiva. Aquela situação só existiria por duas semanas. Podia suportar até mesmo os desejos mais sombrios por duas semanas.

Com aquele lembrete, voltou a andar, seus passos o carregando pela Park Lane, atravessando a Mount Street, subindo pela Duke

Street e dando a volta na Grosvenor Square. Ele não sabia quanto tempo tinha passado fora, mas quando chegou à Upper Brook Street e entrou pelo portão, o desejo dentro de si estava novamente escondido debaixo da costumeira fachada de civilidade e Henry estava mais uma vez no controle de seu corpo e de sua mente.

Mesmo assim, no pátio parando para olhar para a sala de visitas bem-iluminada e para um rosto sorridente inconfundível em meio aos outros emoldurado pela janela, refletiu que talvez devesse evitar ficar sozinho com a srta. Deverill, se possível. Só por garantia.

Na manhã seguinte, o dia de Irene começou da mesma forma de sempre — com uma batida leve na porta e o ruído da porcelana em uma bandeja. Ela abriu os olhos, mas achou o que viu um tanto desorientador, pois a garota magra de chapéu e avental que entrara com o chá matinal não era sua gorducha criada, Annie. Irene levou um instante para lembrar onde estava.

Na casa do duque. *Argh*. Ela voltou a se deitar com um suspiro, lembrando-se dos acontecimentos que a tinham conduzido até ali. Poderia parecer um sonho ruim, mas, infelizmente, era real.

— Chá da manhã, senhorita — disse a garota com uma voz delicada, colocando a bandeja na mesa debaixo da janela e abrindo as cortinas para deixar entrar um pouco de luz.

— Bom dia — respondeu Irene, esfregando os olhos com as palmas das mãos. Ela se sentia zonza, o que era compreensível, visto que havia levado horas para pegar no sono com a opinião depreciativa daquele homem sobre seu trabalho reverberando em seus ouvidos. — Que horas são?

A garota, que já estava na porta, parou e se virou.

— Oito e quinze, senhorita.

Chocada, Irene removeu a colcha e se virou, jogando as pernas para o lado da cama para se levantar.

— Céus — resmungou ela, indo até o camiseiro. — Estou atrasada. Preciso me vestir.

— Muito bem, senhorita. Vou mandar a sra. Norton para ajudá-la, está bem?

Irene parou enquanto abria a gaveta e se endireitou, olhando para a garota, perplexa.

— Senhora quem?

— Senhora Norton, senhorita. É a aia da duquesa. Sua Graça instruiu que a sra. Norton deveria ajudá-la durante sua estadia aqui, já que a senhorita não trouxe sua aia.

— Não, não, está tudo bem. — Irene voltou sua atenção para o conteúdo do armário à sua frente. — Meus agradecimentos à duquesa — acrescentou, puxando uma camisa branca e uma saia azul-escura —, mas jamais sonharia em privá-la de sua aia.

Aquilo pareceu desconcertar a pobrezinha.

— A senhorita não a quer, então?

Francamente, pensou Irene, exasperada, enquanto fechava uma das portas do camiseiro e abria outra, o que aquelas pessoas achavam tão desconcertante em vestir a si mesmas? Não era tão difícil assim.

— Não — respondeu, colocando as roupas de baixo na pilha em seus braços. — Minha irmã já acordou?

— Não sei, senhorita. Trouxe o seu chá primeiro, é claro. Quando estiver pronta para o café da manhã, ele estará servido no salão matinal. Os lacaios começam a trazê-lo por volta das 8h30, mas as entradas ficam à disposição no aparador até 10h30.

O estômago de Irene roncou com a menção ao café da manhã, mas sabia que não tinha tempo.

— Obrigada — disse ela, colocando as roupas na cama. — Pode ir agora.

— Está bem, senhorita.

A criada se foi, e Irene entrou no banheiro para lavar o rosto, as mãos e o pescoço. Então, começou a se vestir, contente pelo seu uniforme diário e por não precisar usar o espartilho tão apertado quanto com o vestido na noite anterior. Roupas sofisticadas requeriam corpetes muito apertados, e ela não estava mais acostumada com aquilo.

Depois de se vestir, Irene tomou o chá apressadamente, prendeu o cabelo e colocou um blazer azul-claro por cima da camisa. Pôs uma gravata no pescoço, um chapéu palheta na cabeça, e o prendeu enviesado com um grampo. Em seguida, atravessou o banheiro com a intenção de se despedir de Clara. Mas já com a mão erguida para bater à porta, mudou de ideia. Dormir até mais tarde era um luxo que as duas não podiam se dar há anos, e não era como se sua irmã precisasse estar do outro lado da cidade em menos de uma hora. Para que a perturbar?

Abaixando a mão, Irene se afastou da porta. Saiu do quarto, pegando a bolsa e as luvas, e desceu o corredor e a escada com pressa. Quando chegou no térreo, contudo, mal tinha dado dois passos na direção do saguão quando o aroma inconfundível de bacon penetrou em suas narinas.

Seu estômago roncou de novo e Irene parou, tentada. O que era mesmo que a criada havia dito? Algo sobre entradas no aparador. Talvez, se fosse a primeira a ter descido, conseguisse enrolar uma torrada com bacon em um guardanapo para comer no ônibus?

Irene hesitou, mas, quando viu um lacaio emergir de trás de uma porta próxima com uma bandeja carregada de comida, tomou sua decisão e o seguiu pelo curto corredor até uma sala com paredes amarelas, com detalhes em gesso e mogno escuro.

O lacaio reparou que Irene estava atrás dele e abriu espaço para que ela entrasse antes. Irene mal havia passado pela porta quando descobriu que não fora a primeira a chegar. Torquil estava sentado na ponta da mesa, talheres nas mãos, lendo o jornal que estava dobrado ao lado de seu prato.

— Oh — exclamou ela, parando, surpresa.

Henry ergueu os olhos e, ao vê-la, levantou-se imediatamente, largando os talheres e o guardanapo para fazer uma reverência.

— Senhorita Deverill.

Depois da discussão acalorada da noite anterior, ela não o havia visto novamente, nem desejava isso. Lembranças do ressentimento dele com relação à sua profissão e sua própria frustração a mantiveram acordada metade da noite. Encontrá-lo naquele momento a deixava tremendamente desconfortável, e Irene desejou ter se atido à decisão inicial de não tomar café da manhã.

Torquil parecia ter sentimentos semelhantes, pois mudou o peso do corpo de uma perna para a outra e olhou para além dela, como se esperasse que outras pessoas estivessem chegando.

— Duque. — Irene fez uma reverência, acenando brevemente com a cabeça e dobrando os joelhos. — Eu estava vindo pegar um pouco de comida.

Ela se encolheu internamente com aquela escolha de palavras, pensando que acabara de descrever a si mesma como um animal faminto, mas, se Torquil percebeu, não demonstrou. Em vez disso, apontou para a cadeira à sua direita.

— Não quer se sentar? — perguntou Henry ao ver que ela não se mexeu.

— Eu... não... eu só... — interrompeu-se, sem conseguir pensar em uma maneira de explicar que sua intenção era levar a comida consigo. Aquela ideia de repente lhe pareceu terrivelmente grosseira. O relógio atrás dela no corredor tocou uma vez, e Irene aproveitou a batida como a oportunidade perfeita. — Céus — exclamou em uma voz estrangulada —, já são oito e meia?! Não tenho tempo para café da manhã.

Fazendo outra reverência rápida, se virou para sair, mas a voz do duque a interrompeu.

— Se é minha presença que a incomoda, me retirarei, é claro.

Ela se encolheu, ciente de que parecia quase ansiosa por aquilo, e se forçou a parar e virar.

— Não, por favor, termine seu desjejum. Não estou incomodada. Não exatamente. Quero dizer... — Irene parou novamente, ciente de que não completava suas frases, incapaz de conseguir se controlar e se sentindo como uma verdadeira idiota. — É só que estou muito... muito atrasada. Eu sempre... estou no escritório... a esta hora. Sempre.

Torquil franziu a testa, confuso.

— Qual o problema de se atrasar um pouco? A senhorita é a dona do jornal.

— Isso é verdade. — Ela soltou uma risadinha que pareceu um tanto desesperada para os próprios ouvidos. — Mas minha equipe chegará a qualquer momento para começar a trabalhar e, não me encontrarão lá. Vão ficar preocupados.

— Mas, como a senhorita não pode ser transportada para o outro lado da cidade em um tapete voador, levar mais meia hora para tomar café da manhã não fará diferença. Não posso permitir que uma convidada minha saia sem o desjejum, srta. Deverill. Quanto à sua preocupação de que os outros se perguntem onde a senhorita está e fiquem preocupados, esse é um problema remediável. Boothby pode telefonar e avisá-los.

— O senhor tem um telefone? — Assim que proferiu aquela pergunta, Irene suspirou. — É claro que tem.

— É um aparelho conveniente.

— Não muito. A maioria das pessoas não tem.

— Conveniente o suficiente para ser vantajoso. Meu clube, meus advogados, minha casa em Dorset, todos têm telefones, bem como vários de nossos amigos, inclusive a senhorita. Reparei no telefone em seu escritório quando estive lá. Por favor, sente-se.

Desprovida de sua única desculpa, Irene aceitou de bom grado.

— Está bem, então. Obrigada.

O duque se voltou para o lacaio, que estava ao lado do aparador, organizando as entradas.

— Edward?

O criado foi até seu lado de imediato.

— Sua Graça?

— Peça a Boothby que telefone para o escritório da srta. Deverill e informe que ela se atrasará e chegará em mais ou menos uma hora. O número para o telefonema é...?

Com o olhar questionador dele, ela se virou para o lacaio.

— Holborn 7244.

O criado se foi e Irene aceitou a cadeira que Torquil puxou para ela.

— Gostaria de chá? — perguntou ele, apontando para o aparador. — Ou café?

— Posso esperar pelo meu chá — disse Irene quando ele se virou para pegar uma xícara, seus modos solícitos a deixando ainda mais transtornada, pois aquilo era apenas em nome da cortesia, nada mais.

— Com certeza o lacaio retornará em um instante. Não há necessidade de me servir, duque.

— Pelo contrário — respondeu Henry por cima do ombro enquanto lhe servia chá. — O dever de servi-la recai sobre mim como seu anfitrião, visto que nenhum criado está presente. E nunca ignoro meus deveres. Leite e açúcar?

— Um pouco de cada, obrigada.

Ele retornou à mesa um momento depois, colocando a xícara e o pires à frente dela.

— Gostaria de ovos e bacon? Ou prefere mingau?

— Ovos e bacon seriam ótimos, obrigada.

Irene tirou as luvas e desdobrou o guardanapo enquanto o duque servia um prato e o trazia para a mesa. O fato de que ela estava sendo servida por um duque fez toda aquela cena parecer ainda mais surreal.

— Estou, para falar a verdade, contente com esta chance de conversar com o senhor — falou Irene enquanto Torquil voltava a se sentar. — Tenho um pedido a fazer.

— Farei meu melhor para satisfazê-lo.

— Aparentemente, a aia de sua mãe se tornou, de alguma forma, minha aia.

Ele não pareceu surpreso.

— Sim, é claro. Esse é sempre o caso quando uma convidada não traz a própria criada. A senhorita não gosta dela? Podemos...

— Não, não é isso. Eu sequer a conheci. Mas não precisamos dela. Não precisamos de ninguém, para ser sincera. Eu estava falando sério ontem à noite. Eu e minha irmã estamos acostumadas a nos vestir sozinhas.

Torquil a analisou por um instante, então disse algo totalmente inesperado:

— A senhorita é uma mulher muito orgulhosa, não é?

O rosto de Irene se inundou de rubor. Podia senti-lo antes mesmo de ele dizer:

— Minhas desculpas. Não quis constrangê-la.

Ela baixou os olhos, fingindo um profundo interesse por sua fatia de bacon.

— Pode ser que eu seja um tanto orgulhosa, acho — admitiu Irene após um instante. — Suponho que o senhor ache isso uma coisa ruim?

— De forma alguma. Eu mesmo sou muito orgulhoso. Apenas mencionei porque gostaria de aconselhá-la sem ferir o seu orgulho e, em vista do que aconteceu ontem à noite, tenho receio de fazer isso inadvertidamente.

Irene se remexeu na cadeira, considerando que, depois daquela discussão, talvez Torquil tivesse razão, e voltou a olhá-lo.

— Continue, por favor.

— Sugiro que a senhorita aceite a hospitalidade de minha mãe de bom grado. Fazer o contrário causaria um reflexo ruim nela como anfitriã, e tenho certeza de que a senhorita não quer isso.

Irene estava consternada. Às vezes, a aristocracia era verdadeiramente desconcertante.

— Eu não pensei que seria descortês recusar os serviços da aia de sua mãe. Pensei o contrário.

— Minha mãe é uma anfitriã atenciosa demais para deixar a senhorita sem uma aia. Ver duas jovens cuidando de si mesmas para a temporada a perturbaria imensamente.

— Mas o que ela fará, então?

— Em casos como esse, criamos um precedente. Minha mãe ficará com a aia de Carlotta. Angela e Sarah, que são solteiras e, portanto, compartilham uma aia, cederão a delas a Carlotta e uma criada será trazida para assisti-las.

— Agora entendo o que *lady* David quis dizer quando afirmou que eu e minha irmã causaríamos inconvenientes a todos. Pensei, na hora, que estivesse apenas sendo maldosa.

— Não ligue para Carlotta. Conversei com ela em particular ontem à noite e acredito que não teremos mais problemas como aquele.

— Mas parece que ela estava certa. Se os empregados ficarem sem uma criada, outros serventes precisarão se desdobrar para ajudar a cumprir os deveres, não? — Irene suspirou. — Foi mesmo uma decisão orgulhosa. Não considerei o impacto que minha decisão poderia ter para os outros.

Se Torquil percebeu que ela estava repetindo as palavras que ele lhe dissera na primeira vez que se viram, era educado demais para se vangloriar.

— Nesse caso, é perfeitamente compreensível. Sua equipe doméstica é bastante pequena, ouso dizer.

— Uma cozinheira, uma criada, uma governanta e o valete de meu pai compõem todo o pessoal.

— Ao passo que contamos com uma equipe de mais de cinquenta criados, metade dos quais estão conosco, aqui na cidade, para a temporada. Seria de se pensar que, em uma casa como esta, uma decisão tão pequena não causaria tanto impacto, mas, na verdade, é o contrário. Em uma casa grande, os deveres se dão pelo posto, e o posto é tudo, mesmo no subsolo. Nenhum criado fica feliz ao fazer um trabalho que considera inferior. A senhorita não acreditaria nos ressentimentos que até mesmo a menor das decisões pode gerar.

— Mais um motivo para não privar sua mãe de sua aia, então, pois somos um retrocesso para uma duquesa. Ela não pode ser persuadida a aceitar a aia de volta?

— Eu duvido. E, apesar de a senhorita ainda não saber, suas duas semanas na sociedade serão muito mais fáceis se houver alguém para auxiliá-la. — O duque de Torquil parou e tossiu. — Eu gostaria de fazer uma sugestão, se me permitir? Vou à agência de empregos Merrick's hoje para procurar uma babá para meus sobrinhos. Posso procurar uma aia para atendê-la durante sua estadia aqui. Isto é, se a senhorita estiver disposta a confiar uma escolha tão pessoal aos meus cuidados.

— Oh, não, por favor, não se incomode.

— Não será incômodo algum, srta. Deverill, pois, como disse, preciso ir à Merrick's de qualquer forma. Meus sobrinhos precisam de uma babá, pois estão sob os cuidados de criadas e lacaios há dias. Imagine uns criados infelizes! Nenhum lacaio ou criada deveria precisar cuidar dos meus sobrinhos, acredite. São bons meninos, mas dão um trabalho enorme. Minha família já está exasperada com eles. Assim como minha equipe. Se eu não encontrar uma babá logo, prevejo um motim.

— Não deveria ser o seu cunhado o responsável por encontrar uma babá para os filhos?

— Sim, mas, como Angela observou ontem à noite, as tentativas de Jamie nesse sentido não foram bem-sucedidas. Quando me ofereci para ajudar, ele ficou contente por me permitir fazer isso.

— O senhor sempre se sente na obrigação de resolver os problemas das outras pessoas? — perguntou Irene, curiosa.

Henry deu de ombros, como se aquela obrigação em particular fosse inevitável.

— Costuma ser necessário. Sou o duque.

— Inquieta é a cabeça que carrega uma coroa — citou ela, com uma serenidade debochada. — Ou coronel, no seu caso.

A expressão da resposta dele foi irônica.

— A senhorita está citando Shakespeare erroneamente. De propósito, suponho.

— Bem, sim — concordou Irene, dando um sorriso. — Combina mais com o senhor dessa forma.

— Porque a senhorita quer me provocar? Isso não é muito gentil, ainda mais depois de me oferecer para lhe fazer um favor.

— Desculpe — disse ela, nem um pouco arrependida. — Mas o senhor pareceu tão entusiasmadamente solene que não pude evitar provocá-lo.

— Levo minha posição a sério, confesso. E resolver problemas é boa parte do que faço. De todas as pessoas, a senhorita deveria entender, visto que resolver problemas também é o que *Lady* Truelove faz, não é?

Irene refletiu.

— Não exatamente. Nos últimos dias, os conselhos amorosos de *Lady* Truelove não têm surtido muito efeito. Sei que o senhor não vê dessa forma, dado o caminho que sua mãe tomou e o impacto que teve na sua família, mas é verdade, garanto. A maioria das pessoas não escreve para *Lady* Truelove atrás de conselhos.

— O que querem, então?

— Serem tranquilizadas. Quando chegam a ponto de escreverem para uma coluna de aconselhamento, elas já sabem, mesmo que não percebam, o que vão fazer. Tudo o que querem é ouvir que o caminho que já escolheram é o certo.

Torquil pareceu tentado a debater aquele ponto, mas, antes que pudesse fazer isso, ouviu-se um grito, seguido por risadas e por barulho de pés correndo.

Um instante depois, dois meninos de uns sete ou oito anos entraram na sala. Quando derraparam até pararem lado a lado perto da cadeira de Torquil, Irene pensou por um instante que estava vendo em dobro, de tão parecidos que eram, com suas bermudas e seus casacos azul-escuros, seus chumaços idênticos de cabelo ruivo e os amontoados quase idênticos de sardas. Depois de piscar, contudo, ela conseguiu discernir uma diferença entre eles. Um dos meninos estava com uma cesta de piquenique coberta em uma das mãos e o outro segurava os resquícios azuis mutilados do que um dia talvez tivesse sido uma pipa.

— Tio Henry, ainda bem que o senhor está acordado — disse o menino com a pipa. — Temos um problema e precisamos da sua ajuda.

— Hum... — Torquil olhou para os dois. — Sim, estou vendo. Mas sua demanda é tão urgente que exige que vocês interrompam o meu café da manhã e o da minha convidada? Vocês não parecem estar sangrando. Não parecem doentes. E para que toda essa gritaria e correria? Estão sendo perseguidos por cachorros selvagens, para se comportarem dessa forma?

Eles se encolheram.

— Não, senhor — murmuraram os dois ao mesmo tempo.

Mais passos apressados foram ouvidos e um lacaio apareceu.

— Mil perdões, Sua Graça — disse o serviçal, ofegante, enquanto entrava na sala e parava atrás dos meninos. — Já vou retirá-los daqui. É só que... Eu não consegui... pegar...

Ele parou, obviamente tentando recuperar o fôlego.

— Está tudo bem, Samuel. Tenho certeza de que não deve ter sido fácil cuidar desses dois, pois hoje eles parecem decididos a quebrar regras, comportando-se como pagãos em vez de cavalheiros, e sem consideração alguma para com os outros que moram aqui.

Aquele discurso desmoralizador fez os dois meninos abaixarem a cabeça, e Irene se viu com pena deles.

— Lamento por eles terem atrapalhado seu desjejum, Sua Graça — desculpou-se Samuel novamente, ainda ofegante. — Desculpe, srta. Deverill. Eles queriam empinar pipa, então montei uma cesta com o café da manhã para eles e fomos até o parque. A pipa de Owen atingiu uma árvore e se quebrou e, enquanto eu estava tentando consertá-la, a pipa de Colin foi... perdida. — Ele voltou a se interromper, parecendo aflito. — Então retornamos, mas antes que eu pudesse recuperar o fôlego eles decidiram que precisavam vê-lo e vieram correndo para cá antes que eu pudesse impedi-los. Novamente, sinto muito por o terem perturbado.

— Por favor, não se aflija, Samuel — repetiu Torquil. — Não é culpa sua de qualquer forma. É minha. Até amanhã, eles terão uma nova babá e você não precisará mais correr para lá e para cá atrás deles, prometo. Pode ir.

O lacaio assentiu com a cabeça, endireitando-se, mas, em vez de sair, hesitou, abrindo a boca como se quisesse dizer algo mais. Ele olhou para os meninos, no entanto, e pareceu mudar de ideia, fechou a boca, fez outro aceno com a cabeça e se foi.

— Senhorita Deverill — disse Torquil, apontando para os meninos parados do outro lado da mesa —, permite-me apresentar meus sobrinhos, dois dos melhores malandros de Londres? Colin, Owen, esta é a srta. Deverill.

— Como vai? — resmungaram eles sem olhá-la, cientes de que estavam encrencados.

— É um prazer conhecê-los — respondeu Irene, tentando não sorrir.

— Bem, cavalheiros — falou Torquil, largando o guardanapo —, os senhores tiveram uma manhã bastante agitada. — Ele se levantou e parou com as mãos no quadril no meio dos dois garotos apreensivos. — Perderam uma pipa, danificaram outra, enlouqueceram Samuel, gritaram e correram pela casa, e perturbaram o meu café da manhã e o da srta. Deverill. O que têm a dizer em sua defesa?

Eles abaixaram a cabeça, calados e repreendidos. Irene, que sabia muito bem como era estar nas garras do duque, olhou para os meninos com empatia.

Torquil se virou para o garoto que segurava a cesta.

— Colin, o que aconteceu com a sua pipa?

— Ficou presa em uma árvore. Eu subi para tentar pegar...

O menino parou abruptamente e mordeu o lábio, seus olhos azuis se arregalando com a percepção inequívoca de que dissera algo que não devia.

— Você subiu em uma árvore?

Mesmo de lado, o rosto desaprovador de Torquil pareceu bastante assustador, mas então uma leve curva vergou a boca para cima, mostrando a Irene que ele não condenava tanto os meninos quanto gostaria de aparentar.

— Nós não criamos uma regra sobre isso no verão passado, quando Owen quebrou o braço? Nada de subir em árvores até vocês fazerem quantos anos?

— Doze — respondeu Colin.

— Exatamente, e você fez 12 anos desde que essa regra foi criada?

— Não, senhor. — Colin ergueu os olhos, seu rosto se iluminando como se tivesse sido alumbrado por uma ideia repentina. — Mas eu tive um bom motivo para subir na árvore, tio Henry. Não foi só para pegar a pipa.

A boca de Torquil se contraiu incontestavelmente.

— Ah, sim? E qual motivo poderia justificar a violação da regra?

Colin colocou a cesta no chão e se debruçou sobre ela, desaparecendo do campo de visão de Irene. Quando se endireitou, tinha nas mãos um pequeno emaranhado de pelos cinza e branco, que ergueu para o tio inspecionar.

— Tinha que pegar isto.

Irene abafou o riso com o guardanapo e Torquil comprimiu os lábios, tentando não rir também. Passou-se um instante até ele se recompor.

— Você resgatou um gatinho da árvore?

Collin confirmou com a cabeça.

— Ele estava preso, e chorando, então tive de resgatá-lo. Não podia deixá-lo lá, assustado e sozinho, tio Henry, não é verdade?

O gatinho piscou para Torquil e soltou um miado baixo.

Henry emitiu um ruído abafado. Pressionando o punho na boca, parou de olhar para o menino e para o animal, e só Irene viu sua expressão.

O duque estava rindo. Ela ficou olhando-o, admirada, pois nunca o vira rir antes. Torquil estava olhando para o próprio prato. Não emitiu som algum, mas seu punho estava escondendo um largo sorriso, e os ombros sacudiam com a risada silenciosa, porém incontestável, que tentava conter. Aquela imagem causou o efeito mais estranho do mundo em Irene — sua surpresa esvaeceu e outra sensação tomou seu lugar, algo um tanto doce quanto dolorosa que causou um aperto em seu peito e fez com que fosse difícil respirar.

Após um instante, Torquil ergueu a cabeça, tossiu e baixou a mão.

— Resgatar um animal é um ato louvável — admitiu ele serenamente, voltando sua atenção para o sobrinho, nenhum traço de riso em seu rosto agora. — Mas se tal circunstância se repetir no futuro, você chamará um adulto para ajudá-lo na tentativa de salvamento. A regra quanto a subir em árvores permanece ativa. Está claro?

— Sim, senhor. — Colin abaixou o gatinho, abraçando-o contra o peito. — Podemos ficar com ele?

Torquil franziu a testa, mas, apesar de Irene saber em primeira mão como aquela carranca podia ser intimidadora, não lhe pareceu que ele agiria daquela forma depois de tudo o que ela acabara de testemunhar.

— Com todas as regras que quebraram hoje, não vejo razões para confiar a vocês os cuidados de um animal.

Os meninos murcharam, pobrezinhos, e Irene precisou pressionar a mão contra a boca para impedir que um ruído de condolência escapasse de seus lábios.

— Por outro lado — continuou Torquil —, vocês salvaram a vida dele, o que significa que agora são responsáveis por seu bem-estar.

Então, se seu pai não se opuser e se vocês prometerem com toda sinceridade cuidar direitinho do gato, garantir que será alimentado e bem tratado, e se o tratarem com delicadeza e respeito quando brincarem com ele, podem ficar com o bichinho.

Com um grito de comemoração feliz que foi rapidamente reprimido e um coro de promessas de sempre cuidar do animal e nunca mais desobedecer as regras, os dois garotos seguiram para a cozinha com seu novo amigo para pegar leite e mingau.

No momento em que os meninos estavam longe, todo o riso que Torquil estava contendo não conseguiu mais ser reprimido. Ele desabou na cadeira com uma risada cabal e alegre.

Irene riu junto, mas, após um momento, sua risada esmoreceu. Torquil também parou de rir quando voltou a olhar para ela, e o coração de Irene pareceu parar de bater em seu peito. O tempo também pareceu estagnar, e o silêncio, como ocorrera na noite anterior, preencheu toda a sala, carregado como antes, mas de uma forma muito diferente.

O rosto do duque estava impassível como sempre, e ela não fazia ideia do que ele estava pensando, mas, naquele momento, não parecia importar. Irene o tinha visto rir. Seus batimentos voltaram, acelerando até se tornarem marteladas fortes e aflitas em seu peito, tão altas que ela receava que Torquil pudesse ouvir.

— Então — disse ele, quebrando o silêncio agonizante e tossindo —, agora a senhorita conheceu meus infames sobrinhos, srta. Deverill.

Depois do que acabara de acontecer, o uso de seu sobrenome pareceu estranhamente impessoal, quase decepcionante, o que era absurdo. Torquil não poderia se referir a ela de qualquer outro jeito, pois não era adequado que um homem se dirigisse a uma mulher que mal conhecia por seu nome de batismo, e o duque era um perfeito cavalheiro.

Irene afastou aquela sensação disparatada de decepção de sua mente e se forçou a entrar na conversa.

— O senhor sabe que Colin subiu na árvore para pegar a pipa, então viu o gato e o usou como desculpa por ter quebrado a regra e para não se encrencar, certo?

— É claro, mas, se a intenção é repreender alguém, é preciso ao menos parecer um pouco severo. — Torquil riu novamente, sacudindo o cabelo para trás enquanto se recostava na cadeira com seu chá, e Irene voltou a sentir aquela sensação estranha e perfurante em seu peito. — Assumir tal postura naquele momento foi, confesso, além da minha capacidade.

— Que gritaria foi aquela? — perguntou uma voz da porta e ambos ergueram os olhos quando Angela entrou. — Os meninos, suponho? Eu podia ouvi-los lá de cima. O que é que vamos fazer com eles?

— Não se preocupe, Angie — respondeu Torquil. — Vou contratar uma babá hoje, como prometi.

Henry lançou um olhar questionador para Irene e quando ela assentiu com a cabeça não foi preciso tentar adivinhar o que ele estava pensando. Torquil sorriu, e aquela pontada esquisita voltou a cutucar o peito de Irene.

De repente, pareceu impossível continuar sentada ali.

— Melhor eu ir — disse ela, pegando a bolsa do chão ao seu lado e se levantando. — Já estou muito atrasada.

Torquil se levantou imediatamente.

— É claro. Devo pedir que um dos lacaios chame um táxi?

— Eu mesma posso fazer isso. Estamos na Park Lane, afinal de contas, há táxis por todos os lados. Além disso, receio que o senhor precisará de todos os seus lacaios para ficar de olho naqueles garotos. Bom dia.

Irene saiu às pressas, sem perceber até estar do lado de fora da casa, que deixara as luvas para trás. Não voltou para pegá-las. Estar na presença do duque já era algo complicado quando ele era difícil. Quando era amável, era devastador.

Capítulo 11

No dia anterior à impressão de uma edição, sempre havia um bocado de coisas a fazer. Quando Irene chegou ao escritório e começou a trabalhar, descobriu que era impossível se concentrar em qualquer tarefa por mais que alguns minutos. A cada instante, sua mente insistia em retornar a Torquil e ao que testemunhara no café da manhã.

Ela já havia reparado em como o duque era bonito, mas aquilo não servira para melhorar a impressão que teve dele, pois ainda o achava impossivelmente rígido, esnobe, ditatorial, e até cruel. Mesmo assim...

Irene ficou olhando para as páginas à sua frente, as linhas datilografadas desaparecendo, substituídas pelo rosto de Torquil, iluminado pela risada contida. Naquele momento, a máscara de civilidade austera que o duque usava caíra, exibindo o homem por debaixo, e, de repente, ele se tornara muito mais que um duque arrogante e bonito. Ficava mais humano.

Mesmo agora, a imagem daquele homem em sua mente era suficiente para deixá-la confusa e, se qualquer um lhe pedisse sua opinião sobre a personalidade dele neste momento, não saberia o que dizer.

Torquil podia ser extremamente irritante, terrivelmente rígido. Mas, ainda assim, Irene não podia negar o amor dele por sua família. Era, agora ela sabia, absoluto e generalizado — o centro de seu mundo. Até então, Irene não havia realmente analisado quanto aquela qualidade estava enraizada no duque, nem quão atraente podia ser. Na verdade, sequer sabia que homens assim existiam.

Ela amava o pai e o irmão, mas nenhum dos dois poderia ser descrito como do tipo protetor em qualquer sentido. Jonathan, cinco anos mais novo que ela, estava do outro lado do mundo, e quem poderia culpá-lo? Ele tentara alertar o pai de que o negócio estava a caminho da sarjeta, mas o patriarca se recusara a ouvir e a mudar de rumo, e, depois de muitas brigas homéricas quanto a isso, expulsara Jonathan de casa.

Seu irmão fora embora para se virar pelo mundo da melhor maneira possível e, apesar de perguntar como ela e Clara estavam nas cartas que enviara, nem Irene e nem a irmã contaram como as coisas estavam desastrosas. Não havia muito que Jonathan pudesse fazer a não ser voltar para casa, o que só teria deixado seu pai ainda mais irritado e ainda menos propenso à razão.

Quanto ao pai, ele estava obcecado em uma única ideia para o futuro de suas filhas, e apenas nela. Estava convencido — provavelmente com razão — de que introduzi-las à sociedade era a única maneira pela qual poderia ajudá-las. Com suas aptidões prejudicadas pela bebida e pela dor, não tinha outras soluções a oferecer, nenhuma outra habilidade de que se valer, nenhuma outra perspectiva para suas vidas. E Irene tinha, há muito tempo, se conformado com o fato de que, dada a paixão de seu pai pelo conhaque, era ela quem precisaria protegê-lo, e não o contrário.

Torquil era um tipo diferente de homem, um com quem ela se sentia fora de sua zona de conforto. Irene estava acostumada a ser a pessoa que mantinha todos unidos. Era, como Torquil observara, um traço que tinham em comum. Não estar no comando era algo frustrante para ela. Irene não estava acostumada, não gostava e ressentia tremendamente o fato de o duque ter conseguido encurralá-la em uma situação em que não detinha o controle. Mas, mesmo assim, agora...

A porta se abriu e Josie passou a cabeça pela abertura.

— Podemos mandar rodar?

— O quê?

Irene piscou, acordando lentamente de seu devaneio como quem desperta de um sonho.

— Minha coluna. Podemos mandar rodar?

— Ah, sim. — Irene se endireitou na cadeira, remexendo as folhas de papel à sua frente com vigor. — Quanto a isso...

Ela parou, irritada consigo mesma por não conseguir sequer lembrar se havia lido a última coluna de Delilah Dawlish escrita por Josie, e uma olhada rápida na primeira página lhe mostrou que, mesmo que tivesse lido, não se dera ao trabalho de editar nada.

— Dê-me mais uns minutos, Josie — murmurou Irene, esfregando a testa. — Ainda não cheguei ao seu artigo.

A outra mulher pareceu sentir que havia algo errado e, é claro, inflamou seus ótimos instintos investigativos.

— Você está avoada o dia todo. O que foi? — Josie fitou-a com olhos perspicazes por cima da armação dourada dos óculos empoleirados em seu nariz. — Dor de cabeça por tomar muito champanhe? Animação demais e muitas noites acordada até tarde, com poucas horas de sono?

Irene lhe lançou um olhar de reprovação.

— Só passei uma noite lá — lembrou-lhe. — E, se eu descobrir que minha estadia na casa do duque foi mencionada na sua coluna, corto e ponho você no olho da rua.

— Não se preocupe. Estamos de boca fechada, já que você mandou, apesar de não conseguirmos entender por quê.

— O que eu quero é que nosso jornal fale de outras pessoas. Não de mim.

— Bem, estará em todos os outros jornais de fofocas até o final da semana. O *Society Snippets* será o único a não noticiar.

Aquele era um fato nauseante com o qual ela preferia não lidar.

— Nesse caso, fico feliz que seja assim.

— Está bem, mas espero que você volte dessa estadia com alguns mexericos cabeludos para compartilhar com nossos leitores.

Não tenho o direito de sentir certo desdém por uma publicação que veicula fofocas e insinuações sobre minha família e meus amigos e as chama de "notícias"?

Irene largou o lápis, exasperada, um gesto inesperado que fez a outra mulher erguer uma das sobrancelhas.

— Desculpe, desculpe — disse Josie. — Não precisa ficar tão sentida.

— Não é você — respondeu Irene, afastando de sua mente as palavras de Torquil da noite anterior. — Mas vamos esclarecer as coisas. Não vou espionar essas pessoas. Não é por isso que estou lá.

— Sei que é pela Clara e pela unidade da família e tudo mais. Apesar de eu não conseguir imaginar como seu pai conseguiu qualquer benesse do duque depois da coluna de *Lady* Truelove.

Irene não esclareceu para ela.

— Mas, de toda forma — continuou Josie —, essa estadia na casa do duque seria a oportunidade perfeita, Irene. Bem estilo Robert Burns. — Ela acenou com a cabeça com um ar sábio. — "Há um sujeito entre nós tomando notas."

— Basta, Josie. Não "tomarei notas" de nada, como você colocou, então pare de citar Robert Burns e me faça um favor. Leia os artigos de Elsa e Hazel e garanta que estarão prontos para amanhã. Já embromei tanto hoje que acho que não terei tempo, visto que tenho que retornar à Upper Brook Street a tempo de me trocar para o jantar e já são quase 17h.

— Espere aí. — Os olhos escuros de Josie se arregalaram de surpresa. — Você quer que eu edite os artigos de Elsa e Hazel para você?

— Sim, Josie, eu quero, se você achar que conseguirá fazer um bom trabalho.

— Deixe comigo! Céus — acrescentou ela, ainda parecendo abismada —, você vai me deixar editar. Quem poderia imaginar? Acho que os planetas pararam em suas órbitas.

— Sim — concordou Irene com um suspiro enquanto uma imagem do sorriso devastador de Torquil ressurgia em sua mente, evocando as mesmas emoções de parar o coração de antes. — Acho que pararam mesmo.

Eram 17h45 quando Irene chegou à Upper Brook Street. Ela foi direto para o quarto, torcendo para ter um tempo para um bom banho naquela banheira maravilhosa antes do jantar, mas assim que entrou no quarto seu plano foi por água abaixo.

As portas que davam para o quarto de Clara estavam abertas, e ela mal havia colocado a bolsa em uma cadeira e tirado o chapéu quando sua irmã entrou, já arrumada para o jantar em seu vestido verde.

— Ainda bem que você chegou. Achei que fosse voltar bem antes.

— Tudo levou uma eternidade hoje. Eu não conseguia... não conseguia me concentrar. E depois o trânsito estava caótico. Levei séculos para conseguir um táxi e, quando consegui, demos a volta em Trafalgar rastejando, praticamente rastejando...

— Deixe isso para lá agora, Irene — interrompeu Clara. — Você precisa se trocar imediatamente, pois a carruagem do duque chegará em menos de meia hora para nos pegar. Nós vamos sair. — Clara apontou para a cama. — Mandei passar o seu vestido e deixar tudo pronto na esperança de que você chegasse em casa a tempo de vir conosco.

Irene deu uma olhada por cima do ombro e encontrou seu vestido azul-escuro estendido na cama com várias peças de baixo ao lado.

— A tempo de quê? — perguntou ela, tirando o blazer. — Aonde vamos?

— Primeiro jantar no Criterion, depois ao teatro, e, por fim, ceia no Savoy. Não é maravilhoso?

Irene pensou no duque e não teve tanta certeza de que "maravilhoso" era a palavra certa.

— Todos vão?

Clara meneou a cabeça.

— Apenas as mulheres.

O ar escapuliu de Irene em uma lufada de alívio. Depois da noite anterior e daquela manhã, ela se sentia desnorteada e ficou grata pela oportunidade de se orientar sem o duque por perto para atrapalhar seus pensamentos.

— Que peça veremos?

— Oscar Wilde. *Uma mulher sem importância*. Pare de falar, Irene, e apresse-se.

Os vinte minutos seguintes foram uma correria enlouquecida enquanto, com a ajuda de Clara, ela colocava o traje noturno. Com os xales de seda em mãos, elas desceram o corredor às pressas, encontrando no caminho Angela e Sarah, que também estavam atrasadas. As quatro chegaram ao saguão juntas, sem fôlego e rindo, exatamente quando Boothby anunciava a chegada da carruagem.

A correria frenética que dera início à sua noite continuou pelas sete horas seguintes. O cintilante e barulhento Criterion, a inteligência sagaz de Oscar Wilde, a excitação de estar no camarote do duque e a elegante sala de jantar privativa no Savoy — tudo passou em um turbilhão resplandecente, deixando Irene exausta, radiante e um tanto atordoada quando retornaram à Upper Brook Street pouco antes da 1h30.

— Oh, minha nossa. — Irene desabou na cama com um suspiro enquanto Clara entrava em seu quarto e fechava a porta. — Isso foi uma prévia do que está por vir?

— Acredito que sim — respondeu Clara, indo se sentar na beirada da cama ao lado da irmã. — Você gostou?

— Gostei, preciso admitir. Especialmente do Criterion. Que comida deliciosa. E do Savoy, também. — Irene grunhiu, pressionando a mão na barriga. — Acho que não conseguirei comer novamente por dias.

Ela virou a cabeça para olhar para Clara.

— Você também pareceu se divertir. Vi você e *lady* Angela próximas uma da outra várias vezes.

— Estávamos discutindo a instituição de caridade que ela quer abrir, apesar de não termos conseguido conversar muito... O Criterion é muito barulhento, e ninguém quer conversar durante uma peça.

Irene grunhiu de novo.

— Neste exato momento, sinto que sequer consigo conversar. Nem consigo respirar. — Ela rolou pela cama, levantando-se quando Clara se afastou. — Você precisa me ajudar a tirar esse espartilho antes que eu exploda. Aliás — acrescentou, virando-se para que a irmã pudesse abrir os botões das costas de seu vestido —, esqueci de contar antes, teremos uma aia durante nossa estadia aqui.

— Sim, a aia da duquesa. Ela me ajudou a me vestir três vezes hoje. Foi uma ajuda e tanto.

— Tenho certeza disso. É por essa razão que vamos contratar nossa própria aia, por meio de uma agência.

— Vamos? Você contratou alguém? Que ideia esplêndida!

— Não posso levar o crédito, lamento dizer. Foi sugestão do duque. — Irene fez uma pausa para tirar as luvas, jogar o corpete de lado e sair da saia. — Tentei devolver a aia da duquesa durante o café da manhã e ele recomendou essa solução, de modo a não a ofender... Ao menos acho que esse foi o motivo. — Ela franziu a testa e deu de ombros. — Eu não entendo a aristocracia e o que os ofende, sinceramente. Ah — suspirou aliviada ao ter o corpo liberto. — Assim está melhor. Como as mulheres permanecem comprimidas desse jeito todos os dias?

Clara riu, dando um abraço na irmã, apoiando o queixo em seu ombro.

— Elas não comem tanta lagosta ao creme no jantar.

— Comi demais? Devo ter chocado todas as mulheres à mesa. — Irene suspirou e se virou quando os braços da irmã a soltaram. — Você tem sorte de ser uma pessoa tão quieta e contida. Mesmo que tentasse, duvido de que poderia ofender alguém. Já eu, infelizmente, pareço proferir ofensas o tempo todo.

— Duvido de que seja assim.

— De toda forma, quanto antes eu cumprir minha missão e retornar à nossa antiga vida, mais confortável me sentirei.

— Bem, você passou um bom tempo conversando com a duquesa — observou Clara enquanto Irene abria o próprio espartilho e jogava a nociva peça na cama. — Fez algum progresso?

— Infelizmente, não. Vire-se para que eu desabotoe seu vestido. Não podíamos conversar abertamente sobre Foscarelli, é claro — continuou enquanto a irmã se virava —, já que estávamos rodeadas pela família dela.

— Suponho que ele seja mais ou menos como um elefante na sala — observou Clara.

— Sim, exatamente. — Irene riu. — Todos sabem que está ali, mas ninguém quer admitir. Sempre que eu tinha a chance de dizer uma ou duas palavras sobre ele, tudo o que a duquesa fazia era reforçar quão maravilhoso Foscarelli é, ou como é linda a casa que ela comprou para os dois, ou como é excitante querer se casar em vez de morrer de medo. O primeiro marido da duquesa, pelo que entendi, não era um homem fácil. — Irene fez uma pausa, as mãos nas fitas do espartilho da irmã. — Não sei se posso dissuadi-la. Sequer sei se quero tentar. Ela parece tão feliz. Oh, Clara, o que vou fazer?

Sua irmã refletiu por um instante, então respondeu, em uma voz baixinha:

— Você precisa... fazer alguma coisa?

— Claro que preciso. Você sabe o que está em jogo.

— Se você não conseguir — disse Clara, virando-se para colocar uma das mãos em seu braço —, seria tão horrível assim?

— Sim! Eu poderia perder o jornal.

— Sim, é verdade, mas... — O braço de Clara se afastou e ela apontou para o recinto à sua volta. — Uma vida assim seria uma alternativa tão ruim?

— Não seria assim, não para nós, independentemente do que aconteça. Não jantaremos no Criterion e não iremos ao teatro o tempo todo. Ellesmere não é, nem de longe, tão rico quanto o duque. A menos que você seja esperta o bastante para fisgar um nobre incrivelmente abastado, jamais teremos uma vida como esta.

— Você entendeu o que eu quis dizer.

— Sim. Mas... — Irene fez uma pausa, tentando encontrar uma maneira de explicar seu ponto de vista. — Uma vida de eventos sociais e divertimento, participando da temporada e arrecadando fundos para caridade e dando festas em casa... É uma vida agitada, mas não é... substancial o suficiente para me satisfazer. Um ou dois anos atrás talvez fosse, mas agora? Não. Eu amo o que faço. — Inclinou a cabeça, estudando o rosto da irmã. — É diferente para você, eu sei. Você sonha com uma vida assim.

Clara mordeu o lábio, revelando a verdade a Irene antes mesmo de mentir.

— Ficarei contente em retornar à nossa vida como ela sempre foi.

— Mas não tão contente quanto ficaria se fizesse parte da sociedade.

— Não tenho tanta certeza. Não sei se teria coragem sem você ao meu lado. — Clara parecia aflita. — É egoísta da minha parte querer essa vida para nós duas, mesmo sabendo que você não quer?

— É claro que não. Mas não suporto a ideia de que minha vida se resumiria a obedecer a regras que parecem triviais e até mesmo tolas, viver obcecada com qual vestido usar a tal hora e para tal baile, quem se sentará ao lado de quem, e ver as conversas paralisarem no momento em que alguém, provavelmente eu, diz algo controverso. Tudo controlado para mim, nada controlado por mim. Entende o que quero dizer?

— Acho que sim.

— De qualquer forma, farei o que puder para garantir que você não sofrerá pelas minhas escolhas. Ellesmere pode não gostar do fato de a neta mais velha publicar um jornal, mas, se conseguir superar esse escrúpulo o suficiente para introduzir você à sociedade, ficarei extasiada. Você, querida irmã, merece todos os bailes, todas as peças e todos os jantares no Criterion que puder aguentar.

Clara riu.

— E passeios de iate também, espero? A duquesa lhe contou sobre isso?

— Ela mencionou que algo estava sendo organizado, mas foi tudo.

— Torquil está planejando para daqui a cinco dias. Se o tempo estiver bom, partiremos do cais de Queen's às 10h, velejaremos até os Jardins de Kew, faremos um piquenique no almoço e então retornaremos. Por favor, diga que tirará o dia de folga para vir conosco. Será delicioso.

— Somente se não ficarmos enjoadas. — Irene sorriu. — Isso estragaria o passeio.

— A duquesa me alertou de que isso poderia acontecer, mas também disse que, no rio, é improvável. Velejar no oceano é que é realmente preocupante. Mas, em todo caso, ela falou que eu deveria comer vários biscoitos saltine assim que embarcar. A duquesa me garantiu que, se eu enjoar, o barco atracará na mesma hora. Você virá conosco, não é?

— A pergunta mais importante é: você precisa que eu vá?

— Não é apenas isso. Foi-me dito que não haverá nenhum outro convidado. Somente nós e a família, e ficarei bem o bastante na companhia deles, agora que os conheço um pouco mais. *Lady* Angela e *lady* Sarah são muito gentis. Mas você deveria vir também.

Irene ficou tentada. Velejar em um iate, com uma bela espreguiçadeira no convés e uma taça de champanhe, com o rio passando, parecia tão maravilhoso naquele momento quanto no dia anterior. E com que frequência teria a oportunidade de um passeio daqueles? Antes que pudesse decidir, contudo, Clara voltou a falar:

— Há outra coisa que você deveria saber. Torquil telefonou para Ellesmere e o visconde concordou em estar em Kew no mesmo horário que nós. A casa dele, pelo que me disseram, fica bem próxima, em Brentford, então Kew fica a uma distância curta. Ellesmere prometeu fazer uma reverência quando nos vir, fazendo o reconhecimento.

Irene bufou.

— Que ótimo da parte dele. Eu sei, eu sei — acrescentou quando Clara voltou a falar. — Entendo como essas coisas se desenrolam. Primeiro a reverência, depois a apresentação, depois as ligações, depois os convites... Eu compreendo tudo. É só que... — Sua voz sumiu e ela suspirou, lembrando-se das palavras de Torquil no café da manhã. — Oh, Clara, eu sou tão orgulhosa. Odeio o fato de que um homem que nunca se preocupou conosco agora irá fazer isso porque um nobre de posto mais alto pediu.

— Eu sei. Mas se nosso avô fizer uma reverência para nós, será tão difícil assim para você retribuir?

— Oh, muito — respondeu Irene vigorosamente. — Eu retribuirei, é claro, por sua causa.

Clara sorriu, tornando o sacrifício de seu orgulho um estorvo pequeno.

— Então está decidido, e você virá velejar conosco?

— Suponho que agora eu precise ir. Josie pode cuidar de tudo por um dia.

— Você não poderia tirar mais tempo de folga? Digamos... Duas semanas?

As palavras de Torquil da noite anterior voltaram a ecoar em sua mente.

— Eu... — Irene fez uma pausa e engoliu em seco, sentindo dificuldade em fazer a pergunta que queria, com medo de ouvir a resposta. — O fato de eu querer continuar no jornal enquanto estamos aqui a envergonha?

— Se me envergonha? Ah, não.

— Mas e depois, Clara? Se as coisas de fato correrem bem, você espera que eu não continue, certo? Ficaria feliz em me ver abrir mão de tudo?

— Não pensei tão adiante assim. Estou apenas aproveitando o momento. E a única coisa que sei é que eu preferia que você tirasse uns dias de folga para aproveitar enquanto tem a chance. *Lady* David tem razão, você sabe. Ter um pé em cada mundo, mesmo que apenas por duas semanas, será exaustivo.

Irene fez uma careta.

— *Lady* David é um incentivo ainda maior para que eu encontre uma maneira de dissuadir a mãe do duque para ir embora daqui logo. Mas você não precisa se preocupar com o seu futuro. Se eu falhar, Ellesmere já terá nos aceitado. Se eu for bem-sucedida, Torquil ainda precisará pagar a papai certa quantia, a qual será revertida para o seu dote. Não discuta — acrescentou Irene quando a irmã abriu a boca para protestar —, pois já me decidi.

— Mas parece que a duquesa também já se decidiu, Irene. Não sei como você conseguirá persuadi-la.

De repente, uma ideia passou pela cabeça de Irene como um raio, uma solução tão incrivelmente simples que ficou pasma por não ter pensado naquilo antes.

— É exatamente isso — disse ela animadamente. — Tenho analisado a situação da perspectiva errada. A *duquesa* não precisa ser dissuadida de nada.

Clara ficou olhando para ela, parecendo compreensivelmente perplexa.

— Não enten...

— Não será algo fácil de realizar — murmurou Irene, seus pensamentos acelerando à medida que a ideia ganhava forma. — Mas será muito mais fácil para a minha consciência. Vai levar tempo, contudo. — Ela fez uma pausa, refletindo. — Como conseguirei?

— Como eu tenho tentado lhe dizer, você poderia arranjar tempo. Umas férias de duas semanas...

— Férias? Minha nossa, Clara, você tem toda razão. Férias são exatamente do que preciso. — Irene riu com a perplexidade da irmã. — Você ficará extasiada em saber que mudei de ideia. Não vou trabalhar tanto quanto pretendia. Retornarei para casa por mais ou menos uma hora todos os dias, é claro, apenas para garantir que as coisas estão correndo bem e que papai não transformou o escritório do jornal novamente em uma biblioteca durante nossa ausência, mas, fora isso, delegarei as responsabilidades para Josie pelas próximas duas semanas e passarei o resto do tempo sendo introduzida à sociedade com você.

— Passará?

— Sim. E também me esforçarei ao máximo para ser mais gentil com o duque... — Irene não conseguiu evitar rir com a expressão abismada da irmã. — Eu preciso. É a única saída, você não entende?

Estava óbvio que Clara não entendia. Pelo contrário, parecia confusa.

Irene riu novamente e deu um beijo estalado em cada bochecha da irmã.

— E foi você quem me fez perceber. Oh, Clara, você é brilhante!

— Não faço ideia do que você está falando, mas... — interrompeu-se Clara, bocejando. — Mas receio que você terá que explicar tudo pela manhã, pois vou para a cama. E, depois de trabalhar o dia todo, você também deveria ir. — Ela juntou as roupas que tirara e seguiu para seu quarto.

— Sim, sim — concordou Irene, mas sua mente ainda estava a mil por hora mesmo depois que colocara a camisola e se deitara em meio aos lençóis. O relógio marcava os segundos e os minutos enquanto Irene olhava fixamente para o teto, tentando definir sua melhor abordagem.

Seria tão difícil quanto o caminho que Torquil queria que ela tomasse, talvez ainda mais. Mas, ao segui-lo, sua consciência estaria limpa, pois não estaria interferindo na felicidade de outra mulher e não iria contra o que ainda achava ser o conselho correto.

Mas como chegar lá? Irene se deitou de lado, refletindo. Seria como escalar uma geleira nórdica. Não impossível, talvez, mas nada fácil.

Aquele era o desafio, e, apesar de ela raramente se sentir intimidada por qualquer coisa, precisava admitir que achava aquele desafio um tanto assustador. Na verdade, quanto mais pensava, mais assustadora a situação se tornava, fazendo com que ficasse ainda mais difícil dormir.

Irene desistiu. Fosse a ideia que remexia em sua cabeça, o jantar gorduroso que havia comido ou a excitação da noite, ela não estava com sono. Talvez um livro ajudasse, pensou enquanto acendia uma lamparina. Algo terrivelmente entediante. *Os Sermões de Fordyce*, quem sabe, ou uma versão não editada dos *Contos da Cantuária*, de Chaucer. Aquilo botaria qualquer um para dormir.

Irene trocou a camisola por um vestido informal, apenas para o caso de o sentinela não estar adormecido em seu posto, pegou a lamparina e saiu do quarto, atravessando o corredor com os pés descalços.

Não precisava ter se preocupado com o sentinela, pois ele estava curvado para o lado em sua cadeira na escada com os olhos fechados e a boca aberta, roncando baixo. Irene passou por ele na ponta dos pés e desceu até o térreo, mas, assim que entrou no corredor que dava na biblioteca, a luz fraca que passava pela porta do recinto lhe avisou de que não era a única pessoa ainda acordada na casa.

Irene parou, hesitante. Não era, ela sabia, o mais correto estar perambulando pela casa àquela hora. Por outro lado, já estava ali e não queria subir de volta e ficar olhando para o teto o resto da noite.

Ela voltou a andar, mas quando chegou à biblioteca foi forçada a parar mais uma vez quando percebeu que a exata geleira que pretendia escalar pela manhã estava bem ali à sua frente.

Torquil estava de frente para a porta, sentado à sua escrivaninha e escrevendo uma carta, da mesma forma que na noite anterior, apesar de seu traje ser menos formal — um paletó de smoking e uma camisa, em vez do terno de jantar e da gravata branca. Preocupado com sua tarefa, ainda não havia percebido que Irene estava parada ali, e ela sabia que deveria ir embora antes que o duque a notasse. Era madrugada. Uma senhorita solteira deveria estar na cama. Aquilo não era adequado.

Ela se mexeu para ir embora, mas o movimento capturou a atenção de Torquil, que ergueu os olhos.

O duque congelou, e algo muito parecido com desespero estampou seu rosto. Aquilo, pensou Irene, não era nada bom. Ela deveria ir embora, mas o olhar masculino a imobilizou.

— Eu não conseguia dormir — soltou ela. — Desci para pegar um livro.

O duque levantou e se sentiu qualquer desespero ao vê-la, o sentimento desapareceu de pronto, substituído por um desinteresse educado.

— Senhorita Deverill — cumprimentou, fazendo uma reverência.

Irene pigarreou.

— Espero não estar atrapalhando...

— De forma alguma — respondeu Torquil, esticando o braço na direção das estantes que ladeavam as paredes atrás dele, convidando-a a escolher o livro que quisesse.

Irene hesitou, sabendo que tinha duas escolhas. Poderia resmungar alguma desculpa esfarrapada e fugir como um coelho assustado, ou poderia começar a escalar aquela geleira. Ela ergueu o queixo, respirou fundo e deu um passo à frente.

Capítulo 12

HENRY NUNCA FORA DO TIPO que acredita no destino. Sempre pensara que ele estava nas próprias mãos da pessoa, por escolha ou por vontade, com, talvez, uma pitada de assistência divina de tempos em tempos. Esta noite, contudo, com Irene Deverill parada à sua frente em seu vestido solto, com o cabelo dourado descendo pelos ombros, Henry começou a temer que a vontade fosse inútil e que o divino tivesse uma noção condenável do que era oportuno.

Depois de sua caminhada na noite anterior, ele tivera uma boa noite de sono e acordara esta manhã certo de que retomara sua estabilidade. Até mesmo durante o desjejum com ela, Henry estava muito bem, e por toda a manhã conseguira manter a imagem do deslumbrante rosto feminino, iluminado pelo riso, longe de sua mente. Mas marcou o passeio de iate e se perguntou se ela gostaria de velejar. Ligara para Ellesmere, uma tarefa que o obrigou a falar dela. Pior ainda: depois foi à Merrick's e escolheu uma aia para ela, uma ação que levara à sua imaginação imagens da srta. Deverill se vestindo e se despindo, uma situação de fato muito dificultosa, e ele decidiu que seria melhor não ir ao teatro naquela noite. Com seu desejo por aquela mulher, manter-se afastado era o caminho honrado a seguir.

Sem ter tal escolha naquele momento, Henry se forçou a assumir a expressão gentil e desinteressada requerida de um cavalheiro e se levantou.

— Srta. Deverill — disse, fazendo uma reverência. Ao fazê-la, vislumbrou os dedos dos pés femininos descalços espiando por debaixo da seda rosa-cereja, e seu corpo começou uma rebelião contra a civilidade no mesmo instante. Henry se endireitou de imediato.

Irene tossiu de leve.

— Espero não estar perturbando...

Perturbado, Henry supunha, era uma maneira de descrever como se sentia.

— De forma alguma — mentiu, forçando-se a lembrar de por que ela estava ali.

Ele se virou sutilmente, convidando-a mais uma vez a examinar as estantes.

Irene passou por ele e, quando Henry se virou, estava preparado para pedir licença e escapulir antes que sua imaginação demasiadamente fértil lhe causasse ainda mais agonia, ou, pior, o levasse a tomar atitudes das quais se arrependeria.

— Para falar a verdade, estou contente por tê-lo encontrado — disse ela. — Este pode ser um excelente momento para conversarmos.

— Conversarmos?

Aquela ideia absurda o despertou para a ação. Henry angariou toda a sua honra e elaborou uma desculpa — o adiantado da hora e o fato de estar muito cansado. Mas quando se virou todas as desculpas para ir embora sumiram de sua cabeça.

A srta. Deverill estava se abaixando, analisando as prateleiras mais baixas, colocando a lamparina no chão ao seu lado. Henry congelou, observando o contorno inconfundível de seu quadril e de suas nádegas, plenamente visíveis por debaixo da camada fina de seda cor-de-rosa, deixando-o ciente de que ela não estava usando nada por baixo. Nenhuma combinação, nenhuma ceroula, nenhuma...

Oh, céus, tenham piedade.

Imóvel, ele ficou observando-a fixamente, a excitação crescendo e sua resistência se esvaindo.

— Parece que a senhorita tem algo importante que gostaria de discutir.

— Pode esperar, se o senhor preferir. É só que... — Irene se abaixou ainda mais, esticando-se para pegar um livro, e Henry soube que não ia a lugar algum. — Este encontro é um tanto fortuito.

— Predestinado, seria possível dizer — observou ele enquanto atravessava a sala na direção dela, os olhos fixos em seu quadril, seus pensamentos impuros.

— Exatamente. — Irene se ergueu e se virou para Torquil quando ele parou ao seu lado. — Todos estão na cama, então não seremos ouvidos.

A natureza mais primitiva dentro de Henry já estava ciente daquele fato.

— E o que você quer discutir é um assunto proibido?

Por algum motivo, aquilo a fez rir.

— Proibido? Oh, não. É mais fácil falar sobre a sua mãe quando não há chances de sermos ouvidos.

— Minha mãe? — Henry se sentiu como se tivesse acabado de levar uma balde de água fria. — A senhorita quer conversar sobre minha mãe?

Conversar, especialmente sobre sua mãe, parecia ridículo naquele momento, mas era um tópico bem mais seguro do que o que ele estava contemplando. Sem saber se estava aliviado ou decepcionado, Henry abafou a luxúria e se conformou com a conversa.

— O que tem minha mãe?

— Na verdade, é sobre Foscarelli que quero saber mais. O senhor o conheceu, imagino...

Perplexo, ele piscou.

— De onde foi que a senhorita tirou essa ideia?

— Bem... Eu presumi. O senhor me disse que tentou suborná-lo.

— Tentei, sim. Por meio de meus advogados.

— Advogados?

Irene ficou olhando-o, meneando a cabeça, e soltou uma risada como se não conseguisse acreditar no que estava ouvindo.

— Isso a diverte, srta. Deverill.

— Sua análise do caráter e da adequação desse homem é baseada no que o senhor ouviu, e não no que concluiu por seu conhecimento e sua experiência. O senhor condena meu pobre jornal por veicular fofocas relacionadas à sua família, mas, mesmo assim, parece conseguir acreditar piamente em rumores quando se trata de alguém de quem não quer gostar. Um tanto hipócrita, não acha?

— Isso é ridículo.

— É? O senhor alega desprezar boatos e insinuações, mas esses critérios parecem formar toda a base de sua opinião sobre Foscarelli.

— E?

— Não acha que deveria conhecê-lo pessoalmente antes de julgar seu caráter?

— Não posso fazer isso. — A mera ideia o indignava. — Não é possível.

Irene riu de novo, erguendo as mãos em um gesto de perplexidade.

— Por que não?

— Nunca fomos apresentados. Nenhuma apresentação me foi oferecida por parte dele e, se fosse, eu recusaria. Nem mesmo minha mãe sugeriria isso.

Ela emitiu um ruído de impaciência e voltou sua atenção para as estantes.

— Vocês, aristocratas, e suas regras — resmungou Irene enquanto puxava um exemplar até a metade e lia o título. — Tão incrivelmente tolas.

— Talvez pareçam assim para a senhorita, mas elas existem e preciso segui-las, pois, ao contrário da senhorita, não estou disposto a sofrer as consequências por não fazer isso.

Irene empurrou o livro de volta e se virou para o duque novamente.

— Como foi que sua mãe o conheceu, então, se essas regras são tão importantes?

— Minha mãe queria ter um retrato pintado. Então, o contratou. Depois decidiu pedir a ele que lhe ensinasse a pintar a óleo. Uma coisa levou a outra, e cá estamos.

— A duquesa se sentiu atraída por ele e quis ter um caso, você quer dizer. — Irene riu. — Que atrevimento maravilhoso da parte dela. Ah, duque, eu gosto muito da sua mãe!

— Fico grato em saber, mas não vejo nada de maravilhoso em ter um caso.

Mesmo enquanto dizia aquelas palavras, Henry sabia como seu comentário fora estúpido. A srta. Deverill também sabia.

— Não? — Seus olhos cor de mel brilharam de atrevimento. — Não mesmo?

Torquil enrijeceu, sentindo o perigo se aproximar de sua recém-adquirida serenidade, e temeu ser aquele hipócrita que ela o acusara de ser à medida que o desejo reacendia.

— Eu preferiria não discutir as circunstâncias do caso de minha mãe, se não se importar. Ela é, afinal de contas, minha mãe.

— É incrivelmente romântico, não é? — continuou a srta. Deverill, alheia ao pedido por uma mudança de assunto. — Ter um caso e se apaixonar.

— Não vejo como — murmurou Henry, mudando o peso do corpo de uma perna para outra, extremamente desconfortável com aquele assunto. — Visto que dificilmente pode-se chamar isso de amor.

Irene suspirou.

— Não sei como sua mãe poderia enxergá-lo como um romântico incurável.

Henry também não sabia, pois seus pensamentos com relação à mulher à sua frente não eram nada românticos. Seu olhar desceu pelo corpo dela, seu corpo começando a queimar.

— A questão — disse Henry, voltando a olhar para o rosto dela — é que não pode acontecer uma conversa entre mim e Foscarelli. A decência não permite. — Enquanto falava, ele estava consciente de como soava arrogante, mas aquele parecia seu único refúgio no momento. — Suponho que a senhorita me considere tremendamente enfadonho.

Irene pegou outro livro, abriu e começou a folheá-lo.

— Essa é uma maneira de definir.

Aquela réplica seca, um lembrete de sua suposta hipocrisia, o deixou na defensiva.

— Foscarelli é um mulherengo de primeira linha, com muitas conquistas. Ele também é, falando de modo bem direto, um interesseiro. Se eu permitir que ele seja apresentado a mim, estarei mandando ao mundo uma mensagem de que aprovo tal comportamento.

Não posso fazer isso. E, mesmo se me encontrasse com ele — continuou quando ela abriu a boca para argumentar —, isso dificilmente mudaria minha opinião. Se um homem se comporta como um lobo, se caça como um lobo e se banqueteia como um lobo, de que adianta ele balir para mim como se fosse um cordeiro?

— Ah, pelo amor de Deus! — exclamou Irene, exasperada, fechando o livro com vigor. — Esse homem pode em breve se tornar membro da sua família.

— Preferiria não ser lembrado dessa possibilidade, uma que, devo acrescentar, a senhorita deveria estar me ajudando a impedir de se tornar realidade.

Ela fez uma careta e largou o livro.

— Essa tarefa está se mostrando um tanto difícil, como o senhor pode imaginar. Você é filho da duquesa. Se os seus esforços para persuadi-la a mudar de rumo falharam, não sei bem o que o senhor espera que eu faça.

— Aponte as falhas de Foscarelli, reforce sua reputação. Peça cautela. A senhorita é a editora de *Lady* Truelove. Seria possível concluir que também é sua confidente. Reforce sua amizade com a colunista e a confiança dela na senhorita. Talvez isso faça mamãe a ouvir.

A srta. Deverill meneou a cabeça.

— Está claro para mim, e esteve desde o princípio, que aconselhar sua mãe a não se casar com ele é perda de tempo.

— Porque as pessoas não querem conselhos — disse Henry, lembrando-se das palavras dela no café da manhã, palavras que ainda não queria aceitar. — Elas querem que alguém reafirme o que já decidiram.

— Exato. E foi por isso que aconselhei veementemente que a duquesa protegesse seu dinheiro. O fato de que não seguiu meu conselho, se recusando a oferecer um dote e não o limitou a uma mesada me surpreende, confesso. Sua mãe parece ser uma mulher inteligente. Não entendo por que concordou em dar a ele tanto dinheiro como dote.

— Eu entendo. — Henry suspirou. — Ela fez isso para frustrar os meus planos.

— Como assim?

— Ela sabia que eu tentaria suborná-lo, então contornou meu esforço.

— Não entendo. O senhor é rico como um rei, não é? Com certeza, é mais rico que sua mãe. Se Foscarelli é o salafrário que o senhor acredita ser, por que não aumenta a oferta até chegar a um valor que ele considere aceitável?

— Não é tão simples assim. Boa parte da riqueza da minha mãe, que é considerável, por sinal, está em fundos e ações que podem ser facilmente convertidos em dinheiro vivo.

— O senhor tem fundos e dinheiro vivo também?

— Sim, mas a maioria está atrelada às propriedades e ao título de alguma forma, seja pelas terras em si, que são a maior parte, ou em fundos e ações que sustentam as propriedades e seus ganhos.

— E converter esses fundos em dinheiro seria um problema para o senhor?

— Não para mim. Um homem pode viver muito bem com uma renda baixa. Mas, se eu liquidar meus recursos, muitos outros sofrerão. Centenas de pessoas dependem da renda gerada pelas minhas propriedades. Não vou exaurir o título e arriscar a sobrevivência de todos aqueles que contam comigo para subornar um caçador de tesouros, nem mesmo por mamãe, e ela sabe disso. A duquesa sabe que sua oferta é melhor do que qualquer uma que eu poderia fazer. Ela o está comprando e, como resultado, ficará presa, pelo resto da vida, a um homem que não é digno dela.

— Uma conclusão à qual o senhor não pode chegar até conhecê-lo. De minha parte, recuso-me a acreditar que as coisas são tão sombrias quanto o senhor as pinta. Está claro que ela o ama.

— Mas o amor nem sempre está ligado à felicidade. Aquele homem é um interesseiro. A senhorita acha que minha mãe poderia ser feliz com alguém assim?

— Talvez. — Irene deu de ombros. — Minha mãe foi.

— Seu pai era um caçador de tesouros? — O duque a encarou, pasmo. — Mas sua família tinha dinheiro quando seu pai era jovem, não?

— Foram seus detetives particulares que lhe contaram isso?

Henry não viu motivo para se esquivar.

— Contaram, sim. Pelo que entendi, a Deverill Publishing um dia foi um negócio próspero e promissor. Seu pai não precisava se casar por motivos materiais.

— Ah, mas casou, sim. Veja, quando era jovem, meu pai era um vadio, um desvairado e irresponsável. Também era péssimo com dinheiro... Ainda é, temo reconhecer. Tinha o infeliz hábito de gastar cada centavo do generoso salário que meu avô lhe pagava na empresa. Não tinha interesse algum pelo negócio jornalístico nem desejo de ir trabalhar todos os dias de manhã após beber até cair na noite anterior. Meu avô, que era um homem muito difícil, por sinal, ficou exasperado com ele. Demitiu-o, deserdou-o e o pôs para fora de casa. Disse a meu pai que não voltasse até ter conquistado alguma coisa no mundo além de jogar, beber e correr atrás de mulheres.

— Então, seu pai foi procurar uma herdeira e acabou se casando com a filha de Ellesmere? Mas não deu certo — continuou quando ela confirmou com a cabeça. — Depois que seus pais fugiram para se casar, o visconde deserdou a filha e se recusou a oferecer um dote.

— É verdade, mas não foi essa a questão. Meu avô ficou orgulhoso por ter uma verdadeira *lady* na família, a filha de um visconde, e isso fez meu pai cair nas graças dele novamente. E meu pai acabou conseguindo permanecer lá. Minha mãe, veja, conseguia fazer a única coisa que meu avô nunca conseguiu: manter meu pai na linha. Ele parou de beber e trabalhava duro para corresponder às expectativas que ela tinha dele.

Um homem que consumia conhaque o suficiente para se manter embriagado durante todos os momentos em que estava acordado dificilmente poderia ser descrito como alguém que "andava na linha", mas Henry não fez tal comentário.

— Foi só quando minha mãe faleceu — contou Irene, como se estivesse lendo seus pensamentos — que papai voltou a beber. Durante os quinze anos de seu casamento, ele não colocou uma gota de bebida na boca ou participou de uma única mesa de jogatina. Mas quando ela morreu...

A srta. Deverill fez uma pausa, uma expressão de dor passando por seu rosto, e desviou o olhar.

— Continue — encorajou Henry. — Quando ela morreu...

— O senhor já viu o resultado com os próprios olhos. — Irene voltou a encará-lo, dando de ombros como se não importasse, mas ele sabia que importava. — Papai desandou. Meu avô tentou ajudá--lo, não queria ver o filho recair em maus hábitos, tenho certeza. Mas então ele também faleceu e meu pai não tinha ninguém para ajudá-lo. Meu irmão tentou, mas, depois de uma série de discussões violentas, meu pai o deserdou e ele foi para a América.

— E seu irmão as deixou aqui sozinhas?

— Papai não estava tão mal quanto agora. E, desde que papai o mandou embora, o que mais meu irmão poderia fazer a não ser correr atrás do próprio caminho? Também tentei ajudá-lo, mas não adiantou. Acho que papai não vê motivos para continuar sendo responsável, não sem minha mãe. — Irene voltou a olhar para Henry e havia uma afeição inconfundível no rosto feminino, um sentimento que ele achava que o pai dela não merecia. — Ele a amava, entende? Pode ser que fosse um caçador de tesouros quando a conheceu, mas também se apaixonou. E ela o amava.

— Mas, depois da morte de sua mãe, as coisas foram ladeira abaixo, suponho?

— Sim. — Irene deu uma risada forçada e sem divertimento algum. — Apesar de todo o esforço do meu avô para ensinar a ele, papai nunca conseguiu desenvolver a liderança para o negócio, pobrezinho. Voltou a beber e a fazer investimentos imprudentes e insensatos. Quanto mais perdia, mais bebia e mais imprudente se tornava.

— Sim, correr atrás das perdas é muito comum para homens que gostam de jogar, receio dizer. E beber em demasia prejudica a sensatez. É difícil para a senhorita e para a sua irmã, no entanto.

— Não importa. Posso cuidar de mim mesma e de minha irmã. Mas o senhor não entende por que estou contando tudo isso? Apesar de meu pai ter sido interesseiro e mundano, ele, mesmo assim, fez minha mãe feliz.

— Contra a maioria das probabilidades.

— Talvez, mas essa não é a questão. Meu pai é fraco, não há dúvidas quanto a isso. E algumas mulheres não seriam felizes com um homem assim, ou com um homem como Antonio Foscarelli, afinal de contas. Mas nem todas as mulheres são iguais.

Henry coçou a testa, sentindo dificuldades em decidir o que responder. Ele se lembrava da impressão nada favorável que tivera do pai de Irene e achava questionável o quanto a mãe dela podia ter sido feliz com aquele sujeito. Para ele, a imagem que a srta. Deverill acabara de pintar de sua família era sentimental e ignorava a dura realidade: uma pessoa mundana jamais mudaria. Podia ter a intenção de mudar, e até mesmo se conter por um tempo em prol de sua amada, mas era, primordialmente e para sempre, mundano. Apontar aquilo reforçaria seu argumento contra o casamento de sua mãe, mas, quando olhou no rosto dela, abrandado pela compaixão por seu pai, Henry não conseguiu.

— Estou começando a entender — disse por fim — por que a senhorita se sentiu confortável para dar a minha mãe o conselho que deu. Achou que fosse como a sua mãe.

— Não exatamente. O que pensei foi que sua mãe, assim como a minha, deveria receber crédito por saber o que quer e por ser a única que poderia ou deveria decidir onde se encontra sua verdadeira felicidade.

— Com aquele homem.

— Ele pode realmente amá-la, sabia?

Henry não conseguiu evitar uma risada.

— A senhorita acredita nisso?

— É possível. Como eu disse, meu pai se apaixonou por minha mãe. Foi depois que começou a cortejá-la, mas, de toda forma, apaixonou-se. Quanto a Foscarelli, não posso dizer o que pode estar sentindo, pois, ao contrário do senhor, acredito que seja preciso de fato conhecer a pessoa antes de julgar seu caráter, e ainda não o conheci. Gostaria de encontrá-lo, pois estou curiosa, admito.

Henry não podia acreditar no que estava ouvindo.

— A senhorita não pode conhecê-lo.

— Por que não?

A ideia da srta. Deverill, que não apenas era uma mulher solteira, mas também estonteantemente bela, nas garras daquele patife foi suficiente para deixar Henry enlouquecido.

— Não — disse, e meneou a cabeça. — É um contato tão impensável para você quanto seria para mim. Mais ainda, na verdade, pois a senhorita é uma jovem dama.

Irene riu, fazendo pouco caso das regras que regiam o mundo dele.

— Um fato que me faz querer conhecê-lo ainda mais. Dizem que é um homem fascinante.

— Najas também são fascinantes, e venenosas. Encontrá-lo colocaria sua reputação em risco. Ele é um libertino, um sibarita, imoral.

— Hum... — Os lábios dela se curvaram em um sorriso torto que disse a Henry que ele não a estava convencendo. — Com cada palavra, o senhor me faz compreender ainda mais o encanto que Foscarelli provoca.

— Falemos sério — reprimiu Henry. — A senhorita publica um tabloide de escândalos, então sabe que Antonio Foscarelli é um homem conhecido, apesar de eu não saber se tal reputação se deve mais aos seus casos com mulheres ou aos retratos nus que faz delas.

— Casos? Retratos nus? — Irene ergueu as mãos, abanando-se em um gesto fingido de choque. — Ah, minha nossa.

Ele a observou, sem se abalar.

— A senhorita levou a sério as palavras de minha mãe quanto a me provocar, estou percebendo.

As mãos da srta. Deverill repousaram sobre o peito, atraindo o olhar dele imediatamente para a pele clara sob as pontas dos dedos. Toda a excitação que Henry estivera contendo desde que ela passara pela porta ressurgiu, mais ardente do que nunca, e ocorreu a ele que nenhuma mulher que conhecera possuía o talento singular de provocar, simultaneamente, tanto seu desejo quanto sua serenidade.

— Srta. Deverill... — começou.

— Qualquer artista de bom caráter é celibatário, é claro — continuou Irene de forma solene. — E pinta fruteiras maravilhosas, de tirar o fôlego.

A irritação do duque se transformou em uma decepção intrigada, e à medida que seu olhar subia da clavícula delicada, passando por seu pescoço esguio, pelo rosto deslumbrante, até chegar nos olhos, seu corpo não ligava a mínima para o fato de que todo o divertimento de Irene era à custa dele.

Sua cabeça, contudo, se esforçou para lembrar do que era importante.

— Sua ideia não merece ser discutida, Irene, visto que o que estamos tentando fazer é impedir que minha mãe se case com Foscarelli.

— O que, como estou tentando lhe dizer, não vai funcionar. Eu poderia ficar listando todos os defeitos dele até o fim dos tempos, e o senhor também, e todos os outros membros da família... Duvido de que abalaria os sentimentos da duquesa por aquele homem, nem mesmo um pouquinho.

— Então, é melhor a senhorita pensar em outra maneira de dissuadi-la.

— Ou o senhor poderia se conformar com a decisão e tentar persuadi-lo a assinar um acordo para fazer o melhor possível com a situação.

Henry não se dignou a responder, mas a expressão em seu rosto deve ter transmitido sua opinião de forma clara.

— Francamente, Torquil — exclamou Irene —, o senhor é mesmo impossível. Não pode controlar tudo e todos, sabia?

— Aparentemente, não — murmurou ele, encarando a mulher que parecia conseguir roubá-lo de todo o seu controle em um piscar de olhos. — Mas, mesmo assim, sou incansável.

— Se sua mãe quer se casar com Foscarelli, quem é o senhor para dizer que ela não pode? Se está apaixonada, quem é o senhor para julgá-la por isso?

— Apaixonada? — Henry emitiu um ruído de desdém, meneando a cabeça vigorosamente. — Não é amor.

— É claro que é. A duquesa está prestes a sacrificar tudo, arriscar tudo, para ficar com esse homem. O que mais poderia ser além de amor?

Torquil soltou um barulho de impaciência.

— É paixão. Paixão pura e desenfreada.

— Paixão. Amor. — Irene deu de ombros, rindo, enquanto o encarava, sacudindo os cachos dourados soltos, fomentando os desejos mais profundos dentro dele. — Há mesmo tanta diferença assim?

— Toda a diferença do mundo. Um é estável, duradouro, são. O outro é selvagem, incontrolável, enlouquecido...

Henry parou, perplexo com a inocência que resplandecia no rosto risonho, virado para cima. A srta. Deverill não sabia do que ele estava falando. Henry a desejava com uma fúria que o deixava sem fôlego, uma mulher que conhecia há cinco dias. Deus do céu, a desejara cinco segundos após conhecê-la. Mas ela não entendia nada daquele tipo de sensação. A sede, o desespero, a vontade ardente — aquelas eram sensações que a srta. Deverill ainda não havia vivenciado.

— Quer saber a diferença entre paixão e amor? — Henry enrolou o braço na cintura feminina, puxou-a contra o próprio corpo e inclinou a cabeça. — Isto é paixão — disse, beijando-a.

Capítulo 13

Tendo sido beijada uma vez, aos tenros 13 anos, Irene imaginava que estaria, de certa forma, preparada para sua segunda experiência. Aquele toque hesitante de lábios com o vizinho, interrompido quase instantaneamente pelos passos da governanta que se aproximava, havia sido suave, doce e, para falar a verdade, levemente decepcionante.

O beijo de Torquil não foi nada parecido.

Não era doce nem suave. Pelo contrário: era bruto e quente, nem um pouco hesitante, e provocou uma euforia que Irene jamais sentira antes na vida.

Ela fechou os olhos e, assim que fez isso, o duque arrebatou seus sentidos. Não havia mais nada no mundo além dele. Seu cheiro — sabonete de óleo de oliva, loção pós-barba e algo mais intenso. Seu gosto — vinho do porto e frutas. O braço forte apertado como uma cinta de aço em torno de sua cintura. As roupas, veludo macio e linho encrespado sob sua mão, e, por baixo, o coração dele, batendo forte dentro do peito.

Os lábios de Torquil se abriram, incitando-a a abrir os dela, e, quando Irene consentiu, uma língua penetrou em sua boca, e ela se afastou assustada, interrompendo o beijo. Imediatamente, o duque ficou imóvel, sua boca a uma pequena distância, seus ofegos rápidos se misturando aos dela. Irene percebeu que ele estava esperando. Esperando pelo quê?

Ela não sabia, mas não queria que aquilo terminasse, então segurou o pescoço de Torquil com uma das mãos e ficou na ponta dos pés para que seus lábios se tocassem de novo.

O duque grunhiu em sua boca e, como se fosse exatamente aquilo que esperava, voltou a apertar sua cintura e a conduziu para trás, até o canto da sala.

Os ombros de Irene bateram nas estantes, e livros desabaram quando o outro braço dele também a envolveu para abraçá-la com força. Torquil intensificou o beijo novamente, com a mão enlaçando o cabelo dourado e a língua se entranhando em sua boca.

O prazer começou a se espalhar pelo corpo de Irene à medida que ele a saboreava vigorosamente, uma onda sombria e acentuada de prazer. Irene enrolou o outro braço no pescoço masculino, querendo-o mais perto. Ela se atiçou, pressionando o corpo contra o dele, deliciando-se com o toque à sua figura rija e máscula. As sensações dentro dela ficaram mais ardentes, mais fortes, e, ainda assim, Irene ansiava por mais. Enrolou a perna na dele, querendo-o ainda mais perto, e, enquanto esfregava o pé na panturrilha firme, a sensação da calça dele em sua pele desnuda acentuou, de alguma forma, o seu prazer, deixando-o ainda mais agudo. Irene gemeu na boca dele, desejando que o momento durasse para sempre.

Sem aviso prévio, Torquil afastou os lábios, um recuo abrupto e quase violento que a forçou a abrir os olhos.

— Meu Deus — ofegou ele, sua respiração pesada e rápida. — Isso precisa parar.

O duque segurou os braços dela, tirando-os de seu pescoço, mas, apesar de suas palavras, não a soltou.

— Para o bem de nós dois, isso precisa parar. A senhorita também acha, sem dúvida.

Irene não conseguia pensar. Sua cabeça girava, seu coração palpitava e seu corpo ardia em chamas. Apesar disso tudo, se sentia absolutamente fantástica. A última coisa em sua mente era interromper aquela experiência maravilhosa e retornar à sanidade, então meneou a cabeça, suprimiu a distância que os separava e deslizou os braços em torno do pescoço de Torquil novamente.

— Dado o que acaba de acontecer — disse, sem fôlego e rindo —, acho que você provavelmente deveria me chamar de Irene.

Uma sombra passou pelo rosto dele — culpa, talvez, ou arrependimento — e a euforia extasiada dela começou a evaporar. Torquil deu um passo atrás, desvencilhando-se do abraço, meneando a cabeça.

— Não posso fazer isso — disse ele. — Seria...

Torquil se interrompeu e parou a muitos passos de distância dela. O duque esfregou as mãos no rosto como se estivesse tentando pensar.

— Seria uma liberdade imperdoável. E íntimo demais.

A noção dele de certo e errado e do que era apropriado era algo que Irene nunca achara tão desconcertante quanto naquele momento.

— Íntimo demais? — repetiu ela, sem conseguir acreditar que o ouvira direito. — Você estava me beijando, Henry.

Ele fez uma careta, entrelaçando as mãos atrás das costas, inclinando a cabeça para olhar para o teto.

— Sim.

— Você estava me abraçando — continuou ela, corando ao dizer aquilo, suas palavras avivando a chama erótica que Henry despertara. — Sua língua estava...

— Sim — interrompeu ele e, apesar de parecer ter perdido o fascínio pelo teto, quando abaixou a cabeça Henry não a olhou. Seu rosto, geralmente tão implacável, estava um pouco contorcido, como se estivesse com dor. — Preciso pedir que me perdoe, pois eu a sujeitei a interesses masculinos que qualquer jovem *lady* consideraria indesejados.

O rubor de Irene se acentuou e se espalhou por seu corpo enquanto se lembrava daqueles deliciosos interesses masculinos, e sua opinião de que a vida de uma jovem *lady* deveria ser terrivelmente entediante foi reforçada.

— Eu não diria isso necessariamente...

— Ao fazer isso — continuou ele como se Irene não tivesse falado —, também a expus a uma faceta repugnante de minha personalidade, um lado que eu preferiria ter mantido escondido. — Respirando fundo, Henry passou as mãos pelo cabelo e a encarou. Seus olhos claros pareceram escurecer, assumindo um tom cinza mais intenso e turbulento. — A verdade, srta. Deverill, é que, apesar de ser um cavalheiro, também sou um homem de intensos apetites carnais.

Os dedos dos pés de Irene se contraíram.

— Sim — concordou ela fracamente. — É o que parece.

— Tive, desde o momento que nos conhecemos, um desejo ardente pela senhorita, que tem sido quase impossível de conter.

Irene o encarou, começando a se sentir como se estivesse em algum sono estranho e maluco. Henry era o último homem que ela imaginaria que tivesse apetites carnais — embora o beijo ainda ardesse em seus lábios, não podia negar. Ele falara de paixão e, depois do que acabara de fazer, Irene sabia que Henry devia senti-la. No entanto, parecia que ele vivenciava aquele sentimento da mesma forma que uma extração de dente. E Irene era o objeto daquilo tudo? Ela ainda parecia não conseguir assimilar.

Mas, naquela série de acontecimentos chocantes, a noção de que o duque sentia tais emoções desde o primeiro contato em seu escritório era, talvez, o mais surpreendente de todos.

— Espere — disse Irene, desesperada por um momento para refletir. — Você se sente assim em relação a mim desde o começo?

Henry fechou os olhos e voltou a abri-los.

— Sim.

Ela fitou-lhe os olhos, tão frios, tão distantes, mas, ao mesmo tempo, queimando com a mesma faísca que o beijo acendera nela, e seu corpo respondeu imediatamente com uma excitação intensa. Irene deu um passo na direção dele.

— Mas...

Ela parou quando Henry se moveu para trás.

— Sem dúvida, trata-se de algo temporário — falou ele. — Vai passar, mas até que passe, receio que a senhorita esteja vulnerável a mais interesses desse tipo de minha parte, pois, como eu disse, estou tendo dificuldades em controlá-los. Desse modo, sugiro que, durante o restante da sua estadia aqui, mantenhamos o máximo de distância possível que as boas maneiras e a civilidade permitirem.

Aquilo era bem menos excitante, especialmente visto que Henry falava de sua falta de controle como se fosse uma compulsão por comer caquis azedos.

— Entendo.

— Farei o que puder, srta. Deverill, para garantir que os acontecimentos desta noite não se repitam. É claro que não posso esperar que a senhorita esqueça minha conduta, mas desejo que possa perdoá-la. Boa noite.

Torquil fez uma reverência tensa e se virou. Irene, perplexa, confusa e ainda inequivocamente excitada, só pôde observá-lo se afastar na direção da porta, a confissão inexplicável ainda ecoando em seus ouvidos.

Tive, desde o momento que nos conhecemos, um desejo ardente pela senhorita.

Irene só havia imaginado palavras assim em pensamentos sombrios e mal formulados na privacidade de seu próprio quarto, e nunca poderia pensar que sairiam da boca daquele homem.

Torquil desapareceu pela porta e Irene ficou olhando para a sala vazia. Ela piscou, balançou a cabeça, riu, incrédula, e só então conseguiu articular com precisão por que achava toda aquela situação tão absurda.

— Mas nós nem gostamos um do outro.

Ao mesmo tempo que dizia aquilo, sabia que ele provocara dentro de si sentimentos que Irene jamais vivenciara antes, nem sequer conhecia. Paixão, aparentemente, não requeria afeição.

Ela pressionou os dedos nos lábios, encolhendo-se, pois estavam inchados e sensíveis ao toque. Seu plano, percebeu, tinha dado muito errado. Irene tivera a ideia maluca de que talvez fosse mais fácil — ou, no mínimo, menos impossível — ponderar que Torquil aceitasse o casamento, em vez de dissuadir sua mãe, e encontrá-lo ali parecera a oportunidade perfeita para começar a implementar tal estratégia. Ela não estava tentando seduzi-lo — jamais pensara em uma ideia tão tola. Pensar que Henry se sentiria atraído por ela teria sido uma concepção absurda até dez minutos atrás. E, apesar de ter começado a acreditar que ele detinha algumas qualidades atraentes, Irene jamais imaginara, nem em seus mais loucos devaneios, que um calor tão escaldante existia por debaixo daquela superfície gélida.

Sou um homem de intensos apetites carnais.

Que bela forma de escalar a geleira, pensou ironicamente. Esta noite, poderia muito bem tê-la derretido, algo que jamais sonhara ser possível.

No entanto, a vida, refletiu Irene, às vezes era completamente imprevisível.

Para Henry, os cinco dias seguintes foram uma agonia. Sempre que via a srta. Deverill ele era um perfeito cavalheiro. Suas conversas com ela eram superficiais e amigáveis. Suas maneiras eram impecáveis, sua atitude, tão escrupulosamente educada que ninguém o reprimiria.

Mas, em seu coração, a luxúria pulsava.

Sozinho em seus aposentos, ele fechava os olhos e os imaginava juntos — como o seu corpo magnífico seria se ela estivesse nua à sua frente, com o cabelo dourado espalhado sobre os ombros. Imaginava a textura da pele desnuda e os sons que talvez emitisse, e a sensação do corpo dela se mexendo debaixo do seu — e em cima, e à frente. Sua imaginação, o instrumento de sua luxúria, parecia não conhecer limites.

Na presença dos outros, era cauteloso. Discreto. Nunca olhava para ela por mais que alguns segundos e, quando olhava, certificava-se de que sua expressão não revelasse nada, garantindo que ninguém, nem mesmo seus entes mais próximos e queridos, pudessem adivinhar o que ocorrera entre ele e a srta. Deverill em um canto escurecido da biblioteca.

Mas em sua mente e em seu corpo, Henry sabia.

Sabia de cada detalhe porque os revivia, repetidamente. O cheiro do cabelo dela, e o gosto da boca, e o pé provocante subindo pela sua panturrilha. No lugar da dor imensa de seu recuo, Henry imaginava finais diferentes, muito mais satisfatórios.

Nada, é claro, tornava seu pretenso desinteresse educado em relação à srta. Deverill mais fácil. Mas Henry não podia interromper a libertinagem voluntária de seus pensamentos. E nem queria.

Sabia que aquela situação não podia continuar por muito mais tempo. Se continuasse, ele enlouqueceria. Mas sua única outra opção era mandar a srta. Deverill para casa, e Henry não tinha intenção alguma de fazer isso.

Não estava pronto para abrir mão de seu único meio de separar a mãe do italiano. No mínimo, o incidente com a srta. Deverill o deixou ainda mais convencido de que sua mãe estava cometendo um erro. A luxúria não servia de fundação para um compromisso pelo resto da vida.

Henry também não tinha certeza se mandar a srta. Deverill embora faria qualquer diferença. Temia que a distância entre a Upper Brook Street e Belford Row não fosse, nem de longe, suficiente para reprimir seu apetite.

Não, ele estava preso como uma mosca no melaço. Mas tinha que admitir que aquela era uma maneira deliciosa de se afogar.

Contudo, na manhã do passeio de iate, Henry havia conseguido chegar a um equilíbrio — embora agonizante — e sentia que talvez conseguisse suportar os oito dias seguintes sem encurralar a srta. Deverill em algum corredor ou se jogar de um precipício.

A manhã estava clara e quente, prometendo um belo dia de verão tão raro na Inglaterra e tão esplêndido quando ocorria. O vento também parecia favorecer um dia na água, intenso o suficiente para carregá-los até Kew com o mínimo de esforço, mas quente o bastante para tornar o trajeto prazeroso.

De toda forma, o *Mary Louisa* acabara de sair de longos reparos na doca e, para garantir que a embarcação estava em perfeitas condições, chegou ao cais de Queen's várias horas antes do combinado.

Não era como se estivesse dormindo muito, e Henry não velejava desde o início da primavera, então preparar o barco era uma distração bem-vinda. Ele supervisionou Andrew, Fitz e os outros membros da tripulação e também cumpriu sua cota de afazeres, pois, mesmo com vários dias de preparação, o iate não estava nas condições que gostaria. Quando deu 10h e o pessoal chegou ao cais, ainda havia trabalho suficiente para que fosse fácil para Henry se manter bem longe da srta. Deverill. Ele deixou que suas irmãs fizessem o tour do iate com ela, encontrando desculpas para se manter ocupado em qualquer outro lugar toda vez que uma conversa se tornava possível. Se aquilo se mantivesse, talvez conseguisse passar o dia todo sem imaginar a srta. Deverill nua, e o passeio seria tranquilo.

O grupo mal tinha passado pelo Battersea Park e deixado a ponte Albert para trás, contudo, quando Henry cometeu o erro de tomar o leme das mãos de Andrew. O primeiro-marinheiro acabara de se ausentar para ir à cozinha tomar uma xícara de chá quando ele avistou o foco de todos os seus pensamentos caminhando pelo convés a estibordo bem na sua direção, sozinha e com uma expressão determinada no rosto. Henry deu uma olhada em volta, mas nenhum membro de sua tripulação estava perto o suficiente para que pudesse entregar o leme, e soube que todos os seus esforços para evitá-la foram um exercício fútil.

Que belo passeio tranquilo, ponderou.

No curso normal dos acontecimentos, Irene jamais sonharia em forçar sua presença a alguém que não a desejava e, enquanto caminhava pelo convés na direção de Henry, estava óbvio que o duque preferiria estar em qualquer outro lugar que não próximo a ela. Torquil deixara tal fato claro nos cinco dias anteriores. Dada sua confissão naquela noite na biblioteca, não podia culpá-lo. Mas se aquele fosse qualquer outro homem, ela nunca sonharia em constrangê-lo ainda mais com sua presença, contudo, naquele caso, Irene não tinha escolha.

O tempo passava, e ela não estava nem um pouco mais perto de uma saída feliz para a situação em que se encontrava desde que chegara. Metade do prazo que tinha para sair daquela confusão se fora e, depois de cinco dias sendo evitada, Irene estava decidida a forçar sua presença, fosse doloroso para ele ou não, para que pudesse fazê-lo raciocinar.

Talvez o duque se reconfortasse ao saber que não era o único que preferia não ter lembranças daquela noite. Talvez sentisse alguma satisfação ao saber que, desde aquele beijo extraordinário, as noites dela passaram a ser inquietas. Talvez até se regozijasse com o fato de que sua voz, grave e sombria, insistia em reverberar repetidamente nos sonhos de Irene, despertando todos aqueles sentimentos vertiginosos que ele evocara com seu beijo e sua confissão erótica.

Sou um homem de intensos apetites carnais.

Talvez Torquil se deleitasse ao saber de suas noites em claro, de como seu beijo luxuriante e suas palavras apaixonadas também despertaram algo carnal dentro dela. Mas Irene preferia morrer a contar.

De toda forma, quando ela chegou aonde o duque estava parado, ao leme, Henry estampava sua expressão costumeira de desinteresse tranquilo. Mas não importava, pois Irene sabia o que espreitava por baixo daquela fachada.

O rosto dela esquentara antes mesmo de chegar até ele, mas Irene não podia evitar. Reunindo coragem, falou, com o tom de voz mais normal que conseguiu:

— Fico contente por encontrá-lo sozinho. Preciso falar com você.

— A menos que o barco esteja pegando fogo — respondeu Henry —, eu preferiria que não falasse.

Com o rosto em chamas, Irene persistiu.

— Não tenho dúvida quanto a isso, e peço desculpas, mas não se pode evitar. Em algum momento, duque, precisamos conversar.

Henry queria recusar, estava claro. Mas, no fim das contas, talvez em virtude de uma vida inteira de civilidade, moderação e educação, ele não recusou.

— Está bem — concedeu, dando um passo para o lado. — Gostaria de assumir o leme?

— Como? — Irene olhou para o leme, então voltou a olhá-lo, sua frustração momentaneamente esquecida em meio à surpresa. — Você me deixaria?

— Sim.

Ela franziu a testa, um pouco desconfiada.

— Por quê? Para que, no momento em que eu colocar minhas mãos no leme, você fuja correndo e me deixe aqui presa?

Aquilo o fez rir, o que a fez rir também, aliviando a tensão entre eles. Ao mesmo tempo, ver o sorriso dele e ouvir sua risada fizeram o estômago de Irene se contrair de nervoso. Henry era muito bonito quando adotava sua expressão usual de indiferença tranquila, mas quando ria, quando os cantos de seus olhos se enrugavam de leve, seus olhos reluziam com um cinza brilhante e sua boca se curvava naquele sorriso de derreter corações... Céus, ele era uma dádiva a se admirar.

— Eu não fugiria e a deixaria sozinha, srta. Deverill — garantiu Torquil.

Dado o comportamento dele nos dias anteriores, Irene não pôde evitar erguer uma das sobrancelhas, cética.

— Meu barco — explicou, ainda sorrindo de leve — está em risco.

— Pode estar em risco de qualquer forma, se me deixar pilotá-lo. E se eu bater?

— Isso não acontecerá — prometeu. — Eu a ajudarei.

Torquil estava, ao menos, falando com ela sobre algo que não era o tempo.

— Está bem. O que eu faço?

— Fique aqui. — Ele se afastou, apontando para que Irene assumisse seu lugar diante do grande timão de carvalho liso e polido. — Agora, finja ser a primeira-marinheira.

— Primeira-marinheira?! — exclamou ela, fingindo estar indignada. — Por que não capitã?

O duque franziu a testa, parecendo austero.

— Não abuse da sorte.

— Ah, está bem. Esperei tanto por uma chance de comandá-lo, mas acho que não é meu destino. — Irene se virou para o leme. — E agora?

— Primeiramente, defina sua direção. — Henry colocou as mãos nos ombros dela e a virou na direção de um pedestal de carvalho em cima do qual havia um instrumento de cobre com um ponteiro que Irene reconheceu antes mesmo de ele acrescentar: — A bússola diz que a senhorita está seguindo na direção sudoeste. Mas veja o que há à sua frente.

Henry virou o rosto para a proa novamente, então soltou os ombros dela e se moveu para parar um pouco mais atrás. Ele estendeu o braço por cima do ombro direito feminino, tocando na lateral de seu pescoço ao apontar para a costa, que estava bem à frente, embora um tanto distante.

— Se permanecer nessa direção, encalharemos.

— Então, preciso girar o timão para a direita?

— Para estibordo, sim. Chiswick está à nossa direita, bem ali. — Henry apontou para a margem ao norte. — O rio faz uma curva para noroeste aqui, então a senhorita precisará alterar o curso em noventa graus, mudando de direção até que a bússola aponte para o noroeste. Entendeu?

Irene confirmou com a cabeça, observando à frente, voltou a olhar para a bússola, e então para a frente de novo.

— Sim, acho que sim.

— Ótimo. Agora, segure nas pontas do timão e gire-o lentamente para estibordo. Ao fazer isso, sentirá o barco virar.

Ela se sentia mais que um pouquinho nervosa, mas agiu conforme as instruções.

— Seja paciente — aconselhou Torquil, esticando o braço mais uma vez e se aproximando. Seu corpo tocou no dela quando Henry colocou a própria mão no timão, e subitamente todas as terminações nervosas do corpo de Irene estavam formigando de percepção. — Não estamos participando da Regata de Henley, não hoje, pelo menos, então não há motivo para pressa.

Ele ajudou a corrigir o curso de leve e então relaxou.

— Ótimo — disse, seu braço deslizando pelo ombro de Irene enquanto ela soltava um suspiro de alívio. — Continue girando e fique de olho na bússola. Quando vir que está apontando para o noroeste, endireite e ficaremos bem por um tempo.

Irene fez a curva conforme fora instruída, os olhos migrando entre a bússola e o rio à frente, até o barco começar a seguir a noroeste e velejar paralelamente às duas margens.

— Consegui. — Irene sorriu, olhando novamente para a bússola, só para se certificar outra vez. — Eu consegui.

— Conseguiu mesmo. E de forma esplêndida. Já poderia participar da Regata de Henley.

Ela riu, extasiada, e virou a cabeça para olhá-lo. Henry a estava observando, seus olhos escurecendo para um cinza nebuloso e, quando voltou a falar, sua voz tinha um quê de confissão.

— A senhorita estava errada, por sinal.

A garganta de Irene ficou seca.

— Em relação a quê? — sussurrou.

— A nunca conseguir me dar ordens. Posso pensar em algumas que eu obedeceria se fossem suas. A senhorita tem mais poder do que eu gostaria de admitir, srta. Deverill.

O coração de Irene deu um solavanco de pânico.

— Tenho? — perguntou, rindo para esconder o nervosismo repentino. — Não acho que, se eu o mandasse aceitar o casamento de sua mãe e devolver o meu jornal, você faria isso.

De repente, a expressão de Henry voltou a ser fria e distante, como a que ela vira em seu escritório naquele primeiro dia.

— Foi para isso que veio aqui? — indagou ele, sua voz calma. — Depois da minha confissão daquela noite, a senhorita acha que eu talvez estivesse vulnerável a um pouco de persuasão nesse assunto?

Aquilo fez as emoções já vacilantes de Irene transbordarem.

— Você é mesmo impossível! — exclamou, irritada não apenas com a acusação, mas também com o fato de que, sempre que começava a gostar dele, Henry conseguia dizer algo que a fazia se sentir como se alguém tivesse jogado borras de chá em seu rosto. — Ao contrário de você, já reconheci o fato de que sua mãe não será persuadida, não importa o que eu diga. Admito que vim aqui esperando ter uma conversa razoável sobre esse assunto, apesar de não conseguir imaginar como pude pensar que seria possível ponderar com um homem tão cabeça-dura e arrogante como você!

Irene fez uma pausa para olhar por cima do timão, então retornou sua atenção para ele e continuou antes que Henry pudesse falar.

— Não o procurei pelo motivo que você menciona. Não, vim aqui porque a única maneira de conseguir discutir esse assunto com você é o encontrando sozinho, uma tarefa que tem se mostrado difícil nos últimos dias. Então, quando enxerguei uma chance de conversarmos com certa privacidade, aproveitei. Mas não foi, de forma alguma, por causa daquela noite, e não pensei em... em... usar qualquer malícia feminina em você.

Irene fez uma breve pausa, respirando fundo antes de retomar a conversa com o duque.

— Em primeiro lugar, eu não saberia como. Não tenho experiência alguma com esse tipo de coisa, nenhum talento para o flerte, e nenhum desejo de empunhar tal poder que atribuiu a mim. E jamais sonharia em tirar vantagem de alguém nas condições de vulnerabilidade que descreveu. Seria cruel. Além disso, já que estamos falando em vulnerabilidade, você não é...

... o único que se sente assim.

Ela parou, as palavras não ditas pairando no ar, engolidas por uma necessidade aguda de autopreservação. Não podia confessar que era igualmente vulnerável em relação a ele. Que o beijo entre eles tinha sido a experiência mais excitante e extraordinária de sua vida. Seria humilhante demais admitir que achava aquele homem incrivelmente atraente quando também sabia do desdém de Torquil por ela, por seu trabalho, por suas crenças e por sua vida. Odiava até mesmo admitir a irritante constatação de sua atração por ele.

— Você não é tão vulnerável quanto pensa — disse Irene afinal, encarando-o ferozmente enquanto recuperava seu orgulho. — Você tem sua poderosa posição social neste mundo e seu título, ao passo que eu não tenho nenhum dos dois. No entanto, já que estamos tocando nesse assunto, permita-me dizer que por mais que pense que sua posição o autoriza a dominar tudo e todos, ela não autoriza e você não pode. Talvez deva começar a aceitar esse fato com mais graciosidade. Em relação à sua mãe e em relação a mim.

Irene parou, ofegante, e esperou, sem saber se deveria ir embora enquanto a última palavra ainda era sua, ou esperar que ele dissesse outra coisa insuportável para que pudesse contra-atacar. Quando Torquil falou, não foi, de forma alguma, o que ela esperava.

— A senhorita tem alguma razão.

Irene piscou. Sua raiva vacilou de leve com aquela admissão inesperada.

— Tenho?

— Tem, e parece que preciso novamente pedir seu perdão, srta. Deverill. O que eu disse foi imperdoável e arrogante, e a senhorita estava em seu total direito de me reprimir. Em minha defesa, só posso reiterar que, quando se trata da senhorita, como sabemos, eu sou... — Henry se interrompeu, engolindo em seco como se sentisse dificuldades em continuar. — Sou dolorosamente consciente da minha suscetibilidade em relação à senhorita. Pego-me fazendo toda ordem de coisas que não faria porque estou sentindo coisas que não costumo me permitir sentir.

— Sim, bem — murmurou ela, um tanto tranquilizada, mas ainda irritadiça e insegura —, então somos dois.

— Sim, é verdade. — Os olhos do duque não revelavam nada, mas desceram até os lábios de Irene. — Eu achei mesmo que esse poderia ser o caso.

Queria perguntar o que o fazia pensar aquilo. Como ela havia se delatado? Mas então Irene lembrou que enrolara os braços no pescoço dele e esfregara o pé em sua perna e percebeu em como a pergunta teria sido estúpida. Como Henry poderia não saber o que aquele beijo a fez sentir?

O calor se espalhou por seu rosto, mas Irene não conseguia se mover. O pânico fez seu coração disparar, mas não conseguia fugir. Henry estava pensando naquele beijo, talvez em repeti-lo, e ela não conseguia evitar pensar em como se sentiria se ele o fizesse.

Seus lábios começaram a formigar e seu coração batia enlouquecidamente, mas então Torquil voltou sua atenção para o pedestal e Irene sentiu uma onda de decepção.

— Estamos derivando.

— O quê? — Irene franziu a testa para o perfil dele, tentando recompor seu juízo perdido, e repetiu: — O quê?

— Estamos derivando. — Torquil esticou o braço por cima do ombro dela novamente para realinhar o barco para um curso paralelo à costa, então se afastou logo em seguida. — Melhor ver para onde está indo.

Imediatamente, Irene voltou sua atenção para manobrar o barco, percebendo, para seu desespero, que se Henry a tivesse beijado ali naquela hora, ela teria deixado, mesmo que praticamente todos no iate pudessem vê-los caso se virassem para a popa, e descobriu uma nova gratidão pela sugestão dele de manterem uma distância discreta.

— Esta é uma parte complicada do rio — avisou o duque, interrompendo seus pensamentos. — Melhor eu assumir.

Irene ficou feliz em deixá-lo reassumir o timão. Pediu licença e se juntou aos outros, aceitando uma taça de champanhe do lacaio que passava por ali, na esperança de reequilibrar os nervos em frangalhos e as emoções altamente sensíveis.

Ela afundou na espreguiçadeira, onde a conversa dos outros fluía ao seu redor. Apesar de as outras mulheres tentarem fazê-la participar, Irene continuou preocupada, pensando que tinha um problema sério nas mãos.

Seu plano de persuadir Henry, em vez da duquesa, não funcionaria. Em primeiro lugar, era exatamente o que ele esperava que Irene fizesse. E, além disso, não era um jogo justo, dada sua *paixão ardente* por ela, como Henry colocara. A mera lembrança daquelas palavras foi suficiente para reacender o sentimento, e Irene se levantou e caminhou até o guarda-corpo antes que as outras mulheres pudessem vê-la corar. Aquela situação não podia continuar. Mas perguntou-se o que podia fazer enquanto olhava mal-humorada para a água e bebericava seu champanhe.

Sua primeira linha de ataque — o plano de Henry — estava fadada ao fracasso desde o princípio. Seu segundo plano também fora por água abaixo. E não tinha um terceiro plano. E, apesar dos acontecimentos inesperados de alguns dias antes, se a duquesa se casasse com o italiano, Irene não tinha ilusões em relação a Torquil. Ele podia nutrir uma paixão por ela, mas aquilo não o impediria de dar um fim a *Lady* Truelove e ao *Society Snippets*. Por estes, bem sabia, o duque não tinha nada além de desprezo. E o pior de tudo era que toda vez que olhava para Henry, Irene se pegava ansiando para que a beijasse.

Ela apoiou os cotovelos no guarda-corpo e soltou um longo suspiro. Como é que iria se safar daquela confusão?

Capítulo 14

QUANDO ERA GAROTO, EM ETON, Henry aprendera que muitos padres católicos da Idade Média seguiam um ritual diário de autoflagelação. Ele achara aquilo chocante, não por ser um anglicano convicto, mas também como alguém que sempre tivera muito bom senso.

Agora, contudo, com a fragrância da pele de Irene e o calor de seu corpo tão vívidos em sua memória, começava a entender a compulsão pela tortura autoinfligida. E ele estava vivendo como um padre havia tempo demais.

Não era de admirar que tenha pedido a Irene que assumisse o timão. Sabia que aquilo lhe daria a desculpa perfeita para ficar atrás dela, inspirar seu cheiro e tocá-la, por mais breve que fosse o momento. E, como consequência, fora inundado pelo desejo.

Como se não fosse ruim o bastante, havia descontado sua frustração autoinfligida nela com aquela acusação grosseira, dando-lhe ainda mais motivo para se ressentir e dando a si mesmo ainda mais motivo para a autocondenação.

Sim, ele era ávido por castigos.

Uma tosse o arrancou de seu devaneio e, quando ergueu os olhos, viu sua mãe a alguns passos, com uma expressão no rosto que todos os filhos de mães amorosas conhecem. Henry ficou tenso, mas, quando começou a falar, procurou deixar a voz suave, torcendo para manter seu segredo bem escondido.

— Mamãe, o que está fazendo aqui? Quer fazer como a srta. Deverill e se arriscar no leme, é?

— Você permitiria? — perguntou ela.

Por algum motivo, Henry ficou um pouco irritado com aquela pergunta.

— Por que não? Por que todos pensam que sou um tirano?

Aquilo a fez rir.

— Não um tirano — respondeu a duquesa, indo se postar ao lado dele. — Apenas um homem que é o almirante de uma frota e que acredita ser seu dever solene garantir que todos os seus navios velejem na direção que julga adequada.

As defesas dele vacilaram.

— Sim, bem, se é nisso que acredito, receio estar fadado à decepção — resmungou. — As mulheres da minha vida, infelizmente, não parecem dispostas a ser tão previsíveis quanto meus iates.

— Não — concordou ela, parando ao lado do filho. — Ainda mais a srta. Deverill — observou após um instante. — Irene é uma mulher que define o próprio curso. E fez isso muito bem, por sinal.

A mera menção do nome dela foi suficiente para colocar o autocontrole de Henry em risco.

— Pare de bancar o cupido, mamãe — disse, torcendo para parecer tão indiferente quanto queria poder se sentir. — A srta. Deverill não faz, nem nas profundezas da minha imaginação, parte da minha vida. E jamais desejaria fazer. Ela não preza por nossa casta. Já deixou isso bem claro.

— Talvez você tenha razão.

A duquesa não se engajou no assunto que ele incitou, então Henry virou a cabeça para olhá-la, encarando-a por um instante.

— Quando falei das mulheres da minha vida, estava me referindo à senhora.

Ela se virou, passando a mão enluvada pela superfície de cobre da bússola atrás deles e esfregando os dedos como se o instrumento estivesse empoeirado.

— Mesmo?

— Não seja pudica, mamãe. Não comigo.

— Está bem. — A duquesa voltou-se novamente para ele e o encarou. — Suponho que não possa evitar esse assunto por duas semanas inteiras. Só não transforme isso em uma briga, querido. Temos convidados.

— A senhora o ama?

— Sim.

Henry acenou compreensivamente com a cabeça. A duquesa não esperava outra resposta.

— Mesmo que ele queira o seu dinheiro?

— Não se trata de querer. Ele não possui recursos ou renda própria e tem parentes dos quais precisa cuidar. Não pode se dar ao luxo de se casar com uma mulher que não tenha dinheiro. Felizmente, para nós dois, tenho o bastante para nos sustentar, pois, caso contrário, receio que teríamos de nos separar. Os nobres não são os únicos homens que têm deveres e responsabilidades para com os membros de sua família, sabia?

— E a despeito desse aspecto mercenário do cortejo, a senhora lhe confia seu futuro?

— Sim. Veja, Henry, Foscarelli também me ama.

A voz dela era firme e seu olhar, imperturbável. Henry não conseguia compreender aquilo, dada a reputação daquele homem em relação às mulheres.

— Como a senhora pode saber? Como pode ter tanta certeza?

— Tenho tanta certeza quanto qualquer ser humano pode ter em relação a outro.

— Dada a natureza humana, isso não é ter tanta certeza. Mesmo que seja amor, como a senhora sabe que será feliz?

— Não sei. Nada na vida é absolutamente certo. Às vezes, acredito que você acha difícil aceitar isso, Henry.

Ele engoliu em seco, temendo que a mãe estivesse certa sobre aquilo. Mas, céus, ele gostava da previsibilidade.

— E as suas filhas? Nós já discutimos sobre como o futuro delas será afetado. E quanto a isso?

— Será um escândalo, mas faremos o que for possível para amenizar os estragos. E se o resultado for Angela e Sarah encontrando homens que gostam delas o suficiente para se casar a despeito da minha escolha, então meu casamento terá sido algo bom para o futuro delas, e não ruim. A posição e a conveniência não são tudo quando se trata de matrimônio. Apesar de sua experiência infeliz com o casamento por amor, você entende o que estou dizendo, não é, Henry?

— A posição e a conveniência não são as únicas coisas a se considerar, não — admitiu ele, suspirando —, mas duvido de que Angela e Sarah enxergarão dessa forma.

— Posso fazê-las entender, se você me ajudar.

— Não tenho certeza se eu deveria — resmungou Henry. — Ou uma delas pode resolver fugir com o chofer, e aí aonde vamos parar?

A duquesa riu.

— Ah, meu querido. Eu terei de adverti-las a não fazer isso, pois receio que ter um chofer na família seria demais para os seus nervos.

Torquil suspirou, estudando o rosto da mãe.

— Não vencerei esta batalha, não é?

O riso dela se esvaiu, mas o sorriso permaneceu, uma curva suave e perspicaz.

— De que batalha estamos falando? Da que você está travando comigo? — A duquesa virou a cabeça para olhar para as mulheres reunidas perto da proa e para uma, em especial, que estava um pouco afastada, olhando por cima do guarda-corpo. — Ou — ela voltou a olhar para o filho — da que está travando consigo mesmo?

Henry se enrijeceu, abismado com o fato de talvez ser mais transparente do que achava, ao menos aos olhos atentos de sua mãe, e foi sua vez de desviar o olhar. No entanto, podia sentir que ela ainda o fitava e percebia a compreensão em seu sorriso, e ficou incrivelmente desconfortável de pensar que a mãe poderia saber a verdadeira causa de seu tormento.

— Céus, mamãe — conseguiu dizer —, espero que a senhora não esteja pretendendo ser indelicada.

— Eu poderia, suponho. Mas não serei.

Henry agradeceu a Deus por aquele pequeno favor.

— Mas confesso que estou preocupada — continuou a duquesa.

É claro que estava.

— Eu sei o que a preocupa.

— Sabe, é?

Torquil endireitou os ombros e a olhou, encarando o medo que chocalhava em sua mente mesmo que ele conferisse à mãe aquele crédito.

— A senhora teme que eu cometa o mesmo erro outra vez. Que perca o juízo.

— Não temo que você perca o juízo, Henry. Tenho medo do que pode acontecer se você se apaixonar.

Torquil não se surpreendeu por ela tentar conferir conotações românticas ao que ele sentia pela srta. Deverill, mesmo não havendo nada de romântico naquilo, mas não podia explicar o que estava realmente sentindo para argumentar com a própria mãe.

— Se a questão fosse o meu coração — disse afinal —, por que deveria preocupá-la? Em nossa última conversa sobre esse assunto, a senhora pareceu achar que eu deveria fazer melhor uso do que tenho feito desse músculo.

— E acho mesmo. Mas receio que você insista em enxergar a paixão por alguém como um erro, e, para você, querido, um erro é algo a ser evitado a todo custo. Eu gostaria de fazê-lo ver como isso está errado. — A duquesa se virou antes que ele pudesse argumentar. — Entregar seu coração a alguém nunca é um erro, Henry — disse ela por cima do ombro. — Independentemente do que aconteça em seguida.

Uma filosofia conveniente, pensou Henry enquanto voltava sua atenção novamente para o rio, e nada aquém do esperado, considerando a situação atual dela. Sua mãe estava em um nevoeiro romântico — e, a seu ver, irrealista. Ele sabia como era aquilo. Tudo era uma bênção, e tudo no jardim era lindo, e seguir seu coração parecia tão inevitável quanto respirar. Não havia para onde fugir das alturas daquela felicidade entorpecente e irreal a não ser retornar à Terra, onde se pousava em uma cama rochosa de realidade com um tombo de partir os ossos.

— Mamãe, não corro risco algum de entregar meu coração a alguém.

A duquesa não respondeu e, quando Henry virou a cabeça, viu que ela estava se afastando, já distante demais para ouvir.

— Já a virtude da srta. Deverill — murmurou, suspirando — pode ser uma questão totalmente diferente.

Irene decidiu que seria melhor evitar Henry o resto do dia. Quando aportaram no atracadouro de Kew e seguiram até o pavilhão, ela caminhou com Clara, atrás do duque e da duquesa. As regras mais formais quanto aos assentos que eram cumpridas no jantar não eram seguidas em um piquenique na hora do almoço e Irene ficou contente, pois significava que não precisava se sentar do lado direito de Torquil e escolheu o canto oposto da mesa. Sem dúvida, ele ficou tão aliviado quanto ela.

Quando fizeram um passeio pelos famosos jardins após o almoço, estavam caminhando havia apenas alguns minutos quando a duquesa se aproximou de Irene.

— Agora, srta. Deverill — disse ela, enganchando o braço no de Irene —, estamos nos aproximando do *knot garden* italiano, e Torquil providenciou para que Ellesmere estivesse lá após o almoço para que o encontrássemos. O visconde está receptivo à apresentação, meu filho me garantiu. Então, quando a hora chegar, eu o apresentarei à senhorita e à sua irmã. Ele pode apenas fazer uma reverência, aceitar a apresentação e seguir adiante, ou pode querer conversar um pouco. O visconde não sabia como agir quando Torquil o encontrou.

— Se ele quiser conversar comigo, terei de permitir — respondeu Irene, fazendo uma careta. — E, pelo bem de Clara, serei o mais gentil possível. Mas espero que a senhora não tenha esperanças de que eu goste do visconde.

A duquesa riu e fez um afago em seu braço.

— É claro que não, minha querida. Tenho muitos parentes de que não gosto. Ah, lá está ele.

O homem caminhando em sua direção pela trilha era velho e, apesar de Irene esperar que a aparência dele refletisse aquilo, não esperava que seu avô fosse tão magro e frágil. Ele se movia lentamente, usando uma bengala muito necessária e apoiando-se no braço de um homem que devia ter umas duas décadas a menos de vida. Seu filho, George, supôs Irene, o irmão de sua mãe.

A aproximação foi desapressada, mas, ao ficarem lado a lado, a duquesa deu um passo adiante.

— Ellesmere, que prazer imenso vê-lo — cumprimentou ela. — E seu filho, também. Que maravilha.

A duquesa se virou, chamando Irene e sua irmã.

— Visconde Ellesmere, lorde Chalmers, por favor, permitam-me apresentá-los às minhas amigas, srta. Irene Deverill e srta. Clara Deverill. Senhoritas, lorde Ellesmere e seu filho, lorde Chalmers.

O visconde fungou, analisando-as enquanto elas faziam sua reverência.

— Não farei reverência a vocês — disse Ellesmere quando elas se ergueram e Irene deu uma olhada para Torquil, ainda vários metros atrás delas, perguntando-se se toda a sua boa ação fora em vão. Se o homem não iria nem fazer uma reverência... — Estou ficando velho demais para isso — continuou, rabugento, recapturando a atenção de Irene. — As minhas costas doem. Já é ruim o suficiente eu estar andando para lá e para cá nesse chão duro.

O visconde se voltou para a duquesa.

— Nunca conheci suas amigas, duquesa — retrucou ele asperamente —, mas as senhoritas Deverill e eu somos, na verdade, parentes.

— Ah, sim? — Ela fingiu estar surpresa, depois encenou um momento de elucidação. — Ah, céus — acrescentou, dando uma risadinha. — Acredito que sejam mesmo. Eu havia esquecido.

Irene assistiu àquele diálogo com sentimentos conflituosos. Todos sabiam dos fatos, todo aquele encontro fora previamente organizado, mas, mesmo assim, precisavam fingir que aquela era uma feliz coincidência. Uma semana antes, Irene teria condenado tal farsa como hipocrisia, até mesmo como estupidez, mas, agora que estava participando de tudo, precisava admitir que tais convenções tornavam as coisas mais fáceis. Talvez algumas daquelas regras sociais não fossem tão inúteis quanto julgara. Às vezes, pensou Irene, dando uma olhada para sua tímida irmã, poderiam até ser úteis.

O velho tossiu, atraindo sua atenção. Ele estava olhando para Clara, e Irene ficou tensa quando o visconde pigarreou.

— Você se parece com sua mãe, garota. Parece muito.

Plenamente ciente de que o visconde poderia encarar aquele fato como algo para denegrir sua neta mais nova, Irene se moveu para intervir, mas, para sua surpresa, viu o rosto dele e parou. Seus olhos azul-claros estavam marejados, mas não por conta de sua idade avançada. Perplexa, ficou observando enquanto o avô piscava várias vezes e desviava o olhar, voltando-o para os jardins.

Mas se Irene achava que aquele sinal de sentimento afetuoso se estenderia a ela, estava enganada. Quando os olhos do visconde se voltaram para ela, o homem fungou mais uma vez — e Irene suspeitava de que era de forma menos favorável.

— Você, minha jovem, se parece muito mais com seu pai. Ele era um rapaz bem-apessoado.

Como era seu hábito, Irene se refugiou em uma resposta impertinente.

— Isso foi um elogio, avô? — perguntou, estampando um sorriso no rosto. — Entenderei como um, pois nenhuma garota se cansa de elogios.

— Você tem uma língua afiada nessa cabecinha, garota — respondeu ele, mas Irene achou que o avô não parecia se importar. E, pelo bem de Clara, ficou feliz.

No entanto, quando o visconde voltou sua atenção novamente para a duquesa, Irene não pôde evitar se sentir aliviada.

— Suas amigas parecem ser duas damas — disse Ellesmere com hesitação.

Irene resistiu ao impulso de exprimir sua esperança de que ele se recuperasse do choque.

— Duquesa — disse lorde Chalmers, entrando na conversa —, meu pai não recebe mais muitas visitas e prefere ficar em sua casa em Brentford, mas estou cogitando dar uma festa quando formos todos para nossas propriedades para comemorar o Dia da Batalha do Boyne. A minha, como a senhora deve saber, fica em Surrey. Se puderem me honrar com sua presença, enviarei um convite para sua família.

Como a duquesa aceitou o convite, o visconde olhou para Irene e Clara e cutucou o filho com o ombro.

— Convide as amigas dela, George — instruiu ele. — As moças precisam participar da sociedade. É bom para elas. Agora, se nos der licença, duquesa, precisamos retornar para os nossos convidados.

O visconde se virou e, apoiando-se pesadamente no braço do filho, se afastou. A comitiva da duquesa fez o mesmo, virando-se na direção oposta.

Enquanto retornavam ao pavilhão, a duquesa voltou a se aproximar de Irene.

— Correu muito bem, não acha?

— Sim.

Irene virou a cabeça, olhando por cima do ombro para o frágil idoso que havia deserdado a filha por fugir com um homem cuja família publicava jornais e não pôde evitar se perguntar por quanto tempo a boa impressão de Ellesmere duraria se ela conseguisse manter o jornal e continuasse o publicando.

— Correu muito bem por ora.

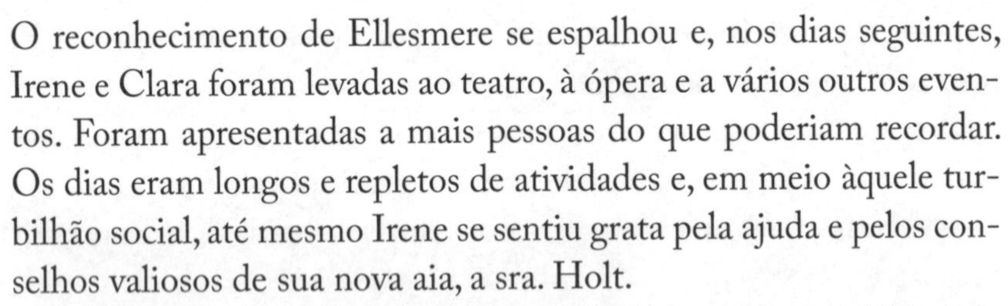

O reconhecimento de Ellesmere se espalhou e, nos dias seguintes, Irene e Clara foram levadas ao teatro, à ópera e a vários outros eventos. Foram apresentadas a mais pessoas do que poderiam recordar. Os dias eram longos e repletos de atividades e, em meio àquele turbilhão social, até mesmo Irene se sentiu grata pela ajuda e pelos conselhos valiosos de sua nova aia, a sra. Holt.

Ela continuou supervisionando o jornal, fazendo uso deliberado dos telefones e dos mensageiros. Sentia falta do trabalho, mas era bom ter um descanso, precisava admitir. Não falava de sua profissão quando estava na companhia de outros e, graças a Deus, ninguém lhe perguntou. Como Henry dissera, mesmo que uma pessoa tivesse uma carreira, podia-se ser discreto em relação a isso. Irene conseguia ser discreta.

Torquil a evitava o máximo possível, o que era a coisa certa a se fazer, dadas as circunstâncias. Ele raramente as acompanhava quando iam conhecer seus colegas da sociedade. O que o duque fazia com o próprio tempo, até onde Irene podia imaginar, era ir ao clube, fazer negócios de um ou de outro tipo e permanecer longe da casa em Upper Brook Street o máximo de horas possível todos os dias. Henry estava, sem dúvida, contente por permanecer longe, mas, de sua parte, Irene estava frustrada. O fato de ele a evitar tornava as coisas menos constrangedoras, mas, a despeito de seus esforços para se ausentar da companhia de Irene, sua confissão erótica ainda a assombrava e seu beijo ainda a atormentava.

Contudo, à medida que os dias foram passando, ela ficou obcecada com um problema diferente, muito mais sério.

Seu tempo estava se esgotando.

Quando exposta aos questionamentos delicados de Irene sobre o assunto, a duquesa não demonstrava sinal nenhum de diminuição de seu afeto pelo italiano nem de que mudaria de ideia, e Henry também não lhe dava indícios de estar começando a aceitar aquele fato.

Ela estava quebrando a cabeça atrás de soluções. Conversou com Clara inúmeras vezes. Em vão.

Começou a se sentir um tanto desesperada. A apenas alguns dias do fim do prazo, Irene estava deitada na cama, desperta, e não por causa de qualquer lembrança inebriante do beijo do duque de Torquil. E sim porque mesmo depois de reprisar a questão em sua cabeça repetidas vezes, não encontrava solução. Quem dera pudesse pedir aconselhamento a alguém...

Aconselhamento? Aquela era uma possibilidade?

Irene afastou a colcha, saiu da cama e acendeu uma lamparina. Indo até a escrivaninha debaixo da janela, ela se sentou, pegou um bloco de anotações e parou um instante para recompor seus pensamentos. Satisfeita, molhou o bico da caneta e começou a escrever.

Querida Lady *Truelove...*

Irene começou pelo início, colocando toda a situação em uma carta para sua famosa criação literária. À medida que escrevia, não podia deixar de sentir que aquele era um exercício inútil, mas continuou. Seu cérebro começou a reprimi-la, dizendo que era estúpido achar que escrever uma carta para si mesma iria resolver qualquer coisa, mas ela perseverou.

— Veja bem, *Lady* Truelove — murmurou enquanto escrevia —, Torquil está convencido de que Foscarelli só quer o dinheiro, mas eu não estou. O julgamento da duquesa parece consistente, não tenho dúvida, mas e se nós duas estivermos erradas e Torquil estiver certo? E mesmo que ele esteja, de fato, errado, o que o convenceria de que o dinheiro não é o único motivador daquele homem? Eu havia aconselhado a não oferecer um dote, apenas uma mesada, mas...

Ela parou de falar e sua caneta ficou imóvel. De súbito, seu passo seguinte estava bem ali, em sua mente, iluminado e brilhando como uma moeda nova.

— Foscarelli precisa concordar em não aceitar o dote — murmurou. — É a única maneira de Torquil me libertar.

Aliviada por ao menos ter um plano, Irene largou a caneta, apagou a lamparina e voltou para a cama. Não sabia se teria êxito, mas sua preocupação sumira, pois quando sua cabeça tocou o travesseiro, ela adormeceu instantaneamente.

No dia seguinte, colocou seu plano em prática. Josie conseguira o endereço de Foscarelli e, apesar de o rosto da amiga reluzir de curiosidade, não fez perguntas. Naquela noite, quando todos saíram para ir a um concerto e depois jantar, Irene alegou dor de cabeça, vestiu-se toda de preto e pegou um táxi até Camden Town.

Antonio Foscarelli morava em um apartamento modesto, mas de serviços respeitáveis. Quando o táxi parou na frente do prédio, Irene cobriu o rosto com o véu de seu chapéu. Com sua identidade escondida dos jornalistas que pudessem estar observando a residência de Foscarelli em busca de sinais da duquesa, ou de qualquer outra mulher que procurasse o artista, Irene saiu do veículo. Pagou o motorista e lhe entregou uma moeda a mais.

— Espere aqui. Voltarei em meia hora.

O motorista tocou no chapéu em concordância e ela entrou no prédio. Foi de escada até o segundo andar e parou em frente ao nº 2, a suíte à direita da escadaria. Quando bateu, a porta foi aberta por um homem bem-vestido, com ares de superioridade, que assimilou a imagem de uma mulher encoberta por um véu usando roupas escuras à porta de seu patrão com perfeita serenidade. Irene torceu para que aquilo se devesse ao seu excelente trabalho como criado, e não como uma prova do caráter do patrão.

— Posso ajudá-la, senhorita?

Longe de olhos bisbilhoteiros, Irene removeu o véu.

— Gostaria de ver o sr. Foscarelli, por favor.

— Quem devo anunciar?

— Sou uma amiga da duquesa.

O criado fez uma sutil reverência com a cabeça e abriu a porta imediatamente.

— Por aqui — indicou ele, levando-a até um saguão que, aos olhos da classe média de Irene, parecia audaciosamente boêmio. As paredes eram pintadas com um verde-esmeralda vívido e cobertas por espelhos dourados, evocando o ambiente de um salão parisiense. Grandes penas de pavão decoravam um vaso, havia pilhas de livros e vestígios distintos de cinzas de cigarro, além de uma pintura de uma mulher seminua pendurada na parede acima da lareira.

Irene sorriu de leve ao vê-la, lembrando-se das palavras de Torquil sobre o artista. Sua intenção era rebaixá-lo aos olhos de Irene, é claro, mas, se aquele era um exemplo do trabalho de Foscarelli, podia compreender por que as mulheres gostavam de ser pintadas por ele. A imagem era uma reprodução excelente e nem um pouco obscena. Era, na verdade, uma reprodução de bom gosto, e a modelo, embora fosse bela, não era uma daquelas garotas pubescentes de que os artistas parecem gostar tanto de retratar nuas. Ela tinha, talvez, a idade de Irene, quem sabe um pouco mais velha.

— Minha falecida esposa.

Ela se virou ao ouvir a voz masculina e se encontrou cara a cara com o homem considerado um dos solteiros mais notórios de Londres. Com a pele clara e pálida do norte da Itália, ele era bem-apessoado, mas não extraordinariamente belo, e era mais baixo do que Irene esperava.

— Um trabalho maravilhoso — respondeu ela.

— Obrigado. — Foscarelli apontou para um canapé de veludo azul-escuro e Irene se sentou, ajeitando a saia. Ele se sentou na poltrona oposta. — Meu valete me disse que a senhorita é amiga da *duchessa*?

Irene deu um leve sorriso.

— E talvez amiga sua, também.

Aquilo, compreensivelmente, o surpreendeu. Ele inclinou a cabeça, estudando-a com uma expressão confusa.

— Eu a conheço, *signorina*?

— Sim, conhece, de certa forma. Sou *Lady* Truelove.

Capítulo 15

Henry ficou olhando pela janela enquanto o táxi parava na Thornhill Square, em Camden Town. Ele não planejara ir até ali e, mesmo agora, depois de quase quarenta minutos no veículo, não tinha a menor certeza de que fazia a coisa certa.

Ele estava ignorando as regras de sua criação, as boas maneiras e os comedimentos de uma vida inteira, além do próprio bom senso. A dúvida em relação a si mesmo não era uma emoção que Henry se permitia com frequência, mas como todo o seu mundo estava um tanto turvo no momento supôs que tinha direito a duvidar um pouco de si.

Irene, é claro, era boa parte do motivo.

Não acha que deveria conhecê-lo pessoalmente antes de julgar o caráter dele?

Uma pergunta que Henry não queria explorar e, dadas todas as outras coisas que aconteceram aquela noite na biblioteca, fora fácil de ignorar. O passeio de iate, contudo, o forçara a aceitar que sua mãe não seria dissuadida de seu curso, e que sua única escolha era tentar minimizar os danos. Para tanto, encontrar Foscarelli não era mais uma escolha. Tornara-se uma necessidade.

O táxi parou em frente ao seu destino, e Henry lembrou a si mesmo de que ainda que Foscarelli fosse de fato o salafrário que imaginava, ele não podia, sob circunstância alguma, esmurrá-lo.

O motorista abriu a porta. Henry inspirou fundo, colocou o orgulho ducal no bolso e saiu do veículo. Ao pagar a corrida, instruiu o motorista que o esperasse, entrou no prédio e atravessou o saguão até a escada. Mas, antes que pudesse subi-la, ouviu passos vindos de cima e, ao erguer os olhos, viu uma mulher vestida de preto descendo. Ela se virou no patamar, ficando de frente para ele, e Henry congelou. A mulher também ficou imóvel, com a mão na balaustrada, um pé suspenso no ar acima do degrau à sua frente.

— Henry? — arfou Irene, olhando-o.

Abismado, Torquil a encarou de volta.

— Senhorita Deverill? O que a senhorita está fazendo aqui?

Ela ergueu o queixo, lançando-lhe um olhar que Henry estava começando a conhecer bem e continuou descendo as escadas.

— Eu poderia lhe perguntar a mesma coisa.

Aquela era uma pergunta que ele não tinha condição alguma de responder. Henry se adiantou.

— Venha comigo — ordenou, segurando o braço dela e puxando-a, sem muita delicadeza, na direção da porta, pensando unicamente em tirá-la dali. — Uma mulher, sozinha, em Camden Town, depois do anoitecer — murmurou enquanto abria a porta. — Deus, a senhorita enlouqueceu?

— Espere — pediu Irene em um sussurro sibilante, puxando o véu para cobrir o rosto segundos antes de o duque conduzi-la porta afora.

— A senhorita tem consciência dos riscos que correu? — indagou ele enquanto atravessavam a calçada até o táxi que o aguardava.

O veículo de Irene também a estava esperando, e Henry acenou para o taxista.

— Pode ir — mandou, e o homem no coche deu de ombros, estalou as rédeas e seguiu com o veículo rua abaixo.

O motorista de Henry já tinha descido do seu lugar e aberto a porta.

— Upper Brook Street, 16 — indicou Henry concisamente, tirando a cartola e enfiando Irene na carruagem.

Ele entrou logo depois, jogando a cartola em um canto e sentando-se de frente para ela enquanto o motorista fechava a porta.

— Pelo amor de Deus, Henry — falou Irene enquanto Torquil fechava as cortinas de forma abrupta. — Não precisava me empurrar.

— Achei que fui bem claro ao falar que a senhorita não podia se encontrar com o sr. Foscarelli. É óbvio que a senhorita não teve escrúpulo algum para desobedecer essa instrução, então não vejo motivos para acreditar que estaria disposta a me obedecer agora se a mandasse me acompanhar no táxi.

— Fico feliz em segui-lo, pois minha missão aqui está cumprida. — Irene tirou o véu do rosto e ajeitou a saia de crepe preto. — Nunca imaginei que o encontraria aqui, contudo. Achei que não poderia se encontrar com Foscarelli sem uma apresentação formal.

— Acho que, a despeito de minhas instruções bem específicas, a senhorita optou por fazer uma visita ao sr. Foscarelli por curiosidade, sem consideração alguma por sua reputação ou pelas pessoas que a estão introduzindo à sociedade. Havia dois jovens homens à toa do outro lado da rua, e aposto até meus últimos centavos que são empregados pelos seus concorrentes. Ou a senhorita acha que outros tabloides de escândalo se eximirão de comentar sobre você por alguma espécie de cortesia profissional?

— Ah, pare de exagerar. Está escuro. Vim de táxi. — Irene ergueu a mão, removeu o grampo que segurava o chapéu e o tirou, sacudindo a palha preta e o chiffon para ele. — Usei um véu, pelo amor de Deus! Francamente, Henry, dê-me um pouco de crédito — acrescentou, espetando o grampo na copa e atirando aquele acessório horroroso em um canto da carruagem, onde posou em cima da cartola de Henry. — Sei como me precaver para me proteger de fofocas. Ninguém jamais saberá que era eu.

— Não tenho tanta certeza assim. A senhorita está na minha casa, e tenho certeza de que me viram.

— Ora, o fato de você não conseguir ser discreto não é culpa minha! Além do mais, eles vão, no mínimo, pensar que sou sua mãe.

— Estranhamente, não acho essa possibilidade particularmente reconfortante. E — acrescentou Henry, sua ira aumentando — a discrição sequer é a consideração mais importante. E a sua segurança? A senhorita se arriscaria desse jeito apenas para satisfazer a curiosidade?

— Não fui ver Foscarelli apenas por curiosidade.

— Por quê, então?

— Eu lhe contarei meu motivo se você me contar o seu. Veio até aqui para tentar subornar Foscarelli de novo? Porque, se for por isso, não terá sucesso.

— Sei disso. Como lhe disse, mamãe zerou minhas possibilidades quanto a isso. Esperava, contudo, que talvez ele pudesse ser persuadido a aceitar um dote menor do que arrancou de mamãe.

Irene piscou, perplexa.

— Então, aceitou que o casamento é inevitável?

— Ainda não me dei por vencido, acredite — resmungou ele. — Mas não há mal algum em se preparar para o pior. E agora que expliquei meu motivo para estar aqui, gostaria de ouvir o seu. O que a senhorita poderia ter para arriscar sua segurança dessa forma?

Irene suspirou, desviando o olhar.

— Thornhill Square é uma vizinhança perfeitamente respeitável — observou ela, mas o acanhamento em sua voz mostrou a Henry que sabia que ele estava certo em relação aos riscos envolvidos. — É seguro o bastante.

— Seguro o bastante? — Henry analisou o belo perfil de Irene, lembrando-se das consequências que poderiam ter resultado da decisão dela de saracotear pela porção nordeste de Londres sozinha à noite. O duque se inclinou para a frente e segurou os braços dela, forçando-a a olhá-lo. — Thornhill Square pode ser segura, suponho, mas os bairros que a senhorita atravessou para chegar até aqui não são. E se uma roda do táxi tivesse quebrado, ou um dos cavalos tivesse se machucado? Céus... — Henry se calou, pois contemplar o que poderia ter acontecido com ela era mais do que podia suportar, e ele a sacudiu de leve. — Onde está o seu juízo, Irene?

Ela sorriu e Henry prendeu a respiração. Mesmo sob a luz fraca, o sorriso o desarmou, e sua raiva se transformou em perplexidade.

— Por que, em nome dos céus, você está sorrindo quando estou lhe passando um sermão? — perguntou Henry.

— Você me chamou de Irene.

— Desculpe — disse ele de pronto, soltando-a, sentindo que estava se despedaçando por inteiro. — Sei que a senhorita me deu permissão, mas, mesmo assim, eu não deveria ter feito isso. Culpa do nervosismo. Os acontecimentos desta semana me deixaram em frangalhos.

— Você está preocupado comigo.

Aquela ideia parecia agradá-la. O sorriso de Irene se alargou, e Henry sentiu o calor penetrar nele, acomodando-se em seus ossos e provocando um prazer oriundo não apenas do desejo, mas de algo mais intenso e profundo que ele não tinha certeza se queria explorar.

Henry desviou o olhar, acanhado.

— É claro que estou. Qualquer cavalheiro estaria.

— Você diz isso com tanta convicção — murmurou ela. — No entanto, há muitos cavalheiros que não se importariam nem um pouquinho.

Aquilo era mais verdadeiro do que ele gostaria de admitir.

— Não estou acostumada com isso — confessou Irene pensativamente.

Henry olhou-a, curioso, e viu que seu sorriso havia se transformado em uma expressão séria.

— Não está acostumada com o quê?

— Ter alguém preocupado com o meu bem-estar. É... É bom — sussurrou ela, parecendo surpresa.

— Sim, bem... — Ele esperou um instante, esforçando-se para recuperar o equilíbrio. — Espero, agora que sua curiosidade quanto ao homem que aspira ser meu padrasto foi sanada, que a senhorita não vá mais se aventurar em Camden Town depois de escurecer.

— Eu já lhe disse, não foi a curiosidade que me trouxe aqui. Vim pelo mesmo motivo que o senhor. Esperava convencê-lo a aceitar uma mesada, em vez do dote.

— Entendo. E teve algum sucesso?

— Não, porque Foscarelli precisa de uma quantia substancial. Não é para ele...

Henry interrompeu com uma risada irônica.

— É claro que não.

Irene ignorou o sarcasmo.

— Você sabia que Foscarelli tem terras na Itália? E doze irmãos e irmãs? Eles têm uma fazenda de oliveiras na Costa Amalfitana que o avô deixou ruir e se esfacelar. O pai dele já morreu e, como é o mais velho, cabe a Foscarelli sustentar todos. É por isso que precisa de um dote.

— E ouso dizer que ele conta essa história de partir o coração a quem quiser ouvir. Algo, sem dúvida, sobre sua pobre, mas querida mãe, que ficou viúva tão tragicamente, e de seus tão queridos irmãos... Quem sabe uma irmã mais nova com tuberculose? Foscarelli pode ter mencionado sangue real também, em sua antiga família, e uma conexão fabricada com o ducado de Milão, talvez?

Irene fez uma careta.

— Nada de realeza, nem de tuberculose. Apenas duzentos e quarenta hectares de oliveiras e vinhas de uva. Estão negligenciadas e precisam ser podadas, mas poderiam ser lucrativas, se ele apenas...

— Se tiver o dinheiro. Sem isso... — Henry fez uma pausa para dar um suspiro exagerado. — Receio que a perdição assolará toda a família dele.

Irene franziu a testa.

— Francamente, Henry, estou tentando explicar as circunstâncias de Foscarelli.

— Com as quais suponho que eu precise me importar?

— Bem, deveria — ralhou ela, dando uma bronca —, visto que ele se tornará um membro da sua família em alguns dias, uma possibilidade que você mesmo já reconheceu. A questão é que Foscarelli tem terras. Isso o eleva um ou dois patamares no seu círculo aristocrático?

— Ter terras não faz um cavalheiro.

— E o que faz? Um título? Uma posição adequada em uma boa árvore genealógica? Céus, Henry — continuou Irene antes que ele pudesse responder —, você é o homem mais presunçoso, teimoso e irritante que já conheci.

Ela se ajoelhou, agarrando as lapelas do paletó e em seus punhos, esmagando a flor na botoeira e preenchendo a carruagem com o cheiro forte de cravo.

— E quer saber o que é mais irritante em você? — indagou Irene, pontuando cada palavra com uma puxada de suas lapelas. — É que cada vez que começo a pensar em como você é um homem atraente, você abre a boca e arruína *tudo*!

Henry piscou, pasmo, certo de que não ouvira direito.

— Você me acha atra...

— Henry? — Irene se acomodou em meio às pernas dele antes que o duque pudesse impedi-la e o puxou para perto. — Apenas cale a boca — disse ela, beijando-o.

Os lábios de Irene estavam tão macios quanto da outra vez, só que ainda mais quentes e mais doces. O prazer era tamanho que parecia dor.

O desejo começou a se espalhar pelo corpo dele imediatamente, martelando em seu cérebro, pulsando em suas veias.

Henry segurou os braços dela enquanto ainda conseguia e se afastou.

— Irene, pelo amor de Deus.

Ela o seguiu e engoliu as palavras com outro beijo rápido em sua boca, mas o que quer que fosse que Henry pretendia dizer desapareceu de sua mente enquanto Irene trilhava beijos suaves por sua bochecha, subindo até a orelha e retornando.

Ele não conseguiu encontrar força de vontade suficiente para afastá-la de novo. Simplesmente não conseguia se mover.

Irene inclinou a cabeça e traçou um caminho de beijos na outra bochecha, terminando em seus lábios. Finalmente, ela recuou, se mantendo a centímetros de Henry, e esperou. Ele soube que, se fosse dar um basta à doce sedução, aquele era o momento.

Por dentro, Henry começou a tremer.

Irene estava tão perto que sua respiração se misturou à dele. Misturado com o cheiro de seu *bouttonnière*, ele podia sentir a fragrância da pele dela, do cabelo. O desejo o estava possuindo, ofuscando sua razão, aniquilando seu bom senso.

Finalmente, Irene se afastou, mas aquilo não trouxe alívio algum. Um ruído agonizado escapou dos lábios de Henry, suas mãos seguraram os braços femininos e ele a empurrou de volta para seu banco, mas, em vez de soltá-la, a acompanhou, ajoelhando-se enquanto a acomodava no banco do coche.

Henry capturou a boca de Irene outra vez. Seus lábios se entreabriram e de imediato o beijo ficou intenso, aberto e repleto de luxúria, libertando todo o desejo contra o qual ele lutara desde que os dois se conheceram. A ânsia por ela que revolvia em seu corpo chocava-o, e ele não conseguia imaginar o que Irene estava sentindo. Quando ela emitiu um som estranho, Henry se forçou a desacelerar.

Segurando-a pelo rosto, ele amansou o beijo, saboreando-a em mordiscadas suaves, chupando seu lábio inferior. Beijou-lhe o queixo, depois o pescoço, mas, apesar de ter pensado em continuar descendo, a gola alta do vestido o impedia de explorá-la. Se iria inflamá-la para que os dois se sentissem da mesma maneira, teria que começar de baixo para cima.

Henry desceu a mão pelo rosto dela, passando pela curva do seio, amaldiçoando quem inventara o espartilho, e continuou seguindo para baixo, tocando a coxa e descendo até o joelho. Agarrando montes de crepe e linho preto em seu punho, ele ergueu a saia de Irene e deslizou a mão por baixo.

Henry envolveu a panturrilha feminina com a mão e foi subindo pela lateral da perna até a ponta da meia, onde seus dedos penetraram por debaixo da liga e da bainha. Quando tocou a pele desnuda, foi como seda quente.

Ainda beijando-a, ele acariciou a parte de trás de seu joelho com as pontas dos dedos, e Irene gemeu em sua boca. As mãos macias se moviam pelo cabelo de Henry. Ela segurou seu rosto, puxando-o mais perto, querendo mais.

Ele cedeu, subindo a mão ainda mais, deslizando a palma pelo quadril arredondado e escorregando-a para acomodá-la entre as coxas.

Irene se sobressaltou com o choque e interrompeu o beijo, gritando. As mãos desceram até o peito dele, repousando ali.

Henry ficou imóvel, sabendo que, se o pânico virginal a impelisse a parar com tudo naquele momento, ele deveria soltá-la. Se aquilo acontecesse, precisaria saltar do táxi e se jogar no caminho dos coches que transitavam por ali.

Dado o espaço confinado e as muitas camadas de roupa dela, as opções de Henry para excitá-la eram limitadas. Decidiu que as palavras eram sua melhor aposta.

— Irene, quero tocá-la — disse ele, sua mão forçando as coxas femininas cerradas de forma lenta. — Apenas me deixe tocá-la. É tudo em que tenho pensado.

Ela relaxou aos poucos, e Henry conseguiu colocar os dedos entre as pernas de Irene.

Ela estava quente, molhada e excitada, o que inflamou os sentidos de Henry. Quando ele começou a acariciá-la — primeiro lentamente, depois acelerando o ritmo. — Irene suspirou com o prazer.

— Ah! — gemeu ela, os braços o apertando, seu rosto quente enterrado no pescoço dele. — Ah, ah.

Irene se moveu no banco, seu quadril tocando a virilha de Henry, e um tremor de puro prazer sacudiu todo o corpo do duque, forçando-o a parar.

— Céus — murmurou, endireitando-se sobre os joelhos, lutando para se conter.

Após um instante, Henry se aproximou dela, beijando seu rosto enquanto voltava a acariciá-la.

— Irene... — murmurou, dizendo como dissera a si mesmo durante uma semana de noites torturantes, enquanto a ponta de seu dedo deslizava para a frente e para trás entre as partes íntimas dela espalhando sua umidade, até o corpo feminino estar se movendo em sobressaltos desesperados e cada respiro ter se tornado um ofego.

Ele sabia que Irene estava perto do orgasmo e se afastou para olhar para seu rosto. Os olhos estavam fechados; os lábios, entreabertos; e havia uma fina camada de suor em sua sobrancelha enquanto ela seguia rumo ao êxtase.

— Isso mesmo, Irene — murmurou Henry, estimulando-a, querendo vê-la gozar mais que tudo. — Isso mesmo. Você está quase lá.

Ele não sabia se ela entendia o que isso queria dizer, se algum dia havia se tocado, mas, quando Irene gritou, com o quadril pressionando a mão de Henry, ele soube que aquele rosto era a coisa mais linda que já vira, e que seus gritinhos de prazer eram o som mais doce que já ouvira.

Henry se esforçou para lhe dar cada sensação que seu corpo podia experimentar. Quando Irene desabou no banco com um suspiro satisfeito, ele a beijou novamente e tirou a mão de debaixo da saia.

Henry teria gostado de pensar que resistira a tirar a virgindade dela em uma carruagem, mas em todas as vezes em que relembrou aquele momento depois, nunca teve certeza absoluta de que conseguiria ser tão heroico. De toda forma, o destino não lhe deu a chance de decidir.

A carruagem parou com um solavanco.

Rápido como um raio, Henry abaixou a saia de Irene. Ele se ergueu de imediato, afastando-se, e se sentiu como se estivesse partindo a si mesmo em dois.

— Vá pela entrada dos criados — orientou enquanto ela se sentava e pegava seu chapéu. — Suba para seu quarto o mais rápido que conseguir. Se alguém a vir e perguntar onde esteve — acrescentou enquanto colocava aquela monstruosidade de chapéu de volta na cabeça dela e puxava o véu —, diga que estava trabalhando e visitando seu pai. Como está vestida de preto, vai ter que inventar um parente falecido e usar preto por um mês, então vamos torcer para que ninguém a veja. Não importa o que aconteça, você não foi a Camden Town.

A porta do coche se abriu, mas Irene não se mexeu para sair. Ao contrário, continuou olhando para ele, com os olhos arregalados e o rosto corado, parecendo deliciosamente desgrenhada e maravilhada.

— É, eu sei — disse Henry, inclinando-se para a frente, segurando-lhe os braços e puxando-a para si. — É bastante arrebatador, não é? — Ele a beijou com vigor antes que Irene pudesse responder. Depois a soltou. — Agora vá.

E ela obedeceu: saltou do coche, atravessou a calçada e desceu a escada até a entrada dos criados. Ele esperou até Irene entrar e a porta se fechar, então olhou para o motorista que esperava ao lado da porta do táxi.

— Para o White's — instruiu.

Henry precisava de uma bebida.

Capítulo 16

A FAMÍLIA ESTAVA FORA, E os criados jantavam quando Irene entrou na casa. Então, ela conseguiu atravessar o corredor do andar de baixo, passar pela sala de refeições dos criados e correr para o segundo andar, até seu quarto, sem encontrar ninguém.

Quando saiu da casa para encontrar Foscarelli, não tinha pensado muito no que os criados achariam sobre sua saída noturna. Eles já sabiam de seu trabalho na cidade e, apesar de desaprová-lo tanto quanto as pessoas da família, Irene nunca se preocupara em ter a aprovação de todos, fosse no andar de cima ou no andar dos criados. Porém, nessa circunstância particular, ficou sinceramente grata por conseguir chegar até o quarto sem ser vista.

Fechou a porta com um suspiro trêmulo de alívio e se apoiou nela, um movimento que fez o enorme chapéu se erguer em sua cabeça.

Irene o arrancou, jogando-o longe, e voltou a se recostar na porta, ofegando não apenas por sua corrida até o quarto, mas por tudo o que tinha acontecido antes.

O que Henry havia feito com ela — ah, céus, o que havia feito? Seu beijo, suas mãos, arrancando sensações que ela jamais sentira na vida, que jamais imaginara serem possíveis. Uma excitação tão maliciosa, tão deliciosa, prendendo-a em um turbilhão rodopiante de prazer que a levou cada vez mais longe até... Irene não conseguia pensar numa descrição. Não havia palavras para o que eles fizeram.

É bastante arrebatador, não é?

— Para dizer o mínimo — sussurrou, pressionando a mão no peito e respirando fundo algumas vezes, tentando refrear o caos dentro de si.

Mas não adiantava. O coração estava acelerado, corpo formigava, a pele estava ruborizada de calor. Cada célula parecia acesa por dentro com uma euforia maravilhosa. Irene riu e desabou contra a porta. Sentia-se absolutamente fabulosa.

Henry se sentia péssimo. Havia tomado sua bebida — na verdade, três — mas até mesmo as doses de uísque se mostraram um remédio inadequado para o que o afligia. Pediu um quarto e mandou um dos lacaios do White's buscar seu valete e uma muda de roupas, pois sabia que não voltaria para casa naquelas condições. Não podia suportar a ideia de se sentar de frente para Irene à mesa de café da manhã no dia seguinte, tomando chá, comendo torradas e conversando com ela, com Clara e com suas irmãs como se aquela fosse apenas uma manhã qualquer. Estava agindo daquele modo há dias. Não conseguiria suportar fazer isso novamente.

Ele tomou um banho frio, o que ajudou um pouco, e passou a noite no clube, apesar de praticamente não ter conseguido dormir, pois a imagem do rosto de Irene e os ecos de sua paixão o assombraram a noite toda. Henry adormeceu perto do amanhecer e, na metade da manhã, depois de ter tomado um desjejum quente e de ter feito a barba, sentia-se pronto para o que sabia que precisava ser feito. Era vital que eles conversassem e, para isso, precisava reunir toda a determinação que conseguisse. Caso contrário, poderia muito bem prensá-la contra a parede mais próxima e devorá-la ali mesmo.

No início da tarde quando voltou para casa, sua mãe o puxou de lado para uma breve conversa. O que ela lhe disse reforçou o fato de que precisava conversar com Irene o mais rápido possível. Infelizmente, ela não estava em casa. Fora, como Clara informou, trabalhar no jornal.

Henry pediu que trouxessem sua carruagem e, vinte minutos depois, estava parado na calçada na frente da porta de vidro laminado que levava ao escritório do *Society Snippets*.

Como a vida era estranha e imprevisível. Duas semanas antes, pensava ser o mestre do próprio mundo e do que acontecia nele. E então Irene Deverill aparecera, aniquilando tal ilusão. Como resultado, Henry se tornara uma bagunça total em muitos sentidos, mas quando pensava nela como na noite anterior não mudaria absolutamente nada. O problema era que o caos, o desejo não satisfeito e a tortura, embora doces, não poderiam ser suportados indefinidamente. Precisava deixar aquilo claro. Se não deixasse, o resultado seria a destruição dele ou a ruína dela.

Henry abriu a porta. O sino tilintou quando entrou, um som quase inaudível em meio ao alvoroço da prensa que trovejava em um canto da sala, mas a mulher de cabelo escuro que a estava operando ouviu de toda forma. Ela olhou por cima do ombro e Henry a reconheceu como uma das jornalistas que vira em sua segunda visita ao escritório. A mulher parou a prensa de pronto e foi apressadamente até ele. Por cima dos óculos de armação dourada empoleirados na ponta de seu nariz, seus olhos escuros o estudaram com todo o ávido interesse de sua profissão.

— A srta. Deverill? — perguntou Henry, entregando-lhe seu cartão.

Ela o pegou, mas não leu.

— É claro, Sua Graça — respondeu a jornalista, deixando claro que já sabia quem ele era. Ela empurrou os óculos para cima e adotou uma expressão de eficiência enérgica. — Pode me seguir.

A mulher o levou até a porta fechada do escritório de Irene, deu uma batida forte e abriu.

— Sua Graça, o duque de Torquil — anunciou, afastando-se para que ele pudesse passar.

Irene se levantou quando Henry entrou, e, enquanto a porta se fechava, o sorriso radiante dela o atingiu com o mesmo impacto de um chute no estômago.

— Henry.

Ele contraiu o maxilar e tirou o chapéu.

— Senhorita Deverill — cumprimentou, fazendo uma reverência.

Quando se endireitou, o sorriso de Irene se fora. Seu queixo se ergueu de leve, lembrando-o do orgulho dela, e Henry ficou magoado ao saber que estava ferindo-a. Depois da noite anterior, Irene tinha motivos para esperar dele mais do que formalidades ducais, mas, apesar de se sentir um idiota, Henry não podia permitir, não ousaria qualquer intimidade naquele momento. Ele não era forte o suficiente para resistir.

— Espero que a senhorita esteja bem — disse, refugiando-se em civilidades educadas.

— Estou, sim. E o duque?

— Perfeitamente bem — mentiu Henry. Tossiu e fez uma pausa, olhando para o próprio chapéu, tentando pensar em alguma pergunta gentil que pudesse facilitar a menção de seu motivo para estar ali. — Bastante ocupado. Estamos nos preparando para ir a Ravenwood.

— Sua propriedade em Hampshire?

— Sim. Iremos na sexta-feira. É o Dia da Batalha do Boyne.

— Ah, sim — respondeu Irene, um ruído estrangulado que disse a Henry que aquela conversa fútil estava sendo tão difícil para ela quanto para ele. — Dia 12 de julho. Sua... Sua família sairá para caçar tetrazes ou irão velejar o Estreito de Solent?

— Ah, vamos velejar, é claro. — Ele deu um sorrisinho, lembrando-se da primeira noite dela em sua casa. — Somos uma família de velejadores, afinal de contas.

— Sim.

Irene mudou o peso do corpo de uma perna para outra e deu uma olhada em volta, lembrando-o de que aquela situação deveria ser tão constrangedora para ela quanto era agonizante para ele.

Henry se forçou a ir ao ponto.

— Mamãe se casará com Foscarelli. Ela... — Ele parou, pois o casamento de sua mãe ainda era algo difícil de aceitar, mas, após um instante, forçou-se a continuar. — Ela queria se casar na quinta-feira, mas a persuadi a esperar mais uma semana. Como estamos partindo para o interior, há muitas coisas a serem feitas, tanto aqui quanto em Ravenwood, e seria um estorvo e tanto para Carlotta ter que supervisionar toda a viagem. Não posso ajudar muito, pois tenho coisas demais a fazer em relação à propriedade para ajudar nos afazeres domésticos.

— Então... — Irene parecia confusa. — Você está pedindo que eu vá? Acha que outra semana nos dará uma chance de fazer sua mãe mudar de ideia?

— Não, receio que já passamos desse ponto. Mamãe irá conosco a Hampshire na sexta para nos ajudar em Ravenwood, depois retornará para se casar com Foscarelli na terça-feira no cartório. Eles ficarão, como ela me disse, em sua nova casa em Chiswick por uma ou duas semanas. Depois planejam viajar em lua de mel para a Itália, conhecer a família dele, essas coisas.

As palavras de Henry eram afetadas, desajeitadas, e algo do que sentia devia ter sido transmitido a Irene, pois ela disse:

— Sei que isso lhe causa séria preocupação e decepção, e sinto muito.

— A senhorita não deve pensar que a culpo por essa situação, de forma alguma.

— Essa é uma grande mudança se considerarmos doze dias atrás.

— Sim.

— Eu fracassei na missão que você me conferiu. — Irene olhou para a mesa, ajeitando o mata-borrão dramaticamente. Então, ergueu os olhos, endireitando os ombros. — Vai tomar o jornal de mim?

A pergunta o chocou, apesar de Henry saber que não deveria ter ficado. Ele havia imposto aqueles termos e não tinha lhe dado motivos para acreditar que era cavalheiro demais para seguir com o plano. Jamais poderia privá-la de algo que ela amava.

— Eu jamais tomaria, Irene. Sei que provavelmente não acredita em mim, mas eu estava zangado e desesperado e, não tenho vergonha de admitir, receando pelo futuro de minha mãe. Olhando em retrospecto, vejo que minha expectativa de que você poderia conseguir persuadi-la a mudar de ideia era irrealista, sem contar irracional. E sinto muito por isso.

— Você só estava tentando protegê-la. Entendo isso agora.

— Sim, mas ninguém pode proteger todos o tempo todo. — Henry conseguiu dar uma risada. — Muito menos eu. O que me leva ao que eu realmente vim aqui dizer.

Irene franziu a testa, parecendo compreensivelmente perplexa.

Torquil atravessou a sala, indo parar à frente da mesa, feliz por haver a barreira entre eles.

— Como eu disse, partiremos na sexta-feira. Angela perguntou se sua irmã poderia vir também, se isso seria aceitável. Não acho — acrescentou antes que Irene pudesse responder — que seria apropriado que você a acompanhasse.

A mágoa que brilhou no rosto dela também o feriu, como uma faca cravada no peito.

— Certo — murmurou, desviando o olhar. — É claro que não.

— Irene, você não deve interpretar mal...

— Eu não poderia ir, de qualquer forma — disse ela, sua voz excessivamente aguda. — Já fiquei tempo demais afastada do jornal. E tenho que cuidar do meu pai que não está bem, como você sabe, e...

A voz dela sumiu, e Henry não conseguiu mascarar o que sentia, nem que custasse sua vida.

— Não posso tê-la por lá, Irene — confessou ele, jogando o próprio orgulho pela janela, sua voz áspera e desesperada. — Não posso. Não sob essas circunstâncias. Minha conduta passada deixa claro que não se pode confiar em mim quando você está por perto.

Ela abaixou a cabeça.

— Por causa de ontem à noite? — sussurrou ela, o rubor corando suas bochechas.

— Sim. E por causa daquela noite na biblioteca, e das imagens suas que infestam minha imaginação, que você julgaria ainda mais chocantes do que minhas atitudes até agora.

— Ah... — Aquele foi um ruído fraco, abafado, e passou-se um longo momento até Irene falar novamente. — Mesmo assim, Henry — sussurrou erguendo os olhos —, tudo em que consigo pensar agora é em arremessar meu orgulho pela janela, dar a volta nesta mesa e me jogar nos seus braços da maneira mais imoral possível.

Henry congelou, imóvel, encarando-a. Era como se o chão estivesse escorregando sob seus pés, com todas as suas honradas decisões.

— Irene, você não faz ideia do que está dizendo. Meu... desejo por você permanece inabalado.

O rubor nas bochechas dela se intensificou.

— Sim, depois da noite passada, esse fato é evidente.

— Quando você está por perto, esqueço que sou um cavalheiro e, se não colocarmos certa distância entre nós, receio que continuarei impondo meus interesses. O que acha que vai acontecer se isso continuar?

— Eu... — Irene fez uma pausa, umedecendo os lábios como se estivessem secos, uma ação que o atiçou como uma mariposa atraída por uma chama. — Não tenho muita certeza.

— Perdoe-me, então, mas preciso ser direto. Você é virgem. Nunca esteve com um homem antes. Estou certo em presumir isso, não estou?

As bochechas dela agora estavam escarlate.

— É claro que não! Céus, você acha que eu permitiria que outro homem me tocasse como você...

— Exatamente — interrompeu Henry. — Preciso me distanciar de você, pois se não fizer isso, continuarei a seduzi-la. É algo desagradável de admitir — apressou-se em dizer antes que ela respondesse —, mas duvido de que conseguiria me conter e receio que faria uso de toda a minha experiência prévia. Se você não sucumbir, continuarei a viver atormentado. E, se sucumbir, as consequências para você, para nós dois, seriam desastrosas.

— Às vezes, acho que você pensa demais nas consequências, Henry.

— Sim, bem, tenho bons motivos para agir assim, dado o meu passado.

— O que quer dizer?

Ele fitou o próprio chapéu, amassando a aba em seus punhos. Não queria contar, mas sabia que era preciso. Ele tinha que fazê-la entender do que ele era capaz. Henry ergueu os olhos e a encarou.

— Eu já fui casado.

— O quê? — Os belos olhos cor de mel dela se arregalaram. — Mas...

— Ninguém sabe. Bem, mamãe sabe, só ela. Foi muito tempo atrás, quando eu estava na universidade. Tinha apenas 19 anos, e ela, 17. Não era da minha casta. Eu a persuadi a fugir para nos casarmos, e mantivemos a união em segredo. Não foi... — Ele fez uma pausa, inspirando fundo. — Não foi um matrimônio feliz. Nós nos separamos depois de um ano, e não nos vimos mais. Ela morreu no ano seguinte. De cólera.

— Entendo. — Irene mordeu o lábio. — Sinto muito.

Henry meneou a cabeça, dispensando a empatia.

— Foi há muito tempo. Não importa mais.

Ela franziu a testa, confusa.

— Se não importa, então para que me contar? O que isso tem a ver conosco... com a nossa situação?

Aquela, é claro, era a parte complicada, a parte sórdida. Henry não tentou amenizá-la.

— Ela era filha do dono de uma loja de tabaco em Cambridge. Eu me apaixonei, total e completamente, na primeira vez em que a vi por cima do balcão, antes mesmo de saber seu nome. Não vou fingir que minhas intenções eram honradas, porque, de fato, não eram. Eu era filho de um duque, não éramos adequados um para o outro e eu sabia, mas estava decidido a tê-la. O problema era que ela era uma menina virtuosa, inocente, e eu estava louco de paixão, alheio à razão... Irene, por que você está sorrindo?

— Porque estou muito contente por você estar me contando isso.

— Contente? Mas por quê?

— Bem, para ser sincera, Henry, você é reservado demais para o meu gosto.

Tendo em vista que ele se sentia como se estivesse exalando luxúria o dia inteiro para todo o mundo ver, saber que não estava foi um alívio.

— Não sou dos homens mais abertos, é verdade.

— Isso é um eufemismo. Na maior parte do tempo, não faço ideia do que você está pensando ou sentindo.

— Dadas as coisas que tenho pensado a seu respeito — murmurou, desviando o olhar —, isso é bom.

— Não, não é. E é por isso que estou contente. Saber que você confiaria uma informação tão pessoal como essa, sobretudo em vista da minha profissão... É... Muito impressionante. — Irene fez uma pausa, rindo de leve. — Extraordinário, de verdade. Fico honrada por confiar em mim a esse ponto, e prometo que não contarei a ninguém.

— É claro que não contará. Digo, sei que não fará. — Henry mudou o peso do corpo de uma perna para a outra. — Mas, dada a situação e o que acontece entre nós, é necessário que você saiba da minha história.

— Por quê? Por achar que a história está se repetindo... — Ela parou de falar, seus olhos se arregalando de novo. — Meu Deus, Henry, você não está pensando em se casar comigo, não é? Está... se apaixonando por mim?

— Não é amor, Irene. Ao menos não o tipo de amor que serviria para um casamento sociável. É isso que estou tentando explicar, e muito mal, admito. Você é a segunda mulher que encontrei na vida por quem meus sentimentos são fortes demais para serem negados. — Henry soltou uma risada sem divertimento algum. — Tenho uma predileção, aparentemente, por mulheres que não são adequadas à minha vida, e é algo que não posso mudar. Eu a quero, sim. Quero beijá-la, passar as mãos pelo seu corpo como fiz na noite passada, arrebatá-la e levá-la para a cama e, perdoe-me se estiver sendo presunçoso, mas se eu ficar perto de você por muito mais tempo, isso pode acontecer. E se acontecer, eu a terei arruinado, assim como... — Ele se conteve, pois, mesmo agora, mais de uma década depois, doía falar daquilo. — Assim como arruinei a minha primeira esposa. Teríamos que nos casar.

— Não vejo por que...

— E, mesmo assim — interrompeu ele, sentindo-se o homem mais estúpido do mundo —, eu faria isso. Neste momento, estou tão vulnerável no que a concerne, tão fraco, que, se quisesse, eu me casaria com você, só para tê-la. Sim, cometeria o mesmo erro outra vez.

— Entendo — disse Irene, a voz fria, fagulhas douradas ardentes brilhando em seus olhos. — Então, casar-se comigo seria um *erro*?

Henry não queria discutir. Normalmente, não se acanhava em uma discussão, mas, naquele dia, não teria forças.

— Sei que sempre digo a coisa errada para você, e não sei o porquê disso, mas, de qualquer maneira, não concorda que seria um erro nos casarmos? Colocando de outra forma, você iria querer se casar comigo? Unir a sua vida à minha, para sempre? Ser minha duquesa?

A expressão abismada no rosto dela deu a Henry, com uma clareza brutal, a resposta que já sabia.

— Céus, não!

Apesar de não esperar outra resposta, ele se sentiu um tanto irritado com aquela reação tão enfaticamente negativa a uma posição que milhares de outras mulheres pulariam no fogo para conseguir.

— Não sou a filha de um vendedor de tabaco, é verdade — continuou Irene —, mas não faço parte da sociedade, e não tenho desejo nenhum de fazer.

— Exatamente — disse Henry, ainda irritado.

— Eu não poderia mais lutar pelo direito das mulheres.

— Minha duquesa não poderia marchar pelas ruas, se é a isso que você se refere. E nossa família é politizada. Sempre apoiamos o partido conservador, mas nenhum dos partidos prega o sufrá...

— Bem, aí está! Não vou abrir mão de lutar pelo voto, Henry. Jamais. E eu precisaria desistir do *Society Snippets*, algo que não consigo imaginar, nunca. Amo meu trabalho, bem mais do que um dia poderia gostar da vida como duquesa. Não que eu saiba o que duquesas fazem, além de ir ao Ascot e promover jantares, e só sei disso porque publicamos sobre esse tipo de evento o tempo todo. Mas isso é o suficiente para entender que odiaria ser duquesa, e que eu me atrapalharia toda, e ficaria incrivelmente entediada, e...

— Parecemos estar em acordo, então — cortou Henry, reunindo toda a sua dignidade diante daquele acesso desencorajador de como seria para Irene ser sua duquesa. Ele também tentou aceitar com graciosidade o fato de que ela preferia administrar um tabloide de escândalos a ser sua esposa. Mas sempre soubera daquilo. Desde o início, aquele fato em particular era uma das coisas que achava impossivelmente atraentes nela. — E isso nos deixa sem ter para onde correr, como estou tentando explicar.

— Há outra opção, que você não considerou. Podemos ter um caso.

Foi a vez do duque de ficar perplexo.

— Não podemos fazer isso.

Para sua imensa consternação, Irene riu.

— Por que não? O que sentimos não é pecado.

— Não é? Encontre um vigário que concorde e eu cederei.

— O que quero dizer é que não enxergo como pecado, independentemente do que a religião nos faz acreditar. Você enxerga?

— Não sei. — Henry tentou analisar a questão racionalmente, mas sabia que sua habilidade de ser sensato não era confiável, não quando se tratava dela. — Fui criado para enxergar como pecado, assim como você, tenho certeza. O mais importante é que a maioria das pessoas pensa que é, e esse é o cerne da questão. Nenhum de nós é casado. Aos olhos de todos, um caso entre nós é fornicação, e imoral.

— Quando você me tocou, não me senti imoral, Henry.

Irene olhou-o, seu rosto suavizado e adorável, evocando o demônio dentro dele.

Henry persistiu, tanto para lembrar a si mesmo quanto para explicar a ela.

— As consequências seriam desastrosas, ainda mais para você que foi aceita na sociedade através de seu avô. Se alguém descobrir que andamos tendo intimidades, você se tornaria, instantaneamente, mercadoria usada. Acabaria se arrependendo amargamente, e eu odiaria que...

— Não me arrependeria — interrompeu Irene. — Não consigo imaginar circunstância alguma em que eu me arrependeria de ter um caso com você, Henry.

A ternura na voz dela quase foi o fim dele, que se esforçou para afastá-la antes que cedesse àquela ideia impensável.

— É fácil falar de sentimentos tão nobres, mas e sua família? O que aconteceria quando o mundo descobrisse, e você caísse em desgraça? O que aconteceria quando os concorrentes estampassem seu nome arruinado nos jornais e discutissem seu caso sórdido com satisfação? Você acha que eles não fariam isso?

— Ora, é claro que precisaríamos ser extremamente cautelosos! Eu não gostaria que ninguém soubesse, pelo bem de Clara. E pelo seu bem.

— Mas não pelo seu?

Irene sorriu, como se a própria ruína fosse uma questão trivial.

— A sociedade não me aceitará de qualquer forma, Henry. Essas duas semanas foram mais agradáveis do que pensei que seriam, é verdade, mas esse tipo de coisa não pode durar muito, não para mim. Eu administro um tabloide de fofocas. Tenho uma carreira. Sou uma sufragista. Quanto tempo acha que levará até Ellesmere descobrir que não tenho intenção alguma de abrir mão dessas coisas ou de minhas opiniões radicais? Clara ficará bem. O visconde se afeiçoou a ela, e minha irmã ainda pode se beneficiar da boa vontade dele e da sua família, independentemente das coisas ultrajantes que eu faça.

— Não tenho certeza se minha família será de muita utilidade para proteger sua irmã depois que mamãe se casar com o italiano. Mas, é claro, faríamos o que fosse possível por vocês duas.

— Como eu disse, não é preciso perder tempo comigo. A sociedade, receio, jamais me aceitará, independentemente de acontecer algo entre nós ou não.

— Não precisa ser esse o caso. Como discutimos antes, você precisaria evitar se vangloriar de sua profissão e abrandar suas opiniões, mas...

— Abrandá-las como? Deixando de fazer o trabalho que amo? Abandonando a causa em que acredito? Não farei isso, nem por você, nem por meu pai, nem mesmo por Clara. Estou trabalhando para montar um sindicato com outras mulheres para requerer o voto e, quando isso acontecer, meus concorrentes, não tenho dúvida, ficarão muito felizes em reportar minhas atitudes nada femininas em seus jornais, ainda mais depois que eu for presa e a polícia me arrastar para a detenção.

— Ah, céus — grunhiu Henry, morrendo de medo de que aquela previsão se tornasse real um dia.

— Entende? Receio que a condenação e a ruína sejam inevitáveis para mim, de uma forma ou de outra, e não quero perder essa chance com você para evitar o inevitável. Tal relação entre nós também seria um risco para você, então se... — Irene pausou, parecendo repentinamente incerta. — Se não me quiser nessas condições, eu entenderei.

Não a querer? Céus, como ela podia pensar daquele jeito, mesmo que só por um instante? Irene não sabia que ele comeria o pão que o diabo amassou só para tê-la? Mas não se tratava apenas do que ele queria. Henry sabia muito bem e se forçou a permanecer honrado.

— Há diferentes tipos de ruína, Irene. — Ele fez uma pausa, analisando a melhor maneira de dizer aquilo, mesmo não havendo forma delicada de conduzir uma conversa indelicada. — Mesmo se formos discretos, mesmo que consigamos esconder nosso caso dos olhos bisbilhoteiros, o que já é bastante difícil, há sempre a possiblidade da geração de um bebê a ser considerada. Nesse caso, a discrição vai por água abaixo.

Irene corou novamente, e ele torceu para que, talvez, estivesse conseguindo fazê-la raciocinar, mas as palavras seguintes demonstraram o contrário.

— Sim, bem... Eu já pensei nisso.

Henry concluiu que nunca iria entender aquela mulher. E tal fato, infelizmente, não diminuía seu desejo nem um pouquinho.

— Pensou?

Ela lhe lançou um olhar de reprovação.

— Ora, francamente, Henry, posso pregar que as pessoas sigam suas paixões, mas não sou idiota.

— É claro que não — concordou ele de imediato, sem saber o que mais poderia dizer. — Mas você luta pelo amor livre, aparentemente. E as crianças resultantes desse amor?

— Bem, como estávamos discutindo, acredito de verdade que os indivíduos deveriam ser livres para amar quem escolherem, desde que seja uma escolha de ambas as partes e nenhuma já seja casada com outra pessoa.

A despeito das péssimas circunstâncias, Henry não conseguiu evitar uma risada.

— Você percebe que essa sua visão é o oposto completo do que pensa a sociedade? Na minha classe, é perfeitamente aceitável que as pessoas casadas tenham casos, mas não as solteiras.

— Mais uma prova de que as prioridades da sua casta estão às avessas. Mas com relação aos filhos, dadas as restrições da sociedade, dar à luz crianças nessa situação seria cruel, pois seriam ilegítimas e condenadas por algo que não têm culpa.

— E...?

— Acho que me lembro de, na última reunião das sufragistas de que participei, alguém ter mencionado... Hum... — Irene parou, seu olhar se distanciando enquanto tocava a própria nuca encabuladamente. — Maneiras de... Prevenir essa... essa... situação em particular.

Duas semanas antes, Henry teria ficado chocado com o fato de uma jovem dama saber de tais coisas, de alguém contar a ela sobre tais alternativas ou de a própria estar falando sobre essas coisas, ainda mais para ele. Teria ficado abismado em saber que estaria discutindo questões como filhos ilegítimos e amor livre, ou que estaria considerando a possibilidade, mesmo que apenas em teoria, de iniciar sexualmente uma mulher com quem não era casado. Com Elena, ao menos esperara o casamento para reclamar tal honra. Ter um caso ilícito com uma moça inocente e solteira era muito além do imaginável, era inadmissível. Porém, sua consciência, Henry sabia, era fraca como água quando se tratava daquela mulher em particular. Quanto a Irene, estava começando a aceitar que ela ditava as próprias leis e tinha o dom de destroçar todas as noções de comportamento adequado que ele tinha. Como dinamite.

Talvez Henry estivesse sofrendo de alguma forma de choque, pois seu cérebro não estava disposto a encerrar aquele assunto e fazer seu corpo sair daquele escritório. E, como já tinha passado do momento de não discutir sobre o assunto, não havia sentido em ficar rodeando com o uso de eufemismos tolos. Perdido por um, perdido por mil.

— Você está falando de profiláticos — observou Henry sem rodeios. — De fato, previnem tanto a gravidez quanto doenças, mas também são ilegais. Você sabe disso.

— Bem, sim. E é por isso que você é quem precisaria comprá-los. É um duque. A polícia jamais o prenderia.

Aquilo, era forçado a admitir, era verdade.

— Você parece ter pensado muito bem em tudo — comentou.

— Sim, é verdade — admitiu Irene. — Pensei. Ah, Henry, você mesmo disse que está sendo impossível permanecer longe de mim, e deve saber que também estou achando difícil ficar longe de você.

Ele começou a falar, mas ela se apoiou na mesa e colocou os dedos em sua boca para detê-lo.

— Se aquele beijo na biblioteca não deixou claro o bastante, aquele trajeto na carruagem foi bem elucidativo.

Em qualquer outro momento, talvez Henry tivesse achado muito gratificante ouvi-la fazer tal admissão em voz alta, e o toque de seus dedos estava enviando impulsos perigosos pelo seu corpo, mas, naquele momento, sua consciência não tinha permissão para saborear qualquer uma das duas coisas. Segurou o pulso dela, abaixou sua mão e a soltou.

— E depois da noite passada, você se sente assoberbada. Eu entendo, e a culpa é minha...

Ela riu, para consternação de Henry.

— Por quê? Você é culpado porque, diante de suas investidas, não consigo resistir? Precisarei comprar sal volátil, já percebi, ou desmaiarei na próxima vez que você me beijar.

— Por favor, Irene, não me provoque, eu imploro. Não agora.

Ela ficou imediatamente séria.

— Não estou assoberbada, Henry. Sei o que estou propondo. Estou fazendo essa proposta de livre e espontânea vontade, garanto.

Ele se virou, caminhou até a pequena janela do escritório e olhou para a parede de tijolos da casa de classe média ao lado, refletindo sobre todas as consequências que sabia que Irene não conseguiria considerar.

— Mas o que estou tentando explicar é que essa não é uma decisão esclarecida. Não para você. Não pode ser.

Henry se forçou a virar e a olhá-la, para encarar nos olhos de Irene a mesma ânsia que sentia dentro de si mesmo e aniquilá-la.

— Você não faz a menor ideia de como é perder a sua inocência. Ninguém faz, até perder. E depois que acontecer não há como voltar atrás. Independentemente das consequências. Você não faz ideia do que significa perder sua inocência para um homem.

— Isso é verdade, Henry. Mas... — acrescentou ela delicadamente — você é o único homem que conheci com quem já imaginei perder minha inocência. Se não for com você, duvido de que será com qualquer outra pessoa. Não quero isso.

Com aquelas palavras, tão simples e tão doces, Henry perdeu seus argumentos e sabia. Desde o início, antes mesmo daquele beijo na biblioteca e daquele trajeto quente e delicioso na carruagem, mesmo quando tudo se resumia apenas as suas imaginações eróticas, ele queria exatamente aquilo e, a despeito do fato de que ia contra tudo o que fora criado para acreditar sobre certo e errado, sabia que sua resposta era inevitável. Talvez sempre soubera.

— Está bem — cedeu. — Tomarei as providências necessárias.

Henry se virou abruptamente antes que qualquer um deles pudesse mudar de ideia, mas parou à porta para dizer uma última coisa.

— Você vai precisar daquele seu chapéu horroroso — comentou sem olhar para Irene, então abriu a porta e se foi.

Capítulo 17

ENQUANTO OBSERVAVA A PORTA SE fechar atrás de Henry, Irene se sentia tão zonza que precisou se sentar. Sugerir um caso ilícito, no fim das contas, não era o tipo de coisa que uma mulher fazia todos os dias.

Mesmo assim, sua ousada sugestão não era a única coisa que estava deixando suas pernas bambas. Saber que ele queria uma mulher com tanta paixão que iria desafiar todos os preceitos da sociedade para tê-la era um tanto arrebatador. Irene pensou naquele dia duas semanas antes, quando o duque de Torquil entrara como uma tempestade em seu escritório, em como o achara frio e quis rir daquela noção. Henry, ela descobriu, era tão frio quanto um incêndio. Quem diria?

Irene sabia que o caminho que estava prestes a tomar era imprudente, insano, até mesmo insensato. Contudo, não se importava. Encontrava-se tão radiante com a ideia que mal conseguia respirar. Estava disposta a assumir qualquer risco, pagar o preço que fosse. Não estar com Henry era impensável agora.

No final do dia, ela voltou para sua casa em Belford Row, depois de garantir a Clara que ela poderia ir a Hampshire na sexta-feira com a família do duque, mas teve que recusar os apelos de sua irmã para que os acompanhasse a Ravenwood.

Irene também ignorou a decepção e a desaprovação do pai por sua decisão de retornar para casa. Por mais que o amasse, há muito tempo não era mais uma pessoa de cuja aprovação precisasse. Antigamente, aquele fato sempre a fizera se sentir triste e um pouco culpada, mas, dado o rumo que estava prestes a tomar, Irene ficava contente pela distância emocional que há muito existia entre eles, pois tornava infinitamente mais fácil o que pretendia fazer.

A espera era a parte mais difícil. Durante todo o domingo, ela não conseguiu pensar em nada além de Henry e em como seria ter as mãos dele em seu corpo. Até mesmo durante o culto na igreja — que Deus a acuda —, pensara apenas nisso.

Na segunda-feira, recebeu uma carta de Henry com instruções e, à noite, disse ao pai que sentia tanta saudade de Clara que retornaria à Upper Brook Street para passar as noites restantes até a viagem da irmã. Então, colocou uma capa longa e escura por cima de suas roupas, e o que Henry havia chamado de "chapéu horroroso", com seu véu camuflante. Depois, pegou um táxi até um pequeno hotel em uma rua obscura de St. John's Wood. Lá, se apresentou na recepção como "sra. Jones". O indiferente *concierge* a informou que o sr. Brooks já chegara e que estava em seu quarto — que era adjacente ao dela. E que esperava que a sra. Jones concordasse com aquela disposição.

— É claro — respondeu Irene, tentando soar natural enquanto sentia um frio na barriga.

Sua mala foi levada pelo mensageiro, que a conduziu pelo segundo andar, atravessando um corredor curto e mal-iluminado até duas portas no final. O mensageiro destrancou a porta da direita, abriu-a e afastou-se para que ela entrasse. Depois que Irene entrou, ele a seguiu, colocando a mala ao lado de uma porta fechada que só podia levar ao quarto ao lado.

— Precisará de uma aia, senhora? Se precisar, posso enviar uma.

Irene parou de olhar para a porta fechada.

— Não, não precisarei de uma aia, obrigada — respondeu ela, olhando em volta enquanto o rapaz começava a fechar as cortinas.

Não era um quarto grande, mas era inesperadamente bonito, com paredes azul-claras e tapeçaria em um tom mais escuro. Havia arandelas douradas nas paredes, móveis de nogueira e uma cama de bronze bem grande.

O coração de Irene batia forte dentro do peito.

Atrás dela, o mensageiro tossiu delicadamente.

— Precisa de mais alguma coisa, senhora?

Irene se virou, percebendo que ele se movera até a porta e estava esperando, a mão encoberta pela luva branca posicionada discretamente ao lado do corpo. De pronto, ela abriu a bolsa.

— Não, obrigada — disse, tirando um xelim do porta-moedas e colocando-o na mão dele. — Pode ir.

— Está bem, senhora. Se precisar de alguma coisa, a alça do sino fica ao lado da cama.

O mensageiro se foi, fechando a porta. Irene tirou a capa e o chapéu, mas mal os havia jogado em uma cadeira quando uma batida ecoou na porta do quarto adjacente. Ela atravessou o aposento até lá e, inspirando fundo para se acalmar, abriu, encontrando Henry do outro lado. Vê-lo apenas de camisa provocou tamanho sobressalto de surpresa que ela riu.

A boca dele se curvou em um pequeno sorriso.

— Nervosa?

— Terrivelmente, mas... — Irene fez uma pausa, estudando-o por um momento. — Acabo de perceber — ela ainda sorria de leve — que esta é a primeira vez que o vejo sem o paletó.

Aquele fato em particular pareceu ressaltar a intimidade da situação e a lembrou das consequências do que estavam prestes a fazer. Mas Henry voltou a falar, deixando Irene sem tempo para pensar em como estava nervosa.

— Espero que a banheira seja de seu agrado.

— A o quê? — Irene o viu indicar com a cabeça para algo atrás dela e, quando se virou, percebeu que seu quarto tinha um banheiro adjunto. Pela porta aberta, podia ver os canos de cobre e uma banheira branca esmaltada. — Céus, nem percebi quando entrei.

— Você me magoa, Irene. Perdi a tarde toda para encontrar um hotel adequadamente discreto que tivesse um banheiro particular.

Rindo, ela se virou e olhou-o novamente.

— Obrigada. Foi algo muito cavalheiresco de se fazer.

Ele não a acompanhou em seu riso.

— Não tão cavalheiresco assim — disse, fitando-a nos olhos, e a risada dela desapareceu com a intensidade que viu nos dele. — Espero que você a compartilhe.

Com aquelas palavras, o coração de Irene palpitou com força contra seu peito, e o frio em sua barriga se transformou em algo gélido. Henry pareceu sentir seu nervosismo, pois atravessou a porta e segurou-lhe o rosto, sua palma quente na bochecha dela.

— Tem certeza absoluta de que quer fazer isso?

— Sim. — Irene confirmou com a cabeça tanto para ele quanto para si mesma. — Acho que nunca tive tanta certeza de nada na minha vida, Henry. Então... — fez uma pausa por um instante. — O que acontece agora?

— Há várias maneiras de procedermos. Se você estiver com fome, posso pedir um jantar e podemos comer primeiro. — A mão masculina deslizou até o pescoço dela, as pontas dos dedos acariciando a nuca. — Ou podemos fazer bom uso daquela banheira, tomar um banho e depois colocar um traje mais confortável. Eu sugeriria uma camisola frouxa, que não requeira um espartilho. Ou... — Ele fez uma pausa e seus dedos ficaram imóveis. A intensidade em seu olhar ficou ainda mais aguda, escurecendo-lhe os olhos até esfumaçá-los. — Ou você pode me deixar despi-la.

Irene não precisava de tempo para decidir que opção preferia e, quando Henry tirou a mão de seu pescoço, ela a segurou entre as suas, colocando-a no primeiro botão de seu blazer.

— Acho — disse — que prefiro a terceira opção...

A boca dele grudou-se na dela antes mesmo que Irene pudesse terminar. A mão de Henry se livrou e acariciou seu rosto enquanto ele a beijava. O contato era carinhoso e ardente, e os lábios de Irene se abriram de imediato para a experiência que ele iria lhe dar naquela noite.

Henry saboreou a boca dela em beijos suaves e luxuriosos enquanto começava a entrar no quarto de Irene, e tentou não pensar no fato de que a estava forçando a aceitar seu comando. Assim que entraram, fechou a porta com um chute e intensificou o beijo ainda mais, inflamando o próprio desejo para bloquear sua consciência, seu passado e quaisquer contemplações inconvenientes de certo e errado.

Mas tal estratégia tinha seus revezes, pois, após segundos, estava muito excitado e, se mantivesse aquele ritmo, esta noite não seria a experiência extraordinária que queria para Irene. Ele precisava desacelerar.

Henry interrompeu o beijo, buscando equilibrar duas forças opostas dentro de si enquanto começava a desabotoar o blazer dela. Era uma tarefa lenta, pois suas mãos estavam tremendo do esforço para conter os próprios movimentos. Irene percebeu.

— Você não está nervoso também, está? — sussurrou, parecendo surpresa.

— Está brincando? É claro que estou — murmurou Henry, escorregando o blazer dela pelos ombros e jogando-o de lado. Então voltou a olhá-la, passando a mão por seu cabelo e inspirando profunda e tremulamente. — Estou muito nervoso.

Por algum motivo, aquilo a fez rir.

— Vá em frente — disse enquanto começava a abrir os botões da camisa feminina. — Pode rir de mim. Você parece se regozijar com esse passatempo.

— Bem, sim — confessou Irene. — Gosto de provocá-lo, é verdade. Mas gostei mesmo de saber que está nervoso.

— E por quê?

— Porque mostra que você nem sempre está tão no controle quanto finge estar.

Henry suspeitava de que Irene não diria aquilo se ele perdesse o controle completamente, como queria, e permitisse que a fúria dentro de si se libertasse, e ficou feliz por ela ter escolhido deixar que a despisse. Se Irene tivesse colocado um traje frouxo, sem nada por baixo, teria sido seu fim, e a experiência de tomá-la, curta e nada romântica. No fim das contas, o ato de desabotoar as roupas e desatar os laços permitia que controlasse, aos pouquinhos, seus impulsos, e quando ela estava apenas de combinação e roupa de baixo, Henry estava preparado para se concentrar no que era mais importante: excitá-la e lhe dar prazer.

Pela primeira vez desde que começara a despi-la, ele olhou para seu rosto. Irene estava corada; sua respiração, acelerada — um bom sinal de que já estava no caminho certo, mas não era suficiente. Nem de longe. Henry segurou o queixo dela e a beijou. Depois, se afastou novamente.

— Pode me provocar e rir de mim — disse enquanto começava a tirar os grampos do cabelo dourado. — Pois, antes que a noite termine, Irene, terei minha vingança.

— Céus — murmurou ela, baixando os olhos. — Parece que vou mesmo precisar daquele sal volátil, no fim das contas.

A despeito daquelas palavras amenas, Henry sentia os tremores que se espalhavam pelo corpo dela, apesar de não saber se eram de apreensão ou de expectativa. Provavelmente os dois.

Ele se virou para jogar os grampos na penteadeira ao lado enquanto passava a outra mão pelo cabelo dela, fazendo-os caírem sobre os ombros, exatamente como naquela noite na biblioteca, e como em todos os seus sonhos desde então.

Henry agarrou um punhado de cachos dourados sedosos e puxou a cabeça dela para trás. Beijou-a enquanto abria os botões da gola de sua combinação com a mão livre. Queria tocar nos seios de Irene, segurá-los e chupá-los, mas o decote discreto do traje o impedia. Ele traçou um caminho de beijos pelo pescoço esguio, descendo até a clavícula, enquanto deslizava as duas mãos até a cintura feminina. Segurou a barra da combinação dela, então a puxou para tirá-la, mas, de repente, Irene o segurou para interrompê-lo. Henry inclinou a cabeça, dando um beijo em sua orelha.

— Está tudo bem. Não tenha medo.

— Não estou com medo. É só que... — Ela fez uma pausa, então soltou uma risadinha. — Nós dois sabemos que não tenho experiência nesses assuntos, mas não sou a única cujas roupas são removidas, sou?

— Não. Mas provavelmente é melhor que eu fique vestido o máximo de tempo possível.

Sendo Irene, ela não podia aceitar aquela explicação.

— Não acho isso muito justo.

E não era, mas era muito melhor para ele conseguir se conter se continuasse vestido. Henry queria que tudo aquilo, cada segundo, fosse algo que Irene aproveitasse, sem arrependimentos, e supunha que a deixar tocá-lo fazia parte. Ele precisaria suportar a tensão.

— Está bem — concedeu, abrindo os braços. — Se quiser me despir, não vou me opor.

Irene colocou as mãos no primeiro botão do colete dele.

— Não entendo nada de roupas masculinas — confessou. — Acho que me mostrarei muito menos habilidosa nessa tarefa do que o seu valete.

— Você se sairá bem. Nossas roupas são como tudo em relação a nós. — Henry sorriu com a expressão interrogativa dela. — Diretas. Descomplicadas.

Irene emitiu um ruído cético enquanto tirava o colete, mas não se deu ao trabalho de discutir o assunto.

Ele já havia removido a gravata, o colarinho e os fechos, então ela só precisava tirar as abotoaduras e os suspensórios, além de abrir os botões de sua camisa. Irene não reparou, no entanto, no botão que prendia a camisa à ceroula, e não conseguiu evitar rir de sua consternação quando, ao puxar, a camisa não se moveu.

— Deixe que eu mesmo faço isso — propôs Henry, tirando tanto a camisa quanto a veste de baixo em poucos segundos.

Ele jogou as duas longe, mas, quando voltou a olhar para Irene, a expressão que encontrou o fez congelar.

Os lábios femininos estavam entreabertos, o olhar era inabalável enquanto estudava o peito desnudo de Henry, parecendo fascinada.

Irene colocou as mãos em seu peitoral e deslizou-as até os ombros, descendo pelos braços. A carícia lenta e quente era tão boa que ele gemeu, jogando a cabeça para trás, deixando-a explorá-lo e satisfazendo sua curiosidade, mesmo que estivesse batalhando para manter o próprio desejo sob controle. Ela passou as mãos pelos músculos do peito masculino, pelos ombros, braços e abdômen. Mas quando chegou ao cós da calça, Henry sabia que havia chegado ao seu limite.

— Já basta — disse e, ignorando o protesto de Irene, segurou seus pulsos e afastou as mãos com firmeza. — Você poderá explorar mais depois. Agora, é minha vez.

Henry olhou para baixo, reparando no formato abundante dos seios dela e no contorno saliente de seus mamilos sob a camada fina da combinação. Essa imagem aumentou ainda mais sua excitação, e ele soube que não podia esperar mais para ver o que, até o momento, só pudera imaginar.

— Erga os braços — instruiu enquanto agarrava o tecido delicado com os punhos e, quando Irene cumpriu o pedido, ele puxou a peça para cima e a arremessou na crescente pilha de roupas próxima a seus pés.

Ao voltar a olhar para Irene, a imagem era tão linda, tão maravilhosamente linda, que a pressa foi por água abaixo, e Henry precisou fazer uma pausa apenas para admirá-la. A pele era alva, com um delicado rubor. Os seios eram fartos e redondos; os mamilos, enrijecidos e excitados, com aréolas rosadas aveludadas.

A garganta de Henry ficou seca.

Ele ficou de joelhos à frente dela e segurou seus seios com as mãos. Irene inspirou bruscamente, jogando a cabeça para trás, curvando-se na direção do toque firme de Henry. A pele dela era como seda quente, e ele brincou, passando os polegares de um lado para o outro em seus mamilos, revirando-os entre os dedos. Irene começou a gemer, baixinho e grave, segurando a cabeça masculina, os dedos explorando-lhe o cabelo, mas não era o suficiente. Henry a queria tão sedenta, tão excitada, que, quando chegasse o momento de possuí-la por completo, Irene estaria tão entregue quanto possível.

Ele se aproximou, segurando um seio em uma das mãos enquanto tomava o outro com a boca. Ela gritou, seu corpo tremendo em resposta. Henry a chupou com delicadeza. Depois com menos suavidade, mordiscando os mamilos com os dentes.

— Henry! — exclamou ela baixinho, mexendo-se, agitada. — Oh, céus, Henry.

Ele brincou com os seios por mais uns instantes, então se afastou, sem intenção alguma de abrandar, pois a queria ainda mais sedenta. Henry procurou o botão que prendia a ceroula e o soltou, abaixando a peça pelas pernas de Irene. Envolvendo o quadril dela com o braço, posicionando-o abaixo de suas nádegas, começou a salpicar beijos na pele sedosa desnuda da barriga dela. Irene se remexeu, agitada, mas Henry a segurou firme, sabendo que aquele fogo atingiria níveis torturantes se Irene não pudesse se mover. Ele beijou-lhe a barriga, passou a língua pelo umbigo e escorregou a mão até o meio de suas coxas.

Henry pressionou o polegar no sexo dela, e Irene gemeu. Seus joelhos cederam, mas ele a manteve em pé, o braço apertando-lhe o quadril enquanto deslizava o polegar para a frente e para trás.

As mãos de Irene puxavam o cabelo dele. O quadril chacoalhava sob o braço que o prendia enquanto ela instintivamente buscava o êxtase, mas Henry continuou contendo-a com firmeza, impedindo-a que tivesse o que queria. Ela gemeu em protesto, a agitação crescendo à medida que ele a acariciava com o polegar.

Henry a olhou. Não podia ver seu rosto, pois a cabeça estava jogada para trás, mas não tinha problema, porque o que conseguia ver — a pele enrubescida, o pescoço longo e esguio, os seios fartos e salientes — já era esplêndido o bastante.

Irene estava molhada e quente, e ele a penetrou um pouco com o polegar, tirando-o em seguida para espalhar a umidade e aumentar o prazer dela. Irene voltou a gemer, seu corpo tremendo.

— Henry — choramingou. — Ah, céus... Ah, céus...

— Agora quem está sendo provocada, hein? — Ele deu um beijo na barriga macia enquanto continuava acariciando seu clitóris. — Eu avisei.

Irene estava ofegando, desesperada.

— Por favor — gemeu. — Ah, por favor.

— Por favor, o quê? — Henry circundou o clitóris dela com a ponta do polegar. — Quer que eu pare?

Irene sacudiu a cabeça com veemência.

— Não, não, não pare. Ah, céus, por favor, não pare. Eu só quero... Quero... — O quadril dela se debatia descontroladamente. — Mais. Por favor, Henry.

— Ainda não. Espere.

Henry beijou a barriga dela e afagou seu sexo sem deixá-la se mexer, atiçando as chamas do desejo de ambos, enquanto as doces súplicas de Irene o levavam ao limite. Somente quando soube que ela estava prestes a não aguentar mais foi que cedeu, soltando-a de leve. Na mesma hora, o quadril de Irene se projetou com força na direção dele, suas coxas se espremendo na mão de Henry, e, com um choramingo grave e um ofego trêmulo, ela gozou intensamente, com os joelhos cedendo.

Ele se levantou, tirando a mão do meio das pernas femininas, e a segurou em seus braços. Beijou-a e, pegando-a no colo, deitou-a na cama.

Irene só conseguia olhá-lo, zonza e sem palavras, enquanto Henry se deitava ao seu lado. Depois do que havia acabado de vivenciar, ela não conseguia imaginar quais sensações estranhas e maravilhosas poderiam se seguir.

Sabia que seu conhecimento sobre relações físicas entre homens e mulheres era limitado, aprendido em uma única conversa dolorosamente constrangedora que tivera com sua mãe quando tinha 15 anos, nas poucas consultas sussurradas que fizera com as mulheres casadas nas reuniões das sufragistas com o passar dos anos e nas espiadas em livros proibidos quando conseguia botar as mãos em algum. Mas depois daquele trajeto insano e maravilhoso na carruagem com Henry na outra noite, veio até o hotel achando que tinha uma boa ideia do que esperar. Mas, desavergonhadamente nua diante dele, com todos os seus sentidos virados em um tumulto zonzo e eufórico, concluiu que não sabia de absolutamente nada.

Mas sabia que ainda havia mais por vir, pois Henry a estava observando, seus olhos cinza brilhantes pregando-a ao colchão enquanto ele começava a desabotoar a calça. Quando a abaixou, Irene só conseguia olhar para a ereção dele, perplexa ao, finalmente, começar a entender o que todas aquelas conversas sussurradas e constrangidas estavam querendo explicar. Pela primeira vez, sentiu uma pontada de pânico. Seu olhar se voltou de imediato para o rosto dele.

— Henry?

Ele abaixou a calça e a ceroula até os tornozelos. Quando se endireitou, ela viu que Henry estava segurando um envelope vermelho pequeno na mão. Irene engoliu em seco, tentando abafar a repentina onda de pânico.

Henry deve ter percebido como ela se sentia pelo seu rosto, pois se aproximou e deu um beijo em sua boca.

— Tudo ficará bem — garantiu.

Ele se acomodou na cama ao lado dela, colocando o envelope debaixo de seu travesseiro, e, quando se virou, Irene sentiu a parte dura e ereta do corpo masculino pressionando sua coxa.

— Henry? — falou, sentindo uma repentina necessidade frenética por alento.

Ele se apoiou sobre um dos braços e a fitou nos olhos enquanto estendia a mão e acariciava seu rosto.

— Céus, você é linda — disse ele, descendo o carinho, seu olhar acompanhando à medida que ele deslizava a mão até o seio farto, descendo pelas costelas, pela barriga, até chegar à coxa. — Para falar a verdade — comentou, rindo de leve —, acho que você é, sinceramente, a mulher mais linda que já vi.

De repente, a mão de Henry ficou imóvel no quadril dela, e uma sombra pareceu pairar em seu rosto.

— Se quiser parar com tudo — continuou, sua voz um sussurro áspero enquanto a encarava bem nos olhos —, você pode, Irene. Seria... mais fácil, para mim, se decidisse isso agora. Melhor agora do que depois.

Ela virou a cabeça e deu um beijo na mão dele.

— Não quero parar.

— Pode ser que você queira. Antes do fim.

— Por que eu iria querer?

Em vez de responder, Henry colocou a mão debaixo do travesseiro e pegou o envelope vermelho, abrindo-o e pegando o que havia dentro dele.

— Isto é...

Irene ergueu a cabeça para ver melhor, mas ele já havia escondido o conteúdo na palma da mão.

— Sim — respondeu Henry, começando a se posicionar em cima dela, movendo-se devagar, como que para dar a Irene tempo suficiente para mudar de ideia, até estar acomodado entre suas pernas. Ela o sentiu rijo e ereto, pressionando o local que acariciara com tanta intimidade momentos atrás. A mão de Henry deslizou entre eles e, após um instante, a tocou no mesmo lugar antes, acariciando a parte mais íntima de seu corpo com as pontas dos dedos, provocando aquelas sensações incríveis novamente. Irene relaxou, fechando os olhos, mas a voz dele a impediu de se perder na paixão que as carícias sempre pareciam evocar.

— Irene, ouça. Olhe para mim.

Ela obedeceu, abrindo os olhos.

— Você sentirá dor — alertou Henry. — Não há como evitar. Mas, se em algum momento quiser que eu pare, basta dizer e... — Ele parou e a beijou com força. — E eu paro. Prometo. Tudo bem?

A voz dele parecia estranha, estrangulada e áspera, e sua respiração havia acelerado, mas Irene não estava com medo.

— Não quero que você pare — sussurrou e ao dizer aquelas palavras qualquer vestígio de pânico se esvaiu. Pois queria aquilo. Agora mais do que nunca.

Henry se mexeu, e ela pôde sentir a parte enrijecida do corpo dele se esfregando nela. O ponto entre suas coxas parecia tremendamente sensível àquele toque, e a ereção parecia ardente e deliciosamente sensual. Irene gemeu, seu quadril se projetando na direção dele.

— Irene? — A voz de Henry era aflita agora enquanto se erguia sobre ela, apoiando o peso do corpo nos braços. — Não consigo mais segurar. Preciso penetrá-la.

Penetrar? Os olhos de Irene se abriram imediatamente para ver o rosto masculino, tenso e indecifrável, mas, antes que pudesse perguntar alguma coisa, Irene o sentiu pressionar seu sexo contra o dela. *Entrando* nela.

Irene deu um ofego assustado enquanto seu corpo se lasseava para acomodar aquela invasão grande e desconfortável. Henry ficou imóvel, pairando acima dela, esperando. Irene sabia pelo que ele esperava e assentiu com a cabeça, estimulando-o a continuar, erguendo o quadril.

Aquilo pareceu ser tudo de que Henry precisava. Repentinamente, com um ruído áspero, ele moveu o quadril vigorosamente na direção do dela, um movimento que colocou aquela parte rija e ereta de Henry e dentro de Irene em sua totalidade. Apesar de ter sido alertada, ela não pôde evitar um grito com o ataque súbito. Henry capturou o som de sua dor em um beijo, enquanto os braços dela se enrolavam no corpo masculino. Ele ficou imóvel novamente, beijando-a — beijos lentos e intensos — enquanto passava a mão pelo cabelo dourado. Então, Henry se afastou e começou a beijá-la em todos os lugares que conseguia tocar — o pescoço, as bochechas, a boca até mesmo a ponta de seu nariz.

— Vai ficar tudo bem, Irene. Prometo.

Ao mesmo tempo que a reconfortava, a dor já diminuía.

— Estou bem, Henry — sussurrou Irene, movendo-se hesitantemente debaixo dele, tentando se acostumar com aquela estranha união.

Ele enterrou o rosto no pescoço de Irene e começou a se mover, acelerando o ritmo e, à medida que fazia isso, seus movimentos ficavam cada vez mais fortes e profundos. Ela sabia que Henry estava sentindo o mesmo tipo de prazer que ela. Irene projetou o corpo para cima, apertando e relaxando as pernas, e, quando ele gemeu em resposta, ela sorriu, começando a gostar daquela parte. A dor havia diminuído e se tornara uma mera sensibilidade bem no fundo de seu corpo, nada intolerável, e Irene tentou seguir os movimentos, se equiparando ao ritmo de Henry.

A respiração dele estava ofegante, e seu quadril pressionava o dela contra o colchão em movimentos rápidos e urgentes. Irene voltou a sentir aquele prazer magnífico que Henry tinha lhe proporcionado antes, só que ainda mais ardente e intenso.

E então, subitamente, o corpo masculino começou a tremer. Ele soltou um grito rouco, investiu contra Irene uma última vez e ficou imóvel, o corpo cobrindo-a, respirando pesadamente contra seu pescoço.

Ela o acarinhou, adorando a sensação dos músculos sólidos e macios de suas costas, e, quando Henry ergueu a cabeça e fitou seus olhos, se sentiu tomada por um afeto arrebatador, que não se comparava a nada que sentira antes na vida. Aquilo deixou seu coração apertado e a fez querer rir e chorar ao mesmo tempo. Parecia tomar conta de toda a sua alma.

Então, ser uma mulher arruinada era assim. Irene não sentia arrependimento nem culpa. Apenas uma felicidade avassaladora borbulhava dentro de si até ela não conseguir contê-la, e rir alto. Ser arruinada era terrivelmente maravilhoso.

Capítulo 18

— Irene? — Henry se ergueu, parecendo desconfiado. — Você está rindo?

— Bem... Sim. — Ela confiava nele. Podia contar. — Sinto muito se isso é algo rude a fazer em um momento como este. É só que... Não entendo a causa de tanta repressão e censura, sinceramente. — Fez uma pausa, rindo novamente. — Isso é maravilhoso. Por que as pessoas não fazem o tempo todo?

Aquilo o fez rir também, um som alto e caloroso, e Irene gostou do som.

— Muitas pessoas fazem — contou Henry, segurando o rosto feminino com as mãos. — Acredite em mim, há pessoas se encontrando em hotéis e quartos por toda Londres neste exato momento em que estamos deitados aqui conversando sobre isso.

O riso dela desapareceu enquanto estudava o rosto de Henry.

— E você? Já esteve com muitas mulheres? Além da sua esposa, digo.

— Não, não muitas. Apenas o suficiente para saber o que estou fazendo. Mas não o bastante para ser cínico sobre isso, graças a Deus.

— E algumas pessoas são cínicas?

— Pessoas demais, receio. — Henry a analisou, e seu sorriso se transformou em uma expressão pensativa. — Você é uma mulher muito incomum, sabia disso?

— Por quê? Porque depois de conhecê-lo há menos de duas semanas já o aceitei como meu amante?

Irene tentou soar indiferente, mas receava que o cansaço em sua voz a tivesse prejudicado.

— De certa forma, sim. Você é muito surpreendente. Pareço nunca conseguir prever o que pensará ou como se sentirá sobre qualquer coisa. Ou o que decidirá fazer.

— Faz parte do meu charme.

Ela estava sendo jocosa, mas Henry não riu.

— De fato, faz. Acho que estou começando a gostar disso, para falar a verdade.

Henry a beijou, então saiu de cima dela. Irene soltou um ofego sobressaltado quando o corpo masculino se libertou do seu.

Henry colocou a mão entre eles, mexendo entre as coxas de Irene, mas não era uma carícia, e ela soube que ele estava apanhando o que havia no envelope vermelho. Estranhamente, aquilo a fez se sentir repentinamente acanhada.

— O que acontece agora? — sussurrou.

— Depende de onde todos acham que você está.

— Clara acha que estou em Belford Row. Mas, se estiver se referindo a meu pai, ele acredita que vou passar a noite na Upper Brook Street.

Henry franziu a testa, unindo as sobrancelhas, e, abruptamente, se afastou. Irene sentiu um arrepio estranho de apreensão quando ele se sentou, de costas para ela, com o conteúdo do envelope vermelho em seu punho fechado.

— Qual o problema? — perguntou.

— Nada. É só um pouco esquisito. — Henry soltou uma risada curta. — Falar sobre seu pai agora.

— Se acha que me arrependo do que aconteceu, Henry, está enganado.

— Fico contente.

Ele virou a cabeça, sorrindo de leve, e estendeu a mão livre para pegar a dela. Henry a beijou, depois a soltou e se levantou da cama. Irene se sentou, permitindo-se dar uma boa e longa olhada enquanto aquele homem fantástico caminhava até o próprio quarto. O corpo dele era esplêndido, pensou, inclinando a cabeça. Os ombros largos, as costas musculosas, as nádegas firmes. Henry desapareceu pela porta e ela soltou um suspiro descontente antes de desabar novamente no colchão.

Quando ele retornou, estava usando um roupão vermelho-escuro comprido, para imensa irritação de Irene. Henry voltou a se sentar na beirada da cama.

— Se você não precisa voltar direto para casa, que tal jantarmos aqui mesmo?

— Podemos? Que ótima ideia. Estou faminta.

Aquilo o fez rir, e Irene sorriu com aquele som.

— Por mais que eu goste de fazê-lo rir — disse ela enquanto se sentava —, por que o que eu disse foi divertido?

— Porque sei o motivo pelo qual você está com fome.

Sorrindo de volta, Henry a beijou, olhou para baixo e segurou o seio macio com a mão.

O corpo dela respondeu imediatamente ao toque, projetando-se na direção dele, mas sua deliciosa expectativa foi aniquilada antes que Irene tivesse a chance de desfrutá-la.

— Você precisa me dar um tempinho para me recuperar, querida. Os homens precisam disso.

— Ah. — Ela corou, percebendo que havia muitas coisas sobre homens das quais não sabia. Então, franziu a testa, dando um tapa no pulso dele. — Se é assim, então por que está me provocando dessa forma?

Os olhos de Henry se arregalaram, e, por um instante, ele pareceu tão inocentemente dissimulado quanto um de seus sobrinhos travessos.

— É isso que estou fazendo? — murmurou, as pontas de seus dedos roçando no mamilo feminino, acendendo o calor dentro do corpo dela.

— Sim — respondeu Irene com firmeza, empurrando a mão dele para longe. — Além do quê, você me prometeu comida.

— Então, jantar para dois? Confia em mim para fazer o pedido?

— Com certeza. Sendo um duque, você saberá que prato combina com qual vinho e tudo mais, então peça o que achar melhor. Mas nada de sobremesa — acrescentou Irene quando ele começou a se levantar.

Henry sentou novamente, franzindo a testa de leve, mostrando que ela o havia confundido outra vez.

— Por que não?

— Não preciso. — Irene sorriu, enrolou os braços no pescoço dele e o beijou. — Você é minha sobremesa.

E foi assim que começou a vida do sr. e da sra. Jones. Henry telefonava do clube para informar em qual hotel eles se encontrariam, um lugar diferente a cada noite. Ele se encarregava do transporte da mala de Irene e da lavagem das roupas usadas, para que, independentemente de onde os dois passassem a noite, ela sempre tivesse roupas limpas sem que ninguém das casas de ambos tivessem motivo para desconfiar. E Henry lhe garantiu que nunca vinha na própria carruagem e que sempre pegava um trajeto tortuoso até seu destino. Eles se encontravam depois do anoitecer e se separavam antes do amanhecer.

Aqueles encontros ilícitos eram uma faceta de uma vida da qual Irene já tinha algum conhecimento, pois o ganha-pão das colunas de fofoca envolvia os casos amorosos de vários membros da aristocracia. E tal conhecimento a favoreceu na hora de evitar quaisquer boatos relacionados a eles. Irene sempre se certificava de ir embora de capa e véu. As estações de trem compunham locais adequados para trocar seus trajes distintivamente velados pela saia e pela camisa de costume, um uniforme indistinguível das vendedoras de lojas, telefonistas e datilógrafas que perambulavam por Londres tarde da noite e cedo de manhã. Até mesmo a cor de seu cabelo ficava escondida por debaixo de uma capota de palha simples. A despeito de tais precauções, no entanto, um dos concorrentes de Irene fez uma menção, em sua edição de quarta-feira, do interesse repentino do duque de Torquil por uma misteriosa dama de véu, forçando Irene a garantir que a coluna seguinte de Delilah Dawlish, de Josie, também o fizesse, pois não tocar no assunto seria uma atitude percebida por seus concorrentes. Ela começou até mesmo a inventar uma identidade para a amante de Torquil. A família dele, é claro, não fez pergunta nenhuma sobre a mulher, pois Henry lhe assegurou de que, em sua classe, não se discutia a amante de um homem.

Seu pai, que não costumava ler colunas de fofoca e há tempos se acostumara com as idas e vindas de Irene em horários estranhos, não teve motivo algum para suspeitar. E desde que Clara não aparecesse em Belford Row, o segredo das noites ilícitas permaneceria intacto.

Para ela, as noites com Henry eram magníficas, não apenas por causa do êxtase delicioso que sentia nos braços dele, mas também por suas conversas, pois nunca antes na vida tivera a chance de debater aberta e honestamente com um homem. Houvera um ou dois pretendentes, jovens homens respeitáveis, apresentados por seus primos ou que moravam na vizinhança e ela os conhecia a vida inteira. Eram todos gentis, sérios e monótonos. Qualquer discordância feminina por parte dela às opiniões e aos conselhos deles os deixava desconfortáveis e inclinados a mudar de assunto. Irene nunca tivera nenhuma interação com um homem com quem conseguisse conversar de igual para igual como Henry. Ele não achava sua mente feminina nem um pouco intimidadora, nem inferior a sua. Nem tinha o costume de tratá-la com indulgência, ou de fazer gracejos para evitar uma discussão, e suas conversas frequentemente eram tão acaloradas quanto o amor que faziam. Como acontecera desde o momento que se conheceram, Henry conseguia provocá-la, e enfurecê-la, porém, isso a fazia pensar.

— Mas por que as mulheres deveriam poder votar?

Irene largou a faca e o garfo, feliz em defrontá-lo em meio às bandejas de café da manhã espalhadas pela cama em seu terceiro hotel aquela semana.

— E por que não deveriam? Responda isso.

— Isso não é um argumento. — Henry se recostou na cabeceira de bronze da cama com seu chá, preparando-se para relaxar. — Defenda seu posicionamento.

— Por que eu deveria precisar? Os homens um dia precisaram? Ou decidiram: somos maiores, somos mais fortes, vencemos?

— Bem, sim, provavelmente foi isso que aconteceu, mas, repito, isso não é um argumento. Se vocês querem o direito ao voto, precisam fazer mais do que marchar e protestar. Precisavam se fundamentar em algum princípio moral, sabe? Será necessário convencer os homens que estão no poder a cedê-lo a vocês e, para conseguir isso, precisam melhorar a argumentação. Vocês não chegarão a lugar algum apenas reclamando sobre como as coisas são injustas e como os homens vêm agindo como bem entendem há tempo demais. Se um dia conseguirem ser ouvidas por um membro do parlamento e disserem tolices como essa, ele rirá na cara de vocês e dirá que o que precisam é se casarem e terem uma penca de filhos para se lembrarem de seus devidos lugares.

Irene fez uma careta.

— Isso é mais verdadeiro do que gosto de pensar.

— Então, responda à minha pergunta. Por que as mulheres deveriam poder votar?

Esquecendo-se do café da manhã, ela largou os talheres e empurrou a bandeja.

— Acredito que, se as mulheres tivessem direito ao voto, seria benéfico para o mundo.

— Isso é um sentimento, e não me importam suas crenças. Lembre-se — acrescentou Henry ao vê-la furiosa —, sou seu oponente. Sou o membro do parlamento que você precisa convencer. Tente novamente.

— Eu tentarei, Henry, mas, falando com toda seriedade, você não acha que o fato de as mulheres poderem votar poderia provocar mudanças boas? Esqueça essa ideia de construir um argumento, apenas me diga o que pensa. Você, pessoalmente.

— Sinceramente? Não sei. — Ele ignorou o ruído de exasperação que Irene emitiu e refletiu por um instante. — Se acontecesse, a mudança seria enorme, até mesmo caótica. Se seria boa? Como posso responder a isso? Toda a minha vida, fui criado sob certo código. Sou o duque, é minha responsabilidade manter meu mundo estável, cuidar de todos aqueles que vivem na minha esfera. Os inquilinos das minhas fazendas, os criados por mim empregados, os comerciantes da minha vila... Todas essas pessoas dependem de mim para manter seu mundo o mais confiável possível. Esse é um fato da minha existência. Tenho total consciência de que a condição econômica de todas essas pessoas, especialmente das mulheres e das crianças, depende, em grande parte, das decisões que tomo.

— Mas deixe seu título de lado. E você?

— Falando como homem, sempre acreditei que é meu dever, minha responsabilidade e minha honra cuidar das mulheres da minha vida, e das crianças. Se não tiver isso, se não conseguir ter, então, como homem, o que sou? Qual o meu propósito neste mundo, se não proteger e cuidar daqueles que amo e são mais especiais para mim?

Vendo-o falar, Irene sentiu uma dor profunda no peito. Não conseguiu responder, pois estava assolada por uma miríade de emoções. Perplexidade, pois Henry realmente não se via como mais do que um mero cuidador dos outros. Confusão, pois nunca conhecera um homem para quem cuidar dos outros significasse tanto. E, sim, uma pontada de inveja, também. Inveja daqueles que eram afortunados de o terem como seu defensor.

Irene não conseguia pensar em como dizer tudo aquilo, e, enquanto o observava, ele franziu a testa daquele jeito tão característico.

— Por que você está me olhando desse jeito? — indagou.

— Porque, Henry, você não é como nenhum outro homem que eu já conheci.

Aquilo o encabulou, Irene percebeu, pois ele desviou o olhar, tossindo.

— Sim, bem, não acho que eu seja um rapaz tão raro assim.

— Mas é. E justamente por todos os homens não serem como você, como ficam as mulheres que não têm a sorte de se encaixar na sua esfera de responsabilidade?

Henry passou a mão pelo cabelo e soltou uma risada.

— Céus, Irene, não sei. Você me confunde o tempo todo, de verdade. Por que é que, com você, estou sempre questionando o que penso, aquilo em que acredito, o que é certo e errado? Até conhecê-la, eu tinha certeza absoluta de todas essas coisas.

— E agora?

— Agora não tenho certeza de mais nada, para ser sincero. Você me provoca, me enlouquece, me excita, me impele a questionar tudo o que sei e tudo em que acredito. Pego-me engajado em debates sobre questões que nunca considerei antes. Você desfaz noções da minha vida que sempre assumi como verdadeiras.

— Você faz o mesmo comigo. Mas isso é uma... uma coisa boa. — Ao dizer aquilo, Irene sentiu um arrepio descer pelo pescoço, como se um vento gelado estivesse soprando no quarto. — Não é?

— É? — Henry franziu a testa, olhando em volta do quarto de hotel. Enquanto Irene seguia o olhar dele, reparou na evidência de sua pressa em fazer amor pouco tempo atrás: as roupas espalhadas, o envelope vermelho. — Estou envolvido em situações com que jamais sonhara até poucas semanas atrás. Você se entranha, Irene, nos alicerces da minha existência.

Ela se forçou a olhá-lo novamente.

— Você disse que não se arrependeria disso — sussurrou Irene. — Do que temos.

— Não me arrependo. — Henry largou o chá e se inclinou para a frente, tocando o rosto feminino. — Nem um pouco, nem por um instante. Mas ter conhecido você foi um tanto caótico para as minhas sensibilidades. Você quer mudar o mundo, querida — acrescentou, sorrindo com tanta ternura que o momento de apreensão de Irene se esvaiu. — E estou acostumado demais em me contentar com o mundo do jeito que ele é. E por falar nisso — lembrou Henry, removendo a mão —, você ainda não me convenceu de por que as mulheres deveriam ter o direito de votar. Então, prossiga.

Irene pensou por um instante, tentando formular seu argumento como Henry esperava que ela fizesse.

— Porque o que é decidido pelos homens em relação a nós não leva em consideração o que queremos, o que sabemos ser melhor para nós mesmas.

— Mas, como homem, sei o que você quer e o que é melhor para você.

— Francamente, Henry — disse ela, chocada, qualquer tentativa de um debate racional indo por água abaixo. — Você não pensa assim de verdade, pensa?

— Claro que penso — respondeu ele, sua expressão impassível.

Irene sabia, no entanto, mesmo sem ter certeza de como, que ele a provocava de propósito. Estava funcionando, pois agora estava furiosa e gaguejante, e completamente desarticulada.

Irene fez uma careta, frustrada com a habilidade dele em virar a discussão a seu favor ao usar suas emoções contra ela mesma.

— Isso não é justo. Vocês, homens, vão à universidade, passam quatro anos aprendendo e praticando como debater...

— Eu, não. — Henry sorriu. — Estudei por nove anos, não quatro. Antes de Cambridge, fui para Harrow. E antes de lá, tive meus tutores. E, sim, em Cambridge, eu era mestre em debates de oratória. Campeão da turma por quatro anos consecutivos. Então, você tem razão, já está superada e tem menos poder de fogo. O que já é óbvio — acrescentou, sorrindo —, visto que sou homem e você, mulher. Você não tem nenhuma chance.

— Vanglorie-se — respondeu Irene, plenamente ciente de que ele estava brincando. — Dê a mim nove anos de treinamento intensivo em debate e oratória e veremos como você se sairá.

— Não sei se isso importa. Irene, vivo cercado por mulheres e posso garantir a você que cada uma tem a capacidade de criar um argumento em um piscar de olhos. Pode não ser um argumento lógico...

Ela revidou cutucando-o com o pé.

— Sei o que quer dizer. O seu gênero aprende debate e oratória na universidade. Nós, mulheres, temos essa oportunidade negada.

— Não é negada. Nem sempre, de qualquer forma.

— Na maioria das vezes, contudo. Só temos permissão se os homens da nossa vida, que quase sempre detêm o controle sobre o nosso dinheiro, consentirem em cobrir as despesas. Então, mais uma vez, são os nossos homens — maridos, irmãos, pais — que decidem quanta educação receberemos. A maioria de nós aprende pouco mais que aspectos elementares.

Henry sorriu.

— Você parece minha irmã falando. Ela queria ir para a universidade.

— Angela? — Irene congelou, abismada. — Henry, você não negou educação universitária à sua irmã, não é? Por favor, diga-me que não fez isso.

— Não, não Angela. Patricia. Ela era louca, absolutamente louca por química. Queria ir para Girton e se tornar médica. Mas meu pai, que era vivo na época, não queria nem ouvir aquilo. Já era ruim o suficiente se um homem de nossa família quisesse ser médico, mas uma mulher? Céus, não. Foi uma decepção terrível para ela. Partiu seu coração.

O argumento de Irene acabara de ser comprovado, mas ela não estava se importando, pois fitava o rosto de Henry e qualquer debate acadêmico sobre os direitos e a educação das mulheres foi deixado de lado.

— Patricia? Ela morreu, não foi?

— Dois anos atrás. Morreu ao dar à luz. Eclampsia. O bebê também faleceu. — Ele se mexeu, então tossiu. — Se quer lutar pelos direitos das mulheres, posso garantir que ficarei feliz em advogar por dar às mulheres mais acesso à educação universitária, especialmente se isso significar que teremos mais médicas mulheres e melhor assistência médica para elas.

Henry estava tentando conduzir a conversa para a política, pois era mais seguro do que falar de uma perda pessoal e de uma dor privada. Mas Irene não permitiria que ele fizesse tal desvio.

— Como ela era?

— Patricia? — Henry sorriu, mas havia uma tristeza inconfundível no gesto, e Irene se perguntou como um dia pudera achar aquele homem gélido ou sem sentimentos. — Acho que você pode adivinhar como ela era. — O sorriso dele se tornou irônico. — Você conheceu meus sobrinhos.

Irene riu.

— Ah, Senhor.

— Exatamente. Pat era a pessoa mais aventureira de nossa família. Estava sempre querendo saber o porquê e o como de tudo. E era incrivelmente inteligente. Era uma mulher que teria tornado o mundo um lugar melhor, para usar o seu argumento. Bem — corrigiu —, com exceção daquela vez em que ela quase explodiu a casa de veraneio.

— Céus! Tal mãe, tais filhos.

— Sim. Um experimento químico que deu errado. Mas, a despeito do incidente da casa de veraneio, ela era brilhante. Se tivesse ido para Girton, teria amado cada minuto. De toda forma, Pat amava Jamie loucamente e adorava os meninos, e não vou dizer que superou o trauma de não ter ido para a universidade, pois ninguém supera a destruição do sonho de uma vida inteira, mas ela conseguiu ser feliz apesar da perda.

Irene balançou a cabeça compreensivamente.

— Sim. É preciso seguir em frente, não é? Quero dizer, o que mais há a ser feito? Além de acabar como meu pai. Ele vai... — Irene parou de falar e olhou para os pratos do café da manhã. — Ele vai se matar de tanto beber. Sei que vai.

Henry segurou o queixo dela, erguendo seu rosto.

— Se ele fizer isso, como bem sabe, não há muito que você possa fazer para impedi-lo.

— Sim, eu sei. Já fiz tudo o que podia. Eu costumava revistar os aposentos dele diariamente, jogar fora todas as garrafas. Ordenava que os criados escondessem as bebidas alcoólicas, dizia ao vendedor que nunca mais trouxesse uma bebida para nossa casa, pois eu não pagaria a conta se trouxesse, mas... — Irene meneou a cabeça. — Não adiantou. Papai sempre conseguiu arranjar bebida em outros lugares e eu desisti. Aceitei o fato de que se uma pessoa está decidida a seguir por determinado caminho, ninguém pode impedi-la.

— Acho — disse Henry com um suspiro — que nós dois aprendemos a aceitar esse fato.

— Você está pensando em sua mãe, eu sei. — Ela empurrou a bandeja para fora do caminho e se ajoelhou, movendo-se para a frente para envolver o pescoço dele com os braços. — Mas não precisa se preocupar, Henry. O caminho que sua mãe escolheu pode estar perfeitamente correto, tanto para ela quanto para todos vocês. Só o tempo dirá.

— Só posso esperar que você esteja certa, pois fui forçado a aceitar que o casamento dela não é uma decisão que cabe a mim.

— Então, consigo ganhar algumas discussões com você. — Irene sorriu. — Como é gratificante saber disso.

— Você ainda não ganhou nossa discussão primordial — lembrou Henry. — Ainda não defendeu seu posicionamento em prol do voto das mulheres.

Ela suspirou.

— O problema é que sempre que uma mulher defende um posicionamento assim, ou tenta debater qualquer questão em um fórum público, dizem que isso "não é nada feminino, querida", e mandam-na parar de ser tão ressentida e raivosa.

Henry inclinou a cabeça, estudando-a.

— Irene, você poderia ficar parada no meio da rua só de camisa e gravata, e até mesmo, que Deus nos acuda, vestindo uma calça, segurando uma placa acima de sua cabeça exigindo as cabeças de todos os homens em bandejas enquanto um policial a arrasta para longe que eu jamais a acharia não feminina. E neste exato momento — acrescentou, olhando para baixo —, em que você não está muito vestida, eu mal consigo pensar.

Instantaneamente, os instintos femininos dela afloraram, mas então Irene percebeu o que ele estava fazendo e franziu a testa.

— Você está tentando me distrair novamente.

— Bem — Henry pausou, os dedos puxando a gola da camisola para espiar o colo feminino —, a distração é uma tática fundamental de debate.

Irene deu um tapa na mão dele e se afastou.

— Não funcionará, Henry. Já compreendi o seu jogo.

— Ah, está bem. Distrair a nós dois teria sido divertido para ambos. Por outro lado, você precisa desesperadamente de treinamento para o debate. Onde estávamos?

— Você estava argumentando que tem, de alguma forma, direito de tomar decisões por mim, pelo mero fato de ser homem.

— Então, acha que eu deveria lhe conceder poder e lhe dar o direito de votar porque não acredita que só quero o melhor para você?

— Não! Não é nada disso! Ah, como eu gostaria de poder fazê-lo entender. O poder sobre o que é melhor para mim não é seu para conceder ou manter, para tomar ou dar. Você não tem o direito de decidir o que quero ou o que é melhor para mim. Apenas eu tenho esse direito.

— Mas, legalmente, os homens têm, de fato, tal direito quando se trata das mulheres sob seus cuidados.

— E a lei está errada. Da mesma forma que a escravidão está errada, e que a servidão forçada está errada. Sou um ser humano, com alma própria, pensamentos próprios, opiniões próprias e vontade própria. Essas coisas não pertencem a você, ou a meu pai, ou a meu irmão, ou a qualquer outra pessoa, homem ou mulher, e concorde você comigo ou não, Henry, meu destino é meu, e as escolhas que determinam esse destino também são minhas. E apenas minhas.

Henry sorriu.

— Essa, minha querida — disse ele suavemente —, é a base de um argumento sólido.

Embora seu jornal pudesse especular sobre as atitudes indecentes de outras pessoas, Irene nunca estivera envolvida em nada indecente, nem sequer sonhara que um dia estaria envolvida, mas seus encontros secretos com Henry eram tão deliciosamente indecentes que a enchiam de expectativa quando não estava com ele, e de prazer quando estava. Talvez fosse um defeito em seu caráter, mas achava aquilo tudo terrivelmente excitante. Henry não compartilhava da mesma visão.

Ele considerava o sigilo do relacionamento um mal necessário. Por mais que gostasse de discrição, ele não gostava de segredos. Passeios sorrateiros e aventuras à meia-noite o perturbavam muito, e a perspectiva de ser pego o preocupava por causa de Irene. Ela também achava que Henry sentia alguma espécie de culpa. Mas, mesmo assim, em suas noites secretas juntos, Irene também começou a descobrir um bocado sobre o outro lado da natureza dele — o lado sombrio e sensual do qual a havia alertado aquela noite na biblioteca.

Com Henry, ela aprendeu que havia uma série de posições incríveis nas quais as pessoas podiam fazer amor. Descobriu que a preferida dele era com ela por cima, para que conseguisse ver seu rosto e acariciar seus seios enquanto Irene chegava ao clímax. Aprendeu como segurar o pênis ereto em sua mão e como manuseá-lo até Henry ficar à beira do êxtase. Aprendeu que ficar deitada com a cabeça repousada no peito despido dele era a melhor coisa após o sexo, porque adorava o som do coração de Henry batendo. E aprendeu que ele sempre reservava um quarto com banheira porque adorava ajudá-la a se banhar, espalhando o sabonete por sua pele e acariciando-a. E descobriu que Henry imaginara aquela tarefa desde sua primeira noite na casa dele, quando conversaram sobre banheiros.

E o melhor de tudo, aprendeu que podia deixar de lado qualquer comportamento servil e recatado, que podia assumir o controle sempre que quisesse. Foi incrível e uma verdadeira lição de humildade quando descobriu que o desejo mais fervoroso dele em meio àquilo tudo era satisfazê-la. E que, para seu deleite, ela o excitava e satisfazia quando dizia a ele o que a dava prazer. Henry adorava ouvir aquilo.

— E isto aqui? — perguntou ele, acariciando a parte de trás de seu joelho dobrado com a ponta dos dedos.

— Hum... — murmurou Irene em meio a um suspiro, aconchegando-se ainda mais no colchão, fingindo indiferença. — Isso é bom.

— Bom? Bom? — Henry deu um beijo no ombro dela. — Nenhum homem pode aceitar um comentário tão morno quando está deitado.

Ela riu.

— Henry, você *está* deitado.

— De toda forma, sinto-me ofendido. — Ele se levantou, nu, e foi até o pé da cama. — Preciso insistir em uma exploração completa desse tópico.

Irene ergueu a cabeça.

— Exploração?

— Isso mesmo.

Henry sorriu, os olhos fixos nos dela, e segurou seus tornozelos. Lentamente, começou a afastar as pernas femininas.

— Henry? — Irene sentiu certa euforia, uma expectativa misturada com uma pontada de inquietação, pois estava nua. — O que você está fazendo?

— E disto aqui? — perguntou ele, os dedos deslizando para cima e para baixo em suas panturrilhas e canelas. — Gosta disto?

Como ela não respondeu, Henry se abaixou, afastando os joelhos um pouco mais e acomodando-se entre eles.

— Ou disto?

Ele deu um beijo na parte interna de um dos joelhos, depois do outro. Com uma expressão determinava estampada no rosto, começou a subir ainda mais entre as coxas dela, deslizando os braços por debaixo de suas pernas.

— Henry?

A garganta de Irene ficou seca. Sua tensão aumentou.

— E disto aqui? — perguntou ele, abaixando a cabeça.

Henry pressionou os lábios delicadamente na parte mais íntima do corpo dela, e a sensação foi tão estridentemente deliciosa que Irene gritou e, instintivamente, fechou as pernas.

— Não, não — choramingou ela suavemente, chocada, envergonhada e excitada, tudo ao mesmo tempo.

Henry parou e ergueu a cabeça, mas ela não conseguiu olhá-lo. Só conseguiu fechar bem os olhos.

— Não gosta?

Ele se abaixou novamente, aninhando-se entre as pernas femininas.

— Eu não... Eu não sei. Tenho certeza de que não pode ser... Ah, céus, Henry, não. Isso é obsceno.

Irene estava ruborizando inteira, devia estar, pois seu constrangimento era tamanho que mal conseguia suportar. Aquilo era além de tudo o que já tinham feito, além de qualquer sensação que ele já lhe proporcionara.

— Irene — falou Henry, sua respiração quente sobre a umidade dela. — Quero fazer isso. Quero beijá-la aqui. Quero prová-la. Permita-me.

E então ele provou, e Irene arfou — um ofego intenso e trêmulo que fez seu quadril se pressionar contra a boca masculina.

— Ah, ah.

Henry ergueu a cabeça novamente.

— Devo continuar? — perguntou carinhosamente, acariciando--a, provocando-a. — Você quer? Não tem certeza? — acrescentou quando Irene não respondeu.

— Não tenho certeza — conseguiu dizer, derretendo por dentro. — Mais.

Ele riu de leve.

— Mais, então.

As mãos dela agarraram a colcha enquanto Henry a beijava com os lábios e a acariciava com a língua, saboreando-a intensamente, enquanto ela só podia continuar deitada ali, inundada de sensações tão maravilhosas que não conseguia formar palavras.

— Ah, ah, ah — era tudo o que conseguia dizer à medida que as sensações deliciosas aumentavam, chegavam ao seu ápice e desandavam por ela toda.

Não era uma sensação nova, porém, era mais poderosa, mais intensa e mais arrebatadora do que todas as outras vezes. E retornou repetidamente. Tudo o que Irene podia fazer era soluçar em um êxtase impotente enquanto os beijos carnais desavergonhados de Henry arrancavam cada gota de prazer do corpo feminino.

Por fim, ele ergueu a cabeça.

— Quero estar dentro de você — disse, rouco de prazer.

— Sim — arfou Irene, abrindo-se de imediato, afastando as pernas enquanto Henry subia com o corpo em cima do dela.

Ele fez uma pausa apenas pelo tempo suficiente para encontrar o envelope vermelho e pegar o profilático — a proteção que preservava a pretensa virtude de Irene. Henry o colocou e a possuiu com um movimento forte e potente que fez sair todo o ar dos pulmões dela e o fez gemer.

— Não consigo me segurar — murmurou ele contra o pescoço feminino enquanto os quadris se pressionavam. — Desculpe, Irene. Simplesmente não consigo.

Após mais dois movimentos, os braços de Henry a envolveram apertado e ele gozou, seu corpo tremendo com a força do orgasmo, e então desabou, ofegando, em cima dela.

Irene permaneceu deitada ali, passando os dedos pelo cabelo escuro, ainda pasma com o que Henry tinha acabado de fazer. Ela pensou em todas as vezes naquela semana em que ficara sentada no escritório, olhando pela pequena janela para a parede de tijolos do vizinho, sonhando com seu próximo *rendez-vous*. Mas nenhum sonho que tivera, independentemente de quão erótico, tinha chegado perto daquilo.

Sou um homem de intensos apetites carnais.

Sim, pensou Irene, sorrindo. Sem dúvida, ele era.

Capítulo 19

Henry se mexeu, dando um beijo na cabeça de Irene enquanto deslizava a mão por entre os corpos para pegar o preservativo. Escondendo-o em seu punho, saiu da cama. Nu, foi até a janela e, enquanto ela admirava a vista que tinha, ele espiou por entre as cortinas fechadas.

— Amanhecerá em breve — disse, largando a cortina e seguindo na direção do próprio quarto. — É melhor nos vestirmos.

Henry sumiu no quarto conjugado enquanto Irene se levantava da cama. Ela se movia lentamente, sua mente retornando ao que acabara de acontecer e a todas as outras experiências sensuais que ele lhe proporcionara nas quatro noites anteriores. Henry era mesmo um homem surpreendente. As coisas que sabia, especialmente sobre mulheres... Talvez por ter sido casado, ou por conta das outras com quem estivera.

Não muitas. *O suficiente para saber o que estou fazendo. Não o bastante para ser cínico sobre isso.*

Irene gostava disso nele. Alguns homens, em especial os da aristocracia, eram garanhões notórios. Henry não era. Na verdade, pensou Irene, enquanto pegava o espartilho e começava a colocá-lo, ele não era do tipo que estampava as páginas dos jornais sob circunstância alguma e, quando estampava, os boatos eram da espécie mais branda — uma especulação ocasional sobre com qual jovem dama dançara em um baile e se podia ser a escolhida para se casar com ele, esse tipo de coisa.

Henry iria se casar, com certeza. Eventualmente, precisaria se casar, não é?

Um duque deve se casar com uma mulher digna de sua posição.

As palavras dele naquela primeira noite que Irene passou em sua casa retornaram a sua mente, e as mãos congelaram nos fechos do espartilho. Ela, definitivamente, não era aquela mulher.

Mas não se importava com aquilo, disse a si mesma. Ora, ela mesma desdenhara da ideia de se casar com Henry apenas alguns dias atrás. Eles não eram adequados um para o outro em nenhum sentido. Irene sabia, e Henry também.

Tenho uma predileção, aparentemente, por mulheres que não são adequadas à minha vida, e é uma vida que não posso mudar.

Irene ficou olhando para o chão, pensando no futuro, e era uma perspectiva em branco. Ela não sabia quanto tempo aquele caso duraria, mas acabaria. E o que aconteceria depois? Não tinha se permitido pensar naquilo. Nos últimos dias, não pensara em nada além da noite que teria e sabia por que não se engajara naquele tipo de especulação.

O que iria acontecer era inevitável. Henry encontraria uma pessoa adequada e Irene retornaria à vida que tinha antes de conhecê-lo. Uma vida com um trabalho que amava em um mundo que compreendia. Uma vida sem ele.

Sentiu-se subitamente desolada.

— Meu Deus, Irene — disse Henry, sua voz interrompendo os pensamentos dela quando ele voltou a entrar no quarto para pegar as abotoaduras na penteadeira —, você ainda está assim? Precisamos nos apressar. Logo amanhecerá. E necessito dormir pelo menos um pouco, pois tenho uma série de coisas para fazer antes de partir para o interior.

Ele ia para Hampshire naquele dia. Outra coisa em que Irene não se permitira pensar. Com o espartilho fechado, parou de se vestir e se virou, seguindo-o até a porta enquanto Henry voltava para o próprio quarto.

— A que horas sai o seu trem?

— Às 14h, de Victoria.

Henry largou as abotoaduras na penteadeira e pegou o colarinho.

Observando-o, a assimilação da separação iminente a atingiu em cheio, intensificando seus sentimentos já desolados.

— Até este momento — disse Irene lentamente, observando as costas dele enquanto fechava o colarinho —, eu não tinha pensado no fato de que não o verei esta noite.

— Nem eu. Foi uma semana e tanto.

— Talvez eu possa ir com a sua família. Sei que você não queria que eu fosse — acrescentou, esperando ao máximo parecer indiferente, pelo bem do próprio orgulho —, mas isso foi antes de nós... — Irene fez uma pausa quando o viu ficar imóvel, mas se forçou a terminar. — Mas isso foi antes. Agora é diferente, certamente?

— É? — Henry se virou, e ela desejou não ter adquirido a habilidade de compreender melhor suas expressões, pois sabia o que ele iria dizer antes que abrisse a boca. — Você não pode ir a Hampshire, Irene — disse com delicadeza. — Não daria certo.

Ela baixou os olhos, seu coração se condoendo com a rejeição.

— Entendo — resmungou, apesar de não entender de verdade.

Em um instante, Henry estava na sua frente, colocando as mãos em seus braços.

— Olhe para mim.

O orgulho a forçou a encará-lo, mesmo que seus olhos — maldição — estivessem marejados.

— É muito, muito mais difícil manter a discrição no interior, ainda mais em uma parte do país onde todos me conhecem. Em Londres, há hotéis, táxis, certo grau de privacidade e o anonimato. No meu vilarejo, não haveria nada disso. Talvez conseguíssemos escapulir para passar um tempo juntos, mas muito provavelmente seríamos vistos. E mesmo que não façamos nenhuma tentativa de ficar juntos sozinhos, receio...

Henry parou de falar e inspirou.

— Eu sou, como você sabe, um homem que não demonstra seus sentimentos abertamente, e sempre considerei esse talento muito útil. Mas desde que a conheci, Irene, esse sangue-frio se tornou cada vez mais difícil de manter. É penoso para mim. Meu desejo por você não diminuiu nesses últimos quatro dias. Apenas ficou mais forte, e receio que não conseguirei escondê-lo. Vivo cada instante com medo de que alguém olhará para mim e verá o que sinto. Que um dia esquecerei a discrição e a cautela, e as pessoas saberão da verdadeira natureza do que acontece entre nós. Você pode dizer, com sinceridade, que sempre conseguiria esconder o desejo que sente por mim?

— Não. — Aquilo era algo difícil de admitir. — Não acho que conseguiria, não a todo o momento.

Henry a beijou, então tirou a mão de seus ombros e se virou.

— Em vista disso — disse ele enquanto retornava para a penteadeira e pegava uma das abotoaduras de sua camisa —, suponho que seja uma coisa boa o fato de que passarei o outono no interior. Isso nos dará tempo para pensarmos em nosso próximo passo.

Irene ficou olhando-o, perplexa.

— O outono inteiro?

As mãos dele ficaram imóveis.

— Talvez — respondeu após um instante, voltando a fechar as abotoaduras. — Tenho muitas coisas a fazer em Ravenwood, e nas outras propriedades também. Poderei vir à cidade ocasionalmente, mas não com muita frequência para não provocar boatos e especulações. Não tenho motivo algum para ficar por aqui nesta época do ano, entende?

— Então, como ficamos? — Ao mesmo tempo que fazia aquela pergunta, Irene já sabia a resposta, e seu desalento aumentou ainda mais. — Não o verei muito, não é?

Henry pegou a gravata e a colocou no pescoço antes de responder.

— Receio que não. Não até a primavera. E, mesmo então, precisaremos continuar mantendo a maior discrição possível.

— É claro, mas... — Irene fez uma pausa, assimilando os desdobramentos daquela situação pela primeira vez, estilhaçando a névoa de felicidade que a envolvera nos dias anteriores. — Ah, céus, nunca mais poderemos ser vistos em público novamente, não é?

Ele parou com as mãos ainda no colarinho.

— Acha que podemos? — perguntou Henry enquanto terminava de dar o nó na gravata. — Você sabe, melhor do que ninguém — continuou enquanto pegava o colete e o colocava —, como as fofocas começam, quão rápido se espalham. Você é uma mulher solteira, e eu, um homem solteiro. Tendo em vista a maneira como nos sentimos, acha que podemos arriscar que nos vejam juntos, mesmo acompanhados, sem suscitar boatos? As pessoas começarão a especular sobre nós. Seus concorrentes podem farejar uma história e começar a segui-la, e aí estaríamos em uma encrenca daquelas.

Irene percebeu que nunca mais poderia ir à casa dele. Nunca mais poderia velejar ou jantar com Henry novamente. Ela olhou por cima do ombro, para o quarto do hotel e para as roupas espalhadas, lembrando-se dos momentos após sua primeira noite juntos, e percebeu, subitamente, o que ele sempre soubera.

— Então isto é tudo o que temos — falou Irene, voltando sua atenção para ele. — Encontros às escondidas em quartos de hotéis durante a temporada, e talvez algumas outras vezes durante o ano.

Henry saiu da frente do espelho e parou novamente à frente de Irene. Ele segurou-lhe o rosto, mas ela não o olhou. Em vez disso, ficou observando fixamente sua camisa e para a elegante abotoadura prateada com o coronel ducal.

— Você se lembra, Irene — murmurou ele, acariciando a bochecha feminina com a ponta dos dedos —, do que lhe disse logo depois que propôs esse caso?

— Que não se pode voltar atrás — sussurrou ela. No momento em que disse aquilo, tudo dentro de si se revoltou, a raiva e a frustração incendiando. — Céus, não há nenhuma outra possibilidade além desta?

— Há. Você poderia se casar comigo.

Irene enrijeceu.

— Já conversamos sobre isso.

— Talvez devêssemos conversar de novo. Sei que você não quer abrir mão do seu trabalho, mas, como já discutimos, você poderia continuar trabalhando até certo ponto, se fosse discreta. E, apesar de eu saber que não quer ser uma duquesa, não estou certo de que considerou a questão de maneira muito objetiva.

Irene se remexeu, inquieta, sem saber ao certo se queria retomar aquele assunto.

— Não estou convencida de que quero viver no seu mundo, Henry. Confesso que não me atrai muito.

— Será que eu é que deveria migrar para o seu mundo, então? Um mundo de tabloides de escândalos e profissões para mulheres, e sufragistas, e sobrados da classe média? Onde é que eu me encaixaria nesse mundo, Irene, me fale? Eu sou um duque, não um atendente do Lloyds. Não posso deixar minha posição de lado. Não há nenhuma maneira de fazer isso. E mesmo que pudesse, não o faria, pois existem muito mais pessoas, além de nós dois, que deveriam ser levadas em consideração. Essas pessoas dependem que eu seja exatamente o que sou e que esteja exatamente onde estou. Não posso deixar o meu mundo.

— Eu sei disso. Não pediria que você deixasse.

— Então, sua pergunta está respondida. Nós estamos, agora, em um lugar entre nossos mundos, um lugar de encontros noturnos, de quartos de hotel, de risco e de sigilo, e a menos que você mude de ideia e se case comigo, isso é tudo o que temos.

— E isso — sussurrou Irene, forçando as palavras a saírem — não é suficiente para você, é?

— Por ora, talvez seja. Mas não pode durar. — Ela ergueu os olhos, perplexa, mas antes que pudesse responder, Henry continuou: — Por mais que a queira, não sei por quanto tempo posso permanecer aqui. A tensão me desgasta, e mesmo após menos de uma semana sinto que a história está se repetindo. Estou tratando você como tratei minha esposa, escondendo-a, mantendo-a como um prazer secreto e um objeto de constrangimento. É mais difícil do que eu esperava, e a cada instante que passa a culpa do que estou fazendo pesa ainda mais sobre mim.

Irene o encarou, pasma e desolada.

— Todo esse tempo — murmurou ela —, em todas essas noites que passamos juntos, eu estive extremamente feliz. Mas você... — parou, sentindo dificuldades em dizer aquelas palavras em voz alta. — Mas você, não.

— Estive, sim. — A voz de Henry era incisiva, forte. Os olhos cinza estavam sombrios e turbulentos, mas em seu rosto havia uma dor que a machucava também, que a fazia se sentir como se seu coração estivesse sendo arrancado do peito. — Aqui, neste quarto, quando estamos só nós dois e mais ninguém, esses têm sido os momentos mais felizes da minha vida, Irene. Mas a vida não pode se resumir a este quarto. E lá fora, estou em agonia.

Com aquela confissão, o coração dela pareceu ser arrancado por completo, estraçalhando seu peito e tombando direto nas mãos dele. Naquele momento, Irene se apaixonou.

A sensação era arrebatadora, e levou alguns instantes até que ela conseguisse pensar em algo para responder.

— E cá eu me encontrava pensando que estava aprendendo a discernir os seus sentimentos, Henry. Mas não fazia ideia disso. Por que não me contou?

— Contar o quê? Tentei explicar antes como seria, mas sabia que você não entendia. Eu devia ter me afastado, mas concordei com este caso porque, Deus me acuda, a queria tanto que não consegui suportar não a ter. Ainda me sinto assim, por mais egoísta e desonroso que seja.

— Fizemos essa escolha juntos. Você não deve se responsabilizar e se sentir culpado pelo que acontece entre nós.

— Não devo? Mesmo que eu mereça minhas recriminações? Estou dividido, não apenas pelo desejo, mas também pelo suspense e pelo medo pelo seu bem-estar e pelas reprimendas da minha consciência, como eu bem deveria estar. Se formos descobertos, você seria declarada uma meretriz, e eu mereceria toda a culpa por tê-la transformado em uma.

— Isso não aconteceu, Henry — lembrou Irene. — Não podemos nos atormentar com preocupações por coisas que não aconteceram.

Pareceu que ele tinha mais a dizer sobre aquele assunto, mas apenas concordou com a cabeça.

— Está bem — murmurou ele, virando-se e voltando até a penteadeira.

— Ao menos nossa primeira separação não será tão longa assim — disse Irene, tentando enxergar o lado positivo das coisas enquanto Henry abotoava o colete. — Eu o verei quando você retornar na segunda-feira com sua mãe e minha irmã.

Ele não respondeu. Em vez disso, pegou o relógio de bolso, mas então se conteve e, apesar de a cabeça estar abaixada e de Irene não conseguir ver seu rosto no espelho, ela sentiu outro calafrio de apreensão na nuca.

— Não acho — disse Henry após um instante — que voltarei tão cedo assim.

Irene ficou atônita.

— Mas e o casamento de sua mãe?

— Não irei ao casamento. — Ele colocou o relógio no bolso do colete e fechou a aba. — Ninguém da família irá.

Ela não podia acreditar no que estava ouvindo.

— Mas você disse que havia aceitado a decisão dela de se casar com Foscarelli.

— E aceitei. Mas comparecer ao casamento sugeriria à sociedade que eu aprovo. — Ele ergueu a cabeça e a fitou pelo espelho. — E eu não aprovo.

— Ora, Henry, francamente! — gritou Irene, irritada ao máximo. — Não consigo acreditar que você ainda pode ser rabugento desse jeito!

— Você detesta bancar a hipócrita, mas acha que eu deveria fazer isso?

— Acho que pensei que você fosse mais bondoso — retrucou ela, ressentida. — Mais clemente.

— Não se trata de bondade ou de clemência, Irene. Tal condescendência de minha parte macularia ainda mais minha família perante os olhos da sociedade.

— Dane-se sua imagem e sua idolatrada sociedade! É da sua mãe que estamos falando.

Henry ignorou a bronca e as palavras irritadas dela enquanto colocava as abotoaduras nas mangas.

— Minha presença agravaria ainda mais as oportunidades para Angela e Sarah. Significaria menos convites chegando para elas e, desse modo, menos chances de serem consideradas para um matrimônio adequado.

— O casamento não é tudo — gritou Irene. — A conveniência não é tudo.

— Minhas irmãs certamente não concordariam com você quanto a isso.

— E você?

Henry ficou imóvel por um instante, então ajeitou as abotoaduras no lugar e se virou.

— Eu também não concordo.

Aquelas palavras doeram como uma faca no peito de Irene, e ele pareceu sentir o impacto, pois suspirou.

— Você esperava que eu desse outra resposta?

— Não sei que resposta eu esperava — respondeu ela, chocada, seu peito doendo. — Talvez uma que não fosse tão terrivelmente decepcionante.

— Lamento tê-la decepcionado — respondeu Henry, e com aquela resposta fria, toda a euforia que sentiram nos últimos dias começou a desandar.

O que Irene estava pensando ao esperar que ele fosse qualquer outra coisa além do homem que era? Pensara que duas semanas em sua companhia e algumas noites em sua cama suplantariam as restrições de uma vida inteira? Ousara esperar que algumas discussões enérgicas poderiam incutir nele algumas de suas perspectivas de classe trabalhadora e alguns de seus valores modernos? Ela um dia acreditara que detinha influência suficiente sobre Henry para fazê-lo enxergar além das regras e das tradições e do que os outros poderiam pensar? Se era aquilo que estava pensando, estivera perdida em uma fantasia. O local em seu peito onde seu coração costumava ficar agora era um buraco vazio e oco.

Se aquela era a sensação de estar apaixonada por alguém, pensou Irene, então queria distância daquilo. Um som muito parecido com um soluço escapou de sua boca.

Em um instante, Henry estava diante dela, com as mãos em seus braços.

— Irene...

— E você se pergunta por que me recuso a casar com você?

Henry virou a cabeça de leve, quase como se Irene tivesse lhe dado um tapa. Levou um bom tempo para ele falar novamente.

— Se continuarmos desse jeito, chegará um momento em que você não terá escolha. Quando formos descobertos, seu nome será jogado na lama. Seus concorrentes revelarão todos os detalhes sórdidos do nosso caso para todos no meu mundo e no seu. E então, Irene?

— Isso não aconteceu!

— Mas acontecerá. Receio ser inevitável. É isso que estou tentando fazê-la enxergar. Nesse ponto, as circunstâncias a forçarão a revelar tudo. Pode me rejeitar, viver na desonra e me deixar o resto da vida sabendo que eu a desonrei e a encaminhei para a ruína. Ou poderia se casar comigo e nós dois teríamos que conviver com o fato de que foi forçada a fazer isso por conta das circunstâncias. Você se arrependeria, esse ressentimento cresceria, e o que quer que seja que sente por mim se transformaria em cinzas.

— Você está falando da sua falecida esposa, não de mim.

— Estou falando do curso inevitável de um caso amoroso que não é conduzido de maneira honrosa! — Henry agarrou-lhe os braços quando ela tentou se virar. — Ouça, Irene. Se você optasse por se casar comigo agora, por livre e espontânea vontade, sem esperar que as circunstâncias a forcem, seria diferente.

— Seria? — retrucou. — Você fala da minha livre escolha, mas tenta me influenciar com as restrições da sua consciência. Sei que acha que eu deveria sentir a mesma vergonha que você, mas, talvez por um defeito do meu caráter, Henry, eu não sinto. Você fala do meu consentimento, mas não me pergunta o que quero. Fala de honra, dever e obrigação porque essas coisas são importantes para você, mas nunca me pergunta o que é importante para mim.

Henry inspirou fundo e soltou o ar.

— Não pergunto porque... — Ele fez uma pausa, tirando as mãos dos ombros dela. — Temo que a resposta partiria meu coração.

— Você tem um coração? — gritou Irene. — Perdoe-me por ser cética, mas nunca vi muitas evidências. E esse é o cerne da questão. Quero amá-lo, Henry. Mas você torna isso impossível.

A voz dela sumiu, e, para seu pavor, começou a chorar. Ele se aproximou para tocá-la, mas Irene deu um passo para trás e os braços dele caíram ao lado do corpo.

— Eu quero amá-lo, e não estou me restringindo a aqui, neste quarto. Quero amá-lo porque estou apaixonada por você.

No mesmo momento em que dizia aquelas palavras, a dor no peito de Irene se espalhou por todo o corpo, pois sabia que o amor não era bom para nenhum deles.

— E não me diga — continuou ela vigorosamente antes que Henry pudesse responder — que o que sinto é somente paixão, ou que estou assoberbada, ou extasiada, pois o que eu sinto não é nada disso. Eu o amo. Tenho tanta certeza quanto tenho do meu nome. Mesmo assim, posso ver no seu rosto que você não acredita em mim.

— Como poderia? — murmurou Henry, esfregando as mãos no rosto como se estivesse tentando pensar. — Você diz que me ama, mas não se casaria comigo nem compartilharia da minha vida?

— Não, Henry. E não é por causa do meu trabalho — acrescentou Irene de pronto —, pois, por mais que eu ame o que faço, eu abriria mão, se precisasse, para seguir meu coração. E não é porque eu seria uma duquesa, pois embora não me deleite com a ideia, ouso dizer que conseguiria me ajustar à posição se necessário. Não, não me casaria com você porque você não consegue sequer se obrigar a ir ao casamento da sua mãe.

Henry ficou encarando-a, parecendo desconcertado.

— O que é que o casamento de minha mãe tem a ver com nós dois?

— Ela é sua mãe, Henry. Precisa de você, do seu apoio, mas você o nega, e para quê? Diz que é pelos membros da família, mas perguntou a eles se gostariam de comparecer?

— Não, porque já sei qual seria a resposta.

— E talvez sua conclusão esteja correta, mas a questão é que você não perguntou. Na verdade, duvido até de que tenha sequer considerado o direito deles em serem consultados quanto a isso. E mesmo que esteja certo, nessa situação em particular, quanto ao que eles decidiriam, já lhe ocorreu que, como chefe da família, seu melhor curso de ação talvez seja apoiar a sua mãe e tentar persuadir os outros membros da família a fazer o mesmo? De todos os deveres que lhe cabem, o maior deve ser mostrar aos outros, através do exemplo, o que é certo. E, nesse caso, isso significa permanecer ao lado da sua mãe quando ela precisa de você, e não dar as costas.

— Irene... — começou ele.

— Entende agora por que o rejeito? Se me casasse com você, o que seria de mim? — Ela colocou a mão no peito. — De mim, Irene? O que seria do que considero correto? Do que aspiro, e daquilo com que sonho e em que acredito? Você me perguntaria o que quero, me consultaria e levaria minha opinião em consideração, ou decidiria o que é melhor para mim?

Irene não esperou por uma resposta.

— E nossos filhos? Se me casasse com você e tivéssemos uma filha, o que ela será em nosso mundo? E seus sonhos e suas expectativas? E se ela chegasse para você um dia e dissesse: "Papai, não quero participar da temporada e encontrar um marido. Quero ir à universidade e me formar médica e tornar o mundo um lugar melhor", o que você diria?

— Eu... — Ele parou e engoliu em seco. — Minha posição me obrigaria a desencorajar qualquer filha minha a tomar tal rumo.

— Meu Deus, Henry! — Mesmo sem se surpreender com a resposta, isso a enfureceu e intensificou ainda mais sua determinação. — A cada palavra que diz, minha convicção de que estou certa em rejeitá-lo se solidifica. Pois, apesar de amá-lo, você parte meu coração com sua visão rígida e intransigente do mundo. Quanto ao que quero, eu ficaria feliz por viver no pecado como uma meretriz e à mercê do prazer de um homem se minha outra única opção fosse o dever dele. E se tudo isso não é motivo suficiente para rejeitá-lo — acrescentou, engasgando para conter as lágrimas —, jamais me casaria com um homem que me deseja, mas não consegue me amar. Um homem, na verdade, que sequer parece saber o que é amor!

Com isso, Irene deu um passo atrás e fechou a porta na cara dele, convicta de que fizera a coisa certa, mesmo desandando em lágrimas e com o coração partido em mil pedaços.

Capítulo 20

A GALERIA DE RAVENWOOD ERA um corredor longo e largo. Um lado, flanqueado por uma balaustrada de carvalho intricadamente talhada, dava vista para o saguão da entrada principal, que fora mantido do castelo original. Do outro, centenas de pinturas enfeitavam a parede, retratos pintados a óleo e com molduras de madeira pintadas de dourado. Henry caminhou pela galeria, passando pelos rostos dos antigos duques de Torquil, juntamente com suas esposas e seus filhos, e, apesar de ter olhado para eles enquanto caminhava, não parou até chegar a uma imagem em particular.

O rosto que o encarava parecia o seu — o mesmo cabelo preto, os mesmos olhos cinza, o mesmo maxilar quadrado. Ele começou a recear que as similaridades não se restringissem às aparências.

Você parte meu coração com sua visão rígida e intransigente do mundo.

Henry pensou em sua infância e no terror que preenchia seu coração toda vez que quebrava as regras e precisava encarar o pai.

As regras. Sempre se resumia àquilo. Toda a sua vida fora vivida conforme regras e códigos de conduta. De honra. E dever.

De todos os deveres que lhe cabem, o maior deve ser mostrar aos outros, através do exemplo, o que é certo.

Mas como ele sabia o que era certo? Desde o colapso doloroso de Irene, Henry andava ponderando sobre aquela questão. No trajeto de trem para Hampshire e nos três dias seguintes, quase não pensara em outra coisa. Assombrado pela dúvida quanto a si mesmo, caminhara pelos bosques de sua casa ancestral, passeara pelas fazendas e pelos chalés, andara pela casa e pelos jardins, tentando recuperar, em meio a esses critérios de excelência, seu senso de certo e errado, uma renovação de seu propósito e o significado de seu lugar no mundo. Nunca tivera motivo para duvidar, ou sequer considerar tais questões, até que uma beldade feroz com visões radicais aparecera, questionando tudo o que ele achava saber e pressionando-o por respostas que não podiam ser encontradas em nenhuma de suas experiências prévias. Irene abalou os alicerces de sua existência.

Agora, Henry estava parado em frente ao antigo duque, esperando que, diante de seu pai, encontrasse respostas, mas, em vez disso, sentiu-se ainda mais assolado pelo fardo de sua posição.

Sua mãe iria se casar com Foscarelli no dia seguinte e, quando fizesse isso, as vidas de todos na família mudariam para sempre. Ele não podia impedir aquilo. A única coisa que podia fazer agora era determinar o melhor curso para o futuro de sua família. Mas que curso era aquele? Há apenas alguns dias, parecera óbvio, mas agora estava perdido em um mar de interesses conflitantes.

Já lhe ocorreu que, como chefe da família, seu melhor curso de ação talvez seja apoiar a sua mãe e tentar persuadir os outros membros da família a fazer o mesmo? Ela é sua mãe, Henry. Precisa de você, precisa do seu apoio, mas você nega, e por quê?

Por causa das regras, é claro. Para preservar a maneira como as coisas deveriam ser. Pela tradição e pelo dever. Mas não, naquele caso, pelo que era certo. As palavras de Irene o tinham atingido como um chicote, que ele, sem dúvida, merecera. Agora, olhando para o rosto implacável do pai, sabia que sua decisão fora a de seu pai, não a sua própria, e que não fora a correta. Henry não era o antigo duque, nem queria ser.

Olhou para o retrato ao lado do de seu pai, e a imagem do amado rosto de sua mãe deu a ele ainda mais motivo para repreender a si mesmo. Ela não amava o marido. Até tentara, mas seu pai, como todos na família bem sabiam, era um homem difícil de amar. Henry sempre soubera que seus pais haviam se casado por causa da conveniência e do dever, mas nunca refletira muito sobre o assunto, pois, em seu mundo, o amor era uma consideração secundária em um casamento e, se surgisse, configurava um feliz acidente. A mãe tinha cumprido seu dever, havia se casado com o homem conveniente, provido o herdeiro requerido e mais outros quatro filhos, mas nunca pudera amá-lo.

Agora, ela tinha sua primeira e talvez única chance de se casar por amor, e a maneira com que Henry lidara com aquela questão fora a maneira de seu pai — reprimindo-a de todos os jeitos. Ele olhou novamente para o rosto austero ao lado do de sua mãe e receou ser mais parecido com aquele homem do que queria acreditar. *Quero amá-lo, Henry. Mas você torna isso impossível.*

As palavras de Irene, que ecoavam em sua cabeça, o forçaram a pensar em Elena, pois, uma década atrás, sua esposa dissera aquelas mesmas palavras. Como um rapaz de 19 anos, ele estava inflamado de paixão por uma jovem e inocente garota. Casara-se com ela, fora para a cama com ela, mas nunca lhe entregara seu coração. Em vez disso, Henry a escondera — um segredo vergonhoso a ser omitido do mundo —, e a paixão não se transformara em amor — na verdade, se tornara pó. Ele sempre colocara a culpa pelo fracasso de seu casamento no fato de ter se casado com alguém que não era de sua classe, mas sabia que aquele não era seu verdadeiro pecado.

Você tem um coração? Perdoe-me por ser cética, mas nunca vi muitas evidências.

Henry apoiou a cabeça na mão. Ele tinha um coração. Sabia porque doía em seu peito como uma ferida aberta. Mas é claro que Irene nunca o vira. Como poderia, se ele se esforçava tanto para mantê-lo escondido, para mantê-lo sob seu controle?

Amava Irene. Esteve apaixonado quase desde o começo — apaixonando-se, Henry suspeitava, no momento em que ela o chamou de lírio do campo e censurou-o e tudo o que ele representava. E, desde então, Henry fizera tudo o que podia para trazê-la mais para perto, mas não considerava amor o que sentia. Não. Em sua mente, chamava aquilo de "luxúria" e, ao fazer isso, conseguira convencer a si mesmo de que não seria necessário abrir seu coração.

Passos ecoaram do outro lado da galeria, e Henry ergueu a cabeça, virando-se enquanto Angela descia a escada. Ela o avistou e parou no patamar, franzindo a testa.

— Henry? O que faz aqui?

— Estou pensando na minha vida, no meu dever, e no que tudo isso significa.

Ela voltou a franzir a testa, compreensivelmente desconcertada com aquela resposta enigmática, e começou a atravessar a galeria na direção dele.

— O que provocou isso? — perguntou Angela ao parar ao lado do irmão. — Alguma crise ducal?

— Pode-se dizer que sim.

Ela se virou para a pintura na parede.

— E você está olhando para o retrato de papai em busca de orientação?

— De certa forma, embora não da maneira que ele talvez esperasse. Estou pensando no homem que sou e no que de mim será transmitido para a próxima geração.

Angela arfou, virando-se para olhá-lo, seus olhos cinza brilhando de contentamento.

— Henry! Quem é ela?

— Mulheres... — grunhiu ele. — Você tirou uma conclusão precipitada de uma frase inócua em uma fração de segundo.

— É a srta. Deverill, não é? Ah, espero que seja, pois eu gosto muito dela.

— Gosta?

— Sim. Sarah também gosta. Carlotta, não — acrescentou Angela, rindo. — Um fato que me faz gostar ainda mais da srta. Deverill. E, se você a ama, então, bem, eu a adorarei, é claro.

Angela lhe lançou um olhar questionador, mas Henry se recusou a morder a isca.

— Durante toda a minha vida — murmurou —, eu me orgulhei da minha prudência e da minha discrição. Parece que ando me rebaixando em todos os sentidos ultimamente.

— Bem, você não manteve seu interesse em segredo.

O medo o assolou.

— O que quer dizer com isso?

— Você deixou que ela pilotasse o barco, Henry! Meu Deus, quando vi aquilo, quase caí estatelada de tão chocada que fiquei. Quando é o casamento?

— Você é apressada demais, Angie. Não há casamento algum.

— Ah... — Por um instante, ela pareceu decepcionada, então se alegrou outra vez. — Tem razão, sou apressada demais. Você só a conhece há algumas semanas. Mas ela é de uma família respeitável, por parte de mãe pelo menos, embora seja um pouco mais... independente do que estamos acostumados.

— Essa é uma maneira de enxergar as coisas, sim — disse ele com um suspiro.

— Mas ela é tão divertida! Torna a conversa durante o jantar muito mais interessante. Bem, torna mesmo — acrescentou, rindo quando Henry começou a rir. — Costuma ser tão entediante... falamos da temporada e dos últimos vestidos e essas coisas, enquanto Irene fala de profissões e de como é trabalhar, coisas que importam. É fascinante.

— Você acha? Angie — continuou ele antes que a irmã pudesse responder —, o que você quer para a sua vida?

— Como? — A voz de Angela era permeada por uma surpresa vigorosa. — Do que você está falando?

— Da sua vida. O que você quer para ela? — Henry apontou para a galeria. — Quer tudo isso? Quer se casar e ter um marido de uma família adequada e o seu retrato na parede da galeria?

Ela franziu a testa, parecendo abismada.

— Suponho que sim. Quero dizer, como mais poderia ser?

— Não sei. Mas é uma pergunta, acho, que você deveria fazer a si mesma, de tempos em tempos, e considerá-la com seriedade. Prometa-me que fará isso.

Angela ainda parecia confusa, mas assentiu com a cabeça.

— Está bem.

— Não escolha seu rumo porque é o caminho fácil, ou o óbvio. Não... — A voz sumiu, e Henry engoliu em seco, percebendo que soltar as rédeas do controle sobre aqueles que tanto amava era algo terrivelmente difícil de fazer. — Não faça suas escolhas baseando-se no que eu quero para você, ou no que nossos amigos podem pensar ser o certo. E, independentemente do que escolher, pode ter certeza de que estarei lá por você e a apoiarei. Eu sempre a apoiarei.

— Obrigada, mas... — Angela fez uma pausa, lançando um olhar duvidoso para o irmão. — Você está... Está com medo de que eu esteja me apaixonando por um homem inadequado, ou algo assim?

— Não — respondeu Henry, rindo, e então um pensamento lhe ocorreu e o fez parar de rir, franzindo a testa. — Você não está, não é?

— Não, mas se estivesse não contaria. Você ficaria louco.

— Não, não ficaria. Está bem, talvez ficasse — corrigiu quando Angela o fitou com olhos céticos. — Mas sempre vou querer que você seja feliz. Você, nossa irmã, Sarah, e todos os outros membros da nossa família. — Fez uma breve pausa, então acrescentou: — Inclusive mamãe.

Angela suspirou e mexeu o queixo, desviando os olhos.

— Ela parece gostar muito daquele homem, apesar de eu não saber por que precisa se casar com ele. — E exclamou: — É algo difícil de engolir!

— Eu sei. Mas é a decisão dela e não vamos dissuadi-la. Tudo o que podemos fazer agora é aceitar. — Henry refletiu sobre as consequências do que estava prestes a fazer, então respirou fundo e pegou a mão da irmã. — É por isso que voltarei a Londres. Pegarei o trem noturno.

— Londres?

— Sim. Irei ao casamento amanhã.

— Mas por quê? — gritou Angela, libertando a mão da dele. — Você não deve aprovar!

— Não, mas minha aprovação não importa.

— Se você for, dará a impressão de que aprova. É isso que todos pensarão.

— Eu sei disso. — Henry deu uma olhada para o retrato do pai, as palavras de Irene ecoando em seus ouvidos. — Mas não quero me apegar tanto ao que as pessoas pensam a ponto de não fazer o que acho certo.

— Isso não acontecerá, Henry — garantiu Angela. — Você sempre faz a coisa certa.

— Faço? — Pensou em Elena, e em Irene, e em seu próprio coração, e fez uma careta. — Nem sempre.

— Faz, sim — insistiu Angela. — Embora, por vezes, seja apenas depois que já esgotou todas as outras alternativas.

Henry deu um leve sorriso.

— Sim — concordou. — Talvez isso seja verdade. — Ele voltou a ficar sério. — E, nesse caso, sinto que a coisa certa a fazer é ficar ao lado de mamãe.

— Mas, há apenas algumas semanas, você era contrário ao casamento.

— Ainda não estou convencido de que é a coisa certa, mas não importa, pois a decisão não cabe a mim. Vou ao casamento não porque aprovo, mas porque preciso ficar ao lado de nossa mãe, assim como ficaria ao lado de qualquer membro da nossa família que precisasse do meu apoio.

— Mas, Henry, me diga, Sarah e eu não precisamos do seu apoio também? — perguntou Angela, confusa.

— Sim, e depois farei tudo o que for possível para amenizar quaisquer danos que o casamento de mamãe ou a minha presença possam provocar a você ou à nossa irmã.

— Mas não deixará de ir ao casamento? — O rosto de Angela se contorceu quando ele meneou a cabeça, partindo o coração de Henry. — Você sabe que minha chance de encontrar um marido será arruinada?

— Não é tão desastroso assim — respondeu ele delicadamente. — Você é uma menina linda de uma família influente e, como eu disse, farei tudo o que puder por você.

— A única coisa que pode fazer é aumentar o dote.

— O que não farei — afirmou. — Isso apenas atrairia homens interesseiros.

Angela inclinou a cabeça.

— Um fato que não importa muito, visto que nossa própria mãe está se casando com um. Não posso evitar achar que é uma atitude muito egoísta da parte dela.

— Talvez... — Henry olhou para o retrato do rosto da mãe, forçando-se a refletir, com o máximo de objetividade que conseguia, sobre como o casamento com seu pai devia ter sido para ela. — Talvez, após vinte anos em um casamento sem amor, mamãe tenha ganhado o direito de ser egoísta, ao menos sobre com quem se casar. Ela ama Foscarelli, e o amor é importante, embora nossa casta sempre finja que não é.

— Mamãe também sempre diz isso. Fala que, com o casamento dela, serei livre para encontrar um homem que me ame por quem sou realmente, e não pela minha posição. Você acha que isso é verdade?

— Sim, acho. Apesar de suspeitar de que esse não seja um alento para você neste momento. Sinto muito.

— As pessoas nos ridicularizarão, rirão de nós.

— Sim. Mas temos uns aos outros e teremos de enfrentar essa tempestade juntos. Como chefe da família, é meu papel guiar o barco em meio a essa tempestade, mas também significaria muito para mim se pudesse contar com a minha tripulação.

Angela fez uma careta.

— Suponho que, com isso, você esteja querendo dizer que quer que todos nós participemos do casamento como uma demonstração de solidariedade.

— Você deve fazer o que a sua consciência mandar, Angie. Não direi a você como agir.

— Céus — murmurou ela, contorcendo o rosto. — Há uma primeira vez para tudo.

Henry sorriu com aquilo, mas não respondeu. Apenas esperou, observando-a e, após um momento, ela se rendeu.

— Suponho que você esteja certo em aconselhar que permaneçamos unidos como família. Especialmente visto que já serei *persona non grata* de qualquer forma. Irei a Londres com você e tentarei persuadir Sarah a ir também. Você terá de convencer David e Jamie, se quiser a presença deles. Quanto a Carlotta, eu converso com ela também, apesar de não saber se vai adiantar muito.

— Você é uma rocha, Angie.

— E já que estaremos todos em Londres, afinal... — o fitou de rabo de olho. — Talvez você devesse convidar a srta. Deverill. Mas — acrescentou quando ele suspirou —, independentemente do que faça, não deve se apressar. Sei que é difícil, pois é um pouco impaciente às vezes. Mas você mal a conhece. Melhor esperar um pouco, até ter certeza, antes de pedi-la em casamento ou qualquer coisa assim.

— Receio que seja tarde demais para esse conselho. O estrago já está feito. — Henry fez uma careta, virando-se antes que a irmã pudesse ver a dor em seu rosto. — Ela me rejeitou, Angie.

— O quê? Não!

Ela não pôde evitar rir de leve.

— Sua surpresa é gratificante, querida irmã.

— Ora, quem não ficaria surpreso? Você é o melhor partido da Inglaterra!

— Sou? — O divertimento dele se esvaiu, e Henry olhou para a parede de duques e duquesas à sua frente. — Não me sinto muito valioso.

— Ah, céus... — Angela colocou um dos braços sobre os ombros dele em um abraço reconfortante. — Ela disse por que o rejeitou? Ela não o ama? É isso?

— Não é tão simples assim, receio.

— Bem, você está pedindo que a srta. Deverill aceite uma tarefa enorme, e pode ser que ela não esteja disposta. Ou que não esteja pronta. Espere um tempo e tente mais uma vez. Você não vai desistir após uma recusa, certo?

Em vez de responder, Henry apontou para o rosto à frente deles, na parede.

— Lembra-se do papai?

— É claro.

— Você acha... que sou como ele?

— Vocês parecem. Eu também, aliás.

— Mas na personalidade... sou como ele?

Se Henry estava esperando por uma negação imediata e decisiva, ficou decepcionado. Em vez disso, sua irmã se virou para ele e o analisou, refletindo sobre a pergunta por um bom tempo antes de responder.

— Um pouco, eu acho. Você é bem rígido, e pode ser muito severo às vezes. Ele também era. Mas... — Angela parou para refletir um pouco mais, e então disse lentamente: — Mas você é diferente do papai porque sei, e soube em cada momento da minha vida, que me ama. Saber disso faz toda a diferença.

— Faz? — Henry ficou olhando-a e, subitamente, soube o que precisava fazer e em que fracassara deploravelmente. — Angie, você é um amor! — exclamou, segurando-lhe os braços. Rindo de sua surpresa diante daquela declaração fervorosa, ele deu um beijo agradecido em sua testa. — E eu espero que você esteja certa.

Capítulo 21

IRENE ESTAVA RABISCANDO FLORES, CORAÇÕES e pequenos homens de palitinhos no bloco de notas à sua frente. A pilha de trabalho à sua direita permanecia intocada. Seu rosto, ela esperava, não estava mais inchado após a crise de choro da manhã. Por outro lado, como aquela fora a última crise em uma série de uma semana de lágrimas incessantes, não importava muito. E, considerando a dor em seu coração, não se importava nem um pouco com a sua aparência.

Deveria estar contente — muito contente — por Henry ter voltado à cidade para o casamento da mãe. Ao menos as coisas que ela dissera haviam penetrado naquela cabeça dura. E a rixa na família parecia estar remediada. Como podia não estar contente?

O fato de que três dias inteiros haviam se passado desde então sem que ele fosse vê-la não era tão surpreendente assim. As irmãs dele apareceram duas vezes para ver Clara, mas o duque não as acompanhara. E o que mais podia esperar? Henry lhe oferecera um casamento honrado. Rejeitara-o, dando uma bronca enorme. Pensando bem, o que mais havia a ser dito?

Duvidava de que um dia o veria de novo. Mesmo que ele, talvez, pudesse querer vê-la, havia a probabilidade de alguma regra estúpida em seu livro de ética ducal o impedisse.

A garganta dela se fechou e uma lágrima caiu sobre a folha de papel, borrando as linhas de seu homem de palitinhos.

Não era que ela se arrependesse de sua decisão, ou das coisas que dissera. Não era como se quisesse ser uma duquesa. Não queria. O problema era que se apaixonara por um duque. Não se podia, evidentemente, ter um sem ter o outro.

E o duque, para seu imenso azar, não parecia estar apaixonado por ela. Provavelmente ainda queria possuí-la. Talvez ainda estivesse disposto a se casar para que a situação acordada continuasse. Que garota não ficaria extasiada com uma oferta assim?

Só de pensar naquilo ficava furiosa. E mais convencida do que nunca de que fizera a coisa certa. Rejeitá-lo, na verdade, era a única coisa, naquelas três loucas semanas, de que tinha certeza absoluta.

Irene balançou a cabeça afirmativamente, decidida, mas não se sentiu melhor. Na verdade, estava ainda mais insatisfeita, não apenas com ele, mas também com o mundo e com tudo o que há nele, inclusive sua própria vida. Gostava de sua vida como era. Até Henry aparecer.

Como resultado, perdera a virgindade e ficara com o coração partido. De forma igualmente catastrófica, perdera todo o interesse por seu trabalho. Agora, parecia inútil e trivial. Por que alguém deveria se importar com quantos fantasmas estúpidos andam vagando em torno do castelo de Berry Pomeroy? De que importava se lorde Bransford comparecera à festa na casa de *sir* John Falk? Se o noivado de *lady* Mary Bartholomew fora rompido? Não importava. Irene fez uma careta. Havia um duque, qualificado, rico e impossível, que estava disponível no momento. Talvez *lady* Mary pudesse apostar nele. Ela era filha de um marquês, afinal de contas. Perfeita para se tornar uma duquesa.

Interrompeu seus rabiscos e se perguntou se, talvez, devesse tirar umas férias de verdade. Abrir mão do jornal de vez. Ir para a América visitar Jonathan ou desafiar a ira de seu pai e trazer o irmão para cá. Ele podia administrar o jornal e ela poderia ir a Paris e recuperar o gosto pela vida. Poderia desenhar, ou algo assim.

Irene olhou duvidosa para seus homens de palitinhos e suas flores. Não, desenhar não era a melhor ideia, pensou. E se Jonathan pisasse na casa, seu pai chamaria a polícia. Além disso, duvidava de que fugir para qualquer lugar porque estava desgostosa fosse resolver qualquer coisa. Ela queria voltar a ser a pessoa que sempre fora, alguém que era feliz, realizada e perfeitamente contente ali, em sua própria esfera. Mas não era possível voltar atrás.

Irene fechou os olhos com força, mas assim que fez isso precisou abri-los novamente, pois pensar nas noites secretas que passara com Henry nos quartos de hotel não iria ajudá-la a se sentir melhor. Ele se envergonhava daquelas noites, dividido entre a autorrecriminação e a culpa, e ela nem fazia ideia. Como poderia se casar com um homem se, na maior parte do tempo, não fazia ideia do que ele pensava e sentia?

Por que, perguntou-se Irene pela centésima vez naquela semana, não podia ter se apaixonado por alguém tranquilo? Alguém fácil e amigável? Alguém que a amasse? Henry era enfadonho e arrogante como o demônio, e, em seu pedido de casamento, não fizera menção alguma de amor. O mais perto que chegara fora uma menção breve sobre seu coração. E qualquer homem que não conseguisse deixar que uma filha fosse à universidade, mesmo que fosse o sonho de sua vida, não tinha coração.

Outra lágrima se estatelou no papel, transformando seu trabalhoso desenho de uma margarida em uma nuvem cinza, fazendo-a se lembrar de um par de olhos dessa cor. Com um movimento abrupto, enfiou o lápis atrás da orelha e colocou a folha com os desenhos de lado.

Aquilo tinha que parar. Pelo amor de Deus, ela tinha trabalho a fazer. Precisava parar de ser aquela garota diabolicamente tumultuada. Tinha uma vida para viver, uma que não o incluía — não podia incluir. A vida dele não a incluía. Era simples — e terrível — assim.

Irene pegou a lista das empresas cujos contratos de publicidade precisavam ser renovados, mas antes que pudesse examiná-la, bateram à sua porta aberta e ela ergueu os olhos, avistando Josie.

— Queria me ver?

Irene se endireitou na cadeira.

— Sim, Josie. Entre e feche a porta.

As sobrancelhas da colunista se ergueram, surpresas, com o pedido para fechar a porta, mas ela obedeceu, cerrando-a, e foi se sentar em frente à mesa.

— O que é tudo isso? — perguntou Josie, analisando Irene por cima da armação dos óculos, sem dúvida reparando em seu rosto inchado e no ar desanimado. — Sentindo falta da alta sociedade, é? Ou talvez — acrescentou, seu olhar perspicaz encontrando o de Irene — de apenas um membro em particular?

— De forma alguma, Josie — mentiu ela, esforçando-se para afastar Henry de sua mente e adotar a atitude astuta que uma editora de jornal deveria ter. — Eu queria conversar com você porque farei uma mudança no conteúdo do jornal. Uma que a afetará profundamente.

— Isso parece ameaçador. — Josie respirou fundo. — Seja direta comigo... Estou sendo demitida?

— Não, não — apressou-se Irene em dizer. — Embora seja, depois desta conversa, perfeitamente compreensível se você quiser ir embora. Se for o caso, pode ter certeza de que receberá a carta de recomendação mais efusiva e elogiosa que pode imaginar.

— Obrigada, mas agora você está me assustando. O que está acontecendo?

— Vou mudar o conteúdo editorial um pouco. — Ela respirou fundo, preparando-se para o que sabia que precisava fazer. — Vou eliminar toda a parte de fofocas. Receio ser o fim para Delilah Dawlish.

— Minha coluna? — Josie ficou encarando-a, compreensivelmente abismada. — Mas, fora a coluna de *Lady* Truelove, é a mais popular que temos. Todos adoram.

— Eu sei.

— E as histórias são todas verdadeiras. Irene, nunca trago a você nada que não seja quente.

— Também sei disso. Essa decisão não tem nada a ver com você ou com a qualidade do seu trabalho. Eu só... — tentou encontrar uma maneira de se explicar que não a denunciasse. — Eu só não quero mais que o jornal publique fofocas sobre a sociedade.

— A sociedade, uma vírgula. — Josie apontou um dedo para ela. — O que você quer dizer é que não quer publicar qualquer fofoca sobre o duque de Torquil e sua família.

Que belo trabalho em não se expor...

— Não é apenas na família de Torquil que estou pensando.

— Mas que lorota! Você anda no mundo da lua por causa daquele homem desde que voltou de West End.

— Não ando no mundo da lua por causa dele — negou Irene, mas foi uma mentira tão descarada que ela desistiu e mudou o foco. — Não é apenas por causa de Torquil, Josie. — Tentou parecer o mais indiferente possível. — Tenho que pensar em Clara. Ellesmere tem sido prestativo, fico feliz em dizer. Meu avô parece estar disposto a dar certa atenção a ela, apresentá-la à sociedade, esse tipo de coisa, então Clara só continuará trabalhando para mim até eu conseguir contratar outra secretária. Ela se tornará uma verdadeira borboleta social.

— E quanto a você?

— Eu? — Irene meneou a cabeça, rindo. — Ellesmere não me apresentará à sociedade, não quando souber que não abrirei mão do jornal. Mas para Clara é diferente. Ele poderá fazer coisas ótimas por ela, e a família do duque está disposta a ajudar. Não posso prejudicar as chances de Clara publicando fofocas sobre Ellesmere, Torquil e toda a sua casta. Não posso. Delilah precisa partir.

— Entendo. — Josie mordeu o lábio inferior, refletindo por um instante antes de voltar a falar. — Então, como eu fico?

— Manteremos tudo basicamente como está, então você pode escrever os mesmos tipos de artigos que Elsa e Hazel escrevem.

Josie respirou fundo e a encarou com firmeza.

— Ou posso levar Delilah para um concorrente. A *Social Gazette* ou o *Talk of the Town* adorariam publicá-la.

— Tenho certeza disso. E se essa for a sua escolha, entenderei perfeitamente. Como disse, lhe daria uma excelente carta de recomendação. Não que — continuou com um sorriso — a notória Delilah Dawlish precise de uma boa reputação para encontrar trabalho.

Josie retribuiu o sorriso.

— Não, é melhor que ela tenha uma reputação ruim, para falar a verdade. Mas... — Seu sorriso desapareceu. — Mas acho que quero a carta mesmo assim.

— Então, pretende sair?

— Eu preciso, Irene. Não posso abandonar Delilah. Ela é criação minha, minha invenção. É parte de mim... Como posso explicar?

— Não precisa explicar. Eu entendo perfeitamente. De verdade.

Josie assentiu com a cabeça.

— O último artigo eletrizante da série sobre a vida entre os ricos está na mesa de Clara, esperando pela sua edição. Vai publicá-lo amanhã ou posso levá-lo comigo?

— Não o publicarei, e pode ficar à vontade para levá-lo. Mas você não precisa sair agora, Josie. Pode ficar aqui durante as duas semanas de aviso prévio, recebendo os devidos pagamentos, é claro.

— Obrigada, mas não gosto de despedidas prolongadas. E, com essa colocação dramática — acrescentou ela, levantando-se —, eu me retiro. Você poderia mandar a carta para o meu apartamento?

— É claro. — Irene se levantou e estendeu a mão. — Adeus, Josie. Desejo-lhe nada além de sorte e sucesso com sua escrita. Tente apenas não escrever nada maldoso sobre Clara.

— Não escreverei. — Ela sorriu. — Nunca sou maldosa em relação às pessoas de que gosto.

Com aquilo, Josie fez uma saudação insolente e se foi, fechando a porta, mas Irene mal havia retomado seu lugar na cadeira quando outra batida ressoou à porta e Clara entrou.

— Aqui estão os trabalhos de todo mundo, todos datilografados e prontos para edição — avisou Clara, largando pilhas e mais pilhas de papéis presos por um clipe à frente de Irene. — A coluna de Elsa, "Aconteceu em Devon", e o artigo, "Os lugares mais mal-assombrados de Londres". As novas "Notícias do Norte" de Fran e seu artigo sobre um dia na pele de uma aia. Que foi uma ideia brilhante, aliás, Irene.

Em qualquer outro momento, talvez tivesse ficado satisfeita em ouvir aquilo.

— Obrigada — murmurou, tentando não suspirar.

— E aqui estão as "Notícias de St. James Square" de Josie — continuou Clara, soltando outra pilha de papéis sobre a mesa de Irene. — E a coluna de Delilah Dawlish...

— Não precisarei dela — interrompeu Irene. — Josie está indo embora, então você pode devolver a ela quando sair.

— Indo embora? — Clara parou, mas apenas por um instante. — Deixe para lá. Você precisará me contar depois. Estou ocupada demais para ouvir agora. — Segurando a infame coluna de Josie em uma das mãos, Clara largou o artigo restante na mesa de Irene. — E, por fim, a entrevista de Hazel com lorde Pomeroy, sobre os trabalhos do Parlamento. Ela perguntou se tratarão da questão do sufrágio feminino na próxima sessão, mas o velho rabugento disse que não estão interessados no momento. Lamento, Irene.

— Não estou surpresa — resmungou ela, reunindo todos os artigos que Clara acabara de largar em sua mesa, sem conseguir sentir o menor interesse por qualquer um deles, e se perguntou por quanto tempo sua vida pareceria entediante e enfadonha. E por quanto tempo sentiria seu coração chocalhar dentro do peito como pedacinhos de lâmina.

— Isso é tudo — disse Clara com um suspiro de alívio. — Sei que estamos terrivelmente ocupadas hoje, mas você se importa se eu parar uns minutos para tomar chá com papai?

— É claro que não. — Ela gesticulou na direção da porta. — Ele ficará muito contente.

Clara se virou, mas parou à porta.

— Ah, mais uma coisa.

Irene ergueu os olhos.

— Sim?

— Esqueci-me de falar da sua coluna de *Lady* Truelove. Está aí também. Datilografei esta manhã.

A mera menção de *Lady* Truelove foi suficiente para fazer com que Irene sentisse que seu peito fora esfaqueado, mas tentou não demonstrar.

— Obrigada, Clara. Vá tomar seu chá.

— Melhor dar uma olhada logo. Não estou nada convencida em relação a ela.

Irene franziu a testa.

— Não gostou da carta do "Cavaleiro de Knightsbridge"?

— Estou preocupada, é só o que vou dizer. E acho que, após refletir, pode ser que você queira reconsiderar utilizá-la.

Irene ficou chocada o suficiente para sair um pouco de sua letargia. Clara raramente fazia críticas, mas, quando fazia, seus instintos eram sempre confiáveis.

— Mas não posso mudar agora — disse, desolada, folheando as páginas em buscas das mais relevantes. — A impressão é amanhã.

— E é por isso que você deveria editá-la imediatamente. Volto daqui a pouco, e você me diz o que quer fazer.

Irene a dispensou distraidamente enquanto tirava o lápis de trás da orelha e continuava a folhear as páginas, procurando pela famosa saudação que sempre abria sua coluna de aconselhamento.

Mas, quando encontrou o que buscava, não era aquilo que estava esperando. Clara dissera que havia datilografado a carta, mas as palavras "Cara *Lady* Truelove" no topo da página e todas as palavras abaixo estavam escritas à mão, e aquela não era sua letra.

Desconcertada, puxou a carta da pilha e começou a lê-la, mas tinha chegado apenas à terceira linha das palavras perfeitamente cobreadas quando o choque a atingiu como eletricidade.

O lápis caiu de seus dedos, bateu na mesa, rolou até a beirada e caiu quicando pelo chão, mas Irene mal percebeu, pois estava olhando fixamente para a folha em sua mão, imóvel. Seu coração deve ter se recomposto, pois começou a palpitar em seu peito como o pistão de um motor a vapor. Um rugido ecoava em seus ouvidos, e ela parecia não conseguir assimilar direito o que estava lendo. Sentia-se tonta — por causa da falta de oxigênio, provavelmente, pois, além de tudo, parecia não conseguir respirar.

No fim do primeiro parágrafo, precisou parar por um tempo a fim de recuperar o fôlego, mas não conseguiu retomar a leitura. Enquanto olhava para o papel, as belas letras caligrafadas pareceram ficar borradas diante de seus olhos. Ela piscou várias vezes, tentando desembaçar sua visão, mas não conseguiu continuar lendo aquela epístola surpreendente.

— "Cara *Lady* Truelove" — recitou uma voz inequivocamente masculina, e Irene ergueu os olhos e encontrou Henry parado à porta, com o chapéu na mão, seu rosto tão serenamente belo que o pobre coração dela quase se partiu de novo. E quando ele falou, o prazer e a dor de sua voz e de suas palavras eram tão incisivos que Irene receou que o coração parasse de vez. — "Eu me apaixonei" — continuou Henry, citando a carta diante dela, observando-a — "verdadeira e completamente, pela primeira vez."

Com a narração do que acabara de ler, Irene soltou um soluço trêmulo.

Ele não pareceu notar.

— "A mulher por quem eu nutro tamanha paixão, no entanto" — Henry entrou no escritório e começou a se aproximar —, "não é da minha classe. Ela é editora, uma empresária brilhante, e uma sufragista convicta. Eu não preciso nem dizer que a sociedade não aprovaria."

Ele parou diante da mesa.

— "Mas minha paixão não será reprimida. A cada dia que passa, se torna mais intensa. Já lhe propus um casamento honrado, mas ela me rejeitou." — Henry engoliu em seco e olhou para o próprio chapéu em suas mãos. — "Ela não quer ser minha esposa ou a mãe dos meus filhos."

Irene abriu a boca, mas não conseguiu fazer as palavras saírem. Estava emudecida e, antes que conseguisse controlar as emoções que a assolavam, continuou sua narração:

— "E eu nem posso culpá-la, pois meu cortejo foi inadequado. Fui arrogante em meu comportamento e alheio às preocupações quanto ao que um casamento comigo poderiam significar para o futuro dela e de quaisquer filhos que pudessem abençoar nossa união" — relatou, ainda olhando para seu chapéu. — "Receio que ela pense que eu seria um marido tirano e um pai ainda pior, e, quando fui confrontado sobre essas compreensíveis preocupações, falhei em retificá-las. Em vista de sua recusa, o caminho adequado a se tomar seria desaparecer da vida dela e deixar de impor meus interesses. Mas não posso fazer isso."

Henry ergueu os olhos.

— "Pois eu a amo. E este é um sentimento diferente de tudo o que já senti. É mais intenso que qualquer mera paixão física. É mais forte que meu orgulho, mais intenso que uma vida inteira de convicções e maior que o mundo em que vivo. Vem da alma e é eterno. Passei a compreender que todos os outros aspectos da minha vida, minha riqueza, minha posição e minhas propriedades não significam nada sem ela ao meu lado. Cumprirei os deveres cabíveis à minha posição, mas, se não conseguir, por algum milagre, convencê-la a mudar de ideia, o casamento não será um deles, e permanecerei sozinho pelo restante dos meus dias."

Irene soluçou novamente.

— Henry...

Ele se debruçou sobre a mesa e segurou o rosto dela, acariciando sua boca com o polegar.

— "Nunca fui do tipo que entrega o coração aos outros, nem reconhecia sua existência, e receio que, como consequência, a mulher que amo desconheça meus verdadeiros sentimentos por ela, pois não fui eloquente em expressá-los."

A mão dele se afastou e Irene mordeu o lábio enquanto Henry continuava.

— "Veja, eu, por vezes, conforme me disseram, tendo a falar quando não devo e, em meu discurso, a ser irritante. Como consequência, sou conhecido por estragar momentos românticos com minha oratória. Como resultado, receio dizer a coisa errada mais uma vez e reforçar ainda mais a resolução dela a meu respeito. Estou escrevendo esta carta, *Lady* Truelove, na esperança de que você a publique, pois não conheço outra maneira além dessa para que ela saiba como me sinto. Se a mulher que amo vir esta carta, talvez se acalme o suficiente para permitir que eu a corteje adequadamente e, dessa forma, me permita convencê-la da intensidade de meu afeto e da sinceridade de minha palavra. Para tanto, eu ficaria grato por qualquer sugestão ou conselho que puder me dar. Assinado, um duque desesperado."

— Henry, eu juro — falou Irene enquanto começava a dar a volta na mesa, tentando secar as lágrimas que lhe escorriam pelo rosto, que eram substituídas por lágrimas novas — que, se você não calar a boca e me deixar falar, desabarei em um alvoroço de confusão e lágrimas bem aqui no chão!

Ele obedeceu, sem dizer mais nada enquanto se virava para olhá-la, e o coração de Irene doeu com uma saudade tão potente que não conseguia pensar no que dizer em resposta. Depois de tal discurso, o que qualquer garota poderia dizer? Mas, por mais lindo que fosse, ainda eram apenas palavras.

— Você partiu meu coração, Henry. — A voz dela vacilou com aquela admissão, toda a dor daquele momento retornando em uma enxurrada. Irene cerrou as mãos em punhos e pressionou-as contra o peito. — Você partiu meu coração, seu maldito, bem no momento em que percebi que ele estava em suas mãos.

— Eu sei. — Henry segurou os pulsos dela. — E sinto muito. Sinto muito mesmo. Em minha defesa, tudo o que posso dizer é que, desde o momento em que nosso caso começou, protegê-la se tornou minha responsabilidade prioritária e, à medida que continuava, ficou cada vez mais insuportável tê-la como um segredo vergonhoso.

— Mas você não disse nada, nem uma única palavra, sobre me amar, Henry. Eu fiquei tão zangada e tão magoada. — Irene libertou os braços das mãos dele. — Ainda estou.

— E você tinha toda razão em me rejeitar, Irene, pois, quando eu a pedi em casamento, nem mesmo entendia meus sentimentos. Foi só depois que você me dispensou e que eu soube que jamais poderia tê-la na minha vida que comecei a compreender a verdadeira intensidade do meu amor. Não é apenas um desejo físico ou uma paixonite, mas eu não estava preparado para reconhecer isso até você me rejeitar. E eu não sabia, depois do que aconteceu entre nós, como conseguiria fazê-la acreditar. Tudo o que pensei no momento em que a pedi em casamento era que queria torná-la minha publicamente e que queria ser publicamente seu. Não sou o tipo de homem para ter casos. Comigo, é casamento ou nada. Sou antiquado mesmo. — Lentamente, pegou as mãos femininas. — Então, você aceita, Irene? Aceita me dar uma chance de cortejá-la adequada e honradamente, e de provar que eu poderia ser um marido melhor do que demonstrei antes?

Ela olhou-o, em seus brilhantes olhos acinzentados, e ainda se sentiu pasma por tê-lo achado frio.

— Desde que você entenda que nossas filhas irão para a universidade se quiserem — soltou Irene. — E pouco me importa se você gosta da ideia ou não.

O rosto dele se contorceu, ficou distorcido, e só então ela percebeu que Henry estava morrendo de medo de ser rejeitado novamente. Ele soltou suas mãos, segurou-lhe o rosto e lhe deu um beijo na boca.

— Elas poderão ir — prometeu, beijando as lágrimas que escorriam pelas bochechas de Irene. — Se quiserem. Elas é que decidirão quanto a isso, não nós, pois terão os próprios pensamentos, as próprias opiniões e, considerando a mãe que terão, a própria vontade.

Ela concordou com a cabeça, rindo.

— Eu concordo. Elas escolherão.

— Há uma questão, contudo. Não tenho intenção alguma de arriscar que um de nossos filhos seja ilegítimo. Então, até o casamento, seremos devidamente acompanhados e sua reputação, protegida. Carlotta será a dama de companhia.

— Carlotta?

Irene ficou perplexa.

— Bem, não pode ser mamãe. Ela estará na Itália. Aliás, você sabe que ela se casou com Foscarelli?

— Sim, eu sei. E... — Irene não pôde deixar de acrescentar — também sei que toda a sua família compareceu ao casamento.

— Comparecemos, sim. Talvez você fique feliz em saber que, depois, pedi que minha mãe me apresentasse a seu marido.

— Ah, minha nossa, Henry — murmurou ela, sorrindo enquanto beijava-lhe a boca. — Fico surpresa por a Terra não ter parado de girar. E agora que o conheceu, sua opinião sobre ele foi amenizada?

— Não — respondeu de pronto. — Foscarelli é um salafrário, Irene, e deixa minhas botas morrendo de vontade de chutá-lo.

— Mas você não o chutou. — Ela o fitou com desconfiança. — Não é?

— Não. Apertei a mão como mandam as boas maneiras, dei as boas-vindas à família e garanti que, a partir de agora, ele estará sob a minha proteção e sob meus olhos vigilantes.

— Ah, céus. — Irene riu. — Isso deve ter feito o pobre homem tremer por inteiro.

— Ele ficou um tanto pálido, agora que estou relembrando o momento. Só espero tê-lo impressionado o suficiente com a ameaça da minha ira para que se comporte.

— Tenho certeza de que se comportará. Por falar em ira... — Irene segurou as lapelas do paletó matutino cinza dele com os punhos. — Acredito que você mereça sentir um pouco da minha. O casamento foi na terça-feira e hoje é sexta-feira. Sexta-feira, Henry — repetiu ela, enfatizando e puxando as lapelas. — Foram três dias inteiros até você vir me ver. Fiquei desamparada esse tempo todo.

— Ficou? — Ele pareceu satisfeito demais com aquela notícia. — Que lástima.

Irene fez uma careta.

— Caramba, Henry, por que demorou tanto?

— Eu precisava desse tempo. Não apenas para escrever minha carta, mas também para decorá-la.

Ela riu, imaginando-o andando para lá e para cá na Upper Brook Street, repetindo sem parar as palavras que escrevera.

— Mas como você a fez chegar até mim?

— Sua irmã. Combinamos de substituir a coluna que você escrevera pela minha carta, e cronometramos o tempo direitinho para que eu já estivesse no escritório quando ela lhe trouxesse as matérias para editar. Minhas irmãs atuaram como intermediárias.

— Foi... — A garganta dela se fechando. — ... uma bela carta.

— Sim, bem... — Ele se agitou um pouco, constrangido. — Obrigado. Discursos românticos não são um talento meu. Pode ser que você nunca mais ouça outro.

Irene sorriu.

— O que o fez mudar de ideia sobre o casamento de sua mãe?

— Você, é claro. Acha que fui eloquente em minha carta? Suas palavras para mim, uma semana atrás, foram mordazmente eloquentes e passaram a me assombrar desde o instante em que você as disse. Eu estava errado em minha decisão de não participar do casamento dela, pois é impossível servir aos interesses da família e, ao mesmo tempo, dar as costas para qualquer membro dela. E, quando isso foi colocado à família, todos concordaram comigo. Até mesmo Carlotta, embora eu suspeite de que ela só tenha concordado porque David ameaçou pedir a separação legal se não aceitasse. Nunca vi nada calar a boca de Carlotta tão rapidamente.

— Que bom para David. É disso que ela precisa, que ele a enfrente mais. Mas Carlotta precisa mesmo ser nossa dama de companhia?

— Bem, como eu disse, minha mãe não pode ser. Nem sua avó, a viscondessa Ellesmere. Ela está ficando cega, e é surda como uma porta, e nem um pouco confiável como dama de companhia. E preciso de alguém que me mantenha firmemente longe de você e me obrigue a me comportar. É Carlotta ou ninguém, receio.

— Prefiro ninguém. Nós nos saímos bem até agora.

— Não, Irene, sua reputação está em risco, e meus nervos não aguentarão o suspense.

— Está bem — cedeu ela com um suspiro. — Mas você precisará deixar claro que Carlotta terá de fazer vista grossa se eu puxá-lo desavergonhadamente para trás de um biombo para uns beijos apaixonados.

Henry gemeu.

— Pelo visto não apenas minha paciência será testada, mas também minha resolução masculina. Está bem. Suportarei o que for preciso. E, durante nosso noivado, a família inteira a ajudará a aprender tudo o que precisa saber sobre o que duquesas fazem, para que saiba o que a aguarda. Mamãe também, quando retornar da lua de mel, a ajudará a se preparar um pouco antes do casamento. Isto é, se o restante de nós já não a tiver assustado a ponto de fazê-la desistir.

— Não assustarão — prometeu Irene. — Não me assusto com facilidade.

— Graças a Deus, porque se você não se casar comigo daqui a seis meses, receio que terei de pular de um precipício.

— Não haverá precipício algum, Henry, prometo. Se você puder me prometer uma única coisa.

Ele assentiu com a cabeça, como se já soubesse do que Irene estava falando.

— Mantenha o jornal. Não me importarei.

— Mesmo com as fofocas?

Ele fez uma careta.

— Não apreciarei, confesso, e será difícil para a família, mas...

— Não se preocupe, Henry — disse ela, rindo e apiedando-se dele. — Antes mesmo de você chegar aqui hoje, eu já havia decidido eliminar as colunas de fofoca do conteúdo do jornal.

— Ah, é? — Henry pareceu tão aliviado que ela riu novamente. — O que motivou essa decisão?

Irene ficou séria.

— Acredite ou não, não gosto de fofoca. Outras pessoas gostam, é claro, e é por isso que optei por incluí-la, pois, quando assumi o jornal, precisava desesperadamente que fosse bem-sucedido. Mas agora que o negócio está indo bem posso eliminá-la. Ainda teremos notícias sobre moda, sobre o que as moças estão usando na Regata de Cowes, quem esteve presente na festa de quem, esse tipo de coisa. Talvez até acrescentemos entrevistas com membros da aristocracia: um dia na vida de uma duquesa, por exemplo. Mas chega de fofoca.

— Isso não seria... — Henry parou de falar e deu um beijo carinhoso na ponta do nariz dela. — ... por consideração à minha família, seria?

— Você sabe que é — sussurrou Irene. — Eu não suportaria ver nada escandaloso sobre a sua família no meu jornal.

— Obrigado, querida.

Henry lhe deu um beijo longo e intenso.

— Contudo — acrescentou ela quando pôde respirar novamente —, visto que logo serei uma duquesa, precisarei arranjar um sócio para administrar o jornal para mim.

— Esqueça a discrição. Se o que eu disse a você na biblioteca aquela noite é o único motivo pelo qual você precisa de um sócio, não faça isso. Administre o jornal, se quiser. Nunca vou querer que você se sinta como se tivesse que bancar a hipócrita.

— Não é isso. Estarei ocupada demais, suponho, com os afazeres de duquesa. O que me leva ao meu pedido... — Irene respirou fundo. — Espero que você não esteja esperando que eu desista de batalhar pelo voto das mulheres, Henry. Porque não desistirei. Não posso fazer isso, nem mesmo por você. Então, se eu for presa por protestar e marchar nas ruas, receio que você precisará tirar sua esposa da prisão.

— Não seja ridícula, meu bem. Duquesas são como duques. Nossa classe não é presa. Não é algo que se faça. Mas — acrescentou Henry, envolvendo a cintura dela com os braços — não sei se será necessário marchar pelas ruas. Como duquesa, você terá maneiras muito mais eficientes de mudar o mundo à sua disposição. Convencendo o primeiro-ministro durante um jantar, por exemplo. Ou apoiando candidatos à Câmara dos Comuns que partilhem das suas visões.

Aquelas possibilidades tremendamente animadoras deixaram Irene sem ar, mas ela sabia que não era apenas sua influência que seria necessária.

— Isso só fará diferença se você estiver ao me lado e me apoiar. Você fará isso?

— Sempre — respondeu Henry baixinho. — Sempre estarei lá para ajudá-la e apoiá-la. Até mesmo sobre o voto, apesar de não fazer ideia de como será viver em um mundo onde as mulheres votam. Tudo mudará, suponho. Quanto ao seu jornal, não consigo evitar me sentir curioso. Em quem você está pensando para ser seu sócio? Clara?

— Ela não iria querer. Estou pensando em escrever para Jonathan e ver se ele gostaria de vir para casa cuidar de tudo. Acho que ficará animado. Talvez possamos até abrir outro jornal, ou dois, ou dez. Reviver o negócio da família em larga escala. Se as propriedades nos garantirem recursos financeiros por tempo suficiente até começarmos a lucrar... Eu não pediria se...

— É claro que nós os apoiaremos. — Henry a beijou. — Acredito muito na família e na lealdade familiar, você sabe.

— Eu também gostaria de continuar com *Lady* Truelove.

— Acho que você precisa fazer isso. Especialmente porque precisa publicar minha carta.

— Eu não a publicarei, Henry. É para os meus olhos lerem, e somente eles. Mas a guardarei até o papel ficar amarelado e quebradiço e a tinta, desbotada. Eu a guardarei — acrescentou Irene afetuosamente — até o dia de minha morte. E a lerei todos os dias.

— E toda vez que eu ficar autocrático e tirano, pode resgatá-la e ler minhas palavras para mim mesmo, me colocando em meu devido lugar.

Irene sorriu, erguendo uma das mãos para enrolar uma mecha do cabelo dele em seus dedos.

— Bem, sim, farei isso também.

— Quanto a publicá-la ou não, essa decisão cabe a você, querida. Desde que saiba que sou sincero, isso é tudo o que conta. E concordo que você deve manter *Lady* Truelove viva. Foi ela quem nos uniu. Não podemos deixá-la partir. Por falar nisso... — Henry fez uma pausa, abraçando-a com mais força. — Ainda não ouvi os conselhos dela.

— Como se precisasse! Você se saiu muito bem por conta própria, acho. Tudo o que *Lady* Truelove lhe diria, de qualquer forma, é para seguir seu coração e me amar. Ame-me, Henry, case-se comigo e me ensine a ser a melhor duquesa possível para que possamos, juntos, cuidar de nossas famílias e tornar o mundo um lugar melhor.

— Esse é — murmurou ele, aproximando-se para lhe beijar a boca — o melhor conselho que eu já ouvi.

Publisher
Omar de Souza

Gerente Editorial
Mariana Rolier

Assistente Editorial
Tábata Mendes

Copidesque
Anna Beatriz Seilhe

Revisão
Cristiane Pacanowski
Victor Oliveira

Produção Editorial e Diagramação
Pipa Agência de Conteúdos Literários e Editoriais

Design de Capa
Osmane Garcia Filho

Este livro foi impresso em Rio de Janeiro, em 2018,
pela Intergraf, para a Harlequin.
A fonte usada no miolo é Adobe Caslon Pro, corpo 11,9/15,2.
O papel do miolo é Avena 80g/m², e o da capa é cartão 250g/m².